U0135759

新潮文庫297

百年孤寂

馬奎斯／著
楊耐冬／譯

▲1982年諾貝爾文學獎得主，當代拉丁美洲文學巨擘賈西亞・馬奎斯（Gabriel G. Márquez, 1928～）

▼馬奎斯出生的家

▼馬奎斯在諾貝爾文學獎受獎時發表演講

目錄

馬奎斯的生平和《百年孤寂》

所有的事物都有生命，問題是如何喚起它的靈性。

——馬奎斯《百年孤寂》

全世界矚目的諾貝爾獎，自一九〇一年開始頒獎，時序輪轉，已經一百零四年過去了。其中的文學獎；除了二次大戰中有四年不得已停頒此獎（一九四〇～四三），甚至有少數二人合得的殊例，不過大體上搴奪諾貝爾文學獎的桂冠這項最高榮譽，仍是一個作家最炫目的聚焦點。根據以往的記錄，因爲也有托爾斯泰、易卜生、斯特林堡、普魯斯特、喬依思、維琴妮雅・吳爾夫……等偉大作家未在金榜之列，而許多得獎的作家不消幾年光景，反而全然被遺忘，甚至有評價遽降的情形發生，或者面臨高處不勝寒的窘境，未再寫出高水平的作品而空留無限遺憾，當然這也是無可奈何的事，擦身而過的大獎只有委諸上蒼的旨意……。

在諾貝爾文學獎得主的作家中，卡普里爾・賈西亞・馬奎斯（Gabriel García Márquez 1928～）仍然值得大家來回顧和探討。馬奎斯一九八二年榮獲這項桂冠時，正是五十四歲盛年，如今依然健在的馬奎斯已經七十四歲高齡。他在獲獎之後，並沒有停筆，還是陸續推出評價不錯的長篇、短篇創作，在在證明馬奎斯是一位不寂寞的長跑者。近年因健康問題，產量才減少。

馬奎斯出生於哥倫比亞，加勒比海沿岸的亞拉卡塔卡，母親伊奎蘭是這個小鎮鄉紳的女兒，父親卡普里爾爲來自外地的郵電局報務員。外祖父母反對女兒嫁給貧富懸殊的女婿，將剛誕生的第一個孫子卡普里爾帶走，一直撫養到八歲。在外祖父家的老宅子裡長大，外祖父常把眞實的世界通過口述傳達給這個孫子，迷信的外祖母則板著臉講出一些死人的鬼怪故事，這是形塑馬奎斯腦海中最早期的文學花絮。一九三六年他進入巴倫基利亞的小學就讀，一年級小學老師羅莎在課堂朗誦〈黃金世紀〉的詩歌，這也是馬奎斯詩歌方面的啓蒙工程。二、三年級時他在外祖父的書箱中找到殘缺不全的《一千零一夜》開始閱讀。

不能小看這八年的時光，小學一年級到八年級的幼年、少年時代對一個作家連著色的時間都談不上，但是如果回到馬奎斯《百年孤寂》這本長篇小說魔幻寫實的基調去探索，其間的蛛絲馬跡就大有文章了。因爲一個作家日後每一次投入創作時，最難的就是捕捉那個基調的旋律、音階，從而再去尋求創作形式的突破和創意。

馬奎斯八歲遷往父親的故鄉蘇克瑞鎮，九歲時外祖父病逝，其間他又有幾度的搬遷。十六歲參加全國考試獲得獎學金，在西巴基拉的高中就讀，一九四六年，在國立波哥大大學攻讀法律。一九四八年，因一名重量級政治家遭受暗殺，引發暴動，以後直到一九六二年，國內爲保守派政權鎮壓自由派時期，稱爲「暴力時代」。暴動一旦發生，大學也遭到關閉，馬奎斯前往家人所住的卡塔希那，在當地的大學就讀。爲賺取生活費，開始在報紙上寫報導。

一九五〇年(二十三歲),在巴倫基利亞結識文學團體,接觸世界的新文學,飽讀海明威、維琴妮亞・吳爾夫、喬依思、卡夫卡的作品。和這個文學團體的交流,給他帶來很好的激發與衝擊,尤其受到福克納的文學世界的吸引,在福克納的影響下,開始執筆對出生地懷著濃郁鄉愁的長篇小說,這就是後來的《枯枝落葉》。有很長一段時間,福克納美國南方生活神祕、陰鬱的情調深深籠罩著他。兩年後,他讀了使海明威重振聲威的作品《老人與海》,這本只有四萬字左右的小說,帶給馬奎斯相當程度的震撼,以精鍊、明晰的結構形式掌握深刻、繁複的內心世界,使他獲益良多。

一九五四年,再度前往首都,成爲〈觀察報〉記者。第二年,因寫作揭發海軍走私的《一個遇難者的故事》,處境危險,有遭謀殺之虞,擔任報社特派員遠赴歐洲。在羅馬研習導演課程後,轉往巴黎。但因〈觀察報〉被迫廢刊,經濟來源頓失,於是完成早期的代表作《沒有人寫信給上校》,描述在赤貧中,毅然面對年金遭到止付、兒子慘死、妻子重病等不幸的男子。同時執筆從祖國的黑函事件獲得靈感的長篇小說《邪惡時刻》。

一九五七年,訪問包括蘇聯在內的社會主義諸國。這一年,訪問過倫敦後,獲得委內瑞拉的雜誌〈畫報〉編輯職務,在加拉卡斯目睹裴勒斯・希梅涅斯獨裁政權崩潰——構思以獨裁爲主題的小說。一九五八年,與梅西蒂絲・德・拉・巴嘉結婚,寫作收錄在《大媽媽的葬禮》中的短篇小說。

向來對社會主義深感關心的馬奎斯,看到一九五九年古巴革命成功,建立卡斯楚政權,隨即擔任古巴通訊社〈拉丁美洲報〉記者，訪問哈瓦納，一九六一年並且赴紐約採訪赫魯雪夫出席的聯合國大會。但後來與報社內部的史達林派意見不合，辭去職務，身上僅帶著一百美元，前往墨西哥，爲梅維爾・佛格寫作電影劇本，養活一家人。

一九六五年，驅車從墨西哥市前往亞卡普戈途中，擬定十七歲起就認定非寫不可的小說形式，開始執筆《百年孤寂》，花費一年半的苦心完成。第二年，先在波哥大等城市的文學雜誌發表片斷，引起巨大迴響。因受祖國打壓，一九六七年，選擇在阿根廷由最具代表性的南美洲出版社，出版這部被譽爲現代文學最高傑作之一的《百年孤寂》。書一出版，即成爲繼《唐・吉訶德》以來的空前暢銷書，爲作者贏得〈哥倫比亞的塞萬提斯〉美譽。

出版《百年孤寂》的同一年，拉丁美洲創立最具權威的羅姆洛・加利戈斯文學獎，馬奎斯擔任評審委員，赴加拉卡斯，與第一屆得獎人哈爾加斯・留塞會晤。以後直到在古巴問題上因政治觀點不同而決裂爲止，都保持密切交往，其間兩人曾出版合著的《拉丁美洲的小說——對話》，哈爾加斯・留塞也爲馬奎斯寫有卷帙浩繁的研究專刊《殺害神的歷史》。

一九七〇年，發表電影劇本《純潔的愛倫蒂拉與殘酷的祖母令人難以置信的悲慘故事》，一九七二年改寫成小說，收入同名的短篇小說集中，這一年以《百年孤寂》榮獲第二屆羅姆洛・加利戈斯文學獎。一九七三年出版四七年到五五年於〈觀察報〉發表的作品集《青狗的眼睛》。一九七五年，發表長篇小說《獨裁者的秋天》，以詩一般的文體，寫出構思多年的主題。在此之前的一九七三年，智利爆發反革命，馬奎斯嚴辭批判軍事政權加速他敬愛的詩人尼爾達之死，宣誓在皮諾查托政權垮臺之前，絕對不發表新作，以後除了《獨裁者的秋天》之外，只發表像一九七七年的《卡爾羅塔戰役》屬於報導文學類的作品，後來在尼爾達遺孀的勸說下，這才打破沉默，發表中篇小說《預知死亡紀事》，描述因新娘的處女問題引發的血肉橫飛復仇故事。同時刊行《報導文學作品集》，網羅從一九四〇年代以降的新聞報導。

一九八二年，榮獲諾貝爾文學獎，他的祖國哥倫比亞以廣播向全國播送這則緊急重大消息，與他淵源深厚的加勒比海沿岸地方，更是萬人空巷，出現即興的嘉年華會，狂歡慶賀。馬奎斯用這筆獎金在祖國創辦報紙。這一年，他站在支持尼加拉瓜革命的立場，完成電影劇本《綁架》。一九八五年，發表長篇小說《霍亂時代的愛》，以他自己的雙親爲原型，在加勒比海氣氛洋溢的背景中，描述老人與老人之間純潔的愛。一九八六年，出版以流亡的智利人爲主人公的非小說《潛入戒嚴下的智利紀事——一個電影導演的冒險》。

馬奎斯始終與電影保持密切關係，擔任「拉丁美洲新電影」財團會長，也在一九八七年於古巴開設的「第三世界電影學校」擔任講師，並且與故托里荷斯將軍、卡斯楚、密特朗等國家元首交情匪淺。身爲行動派作家，以世界爲舞臺，持續展開他那精力充沛的活動。

關於《百年孤寂》

馬奎斯的長篇小說《百年孤寂》是一本奇書，他用「魔幻寫實」（Magic Realism）的手法把人生的各種悲歡寫盡，生命的虛幻與孤寂盡入眼底。稱它爲奇書，是因爲這本小說的藝術架構奇特；以預言的奇幻人生來寫一個叫邦迪亞家族六代的故事，再以希臘悲劇中的「戀母情意結」(Oedipus Complex) 來貫穿那些故事。就語言技巧而言又是一奇，寫實風格中運用華麗的文字，即「白鏤刻」(Baroque) 風格的精美語彙；作者「巧妙地揉合虛幻與現實，創造出一個豐富的想像世界，卻反映了南美大陸的生活與衝突。」在內容的蘊含上，以寓言式的諷諭，寫盡生命的空寂，卻賦予宇宙永恆的眞實性，即視時空爲永恆；一切生命都是時空的逆旅或過客，這種「無相」的存在意義，近於佛學的形而上境界，文學作品內容到達這種高境，堪稱一奇。這些馬奎斯獨創的「魔幻寫實」風格，使他這本小說不僅文學評價極高，而且產生了極大的可讀性，創下現代文學作品單一版本五百多萬冊的暢銷數字。現代文學作品向以苦澀著稱，而馬奎斯的「魔幻寫實」卻擺脫了那副苦澀面貌，給現代文學找回廣大的讀者群，使它從困境中走出來，邁向群眾。馬奎斯的代表作《百年孤寂》具有這般魔力，實是一本值得閱讀意蘊豐富的奇書。

這裡從這個家族六代的人物來探討《百年孤寂》的魔幻人生。第一代老邦迪亞是個富於幻想的人物，具有冒險與創造精神，生活在靈性、良知與奇想中，對煉丹術著迷，是這個家族魔幻人生的根源。爲了找尋一個傳說中的世外桃源，他帶著妻兒翻山越嶺，來到一個荒涼的沼澤叢林地，與他的探險伙伴共建家園，將該地取名馬康多。他對一位先知型的吉卜賽人麥魁迪很感興趣，他拖著麥魁迪的大磁鐵去找金礦；用他的放大鏡聚集太陽光作爲灼傷敵人的武器；接收他的煉金設備大作發財夢；從他的航海儀推知地球像橘子，而以爲是自己的新發現。作者寫這些事都是在交代這個邦家祖先，雖然處在僻遠落後的地區，知識貧乏，老邦迪亞卻極具想像力，有創造靈性，確實是個魔幻的種子。他的妻子易家蘭則與他相反，她是個非常重實際與行動的人，具有強烈的生命力，活到百餘歲，終生勤儉，活力充沛，以賣動物形的糖果來貼補家用，是這個家族的支柱，她死後整個家族趨於敗落。她一直很健康，忙碌到第七代才死；她也一直掌管著這個家族，直到她很老邁了，她的孫媳婦把乾瘦縮小了的她放在大圍裙裡兜著走，她的聲音已像蚊子叫，她還在嘮嘮叨叨掌管家務的是是非非，十分操心，但她對家人的關懷，換來的是嫌怨；她象徵老年的孤寂。

到了第二代，這個家族散發了光輝，也種下敗落的種子。亞克迪奧是老邦迪亞的長子，是個野獸派典型人物；他狂熱、衝動、粗暴、不負責任、無道義良知、浮誇，被母親趕出家門，是這個家族劣根性的種子。在他與吉卜賽女郎透娜拉私通而獲知她懷孕後，嚇得離家出走，在外流浪多年，回家時變成一個怪物似的粗漢。

他的母親見大兒子回來了竟是這個德行，仍然又氣又愛他。她最不能忍受的是大兒子亞克迪奧姦淫了被她視爲己出的養女莉比卡，但實際上是這個性慾特強的女人勾引他，與他通姦，母親知道後氣得把他們一起趕出家門，住到他們家一間破舊的房屋裡去，莉比卡也就這樣成了亞克迪奧的妻子。莉比卡是性象徵的典型人物，她神祕、固執、任性，每當性衝動時就吃泥土或牆上的灰泥，性情怪異，驕縱不容於人，但在困境中能生存下去，是堅毅性格的表徵。

與亞克迪奧私通而懷了孕的吉卜賽女郎透娜拉爲頹廢靈魂的典型人物，可說是魔鬼的門徒，卻也是人性弱點的安撫者。所懷的孩子生下來後交給易家蘭撫養，取名阿克迪亞，並約定要永遠瞞住他的身世。這孩子長大之後，也視祖母易家蘭爲他的母親，因爲他並不知道易家蘭是他的祖母。阿克迪亞繼承了亞克迪奧與透娜拉頹廢的血統。邦迪亞上校在得勢的時候，提攜阿克迪亞做了當地的軍政首長，他橫行霸道，儼然一代暴君。因爲他不知道自己的身世，所以視邦迪亞上校爲二哥，並把亞克迪奧看作自己的大哥；他一邊藉邦迪亞上校的權勢作惡多端，一邊又與亞克迪奧共謀在地方上侵佔別人的土地，濫收稅金，巧取豪奪。並且在這以前，他以財勢壓人，追求地方上一位漂亮風韻的中年婦人。這位婦人就是透娜拉，她自知他是她的親生兒子，對他多所親近疼愛，這段故事便成了這本小說中的「戀母情意結」。

透娜拉後來又與邦迪亞上校私通生下一子，叫約塞，交由他的妹妹亞瑪蘭塔撫養，並且她還與別的男人生了幾個孩子，她眞是靈肉鬥爭中物慾的表徵，也是邦迪亞這個家族幻滅的種因。亞克迪奧與透娜拉的私生子阿克迪亞，後來因邦迪亞上校失勢，也隨之失勢，並被政府處決。他象徵權勢的虛幻與暴力的荒謬。他瘋狂的時候竟然欲槍斃他自以爲是他母親的易家蘭（其實是他的祖母）——這樣一個愛他如命的至親，這一筆是寫許許多多因權勢而無視於親情或悖逆倫常的例子，而且古今皆相同。阿克迪亞是這個家族的汚點。

在第二代中，邦迪亞上校這個人物是整個家族的光輝，是人類勇者的畫像。他是老邦迪亞與易家蘭的次子。他從事革命，經過三十二次戰役的失敗後，仍然氣勢如虹，到了九十高齡因看不慣腐敗的共和政府，還要再號召同志起而革命，雖然不再有人聽他的，他卻眞的去奔走號召；而在無奈的心境下，他想起他的十七個私生子也許會聽他的，因爲他們都以他爲榮。

他的十七個私生子就在那個晚上被政府下令追殺殆盡（當時唯一逃脫的亞瑪多，到了老年仍被追殺身亡）。邦迪亞上校傷心欲絕，但他仍活在人性尊嚴中，至死不屈。他是這個家族的太陽，他死後，這個家族黯然無光。邦迪亞上校的妻子莫氏柯蒂是上校一生中最疼愛的女人，因爲他從年輕時代起就接觸過許多女人，尤其在他革命戰爭得勢期間，哥倫比亞有優生孕育的習俗，許多母親將她們的女兒送進邦迪亞的房裡去交媾，以達優生孕育的目的，所以上校雖接觸過許多女人，卻都無感情，而他與莫氏柯蒂是少年時期就有了戀情，且非常深厚；莫氏柯蒂十二歲那年就想嫁給他，雙方父母協議要等莫氏柯蒂來了月經之後才能出嫁。有一天，莫氏柯蒂當著大家的面，把她那因月經染得血跡斑斑的內褲展示給人看，並歡呼她可以與邦迪亞結婚了。她天眞活潑，柔情似水，只可惜命蹇早死，這給予邦迪亞上校極大的打擊。

亞瑪蘭塔是老邦迪亞與易家蘭之女，即亞克迪奧與邦迪亞上校之妹，爲冰霜美人的典型，好猜嫉，有強烈的報復心。她在年輕時期，與莉比卡同爭一個叫克列斯比的青年，在亞克迪奧末與莉比卡結婚之前，莉比卡與克列斯比幾乎成婚。而亞瑪蘭塔也深愛克列斯比，因此她妒火中燒，對莉比卡恨之入骨，幾乎將莉比卡毒死。她內心熱情，外表卻冷漠，幻想多於行動，終生不嫁，後來產生老處女變態心理，與二哥邦迪亞之子約塞發生姑姪戀情，因而毀了約塞，也斷了邦迪亞上校的根脈。並且，她後來照顧姪孫席甘多之子亞卡底奧，兩人總是裸體共浴，使得亞卡底奧長大後暗戀她而變得頹廢，甚至使他與四個少男發生同性戀，最後被他們溺斃在浴池裡。因此亞瑪蘭塔可以說是這個家族的悲劇孽緣。就她與姪輩的戀情來說，也可以說是「戀母情意結」的延伸。

第三代中，阿克迪亞的妻子匹達黛是賢妻良母的典型人物，並且也是這個家族的幻滅良心。她一生緘默寡言，不與人爭，悉心照料家務，省吃儉用，只因自己知識程度不高，教養子女心有餘而力不足。她的一對雙胞胎兒子席甘多與席根鐸，一個是頹廢的典型，一個是惡劣環境的犧牲品。她教養不了他們，聽其自然發展。她在家裡像個傭人，忙上忙下，而不被家人重視，她象徵善良的孤寂。老邁後因看不得這個家族的衰敗，加上媳婦卡碧娥的蠻橫怪異，她傷心而出走，離家後杳無音訊。

等到約塞完全長成個大男人後，他雖是那麼狂熱地與姑姑墜入情網，但亞瑪蘭塔仍有顧忌，她在矛盾中封閉自己，約塞受不了她的虛假，也不能不顧家門的名譽，於是自己選擇了死亡的方法，前去參加父親邦迪亞上校最激烈的一道戰線上的戰役，以減輕內心的痛苦，並猛烈迎戰，終於戰死。約塞的外貌與性情都像邦迪亞上校，本可以繼承他的事業，大展家風，但爲畸戀所苦，而使一切都成空幻，他代表狂熱的孤寂。

到了第四代，這個家族呈現了極度奢侈與極度窮困兩種極端相反的怪現象。席甘多是阿克迪亞與匹達黛的雙生兒子之一。他因畜牧事業賺了大錢，並且整天大宴賓客，長年飲酒作樂，他的錢總是用不完，甚至後來他把家裡的內牆與外牆都貼滿鈔票，又經常換新的鈔票也用不完；美女與酒圍繞著他的生活，頹廢是他的驕傲，他可以說是巴比倫文明的化身；他象徵人類頹廢文明的敗亡命運，後因席甘多在馬康多這個沼澤地區遭遇大洪水時期，牛馬死光，家貧如洗，到頭來靠與情婦共同賣彩券謀生。他是這個家族敗亡命運的徵兆。席甘多的妻子卡碧娥則生活在宗教的虛假中，性情怪異，行事專橫，不著實務，自憐心理非常之強，是加速這個家族敗亡的悲劇人物。席甘多和雙生兄弟席根鐸，小時候兩人一模一樣，及長性情各異；席甘多喜歡逸樂喧鬧，而席根鐸則孤獨高傲。席根鐸象徵歷史的見證人，因為當獨裁的政府鎮壓大罷工時，軍隊用機槍掃射，使三千多名工人喪生，他是唯一的倖存者；政府當局以兩百節的火車載運全部屍體扔入海中，滅跡工作做得非常徹底，使當時的人不相信有這種事發生，歷史課本上也沒有記載，但在往後的幾十年裡，席根鐸不斷地告訴後代人，說他親身經歷過這件事，這是千眞萬確的暴政，他要永遠爲歷史作證。他代表人類的良知、勇氣和正義。然而，到他老死，他的呼聲是那麼微弱，有誰相信他爲歷史作證的話呢？他的孤寂是這個家族永恆綿延的傳統。

到了第五代，這個家族出現了敗落與滅絕的景象。席甘多與卡碧娥之子亞卡底奧承襲他父母所有的劣根性，他頹廢、浪漫、虛假、狂妄、蠻橫不講理，把亞瑪蘭塔作爲對女性意淫暗戀的對象。家裡本來寄望他做個教皇型的人物，在家道中衰的前夕送他到羅馬去留學，結果他在義大利留而不學，每天往娼妓酒館跑，還欺騙父母說他學業進步神速；他的父母死後，他匆匆返國，一心只想繼承財產，他哪知這時的邦家已衰敗不堪，除了那幢如廢墟的舊宅第，可以說一無所有。最後，他被他那幾個同性戀的男孩子溺斃在浴池裡，十分悽慘。他象徵頹廢文明的滅絕。這個家族直系一脈相承的男性到此絕嗣，陷入永恆的孤寂，但女性那一脈卻還有最悲慘的故事。

邦迪亞這個家族到第六代已呈全部幻滅的景象，美美的私生子倭良諾與阿姨亞瑪倫塔由偷情而變成生死戀人，二人只知愛情，不去面對現實；他們住的那幢破舊如廢墟的宅第，隨時都可能被一陣風吹垮，屋裡全是螞蟻和昆蟲，走廊和院子已是一個叢林世界，草木蓊鬱，家裡已無存糧，他們在守著貧窮至死之際，生下一個男嬰，取名奧良奴。亞瑪倫塔因流血過多，產後不久即亡。嬰兒奧良奴則因倭良諾悲傷過度，神智不清，沒有妥加照顧，以致生下不久即被螞蟻吃掉。這嬰兒是個怪胎，大概是中了第一代易家蘭的預言：血親交媾生出的孩子必長出一條豬尾巴。接生婆說奧良奴果然有條豬尾巴。倭良諾為了發掘自己的身世，把先知型吉卜賽人麥魁迪的遺稿弄明白了，這個邦迪亞家族六代的故事就記在上面，那是百年前就寫好了的，當然他也弄明白了他是美美的私生子。因為遺稿預言，當倭良諾看完遺稿的時候，這個鏡花水月的城鎮（或說是幻影城鎮吧）將會被風掃滅，並從人類的記憶中消失，而書上所寫的一切，從遠古到永遠，將不會重演，因為這個被判定百年孤寂的家族在地球上是沒有第二次機會的。

馬奎斯對這個百年孤寂的家族不僅作了如是判定的預言，並且由於他在文字上的藝術獨創風格，他的寫實是這樣的魔幻，故事是這樣的感人，遂使這本《百年孤寂》一如任何其他偉大名著一樣，成爲地球上不朽的人類遺產，並使一向面貌苦澀的現代小說綻放出了獨特的光輝，擴大了它的讀者群，經由文學將人類從今日高度理性文明的危機中拯救出來。

綜觀馬奎斯這本使作者贏得〈塞萬提斯再世〉美譽的傑作《百年孤寂》，以出人意表的構思，在歐美各國造成大轟動。一九六〇年代拉丁美洲小說的風潮，也因這部現實性與幻想性渾然融爲一體的魔幻寫實主義典型作品的出現而達到高峰。把邦迪亞家族六代百年的年代記搬上小說舞臺。作者並不盲從新的創作技法，以汲汲營營追求走在時代尖端的二流作品爲恥。事實上，作者也說他平常最愛看的作品是《唐·吉訶德》。從連原本跟閱讀無緣的人都狂熱歡迎看來，《百年孤寂》之受喜愛，最大的原因，顯然在其傳統的小說形式。在作者那奔放自在的想像力誇張和戲劇化下，即使不是拉丁美洲的讀者，也還是不得不被本書引發出微笑、苦笑、爆笑等一切種類的笑來。簡言之，《百年孤寂》既是拉丁美洲的創世紀也是啓示錄，與《唐·吉訶德》中的插曲〈莽撞的好管閒事的人〉一節息息相通。

《百年孤寂》融合現實與幻想，建立宏偉的神話世界，故事性豐富，被視爲是爲全世界欲振乏力的小說注入活力的作品。其豐富的故事性，對小說領域已趨枯竭的這個不祥預言提出最有力的反證，故事中所採取的插曲形式的幻想與精確的現實性，多得讓人無暇驚嘆。這些因素都把這部作品架構成最具魅力的作品。

當然，任何一個作家都離不開孕育他的土地、風習、空氣、陽光。馬奎斯曾這樣追敍：

「我時常清楚地記得的並不是人，而是從前我和外祖父一塊住過的亞拉卡塔卡小鎮的老宅院。我現在每天睡醒的時候，都有一種亦眞亦幻的感覺，似乎自己依然身處那所令我魂牽夢縈的宅院。」

一九五二年賈西亞・馬奎斯是一個二十五歲的青年小說家，他曾回到誕生的這個小鎮進行尋根之旅——早在馬奎斯出生的十九年前——一九〇八年十月十九日，外祖父與一個朋友的決鬥，即改變了這個家庭的生活軌跡，從而也預先決定了他本人的人生命運和文學命運。能寫出《百年孤寂》一書的究竟是什麼人？產生這部奇特小說的歷史、文化、人文、環境的底蘊究竟是什麼？一九六七年（三十九歲）此書在阿根廷首都出版，十五年後馬奎斯獲得一九八二年諾貝爾文學獎。

拉丁美洲文學在二十世紀五十年代迅速崛起，並在全世界產生了巨大的影響，這是不容否認的事實。然而馬奎斯對於「魔幻寫實」一詞並不認爲它有何恰切之處——它不是「實際的現實」與「虛構的現實」之交叉組合，所謂「魔幻」從表面上看也許神奇、虛幻，實際上它却是哥倫比亞乃至整個拉丁美洲的基本事實。

評論家將《百年孤寂》的神奇魅力歸因於作家卓越的想像力。想像力固然沒錯，但任何想像都離不開個人經驗的支持。想像力的奇幻詭譎，通常是以經驗的與衆不同爲其基礎的。

在達索・薩爾迪瓦爾所著《回歸種子／馬奎斯傳記》裡，作者指出馬奎斯並非一開始就對圍繞周遭既瑣碎又激動人心，令人恐懼、充滿神祕、詩意的現實生活的底蘊早就心知肚明，他必須徹底看清那令人眼花撩亂的現實，了解它對於自己寫作和生存的意義，才能取得一個全新的視角，正如他去波哥大就讀大學後有助於看清他的故鄉亞拉卡塔卡，去了墨西哥有助於了解他的祖國哥倫比亞，再遊歷歐洲之後，他才能站在更凝定的位置重新審視整個拉丁美洲……。

難怪這本二十多萬字的長篇小說《百年孤寂》風靡全球時，他仍然抱著平靜的心情坦言：「沒有本人的親身經歷作爲基礎，我可能連一個故事也寫不出來。」

正如八歲以前外祖父那座幽靈出現的宅院，姑姥姥、外祖母所講述的鬼怪故事，都是他一生中揮之不去的記憶之核，這份記憶絕大部分都成爲小說中取之不竭的素材，培育了作者天馬行空的想像力，這時他發現自己的口袋裡沉甸甸的，但並不知道其中裝的就是黃金。

一九八二年把諾貝爾文學獎頒給馬奎斯，其理由如下：「像其他重要的拉丁美洲作家一樣，馬奎斯永遠爲貧窮弱小的人請命，勇敢反抗內部的壓迫與外來的剝削。巧妙地揉合了虛幻與現實，創造一個豐富的想像世界，却反映了南美大陸的生活和衝突。」

《百年孤寂》自一九六七年出版到現在，它發生的影響力到今天讀起來仍然光芒四射，這部長篇小說仍被認爲是馬奎斯作品中最重要的一部。英國地位崇高的〈歐洲雜誌〉作了如下的評價：「它爲讀者提供了一種完整而複雜、深刻而明確的視覺，這是全面了解這位天才作家的必不可少的視覺。」

英國莎士比亞的《哈姆雷特》寫的是斯堪的納維亞題材，法國拉辛往往從希臘羅馬的史詩中汲取靈感，波赫士是阿根廷籍，但他本人的創作與歐洲大陸的文學傳統（特別是英國、法國）有千絲萬縷斬不斷的牽繫，題材則廣及阿拉伯、印度和中國。

當代很多拉丁美洲作家都具有世界的眼光，他們的創作從超現實主義開始，固然與西方現代主義小說的影響不無關係，更重要的，敍事方式的變革、形式的創新也是眞實表現拉丁美洲現實的內在要求。作家不必刻意地製造荒誕與神奇，拉丁美洲的現實本身就是神奇與荒誕的。這塊有著不同種族、血統、信仰的新大陸所構建的光怪陸離、荒誕不經的現實，也呼喚別具一格的嶄新表現形式，去呈現豐富的內容，深刻的寓意，這本長篇小說標出了文學史上的新紀元。

《百年孤寂》成爲拉丁美洲文學一座百年紀念碑，這已經是不容置疑的事實。

新潮文庫編輯部

一九八三年九月二十八日

二〇〇四年六月重排大字本

人物說明表

馬奎斯這本小說寫一個叫邦迪亞家族六代的故事，小說人物非常複雜，並且人物的名字很長，有的名字是由三、四個多音節的西班牙文字組成，爲避免混淆難記，譯名盡可能採用原名最後一字或倒數第二字使成三、四個字的中文名字；原文有雷同的，則改用音同字不同的中國字，以利區分。

第一代

老邦迪亞（José Arcadio Buendía）是一個富於幻想的人物，具有冒險與創造精神，生活在靈性、良知與奇想中，對煉金術著迷，是這個家族魔幻人生的根源。

易家蘭（Úrsula Iguarán）是老邦迪亞之妻，爲整個故事的核心人物，具有強烈的生命力，活到百餘歲，終生勤儉，活力充沛，是這個家族的支柱，她死後整個家族頹敗衰落。

第二代

亞克迪奧（José Arcadio）是老邦迪亞的長子，爲野獸派典型人物；他狂熱、衝動、粗暴、不負責任、無道義良知、浮誇，被母親趕出家門，是這個家族劣根性的種子。

莉比卡（Rebeca）是性象徵的典型人物，乃亞克迪奧之妻，她神祕、固執、任性，性衝動時就吃泥土或牆壁上的灰泥，性情怪異，驕傲不容於人，但在困境中能生存下去，是堅毅性格的表徵。

透娜拉（Pilar Ternera）是吉卜賽女郎，爲頽廢靈魂之典型人物，可說是魔鬼的門徒，卻也是人性弱點的安撫者。她與亞克迪奧私通生下一子，即第三代的阿克迪亞，又與亞克迪奧之弟邦迪亞上校私通生下一子，即第三代的約塞。她是靈肉鬥爭中物慾的表徵，是這個家族趨向幻滅的種因。

邦迪亞上校（Colonel Aureliano Buendia）是作者安排在小說中最重要的人物，乃老邦迪亞之次子。他是人類勇者的畫像，經過三十二次革命戰爭的失敗，仍然氣勢如虹，到了九十高齡，因看不慣腐敗的共和政府，仍想號召同志起而革命；他有十七個私生子，姓名可考者從母姓，只因他後來一句閒話，即要召集散居各地的十七個兒子起來革命，而使得他們全部被政府追殺殆盡。邦迪亞上校是這個家族的光輝，他死後這個家族黯然無光。

莫氏柯蒂（Remedios Moscote）是邦迪亞上校之妻，性情和順溫柔，但也天眞浪漫，上校從年輕時代起就接觸很多女人，但對她最爲疼愛，只可惜她早死，這給上校極大的打擊。

亞瑪蘭塔（Amaranta）是老邦迪亞之女，即亞克迪奧與邦迪亞上校之妹，爲冰霜美人的典型，好猜嫉，有強烈的報復心，內心熱情，外表卻冷漠，幻想多於行動，終生未嫁，後產生老處女變態心理，與二哥邦迪亞上校之子約塞發生姑姪戀情，因而毀了約塞，也斷了邦迪亞上校根脈，是這個家族的悲劇孽緣。

第三代

阿克迪亞（Arcadio）為亞克迪奧與透娜拉所生，因其父正房妻子莉比卡無後，故把他列為第三代輩分中嫡系最年長者。他繼承了父母頹廢的血統，靠叔叔邦迪亞上校提攜，做了馬康多城鎮的軍政首領，橫行霸道，儼然一代暴君。因為他是私生子，不知道自己的身世，便藉權勢追求地方上一位有風韻的漂亮中年婦人，這個女人自知他是她的親生兒子，對他多所親近疼愛，這段故事便成了這本小說中的「戀母情意結」。阿克迪亞後來因革命軍失敗被處決。他象徵權勢的虛幻與暴力的荒謬。

匹達黛（Santa Sofia de la Piedad）是阿克迪亞的妻子，為賢妻良母之典型人物。她一生緘默寡言，不與人爭，悉心照料家務，省吃儉用，只因自己知識程度不高，教養子女心有餘而力不足；她在家裡就像一個傭人，忙上忙下，卻不被家人重視，她象徵善良的孤寂。老邁後因看不得這個家族的衰敗，加上媳婦的蠻橫怪異，她傷心而出走，離家後杳無音訊。她代表這個家族的幻滅的良心。

約塞（Aureliano José）是邦迪亞上校與透娜拉私通所生的兒子，上校因正房妻子莫氏柯蒂第一胎懷雙胞難產，母子均亡，故把約塞收為嫡系兒子，對他倍加疼愛，約塞完全繼承上校的性格，並像父親一樣從事革命參加戰爭。後愛上姑姑亞瑪蘭塔，可說是這本小說中的又一「戀母情意結」。

第四代

席甘多（Aureliano Segundo）是阿克迪亞與匹達黛的雙生兒子之一。他是巴比倫文明的化身；美人與酒圍繞著他的生活。對他來說，人生似乎除了歡宴還是歡宴。他象徵人類頹廢文明的敗亡命運，也是這個家族敗亡命運的徵兆。

卡碧娥(Fernanda del Carpio)是席甘多之妻，生活在宗教的虛假中，性情怪異，行事蠻橫，不著實務，自憐心理非常強，是加速這個家族敗亡的悲劇人物。

席根鐸（José Arcadio Segundo）是席甘多的雙生兄弟，他們小時候幾乎一模一樣，都承襲了父母壞的種性，但長大後，席甘多喜歡逸樂喧鬧，而席根鐸則孤獨高傲。當獨裁的政府鎮壓大罷工時，軍隊以機槍射殺了三千多名工人，他是唯一倖存者；政府當局把屍體全部扔入海中，滅跡工作做得十分完善，使當時的人不相信有這種事發生，歷史課本上也沒有記載，但在往後的幾十年裡，席根鐸不斷告訴後代的人，說他親身經歷過這件事，這是千眞萬確的暴政，他永遠要爲歷史作證。他代表人類的良知、勇氣與正義。然而，到他老死，他的呼聲是那麼微弱，有誰相信他爲歷史作證的話呢？他的孤寂還是這個家族永恆的傳統。

美女瑞米迪娥（Remedios the Beauty）是雙生兄弟席甘多與席根鐸的親妹妹。她是美與幻夢的化身，並且她的美與死亡是分不開的，只要與她接觸的人必然死亡；她可說是仙女下凡，愛死幾個男人後又羽化而升天了。她象徵青春與美的空幻與孤寂。

第五代

亞卡底奧（José Arcadio）是席甘多與卡碧娥之子。他頹廢、浪漫、虛假，可以說承襲了他的父母所有的劣根性。家裡對他寄以厚望，希望他是邦家重振家聲的教皇型人物，送他到羅馬去留學，結果他在義大利每天往娼妓酒館跑，還欺騙父母說他學業大有進步；父母死後，他返國一心只想繼承財產，哪知這時的邦家已衰敗不堪，除了那幢如廢墟般的舊宅第，可以說一無所有。最後被他那幾個同性戀的男孩子溺斃在浴池裡。他象徵頹廢文明的滅絕。這個家族到此男系已經完全滅絕。

美美（Meme）爲莉娜塔（Renata Remedios）的小名，是席甘多與卡碧娥的長女，天眞浪漫，美麗動人，是純情的象徵。然而，她的命運悲慘，因母親反對她愛上一名不能門當戶對的技工，而把她送往修道院，行前她已懷有那名技工的孩子，他們就此被拆散；私生子由修道院送回家來，慘遭卡碧娥虐待，美美則死在修道院。

亞瑪倫塔（Amaranta Ursula），又名易家欒或易家蘭（Úrsula Iguarán），爲美美之妹，是席甘多與卡碧娥的次女。父母亦將她送往歐洲留學；她美麗大方，氣質高貴，完成學業後，嫁給一位家境很好的男士。返鄉後本想利用夫婿的經濟能力重建家道中衰的邦家，哪知愛神捉弄她，她與美美的私生子，即自己的親外甥倭良諾墜入了情網，後遭丈夫遺棄，與倭良諾守著貧窮，終因生產流血過多而死。她象徵愛情的幻滅與孤寂。

賈斯登（Gaston）是亞瑪倫塔之夫，家境良好，對昆蟲研究頗有心得，是個成熟的男人，深愛妻子，但妻子紅杏出牆，他便把她遺棄。他象徵婚姻的空幻與孤寂。

第六代

倭良諾（Aureliano）是美美與一名叫巴比隆尼亞（Mauricio Babilonia）的技工私通所生的兒子，在修道院出生，由一位修女送回來，交給美美的母親卡碧娥撫養。卡碧娥對他百般虐待，並隱瞞他的身世，使他長大後仍然不知他的父母是誰。後來亞瑪倫塔從國外回來，這時卡碧娥已死，亞瑪倫塔非常憐愛他，他也非常傾慕她，但他並不知道她是他的阿姨，於是二人墜入情網，而後生下一子，取名奧良奴（Aureliano）。亞瑪倫塔因流血過多產後即亡；嬰兒奧良奴則因其父悲傷過度，疏於照顧，生下不久即被螞蟻吃掉。倭良諾也於不久後緊閉家中而亡。到此，邦家全部幻滅。

其他相關人物

亞奎拉（Prudenio Aguilar）老邦迪亞的鬥雞對手。

維西妲桑（Visitacion）印第安女人，在老邦迪亞家幫忙家務。

卡托爾（Cataure）印第安人維西妲桑的哥哥。
尼康諾烏洛（Nicanor Ulloa）莉比卡的父親。
莉畢卡蒙蒂（Rebeca Montiel）莉比卡的母親。
莫士柯特（Moscote）馬康多最早的行政首長，莫氏柯蒂之父。
安派蘿（Amparo）莫氏柯蒂的姐姐。
克列斯比（P. Crespi）樂器商人，精通音樂與舞蹈，爲莉比卡與亞瑪蘭塔爭奪之對象。
麥爾科（Melchor Escalona）爲席甘多與席根鐸的老師。
維斯博（Magnifico Visbal）爲邦迪亞上校的摯友。
馬魁茲（Gerinelde Márquez）即後來的馬魁茲上校，爲邦迪亞上校的摯友，深愛亞瑪蘭塔。
雷納神父（Father Nicanor Reyna）爲莫氏柯蒂婚禮的主持人。
諾格拉醫生（Dr. Alirio Noguera）自由黨人，以行醫掩護革命。
柯蒂絲（Petra Cotes）爲席甘多的姘婦。
亞瑪多（Aureliano Amador）爲邦迪亞上校十七名私生子中最年長者。從母姓。
席拉多（Aureliano Serrador）爲邦迪亞上校私生子。從母姓。
亞卡雅（Aureliano Arcaya）爲邦迪亞上校私生子。從母姓。
桑坦諾（Aureliano Centeno）爲邦迪亞上校私生子。從母姓。
屈斯提（Aureliano Triste）爲邦迪亞上校私生子。從母姓。

邦迪亞上校之私生子除有母姓可考的五名外，其他十二名均叫奧良諾（Aureliano）。

小說人物六代家系圖

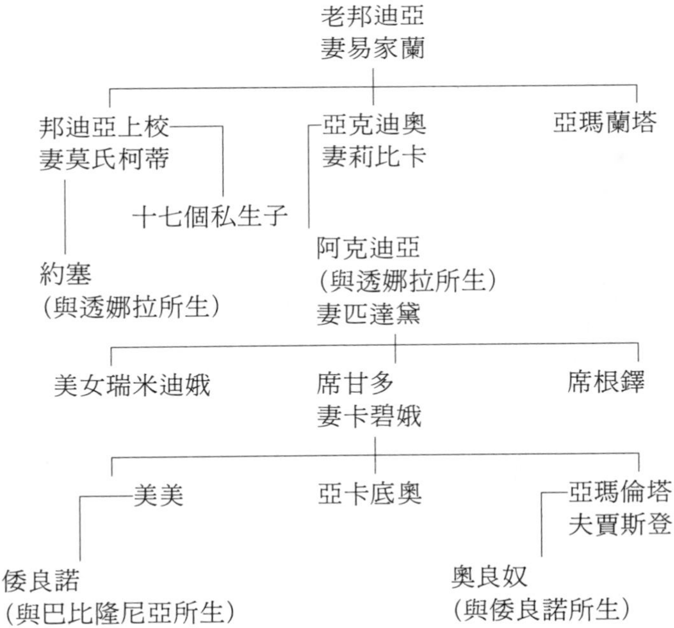
老邦迪亞
妻易家蘭
邦迪亞上校
妻莫氏柯蒂
亞克迪奧
妻莉比卡
亞瑪蘭塔
十七個私生子
約塞
(與透娜拉所生)
阿克迪亞
(與透娜拉所生)
妻匹達黛
美女瑞米迪娥
席甘多
妻卡碧娥
席根鐸
美美
亞卡底奧
亞瑪倫塔
夫賈斯登
倭良諾
(與巴比隆尼亞所生)
奧良奴
(與倭良諾所生)

1

許多年後，當邦迪亞上校面對行刑槍隊時，他便會想起他父親帶他去找冰塊的那個遙遠的下午。那時馬康多是個二十多戶人家的小村子，房屋沿河岸建起，澄清的河水在光潔的石塊上流瀉，河床上那些白而大的石塊像史前時代怪獸的巨蛋。這是個嶄新的新天地，許多東西都還沒有命名，想要述說還得用手去指。每年三月總會有一戶衣著破舊的吉卜賽人在村莊近處搭起帳篷，大聲地吹笛打鼓，展示他們的新玩藝兒。他們首先帶來的是磁鐵。一個體態厚重的吉卜賽人，滿臉不整的鬍髭，雙手雀斑點點，自我介紹他是麥魁迪，公開展示他所謂的馬其頓煉金大師第八大奇蹟。他拖著兩塊金屬板，挨家挨戶地走過，大家都很驚愕地望見那些鐵壺、鐵鍋、火鋏和火盆在原地翻滾；釘不牢靠的屋柱嘰嘰軋軋發響，那些螺絲釘和釘子就像要跑出來似的；甚至失去很久的東西，卻在原來找過的地方紛紛出現了，統統都雜七雜八地跟在麥魁迪的神奇鐵板後面跑。「東西自有它們的生命，」吉卜賽人以粗糙刺耳的聲音叫道。「只要喚醒它們的靈魂就行了。」老邦迪亞奔放的想像力常常超越了自然的天賦，甚至超越奇蹟與神術，他認爲這種無用的發明可以用來吸取地下的黃金。麥魁迪是個誠正的人，警告他說：「這是辦不到的。」老邦迪亞那時並不相信吉卜賽人的誠正規勸，於是以一匹騾子和兩隻山羊交換了那兩塊磁鐵。他的妻子易家蘭，靠了這些家畜來增加少許家財，想說服他不要交換，卻無效。「我們很快就會有足夠的黃金，連家裡的地板都可以用黃金來鋪。」她的丈夫回答說。以後的幾個禮拜，他很勤奮地工作，想證實他的想法是正確的。他探測這個地區的每寸土地，拖著麥魁迪那兩塊磁鐵，大聲唸著他的那套咒文，到處去勘測，甚至連河床下也不放過。他這樣做，唯一的收穫是找到一套十五世紀的甲冑，裡面鏗鏘發響；那些生鏽的碎片一片接一片地緊合著，像個大葫蘆，裡面裝滿石頭似的東西。當老邦迪亞和他的四個探測伙伴設法把這具甲冑打開來看時，他們發現裡面是一具鈣化了的骨骸和一個小銅盒，盒裡裝著女人的頭髮，小銅盒繫在骨骸頸部。

三月裡，吉卜賽人回來了。這次他們帶來望遠鏡和小鼓一般大小的放大鏡，他們展示這些東西，說是阿姆斯特丹的猶太人新近發明的。他們叫一個吉卜賽女人站在村莊的一端，把望遠鏡擺在帳篷門口。每個人每次付五分錢，就可以透過望遠鏡看到那個吉卜賽女人與他只隔一臂之遙。「科學可以縮短距離，」麥魁迪宣佈說。「在不久的將來，人們將不須出門一步，便可以看到正在世界各地所發生的事情。」正午灼熱的陽光與放大鏡合作做了一次驚人的表演：他們把一堆乾草放在街道中央，把放大鏡聚集陽光的焦點落在乾草堆上而引燃起火。因磁鐵的失敗而尚未消除難過心情的老邦迪亞，這回又想到這個陽光焦點的發明可以用於戰爭上了。麥魁迪再次勸他不要去嘗試，但終於還是把放大鏡換給他了；麥魁迪收回他那兩塊磁鐵，外加三個殖民地金幣。易家蘭惶恐地流下眼淚。那三個殖民地金幣是從一箱金幣中取出來的，而那箱金幣是她父親一生的積蓄，她把它埋藏在她的床底下，希望適當時機派上用場。老邦迪亞並不想去安慰他的妻子，他只一味地像個科學家似的，只顧專心於戰術的實驗研究，甚至冒著生命的危險去做。他一心想要表現放大鏡的制敵效果，不惜以自身來試驗，自己站在太陽光的焦點處，忍受灼傷、生瘡化膿的痛苦，並且花了很長一段時間才治癒。他妻子極力反對這樣危險的發明，有一次他幾乎把房屋燒掉了。他會在房子裡一待就是幾個小時，研究他的新武器在戰略上的可行性，終於他編成了一本極為清晰、並且頗具說服力的用法說明手冊。他把這本手冊交由一位信差翻山越嶺送去給政府，還附上他多次實驗的圖表與解說文件。這位信差曾在沼澤地迷失路線；在暴風雨下涉過河流；在絕望與疾疫以及野獸的侵襲下掙扎，幾乎喪命，但最後找到了那條有騾子載送郵件的山道。雖然當時要到首都去，幾乎是不可能的，但老邦迪亞向政府保證，只要徵召他，他就前往當場將這新發明示範給軍事當局看，並且親自訓練他們參加這種太陽戰法的複雜運作技巧。然而，一等許多年未得回音。終於，他等夠了，告訴麥魁迪說他的計畫失敗了，於是那位吉卜賽人以行動證明他是個老實人；他把金幣還給他，收回他的放大鏡，另外還給了他幾張葡萄牙人的航海地圖與航海器具；並且親筆抄下侯曼的航海綱要，交給老邦迪亞，使他能夠運用觀象儀、指南針和六分儀。老邦迪亞在一連好幾個月的漫長雨季裡，躲進他那搭蓋在正屋後面的小屋裡做實驗，不讓別人打擾他。他完全不管家裡的事了，整夜在院子裡觀察星象；為了了解正午的正確方法，他曝曬在太陽下，幾乎中暑。當他成為操作航行儀器的專家，就對太空另有了他自己的一套構想，他認爲自己不必走出書房，就可以航行在未知的海上，去尋訪無人居住的領域，去與奇異事物建立關係。那段時間他養成了自言自語的習慣，他在他的房裡兀自信步踱著，不去搭理任何人；而他的妻子和孩子們則在菜園裡種植香蕉、芋頭、葛菜、山芍和茄子，累得背脊都快要斷掉了。猝然，他那狂熱的研究活動暫時中止了，像是著了魔似的，事前並無任何徵兆。幾天來，他像中了邪，自言自語地細聲唸出一連串的假定來，連他自己也不太相信自己的智慧對這假定能悟解多少。終於，在十二月的一個星期二午餐時間，他突然把他所有的痛苦都宣洩出來，孩子們終生也難忘他們的父親，在長期熬夜、飽受想像力的摧折後，終於嚴肅地把他的發現說了出來：

「地球是圓的，像橘子那個樣子。」

易家蘭忍無可忍了。「如果你要發瘋，你就儘管去發瘋吧！」她大聲叫道。「但是不要把你的吉卜賽人的想法灌輸給孩子。」老邦迪亞無動於衷，並不因他妻子的絕望而驚愕；他的妻子在盛怒之下，把觀象儀摔破在地板上。他又做了一個，並叫村人聚集到他的小房間裡，向他們提出無人能了解的理論，告訴他們說，如果人們一直向東航行，可能會回到原來他出發的地方。全村的人都相信老邦迪亞已經發瘋了，這時麥魁迪出面爲他辯解；他當眾讚揚老邦迪亞，說他單憑天文學的計算，就能證實他的推理；說他眞是個有智慧的人，這個理論直到那時，馬康多還沒有人知道。爲了對他表示崇敬，便贈給他一件禮物，且是一件影響這個村莊將來前途的禮物：那就是一間煉金實驗室。

後來，麥魁迪衰老得非常快。他第一次來這裡時，似乎與老邦迪亞的年齡不相上下。但是老邦迪亞保持了旺盛的精力，他可以拉住馬的耳朵，把馬的身子往下拉低或翻倒；而這位吉卜賽人似乎患了某種難醫的病。實際上，他是因爲在世界各地旅行太多而感染過許多稀奇古怪的病。照他自己跟老邦迪亞的說法，死神到處跟著他，嗅他的褲底，只是它無意用它的利爪一下把他攫走罷了；他一邊說話，一邊幫助老邦迪亞設立實驗室。他逃過了侵害人類的各種大小災難與疾病。他在波斯患了玉米疹，在馬來群島患了壞血病，在亞歷山大城患了痲瘋，在日本患了腳氣病，在馬達加斯加碰上黑死病，在西西里島碰上地震，在麥哲倫海峽遇到悲慘的沉船事件，但他都沒有死。這個怪人似乎掌握了古星相家諾斯屈達馬斯①的奧秘之鑰；他天性陰沉，一身靈氣，卻又充滿哀傷氣息，表情像亞洲人，似乎對另一個世界的事物知道得很多。他頭戴一頂烏鴉展翅式的大黑帽，身穿天鵝絨甲胄褂子，上面積有無數的綠鏽。雖然他很有智慧，心胸也無比的寬大，卻因對人類懷抱一種使命感，而在塵世中碰到許多日常生活上的小難題。他抱怨染患老年病症，忍受著經濟上最無奈的煩瑣困難；由於壞血病使他的牙齒掉光，他已許久笑不出聲了。那個悶熱的午間，當那個吉卜賽人這樣推心置腹的說出他這些秘密時，老邦迪亞認爲，那便是他們偉大友誼的開始。孩子們被他這種奇異有趣的

① 諾斯屈達馬斯（Nostradamus, 1503～1566），法國普羅旺斯地方的猶太人占卜師，將占星術以韻文寫成預言書。

故事驚住了。邦迪亞上校那時還不到五歲，他一生都忘不了那個下午，他看見那個人靠窗而坐，從窗子射入的顫動的光帶著他那深沉的聲音，照亮了想像力所能達到的最深沉黑暗的地方，他額頭的油垢汗漬沿兩鬢順流而下，他的哥哥亞克迪奧把這當作他傳家的回憶事件，傳給他的後代子孫。相反地，易家蘭則對那次客人的來訪大起反感，因爲麥魁迪一進家門，就不小心打破了一瓶氯化汞。

「這是惡魔的氣味。」她說。

「沒有什麼，一點也不，」麥魁迪糾正她說。「惡魔已被證明帶有硫化物的性質，這只是一點帶腐蝕性的汞昇華物。」

他一向喜歡說教，於是很精闢地把朱砂的猛烈屬性加以解說，然而易家蘭不理會他，帶著孩子去祈禱。那種氣味使她永遠難忘，並且與對麥魁迪的惡劣印象緊密地相連。

初具規模的實驗室，除了許多瓶子、罐子、漏斗、蒸餾器、濾嘴和篩子之外，還有粗糙的水管、長頸玻璃燒杯和複製的煉金元素物質（俗稱煉金師的蛋，是鹽、硫磺和水銀的合成物），另外還有一個吉卜賽人按猶太瑪利的三腳蒸餾鍋的說明書所仿製的蒸餾鍋。除此之外，麥魁迪還留下與七大行星相關的七種金屬樣品，以及摩西和卓茲瑪斯的黃金增值公式，外加一套與大教義相關的解說符號與圖表，能把其中意思加以解釋出來的人，便可以著手製造點金石了。老邦迪亞看見黃金增值公式不難解說，深受誘惑，於是向他的妻子易家蘭奉承了許多個禮拜，爲的是希望她允許他挖出她所埋藏的金幣，以進行水銀分解，水銀分解的次數是金子增加的倍數。易家蘭像往常一樣，對丈夫不屈不撓的意志還是屈服了。而後，老邦迪亞如願以償地將三個金幣投入鍋裡，與銅片、雄黃、硫磺和鉛塊熔合，再放進一鍋海狸油中去煮成濃臭的黏性漿液，這東西看起來不像是貴重的黃金，倒像燒焦了的糖漿。在這項冒險而無望的蒸餾過程中，易家蘭的家產與七種金屬熔合了，再加入煉金用的水銀和塞浦魯斯硫酸，又因缺少蘿蔔油，便把豬油加進去熬煮，結果變成一大塊燒焦的豬油渣，緊黏在鍋底。

當吉卜賽人回來時，易家蘭發動全村的人起來反抗他。但他們的好奇心勝過了恐懼感，因爲這回吉卜賽人跑遍村莊，用各種樂器以震耳欲聾的聲音吹奏，同時一個吉卜賽人小販宣稱，要展出納西安斯家族最新奇的發現。因此，每個人都湧向展示的帳篷，門票一分錢，看到的是麥魁迪恢復青春，沒有皺紋，嘴上一排嶄新發亮的牙齒。大家猶記得，他的牙齦已經被壞血病所毀，兩頰也已鬆軟，嘴角垮了下來；現在，證明吉卜賽人具有超自然的力量，禁不住驚恐起來，尤其當麥魁迪把牙齒整排從牙齦上取下來，並向大家展示片刻時，他立刻又變回幾年前那副老頭兒的樣子；然後他再把整排牙齒放回去，笑嘻嘻地又變成了一副青春的模樣，這使每個觀眾看得目瞪口呆，且顯得驚惶起來。老邦迪亞認爲麥魁迪的知識已達令人難以忍受的地步，但經過這位吉卜賽人單獨向他解釋假牙的功效後，他又快慰地興奮起來。這似乎是相當怪異又單純的事，老邦迪亞突然一夜之間對煉金術失去興趣了。他起伏不定的情緒危機平息了。他不再按時回去吃飯，整天在他的小屋子裡踱來踱去。「世界上發明了那麼多簡直是不可思議的新奇事物，」他對他的妻子易家蘭說。「河的對岸有各種神奇的器具，而我們卻在這裡過著笨驢樣的生活。」那些自從馬康多建村以來就認識他的人，眼見他受麥魁迪影響如此之大，都非常驚愕。

起初，老邦迪亞可以說是一個年輕的族長，教人耕種和養育小孩及動物；爲了這個社區的利益，他與別人合作，甚至身體力行。一開始他家的房子是蓋得最好的，於是人人都起而模仿他。他的家裡有光線充足的小起居室，餐室的陽臺上置有花盆，花卉鮮美，臥室有兩間，院子裡種植著大栗樹，花園修剪得很美觀，還有飼養山羊、豬的獸欄，和可以棲息雞類的雞塒。他家和整個村落只禁養一種動物，那就是鬥雞。

易家蘭的工作能力和她丈夫不相上下。她是活躍、小巧、嚴謹的女人，她的一生無時無刻不是勇氣十足，雖然不曾聽她唱過歌，她卻是無所不在的，從黎明到深夜，她總是穿著漿過的裙子到處跑動，那硬板板的裙子發出細微的沙沙聲。由於地板是黏土，泥牆未粉刷，他們自製的原木家具總是乾乾淨淨的，放置衣物的舊衣櫃散發出蘿勒草的暖香。

老邦迪亞是村中最具企業頭腦的人；他安排建屋的位置，使每家到河邊取水時要花同等的氣力；他規畫巷道，使每幢房屋在炎熱的時候忍受日照的時間相同。在短短幾年內，馬康多就成了三百多位居民井然有序且工作勤奮的村莊。這是一個眞正幸福的村莊，村民的年齡都還不到三十歲，都很年輕，還不曾有任何人死亡。

從建村開始，老邦迪亞就築有陷阱與鳥籠。不久，不僅他家，就連村裡其他人的家裡也有了許多鳥類，包括金絲雀、蜂鳥和知更鳥。許多不同的鳥齊鳴，吵得易家蘭只好用蠟把耳朵塞住，以免失去對事物的眞實感。麥魁迪第一次來兜售治頭痛的玻璃球時，大家都很奇怪他竟能找到這個沼澤中無人知道的小村莊，那位吉卜賽人承認是根據鳥鳴聲找到的。

領導社會活動的精神很快就消失了，代之而起的是對磁鐵的狂熱、天文儀的計算公式、煉金的夢想，以及急著去發掘世界的奇蹟事物。老邦迪亞從整潔而富有活力的人變成一個外表懶散、衣著不整、鬍子亂七八糟的漢子，易家蘭好不容易才用廚房裡的一把刀子把他的鬍子修了修。許多人都認爲他是怪異的咒語下的犧牲者。然而，當他拿出工具來清理地面，並召集人群來爲馬康多開出一條道路，以利大家接觸外界許多偉大發明時，甚至連認爲他瘋狂的人，也都擱下他們自家的工作和家務，來跟隨他開路。

老邦迪亞對這地區的地理完全不知道。他只知道東面是連綿不斷的不可穿越的山脈，那邊有一座里奧哈恰古城，按照他的老祖父所說的，在過去的年代裡，法蘭西斯・蕨克爵士曾在那裡用加農砲獵取鱷魚，並把打壞的鱷魚修補好，在鱷魚肚裡塡塞乾草，運去送給伊麗莎白女王。老邦迪亞年輕時，與他的一群部下帶著妻兒子女，從那邊翻山越嶺去尋找出海的通道，經過二十六個月，終於放棄繼續遠征，就地建立了馬康多村，從此就不再返回出發地了。那條路只通往過去的地方，因此他不感興趣。向南去是沼澤地，永遠浮滿植物的渣滓物，按吉卜賽人說，這浩瀚的沼澤地無邊無際。西面的沼澤與水域相接，那邊的水中有軟皮鯨魚，頭部和身軀都長得像女人，常以牠們令人著迷的大胸脯來誘惑水手，甚至使他們送命。吉卜賽人沿這條路航行六個月，才抵達騾子載運郵件通行的地帶。老邦迪亞估計，唯一可與文明接觸的方法是沿著北方那條路走。於是他把開墾工具和打獵的武器交給與他同建馬康多村莊的人，把導航用具和地圖裝進背包中，踏上了不可測的冒險旅程。

起初幾天，他們沒有遇到什麼大不了的障礙。他們沿著河流的岩岸，到達前幾年發現甲胄的地方，從那裡順著一條野橘林間的小徑進入森林。第一個星期過去了，他們殺了一頭鹿來烤食，大家同意只吃一半，剩下的用鹽醃好，準備在以後的日子食用。他們一直不想吃五彩鸚鵡的肉，但到了非吃不可時，也是小心翼翼地，這種鳥的肉呈藍色，肉質粗，吃起來有腐臭味。後來的十幾天，他們沒有再看到太陽。地上軟而潮濕，像火山的灰燼，草木越來越濃密；鳥鳴猿叫的聲音越來越遠，世界變得極度悲淒。當他們的靴子陷在熱氣騰騰的油灘中，當他們用彎刀砍掉流著血汁液的百合和金黃色的蠑螈，這些遠征的人覺得沉醉在遠古的記憶中，記起了那潮濕與寂靜的樂園，回到原罪②之前的情景。一個星期來，他們幾乎不說話，像夢遊者般往前行經悲愁的宇宙，到處幽暗，只有發光的昆蟲輝映著一些光亮，那血腥的氣味使他們的肺部透不過氣來。他們無法回頭走，因爲他們一路上走的是自己開的路，並且在走過之後，似乎在原地馬上又長出新的植物來，把路封住。「沒有關係，」老邦迪亞說。「重要的是不要失去方向。」他總是按照他的指南針，領著他的人向看不見的北方走去，以便走出這

②　原罪指亞當與夏娃偷食樂園禁果之罪，因爲他們是人類的祖先，從此人類便天生爲帶罪之身。

個著魔似的地域。這是個沉黑的夜晚，沒有星光，黑暗中透出一種清新的空氣。他們因長久的跋涉而疲乏，便搭起了吊床，這是兩週來他們第一次有個甜美的睡眠。醒來時，太陽已經高掛天空，他們陶醉得無言相對。在他們前面，在靜默的晨光中，在羊齒植物和棕櫚樹之間，有一艘西班牙大帆船閃耀著一片粉白。船微向右舷傾斜，完好的桅桿上垂掛著髒而破的帆布，帆布上綴著蘭花。船身覆滿枯硬的藤節和軟蘚苔，像是緊緊地嵌在石頭的表面。整條船似乎佔有了它那孤寂與煙霧瀰漫的空間，不受歲月的侵蝕，也沒有鳥類來棲息。遠征的人小心檢視裡邊，發現除了濃密的花叢以外，什麼也沒有。

既然發現了大帆船，這表示離海很近。老邦迪亞卻反而因此喪失了衝勁。他原本尋找大海而不可得，如今大海卻橫在他眼前，不可超越；這大海本是經過無盡的犧牲與痛苦都找不著的，卻突如其來不費事的被發現了，難免使他覺得這是捉弄人的命運佈下的詭計。許多年後，他的兒子邦迪亞上校再越過這個區域時，這兒已是一條經常輸送郵件的道路，他所發現的船隻猶剩下在罌粟花田地中被火焚燒過的部分殘骸，就到那時，他才相信父親所講的故事不是杜撰的；他只是想不通，偌大一條船怎麼會跑到內陸這麼一個地點來。然而當時，老邦迪亞是離開那艘大帆船再往前走了四天才發現大海的，但他並沒有去思索它怎麼會跑到內陸來這件事。當他面對滿是灰燼泡沫的骯髒的海時，他的夢想破滅了；他覺得這不值得他冒險犧牲來走一趟。

「他媽的！」他大叫說。「馬康多四周都被水包圍了。」

老邦迪亞遠征回來後，隨便畫了一張地圖，由於這張地圖，許久以來馬康多都被認爲是個半島。他是在氣憤之餘畫下那張地圖的，特別誇大了交通的困難，像是在懲罰自己完全沒有頭腦，因而選上了這樣一個地方似的。「我們永遠也別想去哪裡了，」他哀傷地對妻子易家蘭說。「我們將在這裡虛度一生，無法享受科學的好處。」這個想法使他決定將馬康多的人遷往較好的地方去，於是他在他那間用作實驗室的小屋子苦思了幾個月。這次，易家蘭已預先看出了他狂熱的計畫。她像小螞蟻那樣，暗中辛勞地去勸說村裡的婦女反對她們的丈夫事實上已經在準備的遷移行動。老邦迪亞並不知道自己的計畫是什麼時候或因什麼反對的力量，使之拖延、無望、逃避，且終於成爲泡影的。有個上午，當她發現他在後面小屋裡自言自語地說著他的遷移計畫，並把實驗室的器物用具裝進原箱中時，她以天眞的目光注視著他，甚至覺得他可憐。她讓他做完工作。她讓他把箱子釘上，用中國式毛筆蘸墨水在箱子上寫上自己姓名的縮寫字母，而不去指責他；現在她明白她丈夫已經知道她搗的鬼（因爲從他細聲的獨白中她已聽到他這樣說），使得村民不支持他的計畫。直等到他開始卸下門板，易家蘭才膽敢問他要幹什麼，他以相當痛苦的表情說：「旣然沒有人要離開，我們就獨個一家走吧。」易家蘭聽了並無憂慼不安的表情。

「我們不走，」她說。「我們要留在這裡，因爲我們在這裡生了個兒子。」

「我們還沒有親人死在這裡，」他說。「一個人必須等到有親人死在那兒，那地方才算得上是他的家鄉。」

易家蘭以堅定的語氣低聲說：

「如果我必須以死才能留得住你們，我願意一死。」

老邦迪亞沒想到他的妻子是這般的意志堅定。他以各種美妙的奇想來勸誘她；保證會有一個奇妙的世界被他發現，在那個世界的土地上，只要滴上一滴神奇的水，植物就會如人所願地長出果實來，而且那裡有各種抗拒痛苦的器具廉價出售；但是易家蘭對他這種千里眼式的洞察力反應冷淡。

「你不要再跑來跑去，胡亂空想狂想一些事情，你該操心一下你兒子啦，」她回答說。「瞧瞧他們眼前的樣子，都野得像驢子般到處亂跑。」

老邦迪亞從表面意義領略了妻子的話。他望向窗外，看見赤腳的孩子在陽光照耀的花園裡。他此刻才覺得他們開始存在；他們似乎是由易家蘭的魔咒孕育出來的。這時他內心產生一種神祕而又絕對的感覺，尋根到他自己的童年那段時光去，再去發掘他不曾探測過的記憶的領域。當易家蘭繼續清掃房子時，她覺得從今以後的下半輩子，這幢房屋不會被人遺棄了；他則帶著專注的神情站在那兒，想著孩子們的問題，直到他的眼睛濕潤，才用手背擦乾淚水，聽天由命地長嘆一口氣。

「好吧，」他說。「叫他們來幫我把東西從箱子裡拿出來。」

長子亞克迪奧十四歲，方頭，濃髮，承襲了父親的性格。雖然他的生命成長衝力與體力有同等的發展，卻顯然缺乏想像力。他是在極度困難地越過山嶺來建立馬康多村之前生下的，他的父母見他沒有野性的特徵，眞是謝天謝地。他的弟弟，也就是後來的邦迪亞上校，是在馬康多生下的第一個孩子，到這年三月，就是六歲了。他沉靜差澀，在娘胎裡似乎就哭過，生下來眼睛是睜開的。當他們剪下他的臍帶時，他的頭左右搖晃，以無所恐懼的好奇心打量著室內人們的臉孔。後來，他對前來瞧他的人們失去了興趣，而集中注意力在那棕櫚葉編成的屋頂上，那屋頂似乎因雨水過量，壓力太大，快要崩塌下來了。他的母親易家蘭直到有一天，當三歲的小邦迪亞走進廚房時，才又記起了他那銳利的目光；這時她正從爐子上端出一鍋熱湯放在桌上。這神色凝重的孩子在門口說：「湯快要打翻啦！」鍋子正穩穩地放在桌子中央，而就在孩子說過話不久，鍋子開始慢慢地滑向邊緣，就好像被一種內在的力量所推動，終於掉落地上摔破了。驚惶的易家蘭把這件小事告訴她的丈夫，但老邦迪亞解釋說，這是自然現象。他向來不關心兒子的存在，部分是他認爲孩子尚在心智不足時期，部分是他常常太專心於他的奇妙想法。

但是，自從那個下午，他叫孩子們來實驗室幫他解開那些東西之後，他開始將大部分的時間用來陪伴他們。在那間單獨的小屋子裡，牆壁上漸漸掛滿了地圖和怪異的圖畫，他教他們讀書、寫字和數學，他跟孩子們講世界的奇景，不僅講些他自己知道的事，也將想像力發揮到極高的境界。就這樣，孩子們得知在非洲極南端的地方，有人極度聰明，喜愛和平，他們唯一的消遣就是坐下來思考；也知道徒步越過愛琴海是可能的，要是想到沙隆尼克港去的話，只要逐島跳過去就行了。這種幻想的高度想像力，在往後的年代一直深印在孩子的心版上。以致當一個正規軍的軍官命令他的行刑隊舉槍射擊時，後來成爲邦迪亞上校的那個孩子，竟再度看到了暖和的三月午後，他的父親停下物理課，著魔似地站著，一隻手舉在空中，兩眼眨也不眨一下，傾聽遠處吉卜賽人的笛聲、鼓聲，還有鈴聲，他們又往村子裡來了，宣佈孟非斯的聖人又有了什麼最新和最驚人的發現。

他們是新來的吉卜賽人，男男女女都是年輕人，只會說他們自己的語言；他們都很俊美，皮膚油光發亮，雙手靈巧；他們的舞蹈和音樂給街上帶來歡欣和喧鬧；塗著五彩繽紛顏色的鸚鵡在朗誦義大利抒情歌曲；一隻母雞和著鼓聲生下一百枚金蛋；經過訓練的猴子能猜透人的心事；一架多用途的機器可以一邊縫扣子，一邊降溫退熱；一種儀器可以叫人忘掉不愉快的事；一種草藥可以令人失去時間的感受；還有千種以上奇特巧妙、不同凡響的發明。這使得老邦迪亞必須發明一架記憶機器，才能記下所有那些發明。他們瞬即改變了這個村莊。馬康多的居民迷失在街上，爲這擁擠的市集弄得一片混亂。

老邦迪亞一手拉著一個孩子，以免他們在紛亂的人群中走失了；路上碰到鑲金牙的技術士和有六隻手臂的變戲法的人；人群中有屎尿和臭拖鞋發出的混雜怪味，薰得人透不過氣來。他爲了要說出他那些荒誕無稽的夢魘中的無數秘密，像瘋子般到處亂鑽去找麥魁迪。他問過幾個吉卜賽人，他們都聽不懂他的話，最後他到麥魁迪以前搭建帳篷的地方，發現一個不喜多言的亞美尼亞人正用西班牙語在叫賣一種糖漿，說是吃了可以隱形。當老邦迪亞擠進觀看得正出神的群眾中前去問話時，那個人已喝下一杯琥珀色的液體。吉卜賽人以可怕的表情讓對方感受可怕的氣氛，而後變成一灘柏油樣的東西，但他的回話卻仍飄忽在嬝嬝輕煙中，說：

「麥魁迪已經死了。」這個消息使老邦迪亞戚戚不安起來，他木然站著，想克服心中的煩惱；後來群眾被別的戲法所吸引，紛紛散去別處觀看，這個亞美尼亞人的一灘柏油樣的東西也完全蒸發掉了。而後，另外有吉卜賽人肯定地說，麥魁迪事實上是在新加坡海灘發高燒致死的，他的遺體被扔入了爪哇深海之中。兩個孩子對這消息不感興趣。他們堅持要父親帶他們去看正在一個帳篷門口宣傳的孟非斯聖人的神奇發明；按照吉卜賽人的說法，那個帳篷曾是屬於所羅門王的。孩子們那麼樣地堅持著要去看，以致老邦迪亞花了三十里拉的門票錢，帶他們進入帳篷中央。只見那兒有個巨人，體毛茸茸，頭光禿禿的，鼻子上穿著銅環，腳踝上有厚重的鐵鍊，正看守著一個海盜的寶箱。當巨人打開箱子時，箱子裡透出冰涼的氣味。裡面只有一塊巨大而透明的東西，帶著無數細小的針狀體，夕照反映在上面，被分裂成彩色的星光。老邦迪亞知道孩子正等著他解釋，有些發窘，就鼓起勇氣含混其詞低聲說：

「這是世界上最大的鑽石。」

「不是的，」吉卜賽人反駁說。「這是冰塊。」

老邦迪亞聽不懂那個吉卜賽人說的話，就伸手去摸那塊糕餅樣的東西，但巨人把它移開了。「要再付五里拉才可以摸。」他說。老邦迪亞又付了五里拉，把手在冰塊上放了好幾分鐘，他接觸到了這神祕之物，心裡又恐懼又高興。他不知道該怎麼說，他又付了十里拉的錢，好讓他的兩個孩子去體驗這奇異的接觸。小亞克迪奧不肯摸。相反地，小邦迪亞卻向前一步，把手放上去，立刻抽回來驚異地叫著說：「好燙呀！」但他的父親沒有注意他。當時的老邦迪亞爲這項神奇的驗證吸引住了，他忘了他過去那些狂熱的妄想行爲的挫敗，和已被拋棄在海裡餵烏賊的麥魁迪遺體。他又付了五里拉，把手放在那塊糕餅樣的東西上面，就像是在證明聖經上的眞理，大聲叫著說：

「這是我們這個時代最偉大的發明。」

2

十六世紀名海盜法蘭西斯爵士攻擊里奧哈恰城時，易家蘭的高祖母被警鈴與砲聲驚嚇過度，以致神經受損失去控制，身子跌坐在一個正燃燒著的火爐上。這一灼傷使她此後的半生變成一個無用的人。她只能用枕頭面墊起來側著坐；走起路來也必定是怪模怪樣的，因此她從不公開行走。她像著魔似的認爲自己的身體會發出一種燒焦的氣味，所以拒絕一切社交活動。黎明時候，你會發現她站在院子裡，因爲她夜裡不敢睡覺，唯恐夢見英國人和他們那兇猛的狗，會從臥室的窗子竄進來，用燒得火紅的鐵塊對她施用酷刑。她的丈夫是亞拉岡地方的商人，她已經爲他生下兩個兒子；他爲了減經她的恐懼感，已在醫藥費與娛樂費上花去半個店面的金錢。終於，他賣掉店面，舉家遷往離海很遠的地方。他們來到一個山麓下，在愛好和平的印第安人社區裡定居下來，他在這裡爲他的妻子造了一間沒有窗戶的臥室，使她夢中的海盜無法闖進來。

在那個封閉偏僻的鄉野村莊裡，有一個種植煙草的土著煙農，名叫約塞・邦迪亞，他在那裡已住了許久，與易家蘭的高祖父合作做生意，不到幾年工夫就發了財。幾百年後，這個本地生長的合夥人的玄孫子娶了那個亞拉岡地方的商人的玄孫女。所以，每次易家蘭爲丈夫老邦迪亞的瘋狂念頭煩惱時，她就會回溯到三百年前命中注定的事件上去，並詛咒海盜法蘭西斯爵士攻打里奧哈恰城的那天。這只是她自我安慰的一種方法，因為實際上他們堅貞的愛情是以共有的良心來維繫的，這使得他們的結合至死不渝。他們是表兄妹。他們在老村莊一起長大；他們兩家的祖先都是工作辛勤，習慣良好，而且已使他們的村莊成為全省最好的榜樣。雖然他們一生下來，就預言會結為夫妻，但到他們宣佈要結婚時，卻為親戚們所勸阻。他們害怕這兩個健康的孩子會遭受血統上的雜婚畸形兒的痛苦，因為幾百年來，他們兩族雜婚所生的後代，已有可怕的先例。易家蘭的一位姑媽嫁給老邦迪亞的一位叔叔，生了個兒子，一生都穿著寬鬆的袋形褲子；他活到四十二歲時仍是獨身童子，因為他一生下來，就有一條螺旋錐形的軟骨尾巴，尖端還帶著一小撮毛。這條豬尾巴不得讓任何女人看見，但他的一位屠夫朋友，為了他好，用一把切肉的大菜刀把它切除了，他因此而送命。那時候老邦迪亞才十九歲，正是怪念頭最多的年齡，他以一句簡單的話解決了這個問題：「只要生下的孩子會說話，我不在乎生一群小豬。」因此，他們結婚了，慶賀的鞭炮與鑼鼓連響了三天。如果不是易家蘭的母親以預言他們會生下罪孽的孩子來恫嚇她，甚至勸她不要圓房，他們的婚姻本來是可以從此幸福一生的。易家蘭為了怕她那強壯任性的丈夫趁她睡覺時強暴她，上床前總要穿上一條妨礙活動或發育的內褲，那是她母親由帆布製做的，並且還繫上交叉的皮條，前面又用厚厚的鐵釦封住。他們就這樣共同生活了幾個月。白天，他照顧鬥雞，她則同母親一起刺繡。晚上，他們小倆口痛苦地劇烈扭滾在一起好幾個鐘頭，似乎是藉此來取代做愛，到後來大家都直覺地認爲情形不妙，謠言說她丈夫是性無能，以致易家蘭結婚一年後仍是處女。她丈夫是最後聽到這個謠言的人。

「妳看人們放出了什麼樣的謠言，易家蘭。」他跟他太太冷靜地這樣說。

「隨他們去說吧，」她說。「我們自己知道那不是眞的就行了。」

往後的六個月，情形依舊，直到一個悲哀的星期天，邦迪亞的鬥雞贏了亞奎拉。輸家因爲鬥雞失敗而氣憤不堪，他退離邦迪亞，蓄意要讓鬥雞場的每個人都聽到他對邦迪亞說的話。

「恭喜，恭喜！」他大聲叫著說。「也許你的公雞對你太太倒幫得上忙。」

邦迪亞面容嚴謹地抱起他的公雞。「我馬上就會回來。」他告訴大家。而後對亞奎拉說：

「你回家去拿武器吧，因爲我要殺你。」

十分鐘後，他帶著他祖父的凹月形尖頭長矛回來了。半個城鎮的人都集在鬥雞場，亞奎拉則在鬥雞場的門口等他。對方已來不及自衛。邦迪亞以牛樣的氣力和首次與他祖父在這個地區消滅美洲虎的那種對目標的準確瞄準，用長矛刺穿了亞奎拉的喉頭。那個晚上，當人們正在鬥雞場守屍，邦迪亞回到家裡走進臥室時，他的妻子易家蘭正在穿她那條貞操褲，他把矛頭指向她，命令說：「把它脫掉。」毫無疑問地，易家蘭對丈夫的決心很淸楚。「後果你要負責喲，」她期期艾艾地說。邦迪亞把矛插在泥地上。

「如果生下大蜥蜴來，我們就把大蜥蜴養著，」他說。「但城鎭裡不會再因妳而有兇殺事件了。」

逃生希望的人，然而在翻山越嶺期間，他們的人未減少，且準備要活下去，活到老死（他們果眞如願成功了）。那天晚上，老邦迪亞夢見就在當地聳現一座城鎭，房屋的牆壁都是玻璃造的。他問那是什麼城鎭，他們給他說了一個他從來沒有聽過的名字，而這個名字也不具什麼意義。但是，在他夢中響起一種超自然的回音：馬康多。第二天，他說服跟從他的人，告訴他們不可能找到海。他叫他們砍伐樹木，在河邊淸出建地來，建立他們的村莊。

老邦迪亞對夢見玻璃牆造的房子一直無法解釋出其中含義，直到有一天他發現了冰塊後，便認爲他已然了解那個夢裡深藏的含義了。他想，在不久的將來，他可以用水那樣普通的物質來製造大量的冰塊，然後用這些冰塊在村裡起造新房子。到時候，馬康多就不再是個火焰山似的地方了，在那種炎熱的氣溫下，門的鉸鍊都扭曲了；到時候，馬康多將變成如冬天一般涼爽的城鎭。他沒有堅持要造一個製冰工廠的企圖，因爲那個時候他全心全意熱中於孩子們的教育，特別是老二（即後來的邦迪亞上校），他首先顯出對煉金術有奇特的直覺智慧。實驗室又建立起來，打掃乾淨。他把麥魁迪的筆記拿來重新溫習，如今心平氣和，不再激動，已無新奇感。他們耐心地長時間試著想把易家蘭的金子從鍋底的沉渣中分解出來。老大亞克迪奧很少參加他們的煉金工作。當他的父親正潛心於那些煉金的試管時，任性的長子亞克迪奧的體型已超過了他的年齡，長成一個雄壯的少年。他的聲音已經改變，上唇長出了茸茸的短髯鬍。一個晚上，當他的母親走進他的房間，他正在脫衣服準備上床睡覺，她看到他後，產生了一種不好意思和憐愛的複雜感覺：除了她的丈夫以外，這是她第一次看到另一個男人赤裸的身體；他是那麼活力鼎盛，體態健美，似乎是健美得有些反常。易家蘭這時三度懷胎，這使她新婚時的恐懼感反而獲得了解除。

大約那時，一個性情歡悅，滿口髒話，喜愛挑逗，懂得用紙牌預卜未來的女人來家裡幫忙雜務。易家蘭對她談到她的兒子。她認爲她兒子的體型發育異常，簡直跟她表兄弟的豬尾巴一樣不自然。女人高聲大笑，那笑聲就像撒著碎玻璃在屋子裡迴響。「正好相反，」她說。「他將會非常幸運。」爲了肯定她的預卜，幾天後她把算命的紙牌帶到他們家來，自己跟亞克迪奧一起關在廚房外的倉庫裡。她靜靜地把紙牌放在木匠用的條凳上，腦子裡想到什麼就說什麼，小伙子在她身旁乾等，他那厭煩的心情勝過了興趣。她突然伸手去摸他。「天哪！」她非常驚異地叫道，而後就什麼也說不出來了。亞克迪奧立刻覺得他的骨頭裡充滿了泡沫，以及一種無力的恐懼感，很想哭一場。女人沒有暗示什麼。但是，亞克迪奧整夜都在想她，想她那腋下的煙味，想他自己皮膚底下那沾染的氣味。他想與她長相廝守，他想要她做他的母親；渴望他們永遠廝守在這個倉庫裡，渴望她一直對他說「天哪！」有一天，他實在忍無可忍了，便到她家去找她。他雖是正式拜訪，卻不可理喻地坐在客廳裡不說一句話。這時，他對她並不渴望了。他發現她現在不一樣了，那身體的氣味給予他的印象也不一樣了，幾乎是另外一個人了。他喝完咖啡後，沮喪地離開了她的家。那天晚上，他躺在床上顫慄失眠，以一種獸性的熱望在渴望她，但他這回渴望的卻不是倉庫裡的她，而是那個下午的她。

幾天後，女人突然叫他到她家去，她與她母親單獨在家，她藉口要爲他看一副命相的牌，把他引到她的臥室去。而後，她任意撫摸他，起初他驚恐顫慄，然後忍受著迷幻的痛苦；他的恐懼勝過快樂。她要他那天晚上來看她。他爲了想立刻脫身而答應她，他知道他不可能去。然而，那天晚上，他躺在他那如火焚般的床上，心裡明白他必須去看她，即使他辦不到，也非去不可。他摸黑穿上衣服，聽著黑暗中他弟弟平穩的呼吸，鄰室父親的乾咳，院裡母雞在咯咯輕叫，蚊子發出嗡嗡的聲音，還有他自己的心跳聲，以及他那時不曾注意到的這個世界紊亂的雜音，他步入已入睡的街道。他心裡想，但願她的房門是關著的，並且上了閂；也希望她食言。但是，門是開著的。他用手指輕輕一推，門的鉸鏈就往裡凹進去，而且發出怨艾的軋軋聲，他心裡頓時凍結了。從他側身進去的那一刻起，他試著不發出任何聲音，他聞到了氣味。他還在走道上走著，那個女人的三個兄弟各別擺了吊床在那兒，他看不見他們；在黑暗中他無法判斷位置。他沿著廳堂邊緣摸索著去推開臥室的門，耐心辨別，以免摸錯了床位。他找到了。吊床的繩子比他想像的更低，他撞到了繩子，一個在打鼾的人翻了一下身子，囈語說：「那是星期三。」當他推開臥室的門時，無可避免地，腳在地上碰到不平的地板而顚躓了一下。突然之間，在漆黑中，他油然興起絕望的鄉愁，他明白自己完全摸錯了位置。睡在這狹窄的房間裡的是她的母親和另外一個女兒，以及這個女兒的丈夫和兩個孩子，他要找的那個女人恐怕根本不在這個房間裡。他想以那個女人的氣味來辨識，但房間裡全是那個氣味。然而，沾在他皮膚上的氣味卻那麼經久不退，那麼特殊。他停了好久沒有移動，恐懼地疑慮自己是否掉進了被遺棄的深淵，這時有一隻手張開五個手指伸過來，在黑暗中觸摸到了他的臉。他並不驚愕，只是不明白是怎麼回事，然而這卻是他期待已久的事。接著他自己挨向那隻手，在極爲恐懼的情形下，他被那隻手引向一處無以名狀的地方，他的衣服被脫光，像一袋馬鈴薯那樣，在無底的黑暗中從這邊被推移到那邊，他的手臂似乎派不上用場；在那裡，再也聞不到那女人的氣味，所聞到的只是尿臭；在那裡，他設法記起她的臉孔，可是出現的是他母親易家蘭的容貌。他渾然意識到他現在正在做一件嚮往已久，卻一直認爲不可能辦到的事。他不知道自己現在在幹什麼，因爲他不知道現在他的腳和頭究竟在哪裡，也不知道那究竟是誰的頭誰的腳，他覺得無法反抗腎臟裡那種冰塊滑動的轆轆聲，腸子裡鼓氣的嚕嚕聲，以及困惑焦慮想逃的感覺，同時又想永遠待在這絕望的沉寂與可怕的孤獨中。

她名叫透娜拉，也是遠征來馬康多建立村莊的一分子，她被他的父母拖來，爲的是要她與強暴她的那個男人分開；那個男人在她十四歲時強佔了她，並且一直愛她到二十二歲，但由於他是一個特立獨行的人，一直沒有下決心公開他們的關係。他答應跟她到天涯海角，不過要等他把事務辦妥才能成行；她已等他等得厭煩了。她常在紙牌上算命，預言也許是三天，也許是三個月，也許是三年，會有一個高的或矮的，金髮的或黑髮的男子從海上或陸上趕來，而這個人應該就是他。在長年等待中，她的大腿已不再強勁，乳房已不再尖挺，溫柔的性情也不存在了，但瘋狂的熱情毫無減損。亞克迪奧爲這個異常的玩物而瘋狂，每夜跟她穿過屋內的迷宮。有時候他發現門是閂上的，他要敲門好幾次，他明白自己只要有勇氣敲第一下門，他就會一直敲到底，經過一段時間後，她終於開門讓他進去。白天當他躺下來作夢的時候，便暗自享受頭一個晚上的回憶。可是，當她走進他家來，她會高高興興，以若無其事的樣子談笑自如，他不必去設法掩飾自己的緊張，因爲這個女人的爆笑聲能嚇走鴿子，這與她夜裡的樣子是不同的；她在夜裡有一種看不見的力量，教他從內部控制呼吸與心跳，使他了解爲什麼男人怕死。他陶醉在他自己的世界裡，當他的父親和弟弟宣佈他們已從金屬殘渣中分解出易家蘭的金子，全家每個人都振奮異常的時候，他甚至不了解他們歡欣雀躍的原因。

實際上，他們的成功是經過了複雜而堅忍的一段時日。易家蘭很高興，她甚至感謝上蒼發明了煉金術，這時全村的人都跟到實驗室來，他們端出加了蕃茄醬的餅乾來款待客人，以慶祝這項奇蹟。老邦迪亞讓他們看看那個煉金鍋子和還原的金子，就好像那是他發明的。他向大家展示一遍，最後在他長子的面前站定，他的長子過去幾天來一直未在實驗室出現。他把那塊乾而黃的東西擺在他面前說：「你覺得這東西看起來像什麼？」

「狗屎。」亞克迪奧誠意地回答說。

他的父親用手背打他，打得鮮血與眼淚齊流出來。那天晚上，透娜拉用亞尼爾棉加碘酒敷在他的腫傷處，她是在黑暗中摸著瓶子和棉花的；她在不煩惹他的情形下，爲他做任何事情，盡量愛撫他，而不弄痛他。後來他們變得非常親密，在不知不覺中增進了感情，相互耳語起來。

「我要單獨與妳在一起，」他說。「我要在最近選一天向大家宣佈，那麼我們就不必再這樣偷偷摸摸了。」

她並沒有勸他要冷靜。

「好哇，」她說。「如果我們單獨在一起，讓燈亮著，這樣可以互相看見對方；我高興怎樣大聲說話就怎樣大聲，誰也不會來干涉，你也可以在我耳邊胡說些你想說的話。」

這次談話加上對父親的怨尤未消，以及對未來的狂熱戀情所懷的幻想，使他產生一種沉靜的勇氣。很自然地，他在心理上已毫無顧忌，而把一切都告訴了自己的弟弟。

小邦迪亞起初只了解某種危險；他哥哥在外遊蕩的事，很可能造成莫大的危險，但他不了解他哥哥的對象有什麼令他著迷的地方。慢慢地他也染上那份焦慮了。他想知道那種危險的詳情，他像是親身在體驗他哥哥的那種快樂與痛苦；他感到驚懼，卻又高興。他夜裡不睡，孤單地在床上等他哥哥直到天亮，那床熱得如同燃燒的焦炭。他們有時聊天直聊到起床的時候，所以兩兄弟很快地就同樣疲睏不堪，對煉金術和父親的那套智慧也不再感興趣了；他們見人就躲開。「這兩個孩子一定是瘋了，」他們的母親易家蘭說。「他們肚子裡一定有蟲。」於是，她為他們準備了一種難吃的打蟲劑，沒想到他們竟然傻裡傻氣地喝了下去，因此他們在一天裡同時蹲茅坑蹲了十一次，排出一些粉紅色的寄生蟲，並且很得意地將這些寄生蟲展示給大家看，就這樣騙過了他們的母親易家蘭，而把這當作是他們心神不寧與疲睏不堪的眞正原因。這回小邦迪亞不僅了解了，而且像是自己實際體驗了那種經驗；後來有一次他的哥哥詳細解說愛情的巧妙時，他插嘴問道：「那感覺像什麼呀？」

「像地震。」亞克迪奧立即回答說。

正月裡一個星期四的凌晨兩點鐘，他們的妹妹亞瑪蘭塔出生了。在別人還未進房間來之前，嬰兒的母親仔細地端詳她。她光亮亮的、濕濕的，像一隻蠑螈，但身體各部都是人形。等到家裡擠滿了人，小邦迪亞才注意到這新生的娃娃。他趁人群混亂，溜出去找他哥哥；從夜裡十一點他哥哥就已不在床上。他是在衝動的情形下決定這麼做的，他甚至等不及自我合計一下，要怎樣才能把他哥哥從透娜拉的房裡拉出來。他在屋子周圍繞了好幾個小時的圈子，吹著他們私下作信號的口哨，直到天快亮了，才不得不回家去。結果發現哥哥亞克迪奧已在母親的房裡，逗著新生的小妹妹玩，小娃娃的臉向下垂著，一副天眞可愛的表情。

易家蘭剛剛休息四十天後，吉卜賽人又回來了。他們就是帶冰塊來的同一批變戲法和玩雜耍的吉卜賽人，很快就可以發覺他們是娛樂節目的承繼人，而不像麥魁迪那個部族，是進步的前導者。甚至連他們所帶來的冰塊，也不是作爲生活上實用的宣傳，只是作爲馬戲班子上逗人好奇的玩藝兒。這回他們除了帶來許多小玩藝兒外，還帶來一床飛毯。然而，他們並沒有把它當作是運輸發展過程中的初步貢獻，卻把它應用在娛樂的目的上。人們立即掏出他們最後的金幣來乘坐這東西，以便在村莊的房屋上空快速飛行一圈。靠了這混亂的人群正陷在歡欣鼓舞中，亞克迪奧和透娜拉度過了許多快樂時光。他們是人群中一對快樂的戀人；他們兩個甚至認爲，愛是一種比夜裡那短暫而狂野的偷情更快樂更有深度的暢快感覺。可是，透娜拉破壞了這種著迷的氣氛。由於亞克迪奧跟她在一起所表現的那種狂熱鼓舞了她，使她把情況弄亂了，她突然把整個世界的責任都交給他來承擔。「你現在是個眞正的男人了，」她對他說。他到這時還不了解她的意思，她加重語氣對他說：

「你要做爸爸了。」

亞克迪奧好幾天都不敢離家一步。他聽到透娜拉在他家的廚房大聲地笑時，便趕快躲到實驗室去。實驗室裡的煉金器物由於易家蘭的首肯又開始操作起來了。老邦迪亞很高興，歡迎他這個愛遊蕩的兒子回到實驗室來，再從頭教他探究點金石，他終於照著做了。一天下午，那個吉卜賽人在村裡駕著飛毯，上面載著幾個孩子，從實驗室的窗口飛過，他們向窗內愉快地揮手，弄得兩兄弟似乎對飛毯很渴望一試，但老邦迪亞連看都不看一眼。「讓他們去作夢吧，」他說。「我們會飛得比他們更好，而且比一床可憐的毯子更具有科學的根據。」亞克迪奧對煉金術也只是裝出有興趣的樣子，實際上他從來就不了解煉金元素的威力，裝置那元素的器物看起來只像是一個劣質的黃罐子。他並沒有成功地逃脫他的煩惱。他失去胃口，並且失眠。他變得脾氣暴躁，跟他父親實驗失敗時差不多；老邦迪亞看他心神不寧，以爲他把實驗室的成敗看得太重要了，於是親口解除他在實驗室中所負擔的職責。老二小邦迪亞當然知道哥哥不是因爲研究點金石而苦惱，但是他的哥哥也並未如同以前那樣坦率地向他透露實情。他的哥哥已從一個與他共商計謀和相互交談心事的人，變成了一個退縮閃躲而且遇事敵對的人。他渴望孤獨，對全世界都怨尤不滿。一天晚上，他照樣下床溜出去，但並沒有去透娜拉家，只是混在市集的人群中，在各種巧妙的玩藝兒中穿來穿去，對什麼都不感興趣，最後他看到一個與這市集的任何東西都不相干的畫面：一個全身掛滿串珠的吉卜賽少女，她幾乎還是個小女孩，是亞克迪奧一生中所看過最漂亮的女孩。她正跟著一群人在看一個不孝順的男子化爲一條蛇的慘狀。

亞克迪奧沒有注意看。當這蛇人的悲慘拷問開始時，他擠到觀眾前排那個吉卜賽女孩那兒，站在她的背後，壓住她的背部。少女想掙開，但亞克迪奧壓得更緊。而後她感覺到他的存在了。她靠著他保持不動，帶著驚喜和懼怕顫慄著，她無法相信這個事實，最後轉過頭來，帶著顫抖的笑容凝望他。此時兩個吉卜賽人扛著那個蛇人放進籠子，把它抬進帳篷裡去。那個指揮這場表演的吉卜賽人宣佈說：

「女士、先生們，現在我要展出這個要受嚴厲考驗的女子。因爲她看了不該看的東西，此後一百五十年必須接受夜夜被砍頭的處罰。」

亞克迪奧和吉卜賽女孩沒有觀看砍頭的表演是否爲眞的，他們一起去到女孩的帳篷，一面在裡邊狂吻，一面脫掉衣服。吉卜賽女孩把她那漿過的花邊胸衣解下，這時實際上他們是一絲不掛了。她像是軟綿綿的小青蛙，胸脯未發育好，兩腿瘦癟得不如亞克迪奧的胳膊粗，但是她有決心敢做，並且熱情，這補償了她的弱點。然而，她的帳篷是在公共場地，人們在那裡走來走去，搬運他們的馬戲團道具，或爲做生意，忙忙碌碌地經過那兒，甚至在床邊玩他們的骰子，因此亞克迪奧一時無法對她的熱情給予適當的反應。掛在中央柱子上的那盞燈照亮了整個帳篷。在愛撫中斷時，亞克迪奧赤裸裸躺在床上，不知道該怎麼辦。這時，女孩試著去挑逗他。不久，一個體態豐盈的吉卜賽女郎進來，帶著一個既非商隊，也非村裡來的男人，他們兩個開始在床前脫衣。無意中，這個女人瞧見亞克迪奧強壯得有如一隻碩壯的動物，熱情得叫人感傷。

「小伙子，」她高聲叫著說。「願上蒼保佑你這壯碩的體態永遠保持下去。」

亞克迪奧的女孩叫他們別干擾他們，那一對在靠近床邊的地上躺下來，別人的熱情撩起了亞克迪奧的情慾。初一接觸，女孩的骨頭就格軋格軋地發響，像一盒散倒的骨牌的聲音；她的皮膚猛流著慘淡的汗；她的眼睛充滿淚光。就彷彿她全身在散發可憐的哀傷氣息和渾然的泥土氣味。但是她有堅忍的性格和可欽的勇氣。亞克迪奧覺得自己飄入空中，宛如進入天使般純潔的境地，由心底說出柔情的髒話，傳入少女耳朵裡，再由她轉變成自己的語言親口說出來。那一天是星期四。星期六的夜裡，亞克迪奧頭上繫條紅巾，跟吉卜賽人走了。

當易家蘭發現他不在，尋遍了全村。吉卜賽人的營地上，除了尚未完全熄滅的篝火還冒著煙，以及他們營地的垃圾坑以外，什麼也沒有留下。有個在垃圾坑撿拾珠子的人告訴易家蘭說，昨夜他看到她兒子在推蛇人籠子上車的商隊人群中。「他已變成吉卜賽人了！」她對她的丈夫大叫。她丈夫對兒子的出走不曾顯露出絲毫震驚的表情。

「我希望那是眞的，」老邦迪亞說，他一邊在研磨缽中研磨那已研磨了千遍以上，還在研磨的東西。「那樣他倒會學著做個男子漢。」

易家蘭探詢吉卜賽人的去處。她按照人家告訴她的方向，邊走邊問，心想她還來得及趕上他們。她離開村子愈來愈遠了，後來她認爲路程已遠得來不及折返了，只好繼續往前行。直到晚上八點，當老邦迪亞把研磨的東西擱在一堆肥料上保溫，並去看看正在大聲啼哭的嬰兒小亞瑪蘭塔時，才赫然發現妻子不在。他瞬間召集一組有良好裝備的人，把小亞瑪蘭塔交給一個願意餵奶的婦人，進入不知名的道路去尋找易家蘭。小邦迪亞(即後來的邦迪亞上校)也與他們同行。路上有幾個印第安人，他們聽不懂他們的話，只以手勢表示那個方向沒有看見任何人走過。經過三天的搜索沒有結果後，他們回到村裡來。

幾個禮拜以來，老邦迪亞驚惶失措。他像母親那樣照顧小亞瑪蘭塔。他爲她洗澡穿衣；一天要帶她出去餵奶四次；夜裡甚至要唱些易家蘭不會的歌曲給小傢伙聽。有一回，透娜拉自願來幫忙家務，直到易家蘭回來。但是，小邦迪亞的神祕直覺認定她是不幸的原因，她一進門，他就產生了一線超越神祕的感覺，他知道她必須對他哥哥的出走負責，而他母親的失蹤她也難脫責任；他以沉默與固執來仇視她，這個女人便不敢再到他家裡來。

一切隨著時間的過去又恢復了常軌。不知什麼時候，老邦迪亞和他的次子又回到實驗室，拂去灰塵，點燃煉金的試管，再度耐心地把擱置在肥料堆上已有好幾個月的煉金材料拿來運用。甚至躺在柳條搖籃中的亞瑪蘭塔，也以好奇的眼光看她的二哥和父親在那瀰漫著水銀蒸汽的小屋子裡專心地工作。易家蘭離開幾個月後，怪事陸續發生。一個擱在碗櫃上被遺忘了很久的空瓶子居然沉重得移不動；在工作檯上的一碟水銀未經點火，竟然沸騰半小時後蒸發乾了。老邦迪亞和他的次子看見這些現象，既驚嚇又興奮，雖然無法解釋，卻視之爲物質變化的現象，不必加以解說即可自明。有一天，小亞瑪蘭塔的搖籃本身開始移動，在屋子裡兜了一圈，這使得小邦迪亞驚慌起來，趕忙去扶住它。但是，他的父親並不因此而感到戚戚不安。他把搖籃放回原處，將它綁在一隻桌腳上；他相信他們期待已久的事情即將發生。這回小邦迪亞聽到他說：

「如果你不畏懼老天爺，你可要對我們這些用來煉金的金屬敬畏敬畏才是。」

約在易家蘭走失後五個月，她突然回來了，穿著村人不認識的新款式服飾，喜形於外，神采飛揚。老邦迪亞簡直受不了她這副神色的衝擊。「果眞如此，」他大叫道。「我知道事情會發生的。」他眞的相信如此，因爲他長期關在實驗室裡處理他那些煉金物質的期間，他在內心深處祈求他所渴望的奇蹟出現，這奇蹟不是寄望點金石的發現，也不是賦予那些金屬某種生命的靈氣，也不是企盼出現能把門鎖與鉸鏈變成金子的能力，而只是：易家蘭回來。如今她果然回來了，但她並不像她丈夫那麼興奮。她如往常吻了他一下，就好像她只離開了一個鐘頭，並且告訴他說：

「看看門外。」

老邦迪亞好一陣子才從迷惑中醒悟過來，他走到街道上，看見一群人。他們不是吉卜賽人，而是與村人一樣的男男女女，直直的頭髮，黑黑的皮膚，說著和他們相同的言語，害著相同的病痛。他們的騾馬載來食物，牛車載著日用品和家具；日用品的小販大模大樣在販賣粗糙而簡單的生活用品。他們是從沼澤地那邊走了兩天的路程到這裡來的；那邊的城鎮每個月可以收到一次郵件。他們對幸福生活中所需的日用品非常熟悉。易家蘭並沒有追上吉卜賽人，但她發現了她丈夫在追求偉大的發明中未能發現的路線。

3

透

娜拉的孩子生下來兩星期後就交給祖父家去養育。懾於丈夫頑強的個性，易家蘭懷著怨尤接納這個孩子；她的丈夫有一種令人難以忍受的想法，就是不願他家的骨肉流落在外，但是他提出的條件是絕對不可以透露這孩子的眞正身世。雖然給他取了與他父親相同的名字，但爲了區分他們，便叫他阿克迪亞，以免混亂。那時城鎭裡有許多活動，家裡也非常忙亂，照顧小孩反而成了次要的事。他們把他交給一個夸吉洛族印第安婦人維西姐桑照顧，她是爲了逃避部落裡流行多年的一種失眠症，才與她哥哥來到這個城鎭。他們兩兄妹都很隨和，且樂意幫忙，所以易家蘭雇用他們協助處理家中雜事。這就是何以阿克迪亞和亞瑪蘭塔在學會西班牙語之前，先學會了夸吉洛族的印第安話的原因。他們也跟著印第安人學會吃蜘蛛蛋和喝蜥蜴湯，而易家蘭因爲忙著販賣用糖做的動物形糖果，對此並不知情。馬康多已經有了改變。跟隨易家蘭前來的那批人，把這裡肥沃的土壤、處於沼澤地中隱蔽良好的位置等這些好消息傳播了出去，因此這個過去本來狹小的村莊，如今變成了熱鬧的城鎭，有商店、工場和商業通道；第一批從這條商業通道來的阿拉伯人，身穿袋形褲子，戴著耳環，用玻璃珠來交換金剛鸚鵡。老邦迪亞片刻也不得休息。他現在所接觸到的現實遠比他所想像

亞把「小鐵砧」這名稱寫在一張小紙條上，貼在小鐵砧的底部。這樣他便確定以後不會再忘記了，但他仍然一直記不住，他並沒有發覺這就是失去記憶的第一個徵兆。幾天後，他發現幾乎實驗室的每樣東西他都記不起來了。於是他把它們的名稱一一寫下來，以後只要讀它們的名稱就可以了。當他父親表示他幾乎已忘了兒時印象最深刻的大部分事物時，小邦迪亞就把這個方法告訴他，老邦迪亞要全家的人都實行這個方法，後來並推行到全村，用有如中國毛筆的畫筆蘸墨水，把每樣東西都標上名稱：桌子、椅子、時鐘、門、牆、床、平底鍋。他又到畜欄去記下每一種動物與植物的名字：母牛、山羊、豬、母雞、葛根、洋芋、香蕉。他研究什麼事物可能會被忘記，慢慢地，他發現終歸大家都可以靠文字來辨認東西，但沒有人知道這是文字的用途。而後，他們記得更清楚些了。由母牛頸上掛的標示牌可以很清楚地看出馬康多的居民是怎樣地在對抗健忘症：「這是隻母牛。每天早晨必須給牠擠牛奶，這樣牠才會產奶。牛奶要煮沸，以使與咖啡混合成咖啡奶。」他們就這樣在日漸忘記的現實事務中生活，暫且靠文字來識別事物，但無可挽救的是，他們也逐漸忘記文字的效用而把一切全都忘了。

他們在進入沼澤區的路口寫了一塊標示馬康多的牌子，另一塊較大的牌子則豎立在大街上，標示「上帝存在」。每棟房子都有標示東西和感覺的文字。但是，這套體系要具備很大的警覺心和道德力量，而很多人中了虛構現實論的邪說，這對他們來說並不實際，但較有安慰作用。透娜拉曾以神祕的方法用紙牌算命，現在她又用同樣的方法使大家生活在自欺的現實中，她鼓動害失眠症的人以紙牌推算現實生活中的各個事項，作為生活上所需的抉擇；他們現在只依稀記得父親是個黑黑的男子，四月初來到這兒；而那個左手戴著金戒子的黑黑的女人，是他們的母親；他們的生日，是雲雀在月桂樹上唱歌的那個星期二。老邦迪亞被這些自欺的慰藉方法擊敗了，他決定要造一部他早年曾經熱望用來記下吉卜賽人那些美妙的發明的記憶機器。他的構想是要每天早上複習一遍一生中所能獲得的知識。他構想一部旋轉的機器，一個人只要站在承軸的位置操縱一根槓桿，就可以在短短的幾個小時內，獲得人生必要的知識或觀念。他寫成了將近一萬四千條的字帶。這時沼澤通往村莊的大路上出現一個外貌古怪的人，身上繫著睡眠鈴，手上提著一個縛有繩子的手提箱，還拖拉著一輛覆蓋著黑布的板車。他直走到老邦迪亞的家去。

維西妲桑開了門，認不出他是誰，以為他是來販賣東西的。他並不知道沒有人要購物，因為這個城鎮已經陷入無可挽回的遺忘流沙之中。他是個衰弱的老人。雖然他那不穩定的聲音十分破啞，手也似乎失去了觸覺，卻顯然是來自一個尚有睡眠與記憶的世界。老邦迪亞看著他坐在客廳裡，用補了黑補釘的帽子在搧風，並以同情的目光瀏覽貼在牆壁上的標示文字。他以親和的態度向訪客打招呼，深怕客人曾經是個熟識的人，只是現在忘記了。訪客看出了他的作假。他發覺屋主已把他忘記，這種忘記並非基於情感上的問題，而是一種殘酷且無可挽回的遺忘，這是不同類型的忘記，他很清楚這就是死亡的遺忘。他明白了。他打開塞滿神祕物的小提箱，取出一個裝有許多小藥瓶的小箱子。他給老邦迪亞喝了一瓶淺顏色的東西，老邦迪亞立即恢復了記憶。當他認出自己處在一間把什麼東西都貼上標示文字的屋子裡，並且對牆上那些頗爲荒謬的文字感到羞愧時，不禁淚水汪汪。他喜不自勝地認出訪客就是麥魁迪。

馬康多的人歡欣鼓舞地慶祝他們恢復了記憶；老邦迪亞與麥魁迪則重溫他們的舊時情誼。這個吉卜賽人願意留在這個城鎮。他已經歷過死亡，因爲忍受不了孤寂，又回來了。他爲他的部族所遺忘，他已失去那些超自然的能力，因爲他忠於人生；他下定決心要到這個還沒有死亡的僻遠世界來避難，奉獻他的心力來經營一家銀板照相實驗室。老邦迪亞還未聽過這項發明。但是當他看到自己和全家人都留影在一張珠光金屬片上永不消失時，簡直驚訝得說不出話來。當那一天老邦迪亞的影像映現在氧化溴銀板上，頭髮硬而白，銅釦扣住厚紙領和襯衫，表情莊嚴而驚恐時，易家蘭捧腹大笑，說他是「驚恐將軍」。實際上，照相的那個十二月清朗的早晨，老邦迪亞心裡很害怕，他認爲人的影像長留在金屬板上，會使人慢慢憔悴。這回一反往例，易家蘭不但糾正了他的想法，而且決定不咎前嫌讓麥魁迪在他們家待下來，不過她從不讓人爲她照相，因爲（按她自己的說法）她不想讓後代子孫把她當笑柄。那天早晨，她爲孩子們穿上最好的衣服，在他們臉上搽了粉，各餵一匙滋養糖漿，叫他們別移動，乖乖地在麥魁迪的照相機前安靜兩分鐘。就這樣爲這個家庭留下了一張全家福的照片；小邦迪亞穿著黑天鵝絨的衣服，站在亞瑪蘭塔與莉比卡之間。他的表情和多年後面對行刑槍隊時差不多，一副軟弱無力的樣子。他並不能預知將來的命運如何。他精於銀匠技術，作品精美，頗受沼澤地區的人們讚揚。小邦迪亞的工藝與麥魁迪的實驗共用一個房間。小邦迪亞在他的工作室裡，連呼吸都輕輕細細地。父親和吉卜賽人則大聲叫嚷，解說吉卜賽命相家諾斯屈達馬斯那古老的預言，這時瓶子和托盤都會嘎嘎作響，酸液和氧化溴銀會溢出托盤外面，盤內的液體則如漩渦在流動，而後消失；這時的小邦迪亞似乎進入了另一個時代。他的判斷力很強，他專心地工作，經過很短一段時日，他賺進的錢便超過了他母親易家蘭以賣動物形狀的小糖果所獲得的收入。小邦迪亞已長成大男人了，卻始終沒有結識女友，大家都覺得很奇怪。他是眞的一個女友也沒有交過。

幾個月後，一個號稱「男子漢富蘭西斯科」的老流浪漢回來了，他幾近兩百歲，常常行經馬康多這個城鎭，唱著他自編的歌曲。歌曲內容都是一些有關沿途城鎭上所發生的事情，他的路線是從孟牛爾到沼澤區一帶地方；因此，如果有人要傳遞口信或向大家發佈消息，可以花兩分錢請他把事情編入他的歌詞裡。易家蘭本想探聽她兒子亞克迪奧的消息，結果得到的卻是她母親的死訊。「男子漢富蘭西斯科」有一次與惡魔作即興式的決鬥，擊敗了對手，自此贏得這個稱呼，眞正的名字反而沒有人知道了。在失眠症流行期間，他離開了馬康多，有一天晚上，卻又突然出現在卡塔里諾的店裡。整個城鎭的人爲了想知道外面世界發生的事，都去聽他唱歌。這回他還有一個胖得驚人的女人同行，她坐在一張搖椅上，由四個印第安人抬著。另外還有一位尙在發育期的黑白混血少女，表情落寞，手持一把遮陽傘。那天晚上，小邦迪亞來到卡塔里諾的店裡。他發現「男子漢富蘭西斯科」像孤獨的變色龍，坐在圍觀的人群中央，以走了調的嗓子唱出消息，並用瓦托拉萊爵士在奎亞那送給他的古老手風琴伴奏，被硝石泡裂了的一雙健壯的腳打著拍子。後面的一扇門有男子走出走進，坐搖椅的胖女人守在門前，靜靜地搧著扇子。卡塔里諾耳後插一朵絨布玫瑰，正在一杯一杯地販賣甘蔗汁，並趁機過去摸摸男人不該摸的地方。近午夜的時候，氣溫高得令人難以忍受。小邦迪亞從頭聽到尾也沒有聽到有關家人的消息。當他正準備回家時，胖女人揮手向他打招呼。

「你也進來，」她對他說。「只要付兩毛錢。」

小邦迪亞把兩毛錢扔入胖女人膝上的罐子裡，莫名其妙走了進去。那個還在發育的黑白混血少女赤裸裸地躺在床上，乳頭小得像母狗的。那天晚上，在小邦迪亞之前已有六十三個男人進過那個房間。屋裡的空氣因這麼多人呼吸過，加上汗水和嘆息，已越來越渾濁不堪了。少女提起濕濕的床單，叫邦迪亞抓住另一端；床單沉重得像帆布，他們各抓一端擰乾了它，使它恢復自然的重量。他們翻起床墊，汗水立即從另一邊流下來，小邦迪亞希望這些事永遠也不要做完。男歡女愛那一套做愛技巧在理論方面他是知道的，但是他兩膝發軟，站不直了，儘管那滾燙的皮膚逕自冒起雞皮疙瘩來，他卻忍不住地想要大便。少女鋪好床舖，叫他脫衣服，他心慌意亂地解釋說：「是他們強使我進來的。他們告訴我丟兩毛錢到罐子裡去，要快一點。」那少女明白他慌亂的心意。「如果你出去再丟兩毛錢，就可以多待一會兒，」她細聲地說。小邦迪亞脫下衣服，他認為自己在身體方面比不上他的哥哥，這種想法使他羞慚得頗覺痛苦。雖然少女盡了力，他卻愈來愈冷淡，毫不起勁，且感到孤單極了。「我要再丟兩毛錢，」

他以悲涼的口吻說。少女默默地感激他。她的背脊冰涼，骨瘦如柴，由於疲勞過度，呼吸很不自然。兩年前，她住在那很遠的地方，有一回她睡覺時沒有把燭火熄掉，結果醒來時四面都是火焰。她與撫養她長大的祖母同住的那間房子已燒成灰燼。從此祖母帶著她從這個城市到那個城市到處流浪，要她兩毛錢接客一次，以彌補被燒毀房屋的價值。按照少女的估計，她每晚接客七十位，還得再接十年，因爲旅途的費用、祖孫的食宿費和印第安人抬搖椅的工錢都得由她支付。胖女人敲第二次門的時候，小邦迪亞什麼也還沒做就走出房門；他眞想大哭一場，那個夜晚他無法入睡，一直在想那個少女，慾望和憐憫兼而有之。他很想去愛她，保護她。他捱到天亮，因失眠發燒，人顯得非常憔悴；他暗自決定要娶她，要使她脫離她祖母的虐待，而他自己則可夜夜享受她給七十個男人滿足的快感。上午十點鐘，他到卡塔里諾的商店裡去，少女已經離開城鎮了。

時間沖淡了他這種瘋狂的企圖，但他的挫折感卻反而加重了。他逃避在工作中以自慰。他宿命的認爲自己應該順應天命，做個一輩子都無女伴的男人，以掩蓋自己無能的羞愧感。同時在這段時間，麥魁迪已把馬康多能留影在模板上的任何東西都拍攝下來了，他把銀板照相室留給了老邦迪亞，隨他處置；老邦迪亞決定用它作爲蒐集上帝存在的科學證據。他的方法是在屋子裡各處重複曝光，經由這樣複雜的處理過程，他確信上帝果眞存在的話，他遲早會照到祂一張相片的。否則，他就可以斷然推翻祂存在的假定。麥魁迪對古命相家諾斯屈達馬斯的理論更深一層地研究。他時常逗留到深夜，穿著褪色的鵝絨馬甲，用他那像痲雀般細小的雙手亂塗亂畫，他手上的戒指已經失去往日的光澤了。有一個晚上，他認爲他已發現馬康多前途的預兆。這個城鎭將遍佈玻璃屋，光輝璀璨，而且將不再有邦迪亞家族的後裔。「這是一項錯誤，」邦迪亞咆哮如雷說。「那不是玻璃房子，而是冰房子，正如我所夢見的冰房子一樣。邦迪亞的家族後裔將永遠存續不絕。」易家蘭在這個有幻想狂的家庭裡，盡力保持她的常識理性；她擴大了她那小動物形狀的糖果生意，整夜以烤爐烘焙出一籃又一籃的麵包、與衆不同的各種布丁、蛋製甜餠和小點心，這些東西在沼澤地帶的蜿蜒的路上，幾個小時內就能賣光。她已到達應該退休的年齡了，但是她愈來愈活躍。她爲她興隆的生意忙得不可開交，有個下午，幫傭的那位印第安婦人給她在麵粉糰裡加上甜味的佐料，她心緒不寧，望望院子裡，竟然看見兩個陌生的俊秀姑娘在陽光下繡花，原來她們是莉比卡和亞瑪蘭塔。她們爲外祖母服孝三年，剛脫下孝服，現在所穿的華麗衣服似乎使她們在這個世界獲得了新的地位。出乎大家意料之外，莉比卡反而比較漂亮。她的膚色淺淡，一雙大眼睛神色平靜，神奇的雙手似乎能用隱形的線繡出各種圖形。年紀較輕的亞瑪蘭塔，多少有點不夠秀氣，但她頗具自然的天性，有她已故外祖母內在的睿智。阿克迪亞年紀雖小，在體態上卻已有他父親的外表，而跟她們比起來，當然還是一個小孩模樣。他開始向叔叔小邦迪亞學習銀工技術，小邦迪亞也教他讀書寫字。易家蘭雖然覺得家裡擠滿了人，並不嫌多，孩子們都長大了，要結婚了，只怕空間不夠用，他們將被情勢所逼，散居各地。於是她把多年辛苦賺來的錢，與人商議，著手擴建房屋。她叫人造了一間正式的客廳，一間日常用的較舒適涼爽的起居室，一間可以擺下十二人席位大桌的餐室，以使全家人與客人共同進餐，九間有窗戶面對院子的臥室，一道長廊，玫瑰園的樹木可以擋住正午的熱氣，欄杆處放幾盆羊齒植物和秋海棠。她也把廚房擴大了，預備放兩具烤爐。透娜拉替亞克迪奧算命的穀倉已經拆掉，另外蓋了一間兩倍大的倉庫，以後家裡就再也不會缺糧了。她又叫人在栗樹樹蔭下造了兩間浴室，一間女用，一間男用，又在大馬廄後面搭了有圍牆的養雞場、一間乳牛棚、一間四面通風的鳥園，以便流浪的鳥兒隨意來棲息。易家蘭似乎感染了她丈夫的幻想狂熱症，整天帶著幾十個水泥匠和木工，測量光線和熱氣的位置，劃分空間，毫不顧及界限問題。建村之初的原有房舍裡堆滿了工具和材料，站滿了汗流浹背的工人；他們不許任何人前來干擾，看到那兒有一袋骸骨在咔嘎咔嘎地響著，很是憤怒。他們就這樣整天在石灰和柏油的許多不便中，在大家不知不覺中，聳起了一棟整個城鎮最大的、也是全沼澤地最涼爽的、最適合招待客人的房屋。老邦迪亞則在急遽變遷中捕捉上帝的形影，因此根本不了解新屋是怎樣造成的。新屋快要落成時，易家蘭把丈夫老邦迪亞從他的化學世界裡拖出來，告訴他說她收到一紙公文，要求他們把房子正面漆成藍色，不可以按他們自己的意思漆成白色，她拿出公文給他看。老邦迪亞不明白太太在說些什麼，他正辨認著公文上的簽字。

「這傢伙是誰呀？」他問道。

「行政官員，」易家蘭不悅地回答說。「他們說他是政府派來的權威人士。」

地方行政官莫士柯特已悄悄來到馬康多。他在賈柯旅社落腳，這旅社是一位首批來沼澤地帶以小飾物交換金剛鸚鵡的阿拉伯人建造的。第二天，他在距離邦迪亞的房屋兩區段的街道上租了一個獨立門戶的小房間，把從賈柯那裡買來的桌子和椅子擺好，又把隨身帶來的共和國徽章盾牌釘在牆上；還在門板上漆上「地方行政官」等字樣。他所下達的第一道命令是，這兒所有的房屋都要漆成藍色，以表示祝賀國家的獨立紀念日。老邦迪亞拿著那道命令去找他時，他正躺在小辦公室搭起的吊床上睡午覺。「這張文件是你寫的嗎？」他問道。莫士柯特是個成熟的男子，但害羞得臉上泛紅，他承認了。「你憑什麼這樣做？」老邦迪亞又問了一遍。莫士柯特從桌子的抽屜裡取出一份文件給他看。「我已被任命爲這個城鎮的行政官。」邦迪亞看也不看那道指派令。

「本城鎮不以紙張下達命令，」他還不失冷靜的態度說。「因此，你得完全聽明白，我們這裡不需要法官，因爲我們沒有事情需要判決。」

他面對莫士柯特，並未提高嗓門說話，只是詳細地解說他們怎樣建立了村莊，怎麼樣分配土地、開闢道路、在不麻煩政府的情形下做了必要的改革，也沒有人來麻煩他們。「我們就是過得這般平靜；我們尙沒有自然死亡的人，」他說。「你可以看得到的，我們還沒有墓地。」沒有人會埋怨政府不幫忙他們。相反的，大家都慶幸政府不干涉他們，一直讓他們在平靜中成長；他希望仍能繼續讓他們快樂地生活，因爲他們建立了城鎮，不想讓外地來的第一個暴發戶向他們發號命令。莫士柯特穿著像他的褲子一般白的斜紋棉質粗布外衣，舉止優雅。

「如果你能像普通公民留在這兒，你是很受歡迎的，」老邦迪亞作結論說。「但是，如果你想要大家把房子漆成藍色，引起紛爭，你可捲起你的鋪蓋，回到你原來的地方去；因爲我的房子要漆成白色，像白鴿子一樣。」

莫士柯特臉色發青，往後退了一步，繃緊下巴，帶著一種難以形容的苦相說：

「我得警告你，我身上帶了槍。」

不知什麼時候老邦迪亞的手又恢復了昔日拉倒馬兒的蠻力。他抓起莫士柯特的外套翻領，把他舉起到齊眉的高度。

「我這樣做，」他說。「那是因爲我寧願把活生生的你舉起來不放，而不想以後來抬你的屍體。」

他就那樣舉起他，抓緊他的外套翻領，經過街道中央，一直走到通往沼澤的路上才把他放下來。一個星期後，莫士柯特帶著六個赤足的，衣衫襤褸的，荷槍的士兵回來了，還有輛卡車載著他的妻子和七個女兒隨行而來。稍後又有兩輛車運來家具和行李，以及家用物品。他把他的家眷安頓在賈柯旅社，出門找房子，並在士兵的保護下回去開啓他的辦公室。馬康多的建村人決定要趕走這些入侵者，他們把長子都召集到老邦迪亞面前聽候差遣調派。但是老邦迪亞反對這樣做，他解釋說，當著人家的家眷面前找人家的麻煩，不是男子漢的作風。既然莫士柯特帶著妻子和女兒同來，他便決定以和平方法解決問題。

小邦迪亞跟著父親一起去。當時他已開始留有黑鬍髭，尖端上蠟，嗓音也已變粗，頗能顯示出征的氣氛。他們沒有帶武器，也沒有理睬衛兵，逕直走到莫士柯特的辦公室去。莫士柯特並未失去鎮定的態度。他給他們介紹他的兩個女兒，因爲她們碰巧在辦公室：安派蘿，十六歲，像她的母親那樣皮膚黝黑；莫氏柯蒂，九歲，是個皮膚白皙、綠眼珠的漂亮小女孩。她們和善且有禮貌。在他們一進門未經介紹之前，她們就搬椅子請他們坐。但是，他們父子仍然站著。

「很好，朋友，」老邦迪亞說道。「你可以在這兒留下來，並不是因爲你門口駐有扛槍的強盜，而是念在你的妻子和女兒。」

莫士柯特面露不悅之色，但老邦迪亞不等他回話，又繼續說：「我們只有兩個條件：一是人人可以把房子漆成自己喜愛的顏色；一是立即撤離你的那幾名衛兵，我們保證爲你維持秩序。」這位長官舉起右手，攤開五個指頭。

「你以名譽保證？」

「這是敵人的保證，」老邦迪亞說。他接著又以嚴厲的口氣說：「我必須告訴你一件事，你我仍是敵人。」

士兵在當天下午撤離了。幾天後，老邦迪亞爲那位長官一家人找到了房子。人人都安心了，只有小邦迪亞例外。長官的小女兒莫氏柯蒂雖然年齡小得可以當他的女兒，但她的形影老在他的腦海裡縈繞不去，使他非常痛苦。這種痛苦是身體上的某種感覺，就像他的鞋子裡有顆小石子，使他走起路來難受不堪。

4

白色的新房子像白鴿，落成時特地開了個慶祝舞會。自從易家蘭發現莉比卡和亞瑪蘭塔已長成美麗少女的那個下午起，她就起意要把新造的房子作爲女孩接待訪客的體面場所。爲了使這個場所裝修得美輪美奐，在那段時間裡，她像船上的奴工那麼辛苦地工作；在工程完成之前，她就訂製了昂貴的裝飾物品、成套的餐具和一件足以使村民驚奇、使年輕人歡欣鼓舞的美妙新發明——鋼琴。他們把它拆開打成幾包，與維也納家具、波希米亞水晶球、印度公司的整套餐具、從荷蘭來的桌布、彩色華麗的美術燈和燭臺、帷幔和綢布等，一起運來卸下。進口商自己花錢派了一名義大利專家克列斯比前來把鋼琴重新裝配起來，調好音色，教導顧客使用的方法，並教他們按照六卷歌譜上的時新樂曲跳舞。

克列斯比年輕，金髮，馬康多從未見過這樣講求禮貌的英俊男士；他的衣著非常考究，不管天氣多熱，總是穿著錦緞背心和大黑外套在工作。他已在客廳裡待了好幾個禮拜，汗流浹背，與屋主保持距離，其專心的程度，與小邦迪亞關在實驗室裡做銀工試驗的情形不相上下。有一天早晨，他沒有開門，沒有喚人來聆聽這鋼琴的神奇美妙，他把第一卷樂曲放進鋼琴裡，惱人的搥打聲和鍵木的噪音消失了，只聽得勻稱的音樂響起。他們全都跑進客廳裡來。

老邦迪亞如遭雷殛那般震驚，但那倒不是因爲樂曲很美，而是因爲琴鍵在自動演奏，他把麥魁迪的照相機架起來，希望捕捉到那看不見的演奏者的形象。那天那個義大利人跟他們一起午餐。莉比卡和亞瑪蘭塔負責端菜，她們見這個天使般的男人兩手白皙，沒有戴戒指，使用餐具的樣子很秀氣，禁不住有些害羞起來。音樂兼舞蹈指導克列斯比在起居室教她們跳舞。他指導她們舞步，但並不接觸她們的身體，他用節拍器打拍子。易家蘭和氣地監視女兒上課的情形，她從來不肯離開那房間。那幾天克列斯比穿著緊身的伸縮褲和跳舞鞋。「妳用不著太擔心，」老邦迪亞告訴他太太說。「那個人是個陰陽人。」但是她一直十分小心，直到訓練結束，那個義大利人離開馬康多爲止。而後，他們開始安排舞會。易家蘭嚴謹地選擇要宴請的客人，只有馬康多創建者的後裔受到邀請，透娜拉那一家人並不包括在內，她已經又生了兩個「父不詳」的孩子。宴客名單所列出的全是眞正一流人士，並且是以友情來衡量作決定的。她所選定的這些客人，有的是因爲協助老邦迪亞創建馬康多而有交情者，有的是幼年時就與小邦迪亞和小阿克迪亞作伴的兒孫輩，以及與莉比卡和亞瑪蘭塔一起繡花的有世交關係的千金小姐們。忠厚溫和的地方長官莫士柯特是一位傀儡領導者，他只能靠微薄的薪俸養活兩名持棍的警衛人員。爲了家計，他的女兒開了一間裁縫店，替人製作絨線花和桃金孃點心，有人請的話，也替人寫寫情書。她們雖然謙和勤勞，且是城鎮上最美麗的少女，對新舞步也最精通，然而她們並未被安排在受邀之列。

易家蘭和女孩們擺設家具和擦拭銀器，也把玫瑰小船中的少女照片掛起來，使泥水匠建造的灰頭土臉的房子頓時有了新生命的氣息。這時老邦迪亞已不相信上帝的存在，再也不去捕捉祂的形影了。他把自動發響的鋼琴拆開來，想探知其中的奧祕。宴會前兩天，他在一堆琴鍵和搥打樂器中，笨手笨腳地把琴弦拉過來扯過去，亂糟糟的，最後總算把鋼琴拼裝回去了。那幾天令人興奮與驚喜的事特別多。特定的日子和時刻來臨了，新張的綵燈點燃了，屋子的門窗敞開了，屋內還散溢出松香和濕石灰的氣味，馬康多村創建者元老們的兒孫輩在參觀門廊上擺著的羊齒植物和秋海棠，有的在欣賞滿是玫瑰花的花園和那些顯得十分安靜的房間。他們歡聚在客廳裡，欣賞那架用白布單罩著的新發明。有些人對沼澤其他城鎮已經流行的鋼琴非常熟悉，看了這一架，倒覺得失望；侯易家蘭放進第一捲音樂，亞瑪蘭塔和莉比卡便領頭跳舞，鋼琴卻沒有發出聲音來，使得她心裡很不是滋味。麥魁迪當時幾乎要瞎了，衰老不堪，運用他那不合時宜的智慧想把鋼琴裝配好。終於還是老邦迪亞胡亂扳錯一個琴鍵上被卡住的地方，音樂才響了起來。起先是急速的拍子響了一陣，接著是音律不整地亂響著。搥打器胡亂敲打著安裝錯誤的位置。琴弦的調子大亂，完全失去了控制。但是，曾翻山越嶺的二十一位西行勇士們的子孫，根本不顧樂曲的混亂，自顧自地跳舞，直到天明。

克列斯比回來修理鋼琴。莉比卡與亞瑪蘭塔一邊幫他整理琴弦，一邊譏笑曲調的混亂。他們之間的氣氛倒很愉快而純潔，以致易家蘭不再監視他們。他離去的那個晚上，老邦迪亞家的人特以鋼琴伴奏，爲他舉行舞會送別。他與莉比卡示範現代舞，動作很熟練。小阿克迪亞和亞瑪蘭塔的舞姿和技藝也與他們不分軒輊。但是，透娜拉跟著一群人擠在門口觀看，此時有個女人膽敢批評小阿克迪亞的屁股像女人，透娜拉便與她大打出手，又咬又扯對方的頭髮，舞步示範便被打斷了。到了午夜，克列斯比行將離去時，他作了一次小小的頗富感情的告別演說，答應很快就會再回來。莉比卡陪他到門口，關門熄燈後，便走進房裡哭起來；她痛哭了好幾天，連亞瑪蘭塔也不知其所以然。她這種自閉的行徑並不奇怪；雖然她表面上頗開朗又坦誠，她的性格卻是孤獨又難以捉摸。她現在已是個子修長、骨架結實的漂亮少女，但仍堅持用她那張剛來這個家時所坐的小小的木製搖椅，它已經整修過好幾次，手把也已脫落了。沒有人發現她在那個年齡甚至還有吸吮手指的習慣；那就是為什麼她一有機會便把自己鎖在房間內的浴室裡，並養成面向牆壁睡覺的習慣的原因。下雨的午後，她與一些朋友在秋海棠的走廊上一同刺繡，每當她看到花園裡一塊塊濕泥土和蚯蚓掘起的一堆堆鬆泥土，便會中止談話，思鄉的淚水潸然而下。當她一開始哭泣，便又有了無法抑制的衝動；那種祕密的習慣雖然曾用橘子汁和大黃苦液治癒過，她仍是恢復了吃泥土的惡習。起初她幾乎是出於好奇，她也相信大黃那種難吃的味道必能治好她的惡習。事實上，泥土的味道也不好入口。然而，她被日漸增長的焦慮心情擊垮了，她硬將泥土吃下去，慢慢地恢復了多年前的胃口，她喜愛原始礦物的氣味，對那所謂的原始食物非常滿意。她會抓幾把泥土放進口袋，趁別人沒看見的時候一點一點的吃，內心升起一股喜怒交集的感覺，她一邊吃，一邊教她的閨友們刺繡上最困難的針線法則，談論哪些男人不值得女人去犧牲，為他們吃牆上剝下來的灰泥。吃下那一把一把的泥土，是為了那些比較不疏遠和較為穩定的男性，而她自願委身於他們，就像她那雙漆皮馬靴踏過世界某些地方的泥地，藉著泥土把那男士的血液成分和熱度傳送給她。那泥土礦質的氣息在她口中留下辛辣的餘味，在她心底留下安定的落實感。有一天下午，莫氏柯蒂的姐姐安派蘿無緣無故要求參觀她們的房子。亞瑪蘭塔和莉比卡都因爲她的突然來訪而感到心慌，拘謹地陪伴著她。她們帶她看整修過的大房子，請她聽自動演奏樂曲的鋼琴曲調，請她吃橘子醬和脆餅。莫氏柯蒂的姐姐莊重、嫵媚動人、禮貌周到，在她來訪的這段時間裡，易家蘭出現片刻，而就在這片刻中對她產生了極好的印象。兩個小時後，安派蘿趁亞瑪蘭塔不注意時，遞了一封信給莉比卡。上面寫著「敬愛的莉比卡小姐」，字跡秀麗，綠色的墨水，措辭文雅，這些特徵都和自動演奏的鋼琴說明書相同，莉比卡以指尖摺好來信，藏在胸口，以無限感激的目光望著安派蘿，暗自應允要與她一心，永遠不渝。

安派蘿與莉比卡突然建立的友誼關係喚起了小邦迪亞的希望。他對安派蘿的妹妹莫氏柯蒂思念之苦一直未曾稍減，但他找不到機會見她。當他跟維斯博和馬魁茲這些摯友在城鎮裡遊蕩時，總會焦急地在裁縫店搜尋她。維斯博與馬魁茲都是建村元老的兒子，他們與他們的父親同名。小邦迪亞去找她，卻只見到她的兩個姐姐。現在安派蘿出現在他家裡，算得上是一種好兆頭。「她一定會與她姐姐一起來的，」小邦迪亞細聲自言自語著。「她一定會來的。」他重複許多次，很有信心。有天下午，他在工作室嵌鑲一條小金魚，猝然覺得她已應他的呼喚而來；果然不錯，隔不多久，他便聽到孩子氣的聲音，他抬頭一看，嚇呆了，只見小姑娘就在門口，身穿粉紅色的棉紗衣裳，腳穿一雙白靴子。

「妳不能去那邊，莫氏柯蒂，」安派蘿在大廳那兒說。「他們正在工作。」

但是，小邦迪亞不等她有回答的時間，就抓起穿在金魚嘴上的小鍊子，對她說：

「進來吧。」

莫氏柯蒂走過去，問了幾個有關金魚的問題，小邦迪亞竟突然哮喘得答不出話來。他要永遠伴著她那百合般的白皮膚和綠眼睛，挨近著聽她叫他「先生」，問一切的問題，表示像對父親那樣地尊重他。麥魁迪坐在角落裡的一張寫字檯前，糊亂塗畫一些難解的符號。小邦迪亞討厭他。小邦迪亞誠意要送給莫氏柯蒂小金魚，由於他的贈禮，小姑娘嚇得趕忙離開他的工作室。那天下午，小邦迪亞失去了平日找機會見她的耐性。他不顧工作了，幾回凝聚精神，想著她的出現，但莫氏柯蒂並無心靈感應。他到她姐姐的店裡去找她，到她家的窗簾後去找她，到她父親的辦公室去找她，可惜不獲結果，只好獨自苦思她的倩影。他常在客廳陪莉比卡，一待就是好幾個鐘頭，聽聽自動放音的鋼琴曲調。莉比卡要聽這些音樂，是因為克列斯比曾放這些曲子教她們跳舞。小邦迪亞要聽，則是因為每個曲子都使他想起莫氏柯蒂。

家裡充滿戀愛氣氛。小邦迪亞的愛是以無盡的詩情來表達。他把詩寫在麥魁迪給他的硬羊皮紙上，或浴室的牆上，或自己手臂的皮膚上；所有的詩都有莫氏柯蒂的化身出現：下午兩點引人沉沉欲睡的空氣中有莫氏柯蒂；芬芳醉人的玫瑰花香裡有莫氏柯蒂；飛蛾落水器的祕密中有莫氏柯蒂；早晨熱騰騰的麵包裡有莫氏柯蒂；莫氏柯蒂無所不在，永遠留在他的心坎裡了。下午四點鐘，莉比卡在窗前繡花，等待著愛情。她知道郵差的驢子兩星期來一次，但她常等候著他，相信他有時也會弄錯日子而提早到來。相反地，有一回，驢子卻沒有按該來的日子來到。莉比卡絕望得發狂了，她在午夜起來，有自殺的衝動，抓起花園裡的泥土一把一把地吃下肚子，痛苦而氣憤地哭著，嚼食軟軟的蚯蚓，用牙齒去咬蝸牛殼。她一直在嘔吐，直到天亮。她發燒得很厲害，倒在地上，神智不清，她的心卻無所顧忌地傾注在愛戀中而陷入狂亂狀態。易家蘭引以爲恥，強行打開她皮箱上的鎖，發現在箱底有用粉紅色的絲帶綑紮的十六封灑有香水的信函；舊書裡夾著樹葉和花瓣，還有已經粉化的枯乾的蝴蝶，一碰便碎掉。

小邦迪亞是唯一能了解這種孤寂的人。那個下午，當易家蘭想將莉比卡從戀愛的昏迷狀態中拯救出來的時候，他與摯友維斯博和馬魁茲去卡塔里諾的商店。那邊擴建了一排木屋，裡面住著一些具有枯萎的花朵那種氣味的單身女人。一個由手風琴和小鼓手組成的樂隊正在演奏「男子漢富蘭西斯科」的歌曲，這位「男子漢富蘭西斯科」已經好幾年未在馬康多出現了。三個朋友暢飲發酵的甘蔗汁。維斯博和馬魁茲雖然與小邦迪亞同年，卻比較見過世面，他們把女人抱在膝上，泰然自若地喝著；其中有個女人形貌枯槁，滿口金牙，摸了小邦迪亞一下，使得他周身發毛。他拒絕了她。他發現他喝得愈多就愈想莫氏柯蒂，但他寧願忍受思念之苦。他不知道到底什麼時候自己開始有飄飄然騰起的感覺；他看到他的兩個朋友和女人都在光亮下飄浮，沒有重量和體積，話語不是從嘴巴說出來的，做出的神祕動作亦與他們的表情不一致。卡塔里諾把手搭在他的肩上對他說：「快要十一點鐘了。」小邦迪亞掉轉頭來，看看那大而扭曲的臉，耳後戴著絨線花，旋即他失去了記憶，就跟當年患了遺忘症一樣。到黎明時分，他醒來了，四面都怪怪的，發現自己在一個陌生的房間裡，透娜拉穿著短裙，赤著腳，頭髮垂下，提著一盞燈將信將疑的照著他，樣子非常驚訝。

「小邦迪亞！」

小邦迪亞停下腳步，抬起頭。他不知道自己怎麼會在這兒，但他心裡明白他的目的是什麼，因爲從小時候起，他心靈深處就隱藏著這個目的。

「我來跟妳睡覺。」他說。

他的衣服沾有泥土和嘔吐物。那時，透娜拉與她的兩個小孩單獨住在一起，她沒有問他什麼話。她帶他上床。她用濕布爲他擦臉，脫下衣服，而後她自己也把衣服完全脫光；放下蚊帳，以免孩子醒來時看見他們。她已厭倦等那個可以跟她長相廝守的男人；厭倦來了又走的男人；厭倦那些找不到路徑上她家門來的無數男人；她也爲算命的紙牌算不準而心煩意亂。她在等待期間，皮膚起皺了，乳房也萎縮了，心中的熱情不再熾燃。她在黑暗中撫摸小邦迪亞；她用手撫摸他的肚皮，以母愛的那種溫柔輕吻他的脖子。「我可憐的孩子。」她喃喃地說。小邦迪亞打著哆嗦。但是，他一點也沒有弄錯，以不慌不忙的技巧應付這個情況，他把積存的鬱悶抛諸腦後，發現心中的莫氏柯蒂已變成一個無邊無際的沼澤，有野獸與新燙過的衣服的氣味。當他醒來時，禁不住哭了。先是抑壓斷續的抽泣，而後是放聲宣洩內心那種脹裂的苦悶。她等待著，一邊用指尖搔他的頭，直到那使他不想活的積鬱驅散了，透娜拉才問他：「她是誰？」小邦迪亞告訴了她。她爆出一聲在平常足可嚇走鴿子的大笑，幸而未把小孩驚醒。「你先得將她養大呀。」她以譏誚的口氣說。但是在譏誚底下，小邦迪亞發現其中含有諒解的意思。當他走出房外，他不但不再疑惑自己的生殖能力，也把心頭積壓已久的煩悶解除了。並且，透娜拉自動向他提出了保證。

「我去跟那個小女孩談談，」她對他說。「你等著瞧好了，我會給她獻計的。」

她實踐了她的諾言，只是時候不對，因爲家裡已失去過去那種平靜。她發現莉比卡很激動，由於她的大喊大叫，無法瞞得住所發生的事情；亞瑪蘭塔則忍受著發燒的痛苦。她也嚐到了愛情受阻的孤寂的痛苦。她把自己關在浴室裡寫些熱情的情書，以抒發失戀的痛苦，最後她把這些信件藏在皮箱底下。易家蘭簡直是精疲力竭地照顧這兩個生病的女兒。她三番五次盤問之後，仍然找不出亞瑪蘭塔生病的原因。最後，她突然想到要強行檢視她的皮箱，才發現那些粉紅色絲帶綑著的信件上面有未乾的淚痕，裡面夾著鮮美的百合花，信是寫給克列斯比的，但並未寄出去。她氣得哭了，詛咒自己不該那一天想起要買鋼琴，並且禁止刺繡課程；雖然沒有人死亡，卻堅持要守喪到女兒死心，不再失戀而恢復人生的希望。老邦迪亞勸易家蘭不要這樣，但沒有效果；他對克列斯比的印象已經好轉，他佩服他在樂器操作方面的才幹。透娜拉告訴小邦迪亞，莫氏柯蒂決定要嫁給他，這時他已看得出這個消息可能帶給父母更多的麻煩。老邦迪亞和易家蘭應兒子的請求到客廳去正式面商這樁婚姻大事，他們木然聽兒子說出他心裡的話。當老邦迪亞聽到兒子的未婚妻是莫氏柯蒂這個姓名時，氣得滿臉通紅。「愛情就像是一種疾病嘛，」他咆哮如雷說。「你周圍有那麼多漂亮又高尚的女孩子你不選，卻偏偏要娶敵人的女兒。」可是易家蘭同意這個選擇。她承認她很欣賞莫家的七個姐妹；說她們漂亮，工作能幹，性情隨和，有禮貌，她讚揚兒子愼重有眼光。老邦迪亞被太太的熱情所懾服，只提出一個條件：克列斯比想要的是莉比卡，這該讓她嫁給他。如果易家蘭抽得出空來，應該帶女兒亞瑪蘭塔到省城去旅行，以接觸不同的人物，減輕她失戀的痛苦。莉比卡在獲知他們已同意她的婚事後，立即就康復了；她寫了封報喜的信給她的未婚夫，請求父母允許無須中間轉遞，讓她直接寄出。亞瑪蘭塔假裝同意這項決定，發燒的病卻也漸漸好了，但她發誓要使莉比卡踏著她的遺體出嫁。

下個星期六，老邦迪亞穿上在宴會之夜第一次穿的黑西裝，還有三十年代電影明星式的硬領和鹿皮靴，打扮好了，才前去向莫家提親。莫士柯特夫婦不知道他意外來訪的原因，憂喜參半地接待他；後來，當他把準新娘的名字說出來時，他們還以爲他弄錯了名字。爲了糾正錯誤，母親把正在睡覺的小女兒莫氏柯蒂叫起來，帶進起居室裡，她仍然處在半醒半睡狀態中。他們問她是否眞的決定要結婚，她哭著回答說，只希望大家讓她睡覺。老邦迪亞了解莫氏夫婦的困擾，回去向小邦迪亞問個清楚。當他再去的時候，莫家的人穿戴整齊，把家具重新佈置，花盆換上鮮花，大女兒們都一起在等候客人。老邦迪亞證實了小邦迪亞要娶的就是莫氏柯蒂之後，面臨了尷尬的局面，而且還穿著那討厭難受的硬領子衣服。「這簡直是說不通嘛，」長官莫氏柯特非常吃驚地說：「我們家有六個大女兒，都是待字閨中，到了該結婚的年齡還未出嫁，她們以嫁給像令郎那樣一位勤勞認眞的君子爲榮，而小邦迪亞卻偏偏看上我家還在尿床的小女兒。」養顏有術的莫太太，這回卻面露愁苦，指責丈夫說話不對。大家吃完雞尾酒和水果之後，莫家欣然接受了小邦迪亞所作的選擇。莫太太要求和易家蘭單獨談談。易家蘭很好奇，卻辯說是他們強使她來管男人的事，內心則深受感動，第二天她應邀登門拜訪，去與莫太太單獨晤談。半個小時後，她帶回一個消息：莫氏柯蒂還沒有到青春期。小邦迪亞認爲這不是問題；他既然等了這麼久，再等些時日又何妨，他要等到新娘能懷胎的年歲。

新建立的和諧氣氛被麥魁迪的死擾亂了。雖然死是一件可以預知的事，然而死的境遇卻不可預知。他回來幾個月後，老化得很快，以致被視爲無用的老祖宗之一；這些老祖宗們就像幽靈般在臥室裡蹣跚而行，嘴裡喃喃回憶著往事，沒有人理睬他們，也沒有人想起他們，直到有一天，發現他們眞的已經死在床上。起初，老邦迪亞幫助他工作，他很熱愛銀板照相和諾斯屈達馬斯的預言。但是，漸漸地，他開始讓老人獨處，因爲他們之間的溝通愈來愈困難。老人已喪失視覺與聽覺，他似乎連那些與他說話的人也分辨不清了，他把他們當作很早以前就認識的人，用混合的複雜語言來談話。他伸手在空中摸索著走路，可以自動避開物體，像是有某種立即辨別方向的本能。平常他在夜裡便把假牙放入床邊的一只盛有水的玻璃杯內，有一天，他忘了把假牙裝回去，此後他就不再用假牙了。當易家蘭擴建房屋的時候，她叫他們在小邦迪亞的銀器工作室旁邊爲麥魁迪特別蓋了一間工作室，以遠離家裡的嘈雜，那兒有一扇採光良好的窗戶和一個書架，她親手把幾乎塵封的或被蠹蟲咬壞的書本、一堆滿是怪符號的紙片，還有那只裝假牙的玻璃杯和開小黃花長了根莖的怪異植物排放在上面。麥魁迪似乎很喜歡新的地方，因爲在別的地方，甚至餐室，都看不到他了。他只到小邦迪亞的工作室去，在那裡一待就是幾個小時，在他帶去的那些硬紙片上不斷地塗寫一些謎樣的文字，硬紙片大概是用一種鬆質膠粉的乾材料做成的。他在那邊吃維西妲桑送來的兩餐食物；最後幾天他的胃口極差，只吃蔬菜。他臉上很快就顯出了素食者那種可憐的氣色，皮膚上出現了一種薄薄的粉苔，和他長年穿在身上的背心的顏色差不多。他的呼吸具有睡眠中的動物那種氣息。這時的小邦迪亞正在專心寫詩，最後竟然把他忘了；不過，有一次，他自覺聽到麥魁迪在獨白，便用心去聽。實際上，斷斷續續顫抖的話語能聽得淸楚的只是「春分秋分」、「春分秋分」這幾個字，以及「亞歷山大・凡・韓巴特」這個名字。小阿克迪亞幫小邦迪亞做銀器工藝的時候就開始比較接近老人。他盡量跟他說話，但麥魁迪有時候只是說幾句與現實狀況無關的西班牙話作答。然而有一天下午，他氣色很好，突然熱情起來。幾年後，小阿克迪亞面對行刑槍隊時，突然想起麥魁迪曾經以顫抖的嗓音唸過幾頁深奧的文字給他聽，當時他當然聽不懂，只記得像是唸佈告。接著老人露出久已收斂的笑容，用西班牙語說：「我死後，在我的房裡燒三天水銀。」小阿克迪亞向老邦迪亞報告，於是老邦迪亞去找麥魁迪，想問個淸楚，但老人只回答說：「我已找到了永恆。」麥魁迪的呼吸已有腐朽的氣味，小阿克迪亞每星期四帶他到河裡去洗澡，他的身體好像在慢慢復元。他脫光衣服，陪小伙子們下水，靠了他的神祕直覺辨別方位，避免到水深危險的地方去。有一次，他說：「我來自水中。」除了他修理鋼琴的夜晚，以及他在腋下挾著水瓢、毛巾、椰子油肥皂跟小阿克迪亞一起去河邊的日子，老邦迪亞家裡的人已經很久沒有見到他了。曾有個星期四，他們叫他到河邊去，小邦迪亞聽見他說：「我已發燒死在新加坡的沙丘上了。」那天，他由一個不安全的地方下水，到了第二天，大家才在下游幾里外的地方找到他，他被沖到了河裡的一個灣處。只見一隻孤單的兀鷹坐在他的肚皮上。易家蘭哭得比喪父還要傷心，她抗議老邦迪亞不肯把他入土安葬。「他是不朽的，」他說。「他自己透露過復活的公式。」他取出遺忘已久的試管，在屍體旁邊放一罐水銀燃燒，屍體慢慢充滿藍色的泡沫。長官莫士柯特鼓起勇氣提醒他，說溺斃的人如果不下葬，會危及公共衛生。「沒有那回事，他還活著。」這便是老邦迪亞的回話。他燒了七十二小時的水銀香，屍體開始發出青色的磷光，並且嘶嘶發響，弄得滿屋子都是氣味難聞的煙霧。至此他才允許別人埋葬死者；下葬時非同小可，他把他視爲馬康多的大恩人。這是這個城鎮第一件喪事，也是弔喪者最多的一次，直到百年後「大媽媽」的葬禮才趕過它。老邦迪亞家的人在選定的地方中央挖一個墳坑，將它葬好，立上一個石碑，寫下他們所知道的唯一資料：「麥魁迪」。他們爲他守靈九個夜晚。院子裡人來人往鬧哄哄的，大家喝咖啡，說笑話，玩牌，亞瑪蘭塔趁機向克列斯比表明愛意，但是克列斯比在前幾星期已向莉比卡立下誓約，而且在阿拉伯人以前用小飾物交換金剛鸚鵡的土耳其街開了一家樂器與機械玩具店。這位義大利男士頭上滿是鬈髮，像假皮毛，美極了，使婦女驚嘆不已；他視亞瑪蘭塔爲不值得與她認眞的任性小丫頭。

「我有個弟弟，」他告訴她說。「他要來我店裡幫忙。」

亞瑪蘭塔感覺受了屈辱，非常氣憤地對克列斯比說，她準備阻止姐姐的婚禮，甚至不惜以自己的屍體來橫擋門口。那個義大利人見她說話這般激烈，只得將實情告訴莉比卡。本來亞瑪蘭塔出去旅行的事，由於易家蘭太忙碌，一拖再拖，如今不到一星期便安排好了。亞瑪蘭塔也並未反抗，只是在與莉比卡告別時，挨近她的耳根說：

「別抱著太大的希望。即使他們把我送到天涯海角，我也會想辦法阻止妳結婚，甚至不惜殺掉妳。」

這幢房子裡少了易家蘭和在室內悄悄走動的麥魁迪，顯得既空洞又寬大。家務事交給莉比卡管理，幫傭的印第安女人則照料麵包房。這天傍晚時分，克列斯比來訪，人還未到，身上那薰衣草的冷香味就先飄了過來；他總是帶一件玩具來當作禮物，未婚妻在大客廳裡接待他。每當他來訪，家裡的門窗必定大開，以免引起別人多疑。這完全是多餘的顧慮，因爲克列斯比早已證明自己是個君子，一年內就要成爲夫妻了，他卻連準新娘的手也還未碰過。他經常來訪，因此家裡漸漸擺滿了新奇的玩具。有機械舞女娃娃、音樂盒、會表演的玩具猴子、慢跑的機械馬、打鼓的小丑，這些機械動物玩具驅走了由麥魁迪之死帶給老邦迪亞的哀傷，於是他又恢復了昔日煉金的興趣。他把那些機械動物拆開擺在面前研究，想用鐘擺恆動的原理來組合而改善它們。小邦迪亞則常撇下工作室不管，去教小莫氏柯蒂讀書寫字。起初，小女孩寧願玩洋娃娃，不願接待這位天天下午都要來的客人，後來她又不得不放下玩具，到浴室去更衣，而後端坐在客廳裡心不甘情不願的接待他。然而，小邦迪亞的耐心和深情終於打動了她，使她樂於陪他幾個鐘頭，學習文字的意義，用彩色鉛筆在筆記簿上畫些小房子，小房子旁的牛欄中有母牛；也畫圓圓的太陽，山後金光四射。

只有莉比卡爲亞瑪蘭塔的威脅而鬱悶不樂。她了解妹妹的個性，知道妹妹氣勢高傲，她簡直被她的怒氣嚇慌了；莉比卡會一連幾個小時在浴室中吸吮手指，以鋼鐵般堅強意志不吃泥土。爲了消除她的疑慮，她找透娜拉爲她算命。按算命慣例妄加推想一番後，透娜拉預言：

「只要妳的父母未安葬好，妳是不會快樂的。」

莉比卡打了個寒噤。她彷彿想起一場夢中的情景，看到自己小時候帶著皮箱、小搖椅和一個裡邊不知裝了什麼東西的袋子走進家門。她記起一位身穿亞麻布衣服，領子上扣有金別針式鈕扣的光頭紳士，這與撲克牌的紅心老K無關。她又記起一位兩手暖和而芳香的美麗少婦，這與撲克牌的方塊老J以及那隻患有風濕病的手也無關，她總是喜歡把鮮花插在她（莉比卡）的頭髮上，帶她走過那有綠色街道的小城鎮。

「我不了解。」她說。

透娜拉似乎焦慮不安。

「我也不了解，只是剛才撲克牌上這麼說的嘛。」

莉比卡一直在思慮這個謎。她終於告訴了老邦迪亞。老邦迪亞責備她，叫她不要相信紙牌上的預言，但他暗地裡翻檢箱子，搬動家具，掀開床舖和地板，到處找尋她親生父母的那袋骨骸。他只記得擴建新屋之後，那袋骨骸就沒有見過了。老邦迪亞偷偷地召來水泥工，其中有個人說那袋東西曾妨礙他工作，被他用水泥封在某一間臥室的牆壁中去了。於是，他們耳朵貼在牆上聽了好幾天，終於聽出了「咔達咔達」的聲音。他們將牆壁敲開，那骨骸仍原封未動地裝在袋子裡。他們當天就將那袋骨骸埋在麥魁迪的旁邊，但未立石碑。老邦迪亞回家後好像卸下了重擔；這件事也像想起他的鬥雞對手亞奎拉一樣使他良心不安。他經過廚房時特地吻吻莉比卡的額頭。

「別再想那骨骸了，」他對她說。「妳會幸福快樂的。」

自從小阿克迪亞出生以來，易家蘭就閉門不讓透娜拉進來。而今透娜拉與莉比卡做了朋友，家裡的大門又為她開放了。她像山羊可以隨時進來，為了發洩滿腔的熱情與精力，她心甘情願做最辛苦的工作。有時她會到工作室去幫小阿克迪亞曬照片底版；她做事效率高，態度溫柔，弄得他精神不能集中，心裡很煩。她那黝黑的皮膚，身上的煙味，在暗房裡不時發出的笑聲，在在都使他分散注意力而碰壞東西。

有一次，小邦迪亞在打造銀飾物，透娜拉倚在桌子邊，看他耐心地工作。突然之間，小邦迪亞確定小阿克迪亞在暗房裡，他一抬頭，目光便與透娜拉相遇，她的思想很明顯，就像暴露在正午的陽光下。

「好啦，」小邦迪亞說。「告訴我怎麼回事？」

透娜拉緊咬嘴唇苦笑著。

「我想你打仗一定很厲害，」她說。「你目光所到之處，子彈就射中了。」

小邦迪亞爲預感猜中而鬆了一口氣，又若無其事地去做他的事，以平穩而有力的聲音又說話了。

「我會認他的，」他說。「他生下來將沿用我的姓名。」

老邦迪亞找到了他要找的東西：他把時鐘的機械與機械舞女連接在一起，小玩偶隨著音樂旋律不停地一連跳了三天舞。這項發現比其他愚笨的試驗更使他興奮。他已到了廢寢忘食的境地。只有莉比卡保持警覺心，悉心照顧他，使他不會因想像過度而陷入無法挽回的瘋狂狀態。他整夜在房間裡踱步，兜圈子，喃喃自語，想用鐘擺的原理來推動牛車或耕田的犁耙，甚至用來發動一切使用的東西。他非常疲倦，失眠發燒。有一天早晨，一位姿勢不穩的白髮老人走進他的房間，他竟然不知道是誰。原來那是他的鬥雞對手亞奎拉的幽靈。老邦迪亞最後認出了他，沒想到人死了也會衰老，他禁不住懷念起往事。他驚嘆說：「亞奎拉，你是從好遠的地方趕來的呀！」亞奎拉逝世已經很多年了，非常想念活著的人，他需要同伴，恐懼接近死亡中的另一種死亡，最後竟愛上自己生前最大的仇敵。他花了許多時間找尋他。他曾向里奧哈恰、幽巴谷，以及沼澤各地的死人打聽他的一切，可是馬康多還沒有人死亡，所以沒有人說得出他的現況；後來，麥魁迪進入冥府，他在死人的雜色地圖上，以小黑點標明了馬康多的位置。老邦迪亞與亞奎拉的幽靈交談到黎明時分。幾個鐘頭後，他因熬夜而疲乏不堪，走進小邦迪亞的工作室問道：「今天是什麼日子呀？」小邦迪亞告訴他是星期二。「我也這樣想，」老邦迪亞說。「不過我突然覺得仍舊是星期一，就像昨天一樣。看看天空，看看牆上，看看秋海棠。今天還是星期一。」小邦迪亞習慣了父親的狂態，沒有去特別注意他的話。第二天，星期三，老邦迪亞回到工作室去。「這是件悲哀的事，」他說。「看看空氣，聽聽太陽的嗡嗡聲，情形跟昨天前天是一樣的。今天也是星期一。」那天晚上，克列斯比看見他在門口爲亞奎拉流淚，爲麥魁迪涕泣，爲莉比卡的父母哭泣，爲他自己的父親和母親哭泣，爲所有他能記起的逝者哭泣。克列斯比送給他一隻能夠用後腿走鋼索的機械玩具熊，他無法使他那著魔似的心懷開朗起來。克列斯比問他，前幾天他曾說人類可造一架鐘擺機械來幫助飛行，這個構想有沒有結果，老邦迪亞答說那是不可能的，因爲鐘擺機械能幫助任何東西飛升空中，就是無法使它自己升空。星期四那天，他又出現在工作室，那副愁眉苦臉就像犁過的地面。他幾乎哭出來了：「時序都不對了。」易家蘭與亞瑪蘭塔又都走得那麼遠！」小邦迪亞責怪父親像個小孩子，他便顯出很慚愧的樣子。他花了六個小時檢查事物，看看事物裡面的情景和前一天有什麼差別，希望發現一些時序上的變遷。他睜大著眼睛在床上躺了一整夜，呼喊亞奎拉、麥魁迪和一切逝者來爲他分擔愁苦。但是沒有人來。星期五那天，別人還未起床，他又在觀察大自然的外貌了，最後他毫無疑問地認定那天是星期一。於是他抓起一根門閂的木棒，使出渾身的力量，把煉金室、照相室、銀飾工作室的設備砸得粉碎，中邪似地用別人不懂的語言很流利地高聲大喊大叫。他正要開始把屋裡其餘部分也搗毀時，小邦迪亞請了鄰居來幫忙。十個人把他按壓住，十四個人把他綑起來，二十個人將他拖到院子的栗樹下，把他綁在那兒。他用陌生的語言大喊大叫，口吐綠沫。易家蘭和亞瑪蘭塔回來時，他的手腳都還綁在栗樹幹上，全身都被雨水淋濕，臉上卻一副天眞無邪的樣子。她們跟他說話，他望著她們卻不認得，且盡說些她們聽不懂的話。妻子易家蘭爲他鬆開手腳的綁繩，因爲手腕與腳踝都被繩索勒傷了，只是還留著腰上的綁繩。後來他們爲他造了個棕櫚枝葉的棚子，使他不致遭受日曬雨打。

5

小邦迪亞與小莫氏柯蒂在三月的一個禮拜天，由雷納神父在客廳裡搭起聖壇爲他們舉行了婚禮。小莫氏柯蒂雖然童心未泯，青春期卻提早來了，四個星期來所給莫家帶來的極大震撼至此達到最高潮。雖然母親給她談過青春期的變化情形，她卻在二月的某個下午衝進起居室大叫，把她那沾有巧克力色血污的內褲展示給大家看，那時她的幾個姐姐正與小邦迪亞聊著天。男女雙方同意再延一個月才舉行婚禮。這段期間，只夠教她自己梳洗、穿戴和了解家庭的起碼事務。家人教她在熱磚上小便，以治療她尿床的習慣；又費了許多時間去說服她不要洩露婚姻的祕密，因爲小莫氏柯蒂對婚姻的知識既困惑不解，又驚異不已，見人就要談洞房花燭夜的詳情。教她也眞累，不過到了結婚那天，小姑娘已跟她的姐姐們一樣懂事了。父親莫士柯特挽著她的手臂，帶她走上滿是鮮花和花環的街道，鞭炮噼哩啪啦地響，幾個樂隊一齊在演奏。她揮著手，以微笑向窗口祝福她的人答謝。小邦迪亞穿著黑色禮服，腳趿一雙有金屬釦針的漆皮靴子，幾年後他面對行刑槍隊時穿的也是這雙；他在家門口迎接新娘，牽引她到聖壇前面。這時他臉色蒼白，喉嚨彷彿有塊硬東西鯁在裡面；她舉止自然又謹愼，一直保持沉著，就是當小邦迪亞爲她戴戒指時，戒指掉落地上，她也泰然自若。

紛亂的來賓在喃喃交談，她始終舉著她那隻戴花邊手套的手，佯裝戒指仍戴在手上；新郎則用腳擋住戒指，使它不致滾到門邊去，而後他紅著臉回到聖壇來。她的母親和姐姐們惟恐這小姑娘會在婚禮上出醜，最後她們卻不得體地跑過去將她抱起來親吻。從那天以後，莫氏柯蒂在逆境中始終表現出充分的責任感、天性的美德和鎮靜。她自動把切下的蛋糕留下一大塊，連同叉子放在盤子裡，端給父親老邦迪亞吃。老人被綁在栗樹的樹幹上，縮著身子坐在用棕櫚枝葉搭造的棚子底下，他的皮膚因日曬雨打已失去血色，臉上露出感激的淺笑，用手指抓著蛋糕吃，嘴裡喃喃唸著聽不懂的聖詩。慶祝活動直到星期一黎明才結束，在這歡愉的慶祝活動中，只有莉比卡是不快樂的。這是她本人挫敗而失落的婚宴。本來易家蘭爲她安排在同一天舉行婚禮，但是克列斯比星期五收到一封信，說他母親快要嚥氣了，婚禮只好往後延。克列斯比接獲信件一個小時後，即起程趕往省城，他在路上與他母親錯過了；她不但沒有生病，還準時於星期六晚上抵達，本來爲他兒子準備的婚禮聖歌卻在小邦迪亞的婚禮上大唱起來。克列斯比星期日午夜趕回來，小邦迪亞的婚禮已辦完，他只趕上婚宴的尾聲場面；爲了趕回來結婚，一路上他累壞了五匹馬。那封信究竟是誰寫的無從查出。亞瑪蘭塔因母親易家蘭追問而深感痛苦，氣憤地哭了，對著木匠尚在拆卸的聖壇發誓說她是無辜的。

莫士柯特特別請雷納神父來主持女兒的婚禮，他年紀很大了，來自沼澤地帶，由於他底下的傳教士不顧恩義，連他的心腸也變得冷酷了。他皮膚黯褐，瘦骨嶙峋，肚子倒圓圓鼓鼓的，表情有如老天使，與其說他是善良，不如說他是單純。他計畫主持婚禮後就馬上趕回教區，但是他看到馬康多的居民桀驁不馴，做了許多壞事，卻照樣發達；他們順其自然，小孩子都不受管束，不洗澡，節日慶典卻做得頗有神聖的氣氛，感到十分驚愕。他認爲這兒比什麼地方都更需要上帝的種子，所以他決定多留一個星期，使猶太教徒和異教徒都能信仰基督教，使妾姨身分者獲得合法身分，並爲死者舉行葬禮。可惜的是沒有人理睬他。城鎭的居民說：他們已許多年沒有神父了，他們直接與上帝打交道來安排靈魂方面的事宜，況且他們認爲他們的原罪（亞當與夏娃所犯下的罪）已經消失。雷納神父對露天傳教已覺厭倦，決心要造一所世上最大的教堂，兩側要放置與人等高的聖徒雕像，安裝有色玻璃，以便人們從羅馬到這異教中心來膜拜上帝。他托著銅盤到處募捐，人們捐給他一大筆錢，他仍嫌不夠，因爲他說教堂必須安置一個能將溺死者召回到水面來的大鐘。他大聲呼籲，聲音都喊啞了；骨骼也發出軋軋的聲音。有個禮拜六，他連造門的錢都沒有募集到，心緒低落到谷底，又驚惶又絕望。他在一處廣場上架起一座臨時的聖壇，禮拜天跟失眠症流行期間一樣，他拿著小鈴到處走動，呼叫大家去望露天彌撒；很多人都因好奇而前去，有的爲鄉愁而往，有的則是害怕上帝怪罪他們藐視祂的使者而視同侮辱了祂而前去。於是上午八時，城鎭裡大部分的居民都到廣場上去了。雷納神父爲募捐把嗓子喊啞了，一面還吟唱著福音。最後群眾開始散去，他舉起手來要大家注意。

「等一會兒，」他說，「現在我要證明上帝那無限的力量是無懈可擊的。」

幫忙他做彌撒的男孩給他端上一杯熱氣騰騰的濃巧克力，他一飲而盡。而後，他從袖口裡抽出一條手絹來擦擦嘴巴，伸伸手臂，閉上眼睛。雷納神父的身子竟然往上浮升離地六英寸，這一招很有說服力。他靠了巧克力振奮精神，連著幾天，一家一家去表演他浮升的本領，他的助手則用袋子募捐，收入了不少的錢，不等一個月，教堂就動工興建了。除了老邦迪亞，沒有人懷疑這種表演的神聖意義。有一天早晨，人們聚集在栗樹四周，再次前來觀看這項神蹟的表演。老邦迪亞則專注於四周的人群。雷納神父和他所坐的椅子開始浮升，離開了地面，這時老邦迪亞只在他的板凳上挺挺身子，聳聳肩膀。

「那很簡單嘛，」老邦迪亞說。「那個人發現了第四種自然力量。」

雷納神父抬一抬手，椅子的四隻腳同時落地。

「不對，」他說。「剛才的事顯然證明了上帝的存在。」

大家這才發現老邦迪亞講的怪語是拉丁語。他是唯一能與神父溝通的人，雷納神父靠了這一點，將信仰灌輸到他古怪的心靈中去。每天下午神父坐在栗樹下用拉丁語佈道，然而老邦迪亞就是不相信雷納神父的勸說和他那靠了巧克力帶來的神蹟，他說他要看了上帝的照片才算證明。於是，雷納神父帶來勳章和圖片，甚至帶了一塊複製的「維洛尼卡手帕」①，老邦迪亞說那是沒有科學根據的人爲複製品，不肯採信。他確實是固執得很，因此雷納神父不再對他傳播福音，只是基於人道精神再來看他。而後老邦迪亞倒主動地想以理性主義者的那一

① 據說維洛尼卡（Veronica）曾將手帕給基督擦臉，上面留有基督的肖像。

套方法來破解雷納神父的信仰教條與神蹟。有時雷納神父帶來棋盤，擱在栗樹下，邀他下棋。老邦迪亞也不接受；他說，他不了解兩個對手互訂規則的比賽究竟有什麼意思。他不肯按規則玩，因此雷納神父無法與他玩下去；他對老邦迪亞的頭腦如此理性深感驚訝，問他怎麼會被人綑綁在這株樹上。

「那很簡單，」他回答說。「因爲我瘋了嘛。」

從此以後，神父爲自己的信仰煩惱，不再來看他，全心全意在監督教堂工程的進度。莉比卡的希望又燃起了。這與教堂的工程進度有關，因爲有個禮拜天，神父在她家裡吃午飯，全家圍坐在一起，大家談起教堂完工後宗教典禮該會如何如何的莊嚴肅穆與光彩，亞瑪蘭塔說：「莉比卡是最幸運的了。」莉比卡不解其中含義，於是亞瑪蘭塔露出天眞的笑容解釋說：

「妳的婚禮將是唯一與教堂的開壇典禮同時舉行的。」

莉比卡試著提出自己的看法：像教堂這樣的建造法，恐怕要再十年才會完工。雷納神父不以爲然：他比較樂觀地估計，信徒會越來越慷慨。莉比卡悶悶不樂，吃不下午飯；易家蘭看見這情形，一邊誇獎亞瑪蘭塔的想法，一邊捐出一筆不算小數目的錢，以利工程進度加快些。雷納神父認爲如果有人肯再多捐些錢，教堂三年之內就可以完工。從這以後，莉比卡就不跟亞瑪蘭塔說話了，因爲她認爲亞瑪蘭塔的動機不是表面上那麼單純。那個晚上，她們猛烈爭吵，亞瑪蘭塔說：「那算是對妳最客氣的了，這樣一來，我可以三年之內不殺妳。」莉比卡便起而接受她的挑戰。

當克列斯比發現婚禮又要延期，失望極了，但莉比卡以永久的堅貞向他保證。「不管什麼時候你吩咐一聲，我們就一起私奔。」她對他說。然而，克列斯比不是那種敢於冒險的人。他缺乏他未婚妻那種衝動的性格，他認爲守信是一種財富，不可以輕意拋棄。而後，莉比卡轉而採取更爲大膽的方法。一陣神祕的風把客廳的燈吹熄了，易家蘭碰巧發現兩個情人在黑暗中接吻，她非常驚異。克列斯比向她解釋說，現代的油燈品質很差，於是他幫她裝設了比較安全的室內照明設備。只是燃料仍然不佳、燈芯也依然塞住。這回她又發現莉比卡坐在未婚夫的膝上，她再也不聽他解釋了。易家蘭將麵包房交由那位印第安女人負責，在客人來訪期間，便坐在搖椅上監視這一對年輕人，準備擊敗她自己少女時代就施展過的那套策略。莉比卡看易家蘭在這種無趣的待客情形下大打呵欠，便以嘲笑的口氣憤然說：「等我可憐的媽死了，她會坐在那張搖椅上升天去領賞的。」克列斯比在監督下談情說愛了幾個月，還要每天親自去監督興建教堂的緩慢工程進度，因而疲乏不堪，便決定把教堂完工所需的費用全都交給雷納神父，不想再插手。亞瑪蘭塔越來越不著慌。她的閨中女友們每天到走廊上來繡花，她一邊與她們交談，一邊想些新的計謀。她想到一個極有效的方法：拿走莉比卡放入新娘禮服袋中的除蟲藥丸，這禮服袋已收進臥室的櫃子裡。但是，她的估計錯誤，把計謀搞壞了。她是在教堂完工前兩個月進行那項計謀的。由於莉比卡性子急，特別是爲她將屆的婚禮，她比亞瑪蘭塔預料中的計畫早了些時間去準備新娘禮服。她打開櫃子，拆開紙包，揭開罩布，發現衣裳的纖維和面紗的縫線，以及橘子花冠都已被蠹蟲蛀壞了。她雖然確認自己曾放進了除蟲藥丸，但這災禍似乎很自然，也就不敢貿然怪罪亞瑪蘭塔。現在距離婚禮不到一個月。莫士柯特太太保證在這期間內縫好一件新禮服。一個下雨的中午，莫士柯特太太抱著一大堆針線和縫製的東西到他們家來，叫莉比卡試穿一下完工前的新娘禮服，亞瑪蘭塔頓時感到頭暈目眩。她的喉嚨乾啞了，背脊上冷汗直流；多少個月來她所等待的這一刻，竟然使她嚇得發抖。她想，如果她設計不出方法來阻礙莉比卡的婚事，她自信在無法可想的最後一刻，一定有勇氣將莉比卡毒死。那個下午，莉比卡穿著莫士柯特太太用幾千針耐心縫製的背心套裝，熱得透不過氣來；亞瑪蘭塔用鉤針在編織衣服，連連失誤，鉤針刺到了手指，但她非常冷靜，決定在婚禮前的一個星期五，在莉比卡的咖啡裡羼入鴉片。

一種看不見的且無法克服的大障礙使得婚期又不定期往後展延。在婚禮前一個星期，小莫氏柯蒂半夜醒來，體內熱流迸奔，全身濕透，三天後，她血中毒而亡，肚子裡交叉排擠著一對雙胞胎。亞瑪蘭塔良心很不安，因爲她曾熱烈地祈求上帝安排某種可怕的事情，以使莉比卡不必被她毒死而能延宕婚期；這樣一來她怎能不對小莫氏柯蒂的夭折而難過。然而，她所祈求的並不是這樣的障礙。本來小莫氏柯蒂已爲她家帶來歡欣的氣氛。她與丈夫小邦迪亞住在靠近工作室的一間臥室，室內擺滿了童年快完時期所玩過的洋娃娃和別的玩具，那些洋溢整個臥室內每個角落的快樂的童年活力，像一道健康的漩渦，沿著有秋海棠的走廊傳遍全家。她從黎明就唱起歌來，而莉比卡和亞瑪蘭塔卻常常爭吵，也只有她才敢出面叫她們和解。她負起照顧老邦迪亞的繁重工作；幫他處理生活上的基本需要，送東西給他吃，用肥皂和刷子給他洗浴，把他頭髮上和鬍子上的跳蚤和蟲卵驅除乾淨，維護或修繕棕櫚枝葉架的棚子，暴風雨時還要加蓋防雨帆布。她死前的幾個月，已能用初級的拉丁語與老邦迪亞交談。透娜拉懷著小邦迪亞的孩子生下來了，送到他們家來養，受洗的名字叫約塞，當時莫氏柯蒂即決定把他視爲親生的長子。她的母性本能使易家蘭爲之驚訝。小邦迪亞則從妻子身上找到了要活下去的理由。他整天在工作室裡工作，莫氏柯蒂會在早晨過了一半的時候，帶杯不加糖的咖啡給他喝。他們小兩口每晚都要到莫家去。小邦迪亞總是陪著岳父玩骨牌，莫氏柯蒂則與姐姐或母親談天或說些重要的事。長官莫士柯特因與邦家有姻親關係，而鞏固了他在這個城鎮的權威。他經常去省府，說服政府當局在當地設一所學校，小阿克迪亞繼承了他祖父的教育熱忱，可以負責管理。他以勸諭的方式，說服了大多數人家，在國家獨立紀念日那天把房子漆成藍色。他聽從雷納神父的催眠，設法將卡塔里諾的店鋪移往後街，並查封了市中心區幾個生意興隆的低級場所。有一次，莫士柯特帶回六名武裝警察來維持秩序，這時候已經沒有人記得當初城內不准武裝的協定。小邦迪亞佩服岳父的處事效能。「你會變得與他一樣胖。」他的朋友對他這樣說。然而，他靜坐的養生法使他的顴骨增高了，眼睛光芒也集中了，體重倒沒有增加；他依舊保持省吃儉用的習慣；嘴唇的線條變得更直更挺，表現了獨立思考與果決的形象。小邦迪亞和他的妻子是這般的恩重情深，當莫氏柯蒂宣佈懷孕時，兩家都愛憐有加，甚至莉比卡與亞瑪蘭塔也宣佈停戰，打算在莫氏柯蒂生下男孩時，用藍毛線來編織衣物，如果是女嬰則用粉紅的來編織。幾年後，當小阿克迪亞面對行刑槍隊時最後想到的也是她。

易家蘭下令關閉所有的門窗，爲死者守喪，如非絕對需要，誰也不許進出。她禁止任何人在這一年內肆意大聲交談，並在莫氏柯蒂原先停葬的位置，把她的照片掛上黑色的絲帶，終年點著一盞油燈。後代子孫也從未讓這盞油燈熄滅過，但是他們看到照片上穿褶裙與白靴，頭上繫著白絲帶的女孩，總感到有些困惑不解，無法將她與一位老祖宗的標準形象聯在一起。亞瑪蘭塔負起照顧約塞的責任。她把他收作兒子來養，這孩子可以分擔她的寂莫，和除去她因自己的瘋狂祈禱而害死了莫氏柯蒂的罪惡感，這情形就像是因她瘋狂地祈求到一種羼雜鴉片的毒劑，把它放入莫氏柯蒂的咖啡中而造成了死亡。黃昏時分，克列斯比帽上別著黑絲帶，躡手躡腳地悄悄進來探訪莉比卡；莉比卡身穿黑衣服，袖子長達手腕，傷心得幾乎淌血而死。她再也不敢去想婚禮的新日期，未婚夫妻的那種情分可以說已經成了無人再關心的疲乏戀情，而化爲永恆的友誼了。一對昔日吹熄燈火偷偷熱吻的情侶，如今已將自己交給死神去擺佈。莉比卡失去了方向，失去了銳氣，她又開始吃泥土了。

他們已守喪許久了，刺繡課又開始恢復了；有一天下午兩點，到處都熱得靜悄悄的，突然之間，有人推開臨街的大門，地上柱子震動了，在走廊上繡花的亞瑪蘭塔和她的朋友們、在臥室吸吮手指的莉比卡、在廚房工作的易家蘭、在工作室的小邦迪亞，甚至在栗樹下的老邦迪亞，都以爲是地震正欲搖垮房屋。原來是來了一個大個子男子；他的方肩頭幾乎和門的寬度一樣大，粗壯的脖子上掛著一個聖母像，手臂上和胸脯上都刺滿神祕的刺青，手腕的銅手鐲上有「十字架上的聖嬰」那種護符。他的皮膚因曝露在含鹽分高的空氣中而變黑了，頭髮像直而短的馬鬃，下巴如鋼一般，臉上掛著哀愁的笑容。他繫著的那條腰帶比馬肚帶還要厚一倍；皮靴上有馬刺和綁腿，靴跟上有鐵塊。他的出現給人一種地震般的印象。他穿過客廳和起居室，手上提著半舊的鞍包；他像雷霆般閃過有秋海棠的走廊，在那兒的亞瑪蘭塔和她的朋友們都驚住了，手舉著針線停在空中。「嗨。」他以疲乏的聲音對她們打招呼，把鞍包拋在工作檯上，逕向屋後走去。「嗨。」他向驚愕的莉比卡哼了一聲，莉比卡望著他打她的臥室門口經過。「嗨。」他向正在銀工實驗檯前工作的小邦迪亞也哼了一聲，他沒有在任何人身邊停下腳步，而直往廚房走去。他似乎是走遍天下，這才第一回停下腳步來。他又哼了一聲「嗨」。易家蘭張著口呆立了好一會兒，凝視他的眼睛，驚叫了一聲，伸手去摸他的脖子，高興得又哭又叫；原來是她的長子亞克迪奧。他回來與去的時候一樣窮困，窮得必須給他兩披索去付租馬的錢。他說西班牙話，夾雜著水手的俚語。他們問他這些日子到哪裡去了，他答說：「就在那邊。」他在家人指定的地方架起吊床，一睡就是三天。當他醒來吃下十六個雞蛋之後，便逕往卡塔里諾店裡去。他那巨大的體型在那裡引起了婦女們極大的好奇心。他點音樂給大家聽，也點甘蔗汁給大家喝，全都由他付帳。他可以同時與五個男子比賽印第安式摔角。「不行，」他們說，大家都相信扳不動他的手臂。「他有『十字架上的聖嬰』護符。」卡塔里諾不相信迷信的神力詭計，賭十二披索說他搬不動櫃檯。亞克迪奧把櫃檯拉出來，把它舉到頭上，並且搬到街上去。結果出動了十一個人，才把它搬回來。在群集的人潮中，他在吧檯上展示他非凡的男性體態，他全身刺滿各種語言的刺青，紅藍交織。他對圍著他的婦女和愛慕他的女人詢問，看誰出的價錢最高，他就與她共享一個晚上。結果有個最有錢的女人出最高價二十披索。但他後來寧願以十披索作限額讓她們抽籤來作決定。抽得最高價位的女人爲八披索，但其他的女人也都被他接受了；十披索當然是相當高了。她們先是把姓名寫在十四張紙條上，放進一個帽子裡，每個女人抽一張，抽到最後只剩兩張時，已可確定這兩張該屬於誰了。

「每張再添五披索，」亞克迪奧建議說：「那麼我就讓二位共同來分享。」

他就靠這樣來謀生。他遊歷過世界各地六十五次，做過沒有國土的水手。那天晚上在卡塔里諾店裡與他同床共枕的幾個女人，把他赤裸裸地帶進舞廳來，讓大家看看他從頭到腳全身每一寸結實的身體上到處都是的刺青。他無法與家人生活在一起。他白天整天睡覺，晚上則到紅燈區去過夜，他靠力氣與人打賭。偶爾易家蘭也能說服他坐上桌子吃頓飯，他總是表現出他有良好的脾氣，特別是當他談起遠方冒險的經歷時，更是耐心十足。他遭遇過沉船事件，在日本海漂流過兩星期，吃同伴的肉，以免餓死而保全生命，那位同伴是中暑而死的；那位同伴的肉很鹹，在太陽下煮起來有粉粉的芳香味。在正午的烈日下，他們的船曾在孟加拉灣殺死一條龍，在龍肚子裡發現一位十字軍武士的盔甲、銅釦和武器。他曾在加勒比海看大海盜休吉的海盜船的鬼影，風帆已被厲風撕得粉碎，桅桿也被海蟲剝蛀，但仍然朝著迦得洛普航線前進。他的母親易家蘭在餐桌上哭了，因爲關於這些事和不幸的冒險，他的長子亞克迪奧已在信中述及，但是她一封也沒有收到過，如今竟像看到了這些信似的。「我的兒啊；

這裡有個大好的家等著你，」她嗚咽著說。「這麼多的食物都拋棄給豬吃了！」然而，她實在難以相信眼前這位一餐可以吃下半條乳豬，且脹飽的胃氣足可噴死玫瑰的粗漢，就是當年吉卜賽人帶走的那個小伙子。家裡其他的人也有類似的想法。由於他在餐桌上不避諱地打嗝，亞瑪蘭塔也不掩飾她心裡不滿的厭惡表情；他的兒子小阿克迪亞還不知道他們之間有父子關係，對方問話想爭取那份親情時，他的兒子難得給他答話。當小邦迪亞向他提起他們兩兄弟同住一間臥室的情形時，總想喚起他童年的感情，但亞克迪奧全都忘了，因爲他有太多的海上生涯讓他回味。只有莉比卡初次見到他就陶醉不已。那天，她看到他經過她的臥室門口，立即覺得他那種火山般的氣息充滿了整個屋內，克列斯比與這位原始男性比起來，簡直就是一個糖果做的軟人兒。她盡量找藉口去接近他。有一回，亞克迪奧厚臉皮似地注視著她的胴體，對她說：「小妹，妳是個道地的女人。」於是，莉比卡無法自制了。她又恢復早年吃泥土和牆上的灰泥的習慣。她猛吸吮手指，吮得大拇指上都起繭了。她吐出一塊綠色凝結的東西，裡面是一條死水蛭。多少個夜裡她醒著，全身發燒顫抖，掙扎著忍住不說些昏話，直等到黎明，亞克迪奧終於回來了，房子似乎都隨著他的腳步在動搖。一天下午，當人人都在睡午覺，她再也忍不住了，走到他的房裡去。她發現他穿著短內褲，躺在他那用船上繩索掛起的吊床上。當見到他那全身花紋的碩大裸體時，她深爲動容，很想退出房門，她說：「很抱歉，我不知道你在這兒。」但是，她說話的聲音放得很低，以免吵醒別人。「過來。」他說。莉比卡順從他。她站在吊床邊，一身冷汗，覺得腸子打結。這時，亞克迪奧用指尖撫觸她的腳踝，而後她的小腿，最後撫摸她的大腿，一邊喃喃地說：「啊，小妹，小妹。」他以一種驚人的旋風般的猛力，攔腰將她提起，像支配小鳥一般，三兩下就切入了她最隱私的內裡，她費了超乎尋常的勁兒，才保得一命，沒有死亡；她誠心感謝上帝，讓她剛才忍得住劇痛而在快感中誕生了她的新生命；兩人在熱烘烘的吊床中翻滾著，吊床像吸墨紙一般，吸入迸濺下來的鮮血。

三天後他們在參加五點鐘的彌撒時正式結婚。這之前亞克迪奧曾去克列斯比的店裡。他發現他在教授古琴，他並未把他拉到一邊去，而是逕直跟他講話。「我要娶莉比卡。」他告訴他說。克列斯比臉色轉爲蒼白，把古琴交給一個學生，並宣佈下課。當他們兩個單獨在堆滿樂器與機械玩具的室內時，克列斯比說：

「她是你妹妹哩。」

「我不管。」亞克迪奧回答說。

克列斯比用薰衣草薰過的手帕擦拭額頭。

「那是違反倫常的，」他解釋說。「再說，那也是不合法的。」

亞克迪奧不耐煩起來，其中原因與其說是爲他們的爭辯，不如說是爲了看不順眼克列斯比那蒼白的臉孔。

「去他媽的倫常，」他說。「我是來告訴你不要去追問莉比卡什麼了。」

然而，當他看見克列斯比兩眼濕濡，他那粗暴的態度開始軟化了。

「喏，」他以另一種不同的口氣對他說。「如果你眞喜歡我們家的人，你還可以娶亞瑪蘭塔呀。」

雷納神父在禮拜天講道時，向大家透露說亞克迪奧與莉比卡不是親兄妹。但是易家蘭認爲他們倆行爲卑劣，永遠也不肯寬恕他們；當他們從教堂回來，她就告誡他們永遠別想再踏進家門一步。她把他們看作死了。因此，他們在墓地對面租了間房子，裡面除了亞克迪奧的吊床以外，什麼家具也沒有擺設。在他們新婚的那個晚上，一隻毒蠍跑進莉比卡的拖鞋裡，咬傷了她的腳。從此她的舌頭麻痺了，可是這並未使他們取消他們那堪稱醜聞的蜜月。他們一夜狂呼亂叫八次，午睡時三次，使得鄰居們驚嚇不安；全區的人都被他們吵醒，大家只祈求這種狂熱野性別打擾死者的安寧。

小邦迪亞是唯一關心他們的人；他爲他們買家具，給他們一些錢，終於亞克迪奧恢復了四周的現實感，開始開墾屋外鄰接院子的無主土地。亞瑪蘭塔方面卻永遠也無法消除她對莉比卡的怨恨，即使在生活上有了她從未夢想過的滿足；起初易家蘭不知道該如何來彌補這件醜事，每逢星期二克列斯比照例被請來吃午餐，以使他在挫敗後恢復他的尊嚴而莊重地站起來。他的帽子上仍然戴著黑紗，以表示尊敬莫氏柯蒂之死。他爲報答易家蘭對他的好意，也爲討好易家蘭，便送些外國禮物給她，有葡萄牙沙丁魚、土耳其玫瑰醬，有一回還送了一條漂亮的馬尼拉披肩。亞瑪蘭塔懷著愛意殷勤照顧他。她會事先看出他的需要，爲他扯掉襯衫袖口上的線，在十二條手帕上繡上他名字的縮寫字母，送給他作爲他的生日禮物。每逢星期二午餐後，她在走廊上繡花，他會愉快地陪伴她。在克列斯比眼中，這個他曾以小女孩看待

倒不至於如此。我們能留下幾張紅票，他們就不會發牢騷啦。」邦迪亞明白站在反對的立場會招來什麼樣的不利後果。「我如果是自由黨，我會爲那些選票而作戰。」他說。他的岳父隔著眼鏡估量他。

「小邦，算了吧，」他說。「如果你是一位自由黨員，即使你是我的女婿，我也不會讓你看到換票的情形。」

城鎭上的人氣憤的倒不是選舉的結果，而是士兵們不歸還武器。一群婦女找邦迪亞談話，希望能從他岳父那兒取回她們的菜刀。莫士柯特私下向他解釋說，士兵們收走他們的武器，目的是在證明自由黨人準備不惜一戰的企圖。這句話的諷謔意味使邦迪亞驚愕不已。他不再說什麼，只是在某一個晚上，當馬魁茲和維斯博與另外幾位朋友談及菜刀事件時，他們問他究竟是自由黨員呢還是保守黨員，邦迪亞毫不猶豫作了明確的表白。

「如果非叫我作選擇不可的話，我寧可是個自由黨員，」他說。「因爲保守黨人很狡猾。」

第二天，在朋友的慫恿下，他去看諾格拉醫生，叫醫生看看他假想的肝痛的毛病。他甚至不懂這個藉口有什麼意義。諾格拉醫生在幾年前來到馬康多，所帶來的藥箱裡面裝著一些無味的藥丸，以及一句沒有人相信的醫療格言：以毒攻毒。實際上，他是個江湖郎中。從表面看，他是一個沒有聲望的醫生，骨子裡卻是個恐怖分子；他穿一雙短統襪子，將小腿上因枷鎖纏勒五年所留下的疤痕蓋住了。第一次聯邦共和革命時，他被捕入獄，他穿著一件他一生中最討厭的長袍喬裝逃往寇拉梭。他結束了他長期的逃亡來到里奧哈恰城，是因爲聽到加勒比的逃亡人士傳佈的某些消息而又想有所作爲，他乘坐一艘走私船順利地來到里奧哈恰城，隨身帶了幾瓶細糖製的藥丸，和一張僞造的萊比錫大學文憑。他失望地哭泣起來。流亡人士將聯邦共和革命者的熱情描繪成一觸即發的炸藥，沒料到這股熱情變成了一場選戰的模糊不清的幻夢。這位假醫生因失敗而難過，渴望有個安全的地方養老，於是轉到馬康多來避風頭。他在廣場的一角租了個狹小的房間，裡面放滿了瓶子罐子，靠一些甘願吃他那種糖製的丸子而久治不癒的病人，度過了好幾個年頭。莫士柯特只是個傀儡領袖，而這位郎中卻是個煽動家，只是他的煽動本領尙未發揮出來。他平日是靠回憶往事和對抗哮喘病來打發時光的。一進入選舉期間，他再度加入破壞的行列。他與城鎭裡不懂政治的年輕人接觸，偷偷地教唆他們行動。票箱裡出現大量的紅色選票，莫士柯特以爲是年輕人好奇的結果，其實是假醫生計畫中的行動之一；他叫他的信徒去投票，以證明選舉是場鬧劇。「唯一有效的，」他說道，「就是使用暴力。」邦迪亞的大部分朋友熱中於淸除保守黨勢力的主意，但沒有人敢叫他參加行動計畫，倒不是因他與官方有親戚關係，而是因爲他的性格孤獨而退縮。並且，大家都知道他曾聽他岳父的指使投下藍色的選票。因此他對政治的感想也只能算是偶發的，他去找醫生看他那並非病痛的毛病，也只是好奇心驅使而已。在那間滿是蜘蛛網和樟腦味的小房間裡，他發現自己面前那個人只是一個呼吸會發出聲音的骯髒蜥蜴。醫生在向他提出問題之前，帶他到窗口去檢查眼簾內部。「不是那兒。」邦迪亞按照他朋友告訴他的一種暗語這樣說。他用指尖按壓肝臟說：「這個地方痛得我無法入睡。」而後，諾格拉醫生藉口說陽光太強，關上窗子，以簡單的話語向他解釋說：暗殺保守黨員是愛國者的任務，往後幾天，邦迪亞的襯衫口袋裡都裝著一小瓶藥丸。他每兩小時取出藥丸，放在手心上，很快地送進嘴裡，讓藥丸在口裡慢慢融化。莫士柯特取笑他竟然相信這種「同種療法」②，而參加密謀的同伴倒把他視爲自己人了。這個城鎮裡所有的建村元老的子弟幾乎都捲入這次密謀的計畫行動，只是沒有一個人知道他們密謀的究竟是什麼行動。然而，有一天醫生向邦迪亞洩露了那個祕密，也就在這天邦迪亞問淸楚了整個密謀。當時他雖然相信有撲滅保守黨的必要，但整個計畫使他嚇壞了。諾格拉醫生有一套完整的個別暗殺密謀。他的系統計畫是同時發動一系列的個別暗殺行動，在全國各地一舉消滅保守黨政權所有的官員與他們的家屬，特別是兒童，以便根絕保守黨。莫士柯特夫婦和他們的六個女兒當然也包括在內。

「你不是自由黨員，也不是什麼別的，」邦迪亞毫不激動地告訴他說。「你只不過是一個屠夫。」

「如果是那樣的話，」醫生以同樣冷靜的態度回答他說。「你把藥瓶還給我吧，你不再需要那東西了。」

就在六個月之後，邦迪亞才知道醫生認爲他多愁善感，不顧前途，性情消極，又從事極爲冷僻的行業，因此不適合做個實行家。他們設法包圍邦迪亞，怕他洩露他們的陰謀。邦迪

② 同種療法（homeopathy）一如讓健康的人吃了會生痢疾的藥拿去醫治患痢疾的病人。

亞安撫他們；說他不會吐露一個字，但是說他們去謀殺莫家的那個晚上，他將會守在門口。他的決心使人信服，於是他們的計畫一再延後。在那段時期，他的母親易家蘭詢問他對克列斯比與亞瑪蘭塔的婚事有什麼意見，他總是回答說：現在還不是考慮這種事的時候。一個星期來，他的襯衫底下總是帶著一把舊式的手槍。他注意著他的朋友。下午他去與亞克迪奧和莉比卡喝咖啡，她已把家整理得井然有序，七點鐘以後則與他的岳父玩骨牌。午餐的時候他與小阿克迪亞聊天。小阿克迪亞已長成一個漂亮的小伙子了，而他發現他對戰爭的行將來臨愈來愈感興趣。小阿克迪亞在學校裡負起管理的責任，有的學生年齡比他大，有的學生則是剛學說話的小娃娃，自由黨的狂熱深受大家歡迎。在談話中，小阿克迪亞提及要槍斃雷納神父，把教堂改爲學校，倡行自由戀愛。邦迪亞叫他不要衝動，勸他凡事要謹愼些。小阿克迪亞不聽他的冷靜分析，不理睬他對現實的看法，反而公然指責他個性軟弱。邦迪亞期待著。終於，在十二月初，易家蘭非常不安地跑進工作室來。

「戰爭爆發了！」

事實上，戰爭在三個月以前就已經爆發了。全國已實施戒嚴法。唯一立即獲知這件事的人是長官莫士柯特，但他並沒有洩露這個消息，甚至連他的妻子也不知道，同時軍隊在黎明前已悄悄地進城，以騾子拖著兩門輕型砲，把司令部設在學校裡。宵禁是下午六時開始的。比上次更激烈的搜索行動也開始了，這回是連農具都拿走了。他們把諾格拉醫生拖出來，綁在一株栗樹上，未經過任何法律程序就逕行槍斃了他。雷納神父想以人可升天堂的神蹟來打動軍事當局，結果他的腦袋被士兵的槍柄打得開花。於是，自由黨的氣焰頓時化爲沉默的恐懼。邦迪亞臉色蒼白，一副神祕神色，仍然繼續陪他的岳父玩骨牌。他知道莫士柯特雖是這個小城鎮的政治與軍事領袖，其實只不過是個傀儡罷了。一切都由陸軍的部隊長作決定，他只是每天早晨去收取維護公共秩序的特別稅捐。他曾叫四個士兵把一名被瘋狗咬傷的婦女拖出家門，就地用槍柄打死。軍人佔領城區兩個星期後的一個星期日，邦迪亞走進友人馬魁茲家，像往常一樣明白地說要喝一杯不加糖的咖啡。兩個人單獨在廚房時，邦迪亞卻用空前嚴肅的口氣說話。「叫伙伴準備，」他說。「我們要打仗了。」馬魁茲不相信他的話。

「用什麼武器？」他問道。

「用對方他們的。」邦迪亞回答說。

星期二午夜瘋狂的行動發動了，二十一個年齡不到三十歲的男子，在邦迪亞的指揮下，用餐刀和削尖的器具，猛然突擊憲兵，奪下他們的武器，在院子裡處決一名隊長和四個士兵，因爲他們曾濫殺婦女。

就在同一天晚上，當行刑槍隊的槍聲在耳際響起，小阿克迪亞奉命擔任這個小城鎮的政治與軍事領袖。有妻子的叛軍只好留下妻子自營生活，因爲他們天亮時就要離開這個城鎮去參加革命行列。在他們出發時，不再受恐怖籠罩的民眾爲他們喝采送行；他們是前去加入革命將領麥迪納將軍的隊伍，根據最新的報導，麥將軍正前往孟牛爾。邦迪亞臨行前，把莫士柯特從衣櫥中拖出來。「岳父，放心吧，」他對他說。「新政府信譽保證你個人及家屬的安全。」

莫士柯特簡直不敢相信這個穿長統靴子、肩上扛著槍的謀反者，就是晚上陪他玩骨牌直到九點的那個人。

「這簡直是瘋狂，小邦。」他驚叫著說。

「不是什麼瘋狂，」邦迪亞說。「這是戰爭。不要再叫我小邦。我現在是邦迪亞上校。」

實際上，亞瑪蘭塔與克列斯比的感情已加深了，她覺得這回無須再監督他們。他們人約黃昏後。義大利人黃昏來訪，釦眼插一朵梔子花，特爲亞瑪蘭塔翻譯了一首詩人帕特拉契的商籟詩給她聽。他們一起坐在走廊上，呼吸著薄荷與玫瑰的濃郁香氣；他閱讀，她縫袖口的花邊，他們對令人震驚的戰爭的壞消息漠不關心，直到蚊子騷擾他們，才避入客廳裡。亞瑪蘭塔很明事理，用情細心，柔情似水，這樣織成一張感情的密網，網住了她的未婚夫。他擬定八點離開女友的家，卻得先用他那沒有戴戒指的蒼白的手推開她那張織得緊密的感情之網。他們把克列斯比從義大利寄來的明信片訂成一個專集。那些畫片要不是情侶在冷冷清清的花園裡相聚的鏡頭，就是情箭穿心或鴿子口啣金緞帶繫著蔓葉的畫面。「我曾經到過佛羅倫斯的這座公園，」克列斯比會翻閱著專集上的明信片這樣說。「在那兒，妳只要伸出手來，鴿子就會來吃東西。」有時候他面對威尼斯的水色，就會勾起鄉愁，嗅到泥土氣味和運河上貝類的腥味，總會說那是鮮花的暖香。亞瑪蘭塔嘆息、甜笑、夢想她的第二故鄉，在那兒，英俊的男士與美麗的女人說著孩子氣的話語；其實古城往昔的榮華已經逍逝了，剩下的瓦礫中只有幾隻貓兒在那裡。經過越洋來尋找愛情，又在與莉比卡幾番熱戀愛撫之後，如今克列斯比才在亞瑪蘭塔身上找到了愛情。幸福與生意的成功相隨而來。當時他的倉庫佔了一整排房屋，簡直如同令人覺得奇幻的溫室，那些玩具有佛羅倫斯鐘樓模型的音樂鐘，到了時針的地方就會報時；從梭倫多來的音樂首飾盒；一開盒就會唱出五個音符的粉盒，那是從中國來的；各種可以想像得到的機械玩具和樂器應有盡有。他的弟弟布魯諾照管店面，因爲克列斯比要負責音樂課程，沒有多餘的時間。由於他的經營，出售小飾物的土耳其街成了充滿歌聲的綠洲，使人忘了阿克迪亞的專橫行爲與遠處的戰爭惡夢。當易家蘭命令恢復禮拜彌撒，克列斯比捐贈給教堂一架德國小風琴，組織了一個兒童合唱團，並準備了一個喬治時代的寶盒，這些給雷納神父的宗教儀式增添了幾分光彩。人人都相信亞瑪蘭塔會做他的幸運新娘。他們沒有存心加速感情的發展，而是聽其自然，終於到了只要選日子就可以舉行婚禮的階段。他們沒有遭到任何阻礙。易家蘭暗自責怪是她一拖再拖，延誤了莉比卡的佳期，她不想再使亞瑪蘭塔的佳期延誤，以免徒增更多遺憾。對莫氏柯蒂的哀弔氣氛已不如以前那般嚴格執行，因爲戰爭的害人程度在加劇；邦迪亞上校不在家；阿克迪亞專制橫行；亞克迪奧和莉比卡已被趕出家門。婚期將近，克列斯比暗示說，邦迪亞上校的孩子約塞內心已產生一種特殊的孝順情感，這是對姑姑亞瑪蘭塔特有的感情，他們可以收養他作他們的長子。一切的事情都使亞瑪蘭塔認爲，她正順遂地迎向幸福。她完全不像莉比卡，她絲毫沒有表露出焦急的神情。她就像縫紉刺繡那樣有耐心，帶著她的印花桌布，細細地縫著布邊，以密織的針法繡著孔雀，她期待克列斯比受不了內心感情的渴望而更增情愛。她等待的日子隨著十月的霪雨而來。克列斯比從她膝上拿開針線籃子，對她說：「我們下個月結婚。」亞瑪蘭塔接觸到他那冰冷的手時並未驚顫。她像一隻膽小的動物縮回雙手，繼續她的工作。

「別頭腦簡單了，克列斯比，」她笑著說。「我死也不會嫁給你的。」

克列斯比情不自禁了，不怕難爲情而痛哭起來，絕望地幾乎把自己的手指都弄斷了。「別浪費時間了，」亞瑪蘭塔說。「如果你眞的那麼愛我，你就別再踏進這個家一步。」易家蘭簡直羞愧得發瘋。克列斯比則用盡各種方法哀求亞瑪蘭塔。他已遭受到不可思議的極大屈辱。他倒在易家蘭的膝上哭了整整一個下午，易家蘭恨不得出賣靈魂來安慰他。在那些下雨的夜晚，他打著傘在屋子四周徘徊，等待亞瑪蘭塔臥室的燈光亮起，那時他的衣著最爲講究。他那如受難皇帝的昂然自尊的頭裝出了一副奇怪的莊重氣勢來。他去向那些與亞瑪蘭塔一起在走廊上繡花縫紉的女孩們懇求，要她們幫忙試試去說服她。他擱下生意不管了，整天在店裡後面寫些瘋言瘋語，把這些紙條附上花瓣和乾蝴蝶寄給亞瑪蘭塔，她則會原封不動退還給他。他會把自己關在屋子裡，一連彈上好幾個小時的古琴。有一天晚上，他正在唱歌，馬康多的人醒來，聽到那有如仙境才有的古琴聲和凡人不可能唱出的熱情曲調，覺得恍如身處天使的國度裡。這時克列斯比看見全馬康多的窗子都亮起燈光，只有亞瑪蘭塔的窗子例外。十一月一日，萬聖節那天，他的弟弟打開店門，看見所有的燈都亮著，所有的音樂盒都開著，所有的音響鐘都不停地敲著，它們在瘋狂地合奏，克列斯比則坐在後面的寫字檯前，手腕已被剃刀割斷，雙手插在一盆安息香裡。

易家蘭下令在她家守靈。雷納神父反對爲死者舉行宗教儀式，亦反對將他安葬在教堂的聖土上。易家蘭起來與他對抗。「說來你我都不了解誰該是聖者，」她說。「因此，我要違背你的意願，將他埋葬在麥魁迪的墓旁。」她的做法獲得全馬康多人的支持，並且葬禮非常隆重。亞瑪蘭塔沒有走出她的臥室。她在床上聽到易家蘭在哭泣，也聽到闖入她家來的許多人的腳步聲和耳語聲，以及哀弔者的嗚咽聲，最後是一片沉寂，空氣中有花朵被踏碎的氣息。好一段時間，她仍在黃昏時能聞到克列斯比的薰衣草的香氣，可是她很堅強，從來不曾昏倒。她的母親易家蘭不理她了。有個下午，亞瑪蘭塔走進廚房，把一隻手放入爐中炭火裡而嚴重灼傷，她聞到自己皮肉燒焦的氣味，卻連痛的感覺也似乎沒有了，她的母親甚至不看一眼以表同情。她是以這種愚蠢的方法來減輕自己的悔恨。幾天來她把手放進一罐蛋白裡，在屋子裡徘徊，傷口治療痊癒後，心中的傷痛也似乎被蛋白治好了，只留下一道創痕。這個悲劇所留下唯一外在的痕跡，是在她那隻灼傷的手上包紮著一塊黑紗布，一直到她死亡也不曾拿掉。

阿克迪亞少有這般慷慨，下令爲克列斯比舉行公祭。易家蘭解釋說這是浪子回頭的跡象。但是，她錯了，她並不是在阿克迪亞穿上軍服的時候就失去了他，而是一開始就如此。她像養育一個兒子那樣，與撫養莉比卡差不多來撫育這個孫子，在家中不讓他享有什麼特權，也沒有差別待遇。可是，阿克迪亞是個孤獨而受驚恐的孩子，他見過失眠症的流行，易家蘭一心謀利，老邦迪亞精神錯亂，小邦迪亞曾閉門不出，亞瑪蘭塔和莉比卡曾是死對頭，這些在在都影響了他。小邦迪亞曾教他讀書寫字，他的腦子裡卻想些別的事情，他像對待一個陌生人那樣對待小邦迪亞；他把小邦迪亞快要丟棄的衣服叫維西妲桑拿去，阿克迪亞老穿太大的鞋子，褲子又打了補釘，弄得臀部像女人，他就這樣忍受著痛苦。他除了用印第安語和維西妲桑與卡托爾談話以外，與別人從未溝通過。唯一關心他的人只有麥魁迪，他會唸些難以理解的經文給他聽，教他銀版照相術。沒有人想像得到他暗中哭得多沉痛，他拚命研究麥魁迪的文件，想使他復活。他主持的學校，人人注意他，敬重他，後來有了權勢，大發命令，穿著榮耀的制服，這才解除了他往日的沉痛。有天晚上，在卡塔里諾的店裡，有人竟敢對他說：「你不配冠上你這個姓氏。」一反大家所料，阿克迪亞並沒有將他槍斃。

「我很榮幸，」他說。「我不是姓邦迪亞的。」

知道他身世祕密的人認爲這個回答表示他已經知道了自己的身世，其實他根本不知道。他的生母透娜拉曾在暗房裡使他熱情激盪，幾乎使他著魔得無可抗拒。她亦曾先後使他的生父亞克迪奧、他的叔叔小邦迪亞著魔。雖然她已不再嫵媚，笑聲也不再美妙，他還是藉著她那特有的煙味兒把她找到了。在戰爭前夕，一個正午，她比平常早一點來學校接她的小兒子，阿克迪亞在一間用來午睡的小房間裡等她，這間小房間後來改爲上腳鐐手銬的牢房。這時孩子們在院子裡玩，他在他的吊床上等著，知道透娜拉一定要經過那兒，渴望得發抖。她來了，阿克迪亞摟住她的腰，想把她拉上吊床來。「我不能，我不能。」阿克迪亞使出父親傳給他的那種天生蠻力緊抱住透娜拉的腰，他一接觸到她的皮膚，就好像整個世界消逝了。「別裝聖人了，」他說。「終歸人人都說妳是妓女。」透娜拉克制悲慘命運在她心裡挑起的噁心感。

「孩子們會發現的，」她喃喃地說。「你不如今天夜裡別閂上門。」

那天夜裡，阿克迪亞在吊床上等候她，熱得顫抖不已。他等著無法入眠，在漫漫長夜和清晨裡，他傾聽著蟋蟀的叫聲和麻鷸吵人的報時聲，越來越相信他是被騙了。當熱望轉爲憤怒時，房門猝然開了。幾個月後，當阿克迪亞面對行刑槍隊時，他想起教室裡嗦嗦的腳步聲，板凳碰撞的聲音，陰暗的室內出現的人影，另一個人心跳怦怦發出急促的呼吸聲。他伸手抓住另一隻手，那隻手的同一個手指上戴著兩只戒指，差一點觸落在黑暗的地上。他能感覺到她的筋脈和不幸的脈動；她的手掌濕濕的，在靠大拇指底部的生命線已被死亡的利爪割破。而後，他知道這不是他在等的那個女人，因爲她沒有那種煙味，卻有花露水的香氣；她的乳房鼓鼓的，乳頭沒有眼孔，像男人的；性器硬而且圓，如堅果，那種無經驗的興奮，激動得柔情渾然無措。她是處女，有個不相稱的名字叫匹達黛。是透娜拉付給她五十披索金幣叫她來的，那五十披索金幣是透娜拉一生積蓄的一半。阿克迪亞曾見過匹達黛幾次，她在她父母的小食品店裡工作，但他從未好好瞧她幾眼；她有她稀有的優點，但不在適當時刻是不會被人注意的。從那天以後，他便像隻小貓蜷伏在她那溫暖的腋窩下。她的父母允許她在學校午睡的時刻去學校裡，因爲透娜拉把她一生的另一半積蓄給了她的父母。後來，政府軍把他們驅出了他們平日偷歡的場所，他們便在店舖後面堆豬肉罐頭與玉米袋的地方做愛。到阿克迪亞被任命爲這個小城鎭的行政和軍事領袖時，他們已有了一個女兒。

親戚中知道這件事的只有亞克迪奧和莉比卡，那時亞克迪奧與他們關係很密切，倒不是基於親情，而是由於共謀某些事。亞克迪奧已揹上婚姻的枷鎖。莉比卡性格堅定、胃口很貪、野心很大，把丈夫驚人的活力給套住了；他本來是懶漢，愛追求女人，這下變成一個只知工作的巨獸。他們把家理得乾淨整齊。莉比卡黎明即把門窗打開，風從墓地經由窗口吹進來，又從前後門吹向院子，白粉牆和家具都被死人的硝氣染黑了。她吃泥土的渴望、父母骨骸的咔啦咔啦聲、爲克列斯比那種消極的態度而惴惴不安的心情，如今都退到記憶的高閣去了。她整天在窗邊刺繡，她不理睬戰爭的紛擾所帶來的不安，直到碗櫃裡的陶罐開始（因丈夫回來重重的腳步）震動了，她才起身去溫飯菜，接著先回來的是幾隻癩皮狗，那打綁腿、上馬刺，手持雙管獵槍的巨人就是她的丈夫；他出現時，有時肩上扛著一隻鹿，或帶回來一串兔子或野鴨。有一個下午，阿克迪亞突然來訪，那是在他掌權之初。自從他們離開家後，就不曾見過他。但是，他似乎很友善，也很親和，他們邀請他一起吃燉肉。

就在他們一起喝咖啡時，阿克迪亞透露他來訪的動機：他收到一份對亞克迪奧不滿的報告。據說他犁耕自己院子之初，便侵佔鄰近的土地，用犁牛拖垮圍牆和房舍，強佔附近最好的土地。至於他沒有霸佔的農地，都是他不感興趣的地段，並且他在每星期六，都帶著獵犬和雙管獵槍去向農民收錢。他不否認這件事。他說他的權利是基於繼承祖產，因爲這些上好的田地是他父親老邦迪亞在他發瘋的時候分給別人的，他可以證明他父親確實是害了瘋病，所以他有權收回家族世襲的財產。這是不必要的申辯，因爲阿克迪亞這回來訪並不打算主持公道。他只想成立註冊局，使亞克迪奧侵佔攫奪的土地合法化，不過他得把收取稅捐的權利讓給地方政府。他們達成了協議。幾年後，當邦迪亞上校檢查財產契約名分時，發現從院子旁的那座小山伸向地平線的土地，連墓場也包括在內，全登記在他哥哥的名分下；他又發現姪兒阿克迪亞統治這小城鎮的十一個月裡，不僅收取稅錢，並且誰若想把親人葬在阿克迪亞的土地上，也要付出權利金。

易家蘭經過幾個月的探詢才查出這件事，全城鎭的人早就知道了，只是怕加重她的痛苦而瞞著她。起初，她懷疑這件事。「阿克迪亞在造房子，」她裝著引以爲榮對丈夫說，一邊用湯匙餵他吃木瓜汁。而後，她又不自覺地嘆息說：「不知道爲什麼，我總覺得這事不對勁。」後來，她發現阿克迪亞不僅建造房屋，而且訂購維也納家具，她這才確定自己的懷疑絲毫不假，他在侵佔公款。「你玷汚了我們家的姓氏，」在一個禮拜天彌撒後，她看見他正與他的軍官在他的新房子裡玩牌，便對他大叫。阿克迪亞不理睬她。當易家蘭知道他有個六個月大的女兒，而且跟他姘居的女人匹達黛又懷了孕時，她下定決心，不管她的次子邦迪亞上校在什麼地方，她都要寫信告訴他有關這邊的這些情形。但是，那段日子時局變得很快，她來不及按計畫行事，阿克迪亞的事使她感到苦悶悔恨。戰爭這個名詞本來只用以說明遠方模糊事務的情形，但是現在它愈來愈接近，成了具體激烈的現實。大約在二月底，有一個面色灰暗的老婦人騎著驢子，戴著金雀枝來到馬康多。她似乎沒有攻擊別人的能力，哨兵當她是沼澤地來的許多商販之一，未加盤問即讓她通行。她直往軍營去。阿克迪亞在曾用作教室的地方接見她，這處教室現改爲後衛營。屋內鉤子上掛著捲起的吊床，蓆墊堆在角落，來福槍、卡賓槍，甚至獵槍散放在地板上。這位老婦人在說明自己身分之前，直挺挺地行了個軍禮，說：

「我是史蒂芬森上校。」

她傳來壞消息。按照她的說法，自由黨最後幾處抗敵中心的主力已經被殲滅了。邦迪亞上校尙在里奧哈恰作撤退的抗敵戰鬥，特地叫她送情報來給阿克迪亞。希望以保全自由黨人的生命與財產安全爲交換條件，不要抵抗，交出這個小城鎭。阿克迪亞以憐憫的眼光打量這位像祖母難民的陌生使者。

「當然，妳帶了親筆函之類的文件囉。」他說。

「我當然沒有帶這類文件，」使者回答說。「處在目前的情況下，一個人不能帶危害自己生命的東西，這是不難了解的。」

當她說話的時候，手伸到裡面的衣服，掏出一條小金魚。「我想這足夠證明我的身分了。」她說。阿克迪亞看得出來，這確實是邦迪亞上校所做的小金魚之一。但是，在戰前誰都可以買到或偷到，它仍然不能作爲安全通行證。使者甚至不惜洩露軍事機密來使他相信她的身分。她透露說，她負有前往寇拉梭的任務，希望能召集加勒比海各地的流亡人士，並獲得充足的武器和補給品，在年底試行登陸。邦迪亞上校對這個計畫很有信心，他不願在這個時候作無謂的犧牲。然而阿克迪亞不知變通。他把她視同囚犯關進牢房，直到她能證明她的身分爲止；他決定死守這個城鎭。

他沒有等多久。自由黨戰敗的消息愈來愈眞確了。到三月底，某一個微雨的黎明，軍號聲猛地吹起，一顆砲彈炸毀了教堂的尖頂，突然之間驚破了前幾個星期緊張又安靜的氣氛。實際上，阿克迪亞的頑抗是瘋狂的行徑。他只有五十個裝備不良的部下，每人只發二十顆子彈。這些人有的是他以前的學生，由於他一番高調的宣言而滿懷興奮，決心爲一個失敗的目標犧牲到底。在軍靴的軋軋聲中，在不劃一的命令中，在砲聲中，地動天震，子彈狂呼亂叫，軍號此起彼落，無以分辨內情，這位號稱史蒂芬森上校的人設法與阿克迪亞說話。「別讓我穿著這套女人服裝死於牢房之中而有辱我的軍職尊嚴，」她對阿克迪亞說：「如果我要死，也要死於戰鬥。」她說服了他。阿克迪亞命令他們給她一支槍和二十發子彈；她離開阿克迪亞，帶著五個人去防守指揮部，阿克迪亞自己則帶著部下去領導抗敵。他沒有走沼澤地區那條路。防守的營區已被攻破，士兵在街上露天作戰，步槍彈藥用盡改用手槍，手槍子彈用完後，進行肉搏戰。守軍在將敗之際，有些婦女帶著棍子和菜刀跑到街上來：到處一片混亂，阿克迪亞看見亞瑪蘭塔瘋狂似地到處找他，她身穿一件睡袍，手握兩支老邦迪亞的舊手槍。他把自己的長槍給一位在戰鬥中失去武器的軍官，自己則與亞瑪蘭塔穿過附近一條街道送她回家。易家蘭在門口等著，砲彈在隔壁正面牆上打了個洞，她也不在乎。雨停了，街上像融化的肥皂滑溜溜的，在黑暗的夜裡，必須測試距離才能前進。阿克迪亞留下亞瑪蘭塔和易家蘭，想去迎戰兩名由街角開火衝過來的士兵。舊手槍擱在書桌裡許多年了，已經不管用。易家蘭以身體來保護阿克迪亞，想把他拖回家。

「看在上帝的名分上來吧，」她對他大叫道。「已經瘋夠啦！」

士兵瞄準他們。

「快放開那個人，女士，」其中一個士兵叫道。「否則我們不負責！」

阿克迪亞把易家蘭推向房屋那邊，宣佈投降。不久後，槍聲停止，鐘聲響起。半個小時內反抗軍就已掃平。在這次攻擊行動中，阿克迪亞的部下沒有一個倖免於難，但在他們死前一共殺死了三百名士兵。最後的據點在營區。在攻擊營區之前，那位喬裝的史蒂芬森上校把囚犯釋放了，而後才命令底下的人到街上去戰鬥。她那二十發子彈打得非常準而且靈，對方還以爲營區的防衛力量很強，用大砲把它轟得粉碎。指揮攻擊的部隊長終於看到營區都成了斷瓦殘垣，有一個穿著短褲的死者，手上握著一支空步槍，手臂已經被炸斷；他的頭上套著一頂女人的頭髮，用梳子固定在頸部，脖子上掛著一條小金魚項鍊。部隊長用鞋尖把屍體翻過來，提起燈來照照他的臉部，他感到十分困惑，驚叫著說：「天哪！」別的軍官都走了過來。

「看看這個臉孔翻過來朝上的人，」部隊長說。「他是史蒂芬森哪。」

黎明的時候，經過簡略的軍法審判，阿克迪亞靠在墳地的牆上被槍斃了。在他生前的最後兩個小時，他不想去了解爲什麼從小就使他痛苦的恐懼感竟然消失了。他聽著指控冗長的控詞而無動於衷，冷漠相向，甚至不爲近來自己的勇敢行爲有所眷顧。他想起易家蘭，他想這時候她一定在栗樹下餵老邦迪亞喝咖啡吧。他想起八個月大尚未命名的女兒；想到八月即將出生的孩子。他想起匹達黛，昨晚他要走的時候，她正在醃一隻鹿肉，準備作爲次日的午餐；他眞想念她那頭披肩的秀髮；想念她那有如經過人工手術的雙眼皮。他想起親人卻也並不感傷；他即將嚴肅地面對生命終結的時刻；他開始了解他是多麼熱愛自己最恨的親人。軍事法庭的庭長開始說出最後的判詞時，阿克迪亞知道兩小時過去了。「即使剛才證詞中的罪狀還不夠重，」庭長說。「單憑被告不負責任，大膽叫部下去白白送死，就足夠處以極刑。」在這倒塌的破教室中，阿克迪亞發現死亡的形式上的那一套過程眞可笑，他曾在這兒初嚐權力穩定的滋味，也曾在相隔幾尺的教室裡得知愛情的無常。死亡在他眼裡眞不算什麼，而生命卻是他現在極端重視的東西；因此，法庭判決後，他無所恐懼，倒是對以往非常懷念。他一直默默不語，最後他們叫他說出他最後的要求。

「告訴我的妻子，」他以不緩不急的聲音說。「爲我女兒取名叫易家蘭。」他停了一會兒又說：「易家蘭，跟她祖母的名字一樣。還要告訴我太太，如果即將出生的孩子生下來是個男孩的話，不是照伯父亞克迪奧命名，而是照祖父老邦迪亞命名①。」

在將他提到行刑的牆壁處去之前，雷納神父想要陪伴他。「我沒有什麼可懺悔的。」阿克迪亞說，他一邊喝下一杯不加糖的咖啡後，聽命行刑槍隊處決他。行刑槍隊隊長是個處決專家，名叫「砍你即落隊長」，名字頗不含糊，它的意思就是屠夫。在他們赴墳地途中，天下著小雨，阿克迪亞看見地平線上露出星期三黎明的燦爛光芒。他對家的思念隨著晨霧消散，一股很大的好奇心卻代之而起。行刑槍隊叫他背靠著牆，這時，阿克迪亞看見莉比卡，濕濕的頭髮，穿著一件粉紅色的花衣裳，正將大門打開。他盡力叫她認出他。莉比卡驀然向牆那邊望去，木然不知所措，連忙揮手向阿克迪亞告別。阿克迪亞也同樣揮手示意告別。就在那個時候，冒煙的長槍槍口正對準了他，他聽到麥魁迪在一字一字地朗誦通告；也聽到匹達黛以

① 阿克迪亞不知道自己的身世，所以將他的孩子提升了一個輩分。

處女之身帶著摸索的腳步聲走進教室，鼻孔內有一種沁涼與堅貞的感覺，莫氏柯蒂屍體的鼻孔就是這樣，當時曾引起他的注意。「噢，該死！我忘了說如果這一胎是女孩子，要取名叫莫氏柯蒂。」而後，猝然之間，他一生中一切使他痛苦的恐懼感都湧上來了。隊長下令開槍。阿克迪亞趕緊抬頭挺胸，弄不清楚大腿上熱熱的液體是從什麼地方流出來的。

「狗養的東西！」他叫道。「自由黨萬歲！」

7

五

月裡，戰爭結束了。政府公佈一道氣勢非常壓人的佈告，宣稱將對發動叛亂的人給予嚴厲的懲處。在這兩個星期前，邦迪亞上校喬裝成印第安巫醫，大約就在他抵達西部邊陲的時候，被逮捕了。跟他去打仗的二十一個人中，十四人戰死，六人受傷，在他最後挫敗之時，只有一個還伴隨著他，那就是馬魁茲上校。他被捕的消息，在馬康多以一道特殊指令宣佈。「他還活著，」易家蘭告訴她的丈夫說。「讓我們向上帝祈禱，敵人會善待他。」她哭了三天後，那個下午，她在廚房裡攪拌做牛奶糖的材料，她的耳朵清晰地聽到兒子邦迪亞上校的聲音。「是我的小邦迪亞，」她叫道，跑回栗樹下去告訴丈夫這個消息。「我不知道奇蹟是怎樣發生的，但是他還活著，我們馬上就可以見到他了。」她把這件事信以爲眞。她把家裡的地板擦乾淨，移動家具，換換擺設的樣子。一個星期後，傳來一個謠言，那謠言並不似政府所說的那樣，她更相信她的預感了。邦迪亞上校被判處死刑，死刑將在馬康多執行，以給人民一個教訓。星期一上午十點半，亞瑪蘭塔正在爲約塞穿衣服，這時她聽到遠處士兵的腳步聲，軍號大作，不一會兒，易家蘭衝進屋裡叫道：「他們現在帶他來了！」士兵用槍托狠狠地將湧上來的群眾擊退。易家蘭與亞瑪蘭塔跑到街角，硬往前擠，而後，她們看到了他。

他看起來像個乞丐。他的衣衫已破爛不堪，頭髮和鬍子糾結在一起，打著赤腳，對滾燙的塵土似乎失去了感覺；他的雙手被一條繩索綁在背後，繩子套在一位軍官騎著的馬頭上。跟他並行的，也是一位衣衫破爛的戰敗者，他就是馬魁茲上校。他們兩個並不哀傷，反而對那些正向軍隊叫囂辱罵的群眾感到不安。

「兒啊！」易家蘭在叫囂的人群中喊著，她打了那阻攔她的士兵一個巴掌。軍官的馬兒往後退。而後，邦迪亞上校停下來，激動得顫抖，避開母親的擁抱，以嚴正的目光凝視她。

「回家去吧，媽媽，」他說。「向當局要求到牢房來看我。」

他望望亞瑪蘭塔，她躊躇地站在易家蘭後面兩步的地方，他笑著問她說：「妳的手怎麼樣了啦？」亞瑪蘭塔舉起紮有黑色繃帶的手。「燒傷的。」她說，一面把易家蘭拖開，以免馬匹踩倒她。軍隊開走了。一隊特別衛兵圍著犯人，小跑步把他們押往牢房。

黃昏的時候，易家蘭來牢房探望邦迪亞上校。她曾透過莫士柯特提出申請許可，但莫氏面對軍事萬能的局面，也早已不具權威意義。雷納神父因肝疾發燒臥病在床。沒有被判死刑的馬魁茲上校的父母想要來探監，結果被士兵以槍托趕出去了。易家蘭找不到說情的人，又相信她的兒子在黎明時分不會被槍斃，就包起要帶給他的東西，獨自去探監了。

「我是邦迪亞上校的母親。」她聲稱說。

哨兵把她擋開。「不論如何，我就是要進去，」易家蘭警告他們。「若是你們奉命開槍，你們現在就開槍吧。」她把他們其中之一推開，走進以前的教室，那兒有一群衣著不整的人在擦拭他們的武器。一位穿著野戰服的軍官，臉孔紅潤，戴著一副厚厚的眼鏡，舉止拘謹，示意哨兵退開。

「我是邦迪亞上校的母親。」易家蘭又說一遍。

「妳應該說，」那位軍官以友善的笑容糾正她的話說。「妳是邦迪亞『先生』的母親。」

易家蘭從他那不自然的緩慢語調認出他是傲慢的高地人。

「就照你說的『先生』吧，」她接受說。「只要我能見到他就行。」

上級命令是不允許探望死刑囚犯的，但是這位軍官負責讓她待十五分鐘。易家蘭把包袱裡的東西打開給他看，裡面是一套乾淨的換洗衣褲，她的兒子曾在婚禮上穿過的短靴子，和香甜的牛奶糖。這牛奶糖是她預感他要回來的那天特地爲他留下來的。她在權充牢房的房間裡找到她的兒子邦迪亞上校，他攤開手臂躺在一張病床上，因爲他的腋窩長瘡。他們允許他刮鬍子修面。糾結的鬍髭，尾端鬈曲，非常濃密，這使得他的顴骨輪廓更加俊秀醒目。易家蘭看著他，只覺得他比離開的時候更蒼白了，身材長高了一點，神色更形孤單。家裡所發生的事情他都知道得很清楚：克列斯比自殺了；阿克迪亞專橫霸道，已被處決；老邦迪亞在栗樹下仍然害著不屈不撓的瘋病。他也知道他的妹妹亞瑪蘭塔以處女之身寧願守寡，帶養著約塞；約塞的判斷力顯然很好，並且在他學講話的同時，也開始學習讀書和寫字。易家蘭從進入牢房開始，就爲她兒子的成熟風度、統御的氣度，以及從他皮膚上散發出來的威嚴光彩所懾住。她很驚異，她的兒子竟然什麼都知道。「妳該知道我是個巫師。」他開玩笑說。而後他又以認眞的口氣說：「今天早晨，當他們帶我進來時，我總覺得這一切我早就經歷過了。」事實上，當群眾在旁邊吼叫時，他卻集中思考能力，看出了這個小城鎭的老態，並感到非常驚訝。銀杏樹葉凋零了。房屋先是漆成藍色，後又漆成紅色，結果是顏色混濁不淸。

「你有過什麼想法？」易家蘭嘆息說。「時間過得好快啊。」

「確實如此，」邦迪亞上校同意說。「但不該有這麼大的變化。」

兩人期待已久的見面，早已準備了要問的問題，甚至預先想好了答案，如今見了面卻只是些日常話語。當哨兵宣佈會客時間結束，邦迪亞上校從床底下拿出一捲濕濕的稿件。那是詩，是他很早時爲莫氏柯蒂寫的詩，他離家時便把它帶在身邊，戰時有空也偶爾寫了一些。「答應我別讓任何人看到它們，」他說。「今天晚上妳就用它們來給火爐生火。」母親易家蘭答應他，站起來與他吻別。

「我給你帶了一支手槍來。」她輕聲說。

邦迪亞上校打量一下，估計哨兵不會發現。「那對我已無什麼用處，」他低聲說。「但是把它給我吧，以免他們在妳出去時搜身搜出來。」易家蘭把左輪手槍從胸衣掏出來，把它放到床蓆底下。「不要說再見，」他特別冷靜地說。「不要求人，不要向人低頭。就當作我早已被人槍殺。」易家蘭咬咬嘴唇，忍住沒有哭出來。

「用熱石頭來敷療爛瘡。」她說。

她半轉身離開了牢房。邦迪亞上校仍然站著沉思，直到牢房的門關上。而後他又兩臂攤開躺下來。從年輕時候起，他就對自己的預感能力非常肯定，他認爲死亡必有確定不移的明顯預兆，但是這回，就在他快要被槍斃前的幾小時，仍然沒有死亡的預兆。曾經有一次，一個非常漂亮的女人來到杜寇林卡軍營，要求哨兵准許她見他。他們讓她進來了，因爲他們知道有些母親有優生論的狂想信念，而把她們的女兒送往最有名的戰鬥英雄的臥房裡去，據她們的說法，這樣可以改良血統。那個少女走進邦迪亞上校房裡的那個晚上，他正在寫詩，描述一位在雨中迷失的人，他背向著她，把詩稿收入抽屜裡，拿起手槍，沒有轉過頭來。

「別開槍。」他說。

當他握著手槍猛一轉身面對少女時，她垂下手槍，不知所措。就這樣，他在十一次陷阱中避過了四次。相反地，有一天夜裡，在孟牛爾，他把床舖讓給好友維斯博上校睡，以便他能夠出汗退燒，有人闖進革命軍總部來，把維斯博上校刺死了，兇手卻始終沒有抓到。當時他睡在同一房間的一張吊床上，相距不過數碼，事情發生時他卻不知道。他試著把預感的能力加以分類，卻行不通。預感總是來得非常突然、神祕，卻清晰可辨，像是一種絕對的信心，但是沒有辦法把持得住。有時它來得非常自然，直到應驗後，才知道那是預感。在普通情況下，常常只是小小的迷信。而今，他們將邦迪亞上校判了死刑，當要他說出他最後的願望時，一種預感使他作了一項肯定的回答。

「我要求在馬康多行刑。」他說。

軍事法庭庭長對這個回答有些懊惱。

「別自作聰明，邦迪亞，」他告訴他。「那只是拖延時間的詭計。」

「如果你不這樣做，你會有煩惱的，」邦迪亞上校說。「反正那是我最後的心願。」

從此以後預感就不再出現過。易家蘭來探監的那天，他經過長久思考之後，斷定這次死亡不會出現什麼預感了，因爲他的行刑是取決於行刑者的意志，而不是取決於運氣。因爲腋窩瘡痛，他徹夜無法入眠。在黎明前不久，他聽到門廊上的腳步聲。「他們來了。」他自言自語說，並且就在這個時刻無緣無故地想起了他的父親老邦迪亞，同時老邦迪亞也在天亮這可怕的時刻，在那株栗樹下想起他的兒子小邦迪亞。他並不覺得害怕，也不懷念什麼，只是憤怒地覺得這種人爲造成的死亡，使他無法看到許多他未完成的事該有個怎樣的結局。門開了，哨兵帶進一杯咖啡。到了第二天的同一個時間，他又做著同樣的事情，又在爲腋窩瘡痛而氣憤，相同的情形照樣發生。星期四那天，他與哨兵們一起分吃香甜的牛奶糖，換上乾淨的衣服，衣服顯得緊了一點，也穿上漆皮短靴。到了星期五，他們還沒有槍斃他。

實際上，他們是不敢執行判決。這個城鎮的反叛氣焰很高，軍方認爲對邦迪亞上校執行處決後，不僅會在馬康多，也會在沼澤地區引起嚴重的政治後果，因此他們向省府當局請示。星期六晚上，他們正在等候回答，行刑槍隊的「砍你即落隊長」帶著幾位軍官走到卡塔里諾的店裡想尋樂子。只有一個女人，她還是受了驚嚇脅迫，才敢帶他進入她的房內的。「她們不想與即將送命的人同床共枕，」她坦白告訴他說。「誰也不知道事情會怎麼樣，但人人都說，處決邦迪亞上校的軍官和他的兵士，都會一個個被殺害，他們即使一時不死，遲早也逃不掉的，即使躲到天涯海角，也難逃一死。」「砍你即落隊長」把這件事向別的軍官提起，他們再向上級反應。星期日那天，全城鎮的人都知道軍官們仍在找藉口推諉執行處決的責任，雖然沒有人公開這項祕密；軍方幾天來保持寧靜，沒有擾亂事件發生。官方正式命令於星期一郵寄到達：死刑必須要在二十四小時內執行。那天晚上，軍官們做了七個籤放在帽子裡，以抽籤方式決定由誰來執行，結果乖戾的命運注定「砍你即落隊長」中籤。「惡運是逃也逃不掉的，」他以深沉痛苦的口氣說。「我這狗養的倒楣鬼死了還是狗養的倒楣鬼。」早上五點，他也以抽籤方式選出行刑隊員，叫他們在院子裡排隊，以預知命運的口氣把死刑犯叫醒。

「我們走吧，邦迪亞，」他告訴他。「我們的時候到了。」

「原來是這樣呀，」上校回答說。「我卻夢見我的膿瘡破裂了。」

早上三點，莉比卡就起來了，因爲她獲悉邦迪亞要槍斃的消息。她待在黑暗的臥室裡，從半開的窗子望著墳地牆壁，她所坐著的床因亞克迪奧打鼾而震動不止。她暗暗地等著，足足等了一個星期，就像過去等候克列斯比的信件一樣。「他們不會在這裡槍斃他的，」亞克迪奧告訴她。「他們會在午夜的營地上將他槍斃，這樣便沒有人知道行刑隊是哪些人，而且他們會把他埋在那邊。」莉比卡繼續在等著。「他們一定會笨頭笨腦的在這裡把他槍斃。」她說道。她非常肯定這件事，並且預測她打開門向他告別的那個樣子。「他們不會押他經過街道，」亞克迪奧堅持說。「他們不會派六名士兵押送，因爲他們知道民眾已準備好，什麼事都幹得出來。」莉比卡對她丈夫的推論不感興趣，她仍然守在窗口。

「你瞧好了，他們是夠笨的。」她說。

星期二早上五點，亞克迪奧喝完他的咖啡，放狗出去，這時莉比卡關上窗子，扶著床頭以免自己跌倒。「欸，他們押他過來了。」她嘆息著說。「他多英俊。」亞克迪奧放眼窗外，看見他的弟弟邦迪亞上校在黎明的曙光中震顫著。他背靠著牆，由於腋窩瘡痛，手臂無法垂直，雙手只好擱在臀上。「一個人就這樣糟蹋了他自己，」邦迪亞上校說。「就這樣糟蹋了他自己，以致六個柔弱的女人樣的孬種就能把他弄死，他卻一點辦法也沒有。」他反覆說這句話，氣得幾乎全身沸騰，「砍你即落隊長」認爲他是在祈禱，非常感動。當行刑槍隊瞄準的時候，他的憤怒化爲極端痛苦的苦澀口液，使他的舌頭痲痹了，他把兩眼閉上。而後，黎明的銀光消逝了。他又看到自己穿著短褲，打著領帶；看見父親老邦迪亞在那個光輝奪目的下午帶他進入帳篷；也看見了那冰塊。當他聽到喊叫聲時，以爲是給行刑槍隊的最後命令。他以驚異好奇的心境睜開雙眼，滿以爲會射出熠熠光亮的子彈，但是只見「砍你即落隊長」雙手舉在空中作投降狀，邦迪亞上校的哥哥亞克迪奧從街道過來，他手上那支可怕的獵槍正準備射擊。

「不要開槍，」行刑槍隊的隊長對亞克迪奧說。「你是上帝派來的。」

另一場戰爭當即展開了。「砍你即落隊長」和他的六個士兵跟從邦迪亞上校一起前去解救在里奧哈恰城已被判死刑的革命軍將領麥迪納將軍。他們認爲走老邦迪亞曾經翻山越嶺找到馬康多的小徑可以節省時間，結果不到一星期就發現那是辦不到的。於是他們走險阻的岩嶺山徑，除了行刑槍隊的人所攜帶的軍需品外，其他什麼裝備都不帶。他們常在城鎮附近紮營，其中一個手上握著小金魚(那是邦迪亞的信物)，這樣可以在白天喬裝進城去與潛伏的自由黨員聯絡，第二天早晨，被聯絡上的自由黨員出來打獵，便參與他們的行動，不再回去了。當他們隔著山脊望見里奧哈恰城的時候，麥迪納將軍已被槍決了。邦迪亞上校的人推崇邦迪亞上校爲加勒比海岸革命軍首領，授以將軍官階。他挑起這個責任，但是拒絕升任將軍，起碼在保守黨得勢期間，他不願接受將軍這個頭銜。三個月後，他們集結了一千多人，但都被殲滅了。殘餘的人抵達了東面邊區。另一個消息是說他們經由安第里斯群島，登陸了揚帆岬，還有一則政府拍出的電報，發往全國各地，以幸災樂禍的語氣報導邦迪亞上校的死訊。但是，兩天後，另一封電報幾乎與另一封同時到達，宣佈說南部平原地區有暴動。於是，有關邦迪亞上校的傳奇開始四處傳開了。同時也傳來互相矛盾的消息，有的說他在維蘭牛伐地區奏捷；有的說他在瓜卡馬約地區戰敗；有的說他被魔帝龍印第安人活吃了；有的說他死在沼澤地區一個村莊裡；有人說他又在尤魯米塔起義。正在協商參加國會席次的自由黨領袖們視邦迪亞上校爲冒險分子，不能代表黨。國民政府把他列爲匪徒，懸賞五千披索金幣取下他的頭顱。經過十六次的挫敗之後，邦迪亞上校帶著兩千名裝備精良的印第安人離開了瓜吉拉區，他的守衛在睡夢中遭到突襲，他宣佈放棄里奧哈恰城。他曾把總部設在那兒，宣佈對政府軍全面作戰。他接獲政府當局第一通電報，威脅他說，如果他不把他的兵力撤往東面邊區，他們就在四十八小時內將他的生死伙伴馬魁茲上校槍斃。這時「砍你即落隊長」已擔任他的參謀長，他以驚慌的神色把電報拿給他看，但是他卻以令人想不到的喜悅讀完它。

「太好了！」他呼喊著說。「現在馬康多有電報局了。」

他的答覆非常肯定。他寄望三個月後將他的總部設在馬康多。如果到那時馬魁茲上校已然喪生，他將槍殺所有在那時逮捕他的軍官，從將軍開始處決，並且他會下令給他的部屬，在以後的戰爭中也這樣做。三個月後，當他勝利進入馬康多時，在沼澤地區的路上第一個擁抱他的就是馬魁茲上校。

家裡擠滿了孩子。易家蘭養育著匹達黛的大女兒和兩個雙生孩子，這對雙胞胎是在阿克迪亞被處決後五個月才出生的。她沒照死者的遺言去做，而給女孩取名叫瑞米迪娥。「我敢說阿克迪亞是這個意思，」她推斷說。「我們不希望她與我一樣名叫易家蘭，因爲這個名字太受罪了。」雙生子則分別取名叫席甘多和席根鐸。兩個都由亞瑪蘭塔照管。她把一些小木椅放在起居室裡，又設了一間育嬰室，也收容鄰居的孩子。當邦迪亞上校返鄉時，在鞭炮與鐘聲中，還有一個兒童合唱團歡迎他回家。他的兒子約塞已經跟祖父老邦迪亞一樣高了，穿著革命軍的服裝，像個革命軍的軍官，向他行軍禮。

消息並非全是佳音。家人告訴邦迪亞上校說，在他脫逃一年後，他的哥哥亞克迪奧與嫂嫂莉比卡搬進阿克迪亞新建的房子去住。沒有人知道他的哥哥曾出來阻止行刑。新房子坐落在市場最好的一角，有銀杏樹遮蔭，樹上還築有三個知更鳥的鳥巢；廳堂的門很大，便於接待客人，四扇窗子採光良好，他們在那兒佈置了一個好客的家。莉比卡過去的好友，有四個是莫家姐妹，仍然待字閨中，幾年前她們在有秋海棠的走廊上繡花，後來中斷了，現在又恢復繡花了。亞克迪奧繼續靠強取豪奪得來的土地收取利潤，保守黨政府也已承認他的產權。他每天騎馬回來，帶著獵犬和雙管獵槍，馬鞍上掛一串兔子。九月裡一個下午，暴風雨就要來了，他比平常早一點回家。他在餐室向莉比卡打招呼，把狗拴在院子裡，把兔子掛在廚房裡，準備用鹽醃起來，而後走進臥室去更衣。後來莉比卡陳述說，當她的丈夫走進臥室時，她在浴室裡，浴室的門關著，她什麼也聽不見。雖然這個說法很難令人相信，卻又沒有其他更可信服的解說；沒有人會認爲莉比卡有什麼動機殺害給她幸福的男人。這大概是馬康多唯一解不開的一個謎。當時的情形是這樣的，當亞克迪奧關上臥室的門，射擊手槍的聲音即在室內迴響。一道鮮血從門下流出來，流過起居室，流往街上去，成直線流過凹凸不平的巷道，流下臺階，爬上馬路邊緣，沿著土耳其街，成直角轉向，再向左轉，又成直角流向邦迪亞家，從緊封的門流進家中，越過客廳，沿著牆壁卻不沾汚地毯地繼續往另一間起居室流去，繞個大圈，不曾沾汚餐桌，再沿著植有秋海棠的走廊，從亞瑪蘭塔的椅子底下流過，卻未被看見，這時亞瑪蘭塔在敎約塞算術，再流經餐具室，進入廚房，易家蘭在廚房裡，正準備打三十六個雞蛋來做雞蛋麵包。

「聖母呀！」易家蘭大叫。

她順著血跡往回走，尋找源頭。她沿著餐具室的血跡，往植有秋海棠的走廊前行，約塞在那兒唸著三加三等於六，六加三等於九；她再順著血跡穿越過餐室和起居室，直往街上去；她先是向右轉，而後左轉向土耳其街，忘了她自己尙穿著烘烤麵包時穿的圍裙和居家的拖鞋；

她來到了廣場，走進那間她從未來過的房屋，她推開臥室的門，幾乎被燒過的火藥味嗆死。她發現亞克迪奧面向下躺在地上，身子壓在他脫下的一堆綁腿布上。她看見他流出血來的右耳，已經不再流血了。他們在他身上沒有找到別的傷口，也無法確定武器攻擊的位置。屍體的火藥味無法消除。首先，他們用肥皂和刷子給他洗刷了三遍；他們用鹽和醋來搓洗，而後用灰和檸檬來擦拭揉搓，最後把他放進一桶鹹水中浸泡六個小時。他們是那麼樣地用力搓揉，以致把他身上的刺青都搓得褪掉了。大家在絕望中想出一個辦法，打算在他身上塗抹辣椒和茴香以及桂樹葉子，並用溫火煮上一整天，可是他已經開始腐爛，他們必須趕緊埋葬他。他們將他封進一具特製的棺材中，棺材有七尺半長、四尺寬，裡邊用鐵片補強，用鋼釘釘好，即使這樣，當葬儀行列經過街上時，仍然聞得到那股彈藥氣味。雷納神父的肝病已導致肝擴大，膨脹得像只鼓，他只能在床上爲亞克迪奧祈福。雖然後來幾個月，他們在墳的周圍築牆，中間撒了乾燥的灰土、鋸木屑和生石灰，墓上仍傳出彈藥味；許多年後，香蕉公司的工程師們用水泥把墳墓統統蓋上，那種氣味才得消失。他們抬走遺體後，莉比卡關上大門，把自己活活埋在裡邊，身心都似乎用一層倔強的硬殼封閉起來了。一切塵世的誘惑再也打動不了她。此後她只上過一次街，那是當她很老了的時候，她穿著銀色舊鞋，戴著飾有小花的帽子，那時正值「流浪的猶太人」穿過市區，帶來一股熱浪，熱得使麻鷸穿透窗帷，竟死在人們的臥室裡。她曾槍殺一名想闖進她家的小偷，那是她最後一次露面。除了她的女僕，也是她的心腹亞珍妮黛，從未有任何人再接觸過她。有一回，有人發現她寫信給主教，她說那位主教是她很近的表親，但沒有人說她是否收到回信。鎮上的人已把她遺忘了。

雖然這回邦迪亞上校是勝利歸來，他對事情的看法卻不樂觀。政府軍未予反擊而放棄據點，在自由黨的群眾中造成了假象的勝利，他們不想摧毀這種假象；然而，革命黨人知道實情，邦迪亞上校比他們知道得更清楚。雖然那時在他指揮下的有五千多人，佔領了海岸兩邊的省份，他卻覺得自己被困在海岸地區，陷入危境中；這時，他命令修復曾被砲火摧毀的教堂尖塔，雷納神父躺在病床上批評說：「這眞是蠢事；信仰基督的保守黨摧毀教堂，而同濟會的自由黨人命令修復它。」邦迪亞上校在尋找脫逃的路線，他與別的城鎮的指揮官在電報局一磋商就是幾個小時。每次磋商完畢，他就更加認定戰局僵住了。他們收到有關自由黨勝利的新消息，總要以歡欣的措辭來發佈公告，但他常在地圖上衡量勝利的眞正範圍有多大，他發現兵力正陷在叢林中，在與痢疾與蚊子搏鬥，簡直是在走現實世界的反面路線。「我們在浪費時間，」他對軍官們抱怨說。「我們在浪費時間的同時，黨內那些狗雜種正在乞求參與國會的席次。」他晚上無法入眠，仰躺在他的吊床上，這間教室是他曾經等待死亡的地方，面對華氏九十五度的高溫，一邊趕蚊子，一邊想像律師們在清晨冷冷的空氣中穿著黑禮服離開總統官邸，外套領子翻起直到耳根，一面搓著手，一面在交頭接耳說話；他們躲進冷清的早點咖啡室去，猜測總統說「可以」代表的是什麼意思，說「不可以」代表的又是什麼意思。甚且，猜想總統說某種話時，他心中眞正想的又是什麼。他只恐自己下令部下跳海的日子不遠了。

曾經有個令人不安的夜晚，透娜拉在院子裡陪士兵唱歌，他要求她用紙牌爲他算命。「注意你的嘴巴，」透娜拉排列檢視了三次紙牌後，只說了這麼一句話。「我不知道那是什麼意思，只是徵兆很明顯；注意你的嘴巴。」兩天後，有個人給傳令兵一杯沒有加糖的咖啡，那位傳令兵把咖啡遞給另一個士兵，另一個士兵又遞給另一個，直到傳抵邦迪亞上校的辦公室裡。上校並沒有叫咖啡，但既然咖啡放在那兒，他就把它喝了。那是一劑番木鼈毒藥，份量足夠毒死一匹馬。當他們把他送回家，他彎曲著身子，已經僵硬，舌頭從上下牙齒間往外伸吐。易家蘭看護著他，一起與死神搏鬥。她用催吐劑給他洗胃，用熱毯子把他包起來，兩天來都餵他蛋白，直到他空乏的身體又恢復正常的體溫。第四天他才脫離危險。易家蘭和軍官們硬把他按壓在床上，不許他起來，強使他再躺一個星期。後來他知道他的詩稿沒有燒燬掉。「我不想急著去處理，」她向他解釋說。「那天晚上我去生爐火的時候，我對自己說，最好還是等他們把你的屍體帶回來再說。」在療傷期間，邦迪亞上校面對妻子留下的滿屋子塵封的洋娃娃，讀著自己的舊詩稿，又想起過去那段具有決定性的日子。他又開始寫詩了。他驚訝自己花了許多時間去考量這場沒有前途的戰爭，他用有韻律的詩來分析死亡邊緣的經驗。而後，他的思緒變得很清醒，使他能夠前後貫穿來檢討一遍。有天晚上，他問馬魁茲上校：

「告訴我，老友；你爲什麼作戰？」

「還有什麼別的理由？」馬魁茲上校回答說。「爲了偉大的自由黨呀。」

「你很幸運，因爲你知道爲什麼，」他回答說。「至於我，我現在才知道，我是爲自尊心而戰。」

「那眞糟糕。」馬魁茲上校說。

邦迪亞上校對他的驚慌神色覺得有趣。「當然啦，」他說。「知道自己爲何而戰總比不知道要好一點。」他望著對方的眼睛，微笑著又說：

「或者像你，爲一個對任何人都沒有意義的目標而戰鬥。」

官方宣佈他是匪徒，在政黨領袖們未公開糾正這一宣佈時，他的自尊心不容許他與國家內部的武裝部隊聯絡。然而，他明白，一旦他拋棄這些顧慮，戰爭的惡性循環就可以終止。在療養期間，他有空暇反省。後來，他說服母親易家蘭將埋藏在地下的剩餘金幣和她平生的積蓄拿出來交給他，他任命馬魁茲上校爲馬康多的民政與軍事領袖，他自己則動身去跟內陸的叛軍團體聯絡。

馬魁茲上校不僅是邦迪亞上校最親密的朋友，並且易家蘭接納他，視他爲他們家的一員。他軟弱、膽小、天性有禮貌，但他適合作戰，不宜統治人民。他的政治顧問們很容易將他捲入理論的迷宮。而邦迪亞上校夢想馬康多能保持田園的風味，讓他能繼續在這兒做小金魚謀生，度過老年。就保持田園風味這一點來說，馬魁茲上校是辦到了。雖然馬魁茲上校住在自己父母的家中，卻每星期來易家蘭家吃兩三次午餐。他開始教約塞用槍砲，提早讓他接受軍事教育，並徵得易家蘭的同意，帶他到軍營住幾個月，以使他成爲一個男子漢。許多年前，當馬魁茲仍然是個大孩子的時候，曾向亞瑪蘭塔求愛。但當時她正單戀著克列斯比，心中充滿幻想，所以嘲笑他。馬魁茲等待著。有一次，他從牢房遞一張紙條給亞瑪蘭塔，請她繡一打細布手帕，並繡上他父親名字的縮寫字母。他把錢寄給她。一個星期後，亞瑪蘭塔把一打手帕帶給他，並帶著那筆錢去探監，他們談著往事，談了幾個鐘頭。「等我走出這兒，我便要娶妳。」當她要離去時，馬魁茲這樣告訴她。亞瑪蘭塔笑笑，但當她教孩子們讀書時，她一直在思念他，想要重溫年輕時對克列斯比的那種熱情。每個星期六是探監的日子，她會到馬魁茲的父母家裡，陪伴他們前去探監。在那些星期六的其中一天，易家蘭驚異地看到她在廚房等候餅乾出爐，以便選些最好的，用她特意繡好的餐巾包起來。

「嫁給他吧，」易家蘭對她說。「妳很難有機會再找到一個像他這樣好的男人。」

亞瑪蘭塔裝著不高興的樣子。

「我用不著到處找男人，」她回答說。「我帶這些餅乾去給馬魁茲，只是爲了他遲早會被槍斃而難過。」

她無所考慮地順口說出這樣的話，不過政府也正宣佈，如果叛軍不交出里奥哈恰城，就要槍斃馬魁茲上校。探監停止了。亞瑪蘭塔關在房裡哭泣，心裡有種罪惡感，跟當年莫氏柯蒂死時一樣，總認爲是她無心的一句話而咒死了他們。她母親安慰她。她向亞瑪蘭塔保證邦迪亞上校會來阻止他們行刑，還保證戰爭結束後，她負責留住馬魁茲上校，並在比她想像中還要早些爲他們的婚姻實踐諾言。馬魁茲帶著他做行政與軍事領袖的新頭銜回到家裡，易家蘭把他當作自己的兒子看待，想些令人欣悅的好話來留住他，又虔誠地祈禱，願他想起當初要娶亞瑪蘭塔的計畫。她的祈禱似乎應驗了。馬魁茲上校來邦家吃午飯的那些日子，會逗留些時間，在植有秋海棠的走廊上陪亞瑪蘭塔下中國象棋。易家蘭給他們端來咖啡、餅乾和牛奶，並且照管孩子，以免孩子們干擾他們。亞瑪蘭塔也眞的盡力在點燃少女時代殘留心中的情焰餘燼。她焦慮地等待他來吃午餐的日子；期待著下午有這樣一位戰鬥英雄陪伴她下中國象棋，日子過得非常快；他的名字帶有鄉愁的意味；他在下棋的時候，手指會微微顫抖。有一天，馬魁茲上校再度表示他有意娶她時，她卻拒絕了。

「我不想嫁給任何人，」她告訴他。「連你也不要。你太愛你的戰鬥伙伴邦迪亞上校，但你無法娶他；你本來是不想娶我的。」

馬魁茲上校是個很有耐心的人。「我要繼續求婚，」他說。「遲早我會說服妳的。」他繼續到邦家來探訪。她把房門關上，暗自吞下淚水。當這位求婚者向易家蘭報告戰況時，亞瑪蘭塔用手指把耳朵塞起來，以免聽到他的聲音，實際上她是渴望見到他的，她卻極力忍著不去見他。

那時邦迪亞上校每隔兩星期就抽空作一份詳盡的報告送往馬康多。但有一回，他卻在離開幾乎八個月期間沒有隻字片語送給易家蘭。一個特使帶了個密封的函件到家來，裡面那張紙條是邦迪亞的親筆字，十分秀氣：「好好照顧爸爸，因爲他快要死了。」易家蘭變得很驚慌。「小邦迪亞這樣說，他一定是知道才說的。」她說。她叫大家來幫忙把老邦迪亞弄進房裡去。他不僅如同以往一樣沉重，在栗樹下那段期間還練就了一項本領：他想增加體重便可以增加。

他現在竟然重得七個人都抬不動他，他們必須把他拖上床去。在室外飽受日曬雨淋的老巨人，如今在室內呼吸著，使房裡的空氣充滿香菇味、草菇味，以及戶外凝積下來的古老氣味。第二天早晨他就不願待在床上了。雖然老邦迪亞力大無窮，卻不會反抗，因爲什麼地方對他來說都無所謂。他回到栗樹下去，只是習慣那兒，不是想要在那兒。易家蘭照顧他，餵他吃東西，告訴他有關小邦迪亞的消息。其實，眞正能與他久處的只有亞奎拉的幽靈；這時的亞奎拉，在死人世界裡已經老朽不堪，每天來與他聊天兩次。他們談起過去鬥雞的事。他們彼此答應要爲那些雄赳赳的雞建立一座純種鬥雞場。他們這樣做，並不是要享有勝利，因爲那時勝利對他們已無必要，只是想做點事情來打發冥界那些無聊的禮拜天。亞奎拉的幽靈爲老邦迪亞梳洗，餵他吃東西，還告訴他一位陌生人的消息，那人叫邦迪亞（邦迪亞上校對亞奎拉來說是陌生的，因爲亞奎拉早已死去），是戰時的一位上校。當老邦迪亞身邊沒有任何人的時候，他就以無數的夢境的房間來消遣。他夢見自己下床開門，來到一個房間，室內的鐵床、柳條椅子，以及掛在後牆上的小聖母像，每次看的都是一模一樣。由那個房間走到另一個房間，而後再走進另一個房間，仍是一個樣子；就這樣永無止境。他喜歡一個一個房間走下去，就好像置身在有平行鏡的畫廊裡，直到亞奎拉的幽靈過來拍他的肩膀。而後，他一個個房間往回走，沿著他原來的路線，他會找到眞實房間裡的亞奎拉。但是，就在家人扶他上床兩星期後的某一個晚上，亞奎拉在虛幻的房間中拍他的肩膀，他便永遠留在那兒，因爲他以爲那是眞實的房間。第二天早晨，易家蘭端早點來給他吃時，看到一個人沿著大廳走過來；那人身材矮胖，穿著黑衣服，頭上戴頂大黑帽，帽簷拉下遮住黯然失色的眼睛。「老天爺哪，」易家蘭想。「我敢發誓他是麥魁迪。」其實，他是卡托爾，維西妲桑的兄弟，他是在失眠症流行期間離開邦家的，從此以後音訊杳然。維西妲桑問他爲什麼要回來，他以莊重的口氣用他的母語回答說：

「我來參加國王的葬禮。」

後來，他們走進老邦迪亞的房間，猛搖著他，對著他的耳朵大聲喊叫，在他的鼻孔前放一面鏡子，但他們還是叫不醒他。不久後，木匠正在量棺木的尺寸，從窗口，他們看到小黃花如煙雨般飄落下來。它們有如無聲無息的風暴整夜襲擊這個城鎮；它們覆蓋了屋頂，堵塞了門檻，悶斃了睡在戶外的動物。這麼多的小花從天而降，早晨的街道上像是鋪上了厚厚的一床毯子；他們必須用鏟子和草耙清路，送葬的行列才得以通行。

8

亞瑪蘭塔坐在柳條搖椅上，手上拿著停下來的繡花針線擱在膝上，她望著約塞，他的臉頰上塗滿了肥皂泡沫，他在磨刮鬍刀，正準備修面，刮第一遍鬍子。正當他在修那有金色鬢毛的鬍鬚時，竟割破了上嘴唇，面皰也刮出血了。當修完面後，他看起來仍是那個樣子；這辛苦過程倒使亞瑪蘭塔覺得她已開始變老了。

「你看起來就像你爹小邦迪亞在你這個年紀時那個樣子，」她說。「你現在是個大男孩了。」

很久以來，自從透娜拉把他交給亞瑪蘭塔撫養，亞瑪蘭塔就習慣在浴室裡當他的面脫衣服，等他是個大男孩了，她仍然把他當小孩子看待，照常那樣更衣。第一次看到她的胴體時，他只注意到她那兩個乳房間的深溝。他是那麼樣的天眞無邪，他還問她那是怎麼回事，亞瑪蘭塔則裝著用指尖挖乳房說：「有人割了我很深的幾刀。」過了一段時間後，亞瑪蘭塔從克列斯比的自殺所造成的沮喪恢復了正常情緒，她又與約塞一起洗澡，這時他不再注意她乳房間的深溝了，卻在看到她那一對棕褐色乳頭的美妙乳房時，禁不住一陣顫慄。他一直在打量她，一寸一寸的在發掘她胴體隱密的神奇；當他默想著她的皮膚遇水打寒噤的那個樣子，他自己不禁也打了個寒噤。自從他還是個小小孩的時候，他就慣常溜下他的吊床，醒著睡到亞瑪蘭塔的床上去，因爲跟她接觸可以克服黑暗的恐懼。然而，自從他注意到自己的裸體那一天，他爬進她的蚊帳時，已不是恐懼黑暗，而是想在黎明時分感受一下亞瑪蘭塔溫暖的氣息。在她拒絕馬魁茲上校的那段日子裡，有一天清晨，約塞醒來，覺得自己的呼吸快要停止了；他感覺亞瑪蘭塔的手指像溫暖焦慮的小毛蟲滑過他的小腹。他假裝睡著了，換個睡姿，使能更方便她撫摸，而後他感覺那隻沒有纏黑繃帶的手，像盲目的貝類潛入海藻中，探出了他的焦慮。雖然他們似乎不知道他們兩個感受了些什麼，彼此卻知道對方所知道的。從那個晚上起，他們就串謀牢牢地套在一起。約塞不等客廳的時鐘奏起十二點的圓舞曲，他是不會入睡的。而她呢，她這皮膚漸黯淡已成熟的處女不等她親手帶大的夢遊者溜進她的蚊帳來，是片刻也不會安寧的；他倒沒想到他可以減輕她的寂寞。後來，他們不僅裸體共眠，相互盡情愛撫，而且在屋裡各處角落相互追逐，白天隨時都會關起門在臥房裡永遠保持不衰的興奮。有個下午，易家蘭走進穀倉，他們正要親吻，差點被她發現。「你很愛你姑姑嗎？」她以天眞無邪的口吻問約塞。他答說他很愛她。「你眞好。」易家蘭說著繼續量麵粉準備做麵包，回廚房去了。這個小插曲喚醒了亞瑪蘭塔的迷夢。她知道她做得太過分了一些，她不願再跟孩子作親吻的遊戲；她盛年已過，卻陷入一場危險而無結果的熱情中，她猛地一下斬斷了情絲。後來約塞在軍營完成了軍事訓練，終於也對這個現實醒悟過來，搬到營房裡去睡。每個星期六，他會與士兵們一起到卡塔里諾的店裡來。他爲了他突來的孤寂尋求慰藉，他把他那早熟的青春浪費在嗅起來有殘花敗絮氣味的女人身上；在黑暗中把她們理想化，盡量藉想像的渴望，把她們當作是亞瑪蘭塔。

不久後，戰爭的消息總是自相矛盾地傳來。當政府當局承認叛軍有進展時，馬康多的軍官們卻得到即將和談的機密消息。四月一日，一位特使向馬魁茲上校印證他的特使身分。他確認該黨的領袖跟內陸叛軍的首領已取得聯繫，他們即將安排和談，為自由黨換取三個內閣席次，以及國會的少數黨議席，並全面特赦繳械的叛軍。那位特使帶來邦迪亞上校一份機密函件，上校並不贊成休戰的條件，請馬魁茲上校挑選五個精銳的部下，準備帶他們離開這個地區。命令要在極保密的情況下執行。協商條件宣佈之前的一個星期，自相矛盾的謠言有如風暴狂飆，到處流播，邦迪亞上校帶著十個親信的軍官，其中包括「砍你即落隊長」(現已升為上校，故也稱「砍你即落上校」)，在午夜過後，悄悄抵達馬康多，解散衛戍部隊，掩埋武器，銷燬他們一切的記錄文件。黎明時，帶著馬魁茲上校和他的五名精銳部下一起離開這個城鎮。他們的行動迅速又保密，以致易家蘭沒有發覺，直到最後一刻才知道。在這最後一刻，有人敲她的臥室窗戶，輕聲說：「如果妳想見邦迪亞上校，立即到門口來。」易家蘭跳下床，穿著睡衣走到門口，她只看到一隊騎兵在滾滾塵埃中，疾馳而去。第二天她才發現約塞跟他的父親走了。

在政府與反對黨發表聯合公報宣佈戰爭結束的十天後，城裡收到邦迪亞上校在西面邊區第一次武裝起義的消息。他那一支裝備極差的武力不到一個星期就潰敗了。然而，那年自由黨與保守黨總想讓人民相信雙方已經和解，他卻另外發動了七次叛變。有一天晚上，他從一艘三桅船砲轟里奧哈恰城，政府軍的憲兵隊把十四位最有名的自由黨員抓下床槍斃了，以作洩憤報復。他佔領邊界一個海關據點兩個多星期，由那邊呼籲人民發動全面戰爭。有一次，他企圖橫越千里以上的蠻荒地區，由首都外圍宣戰，結果在叢林中迷路三個月。又有一回，他在距離馬康多不到十五里的地方，被政府軍的巡邏隊逼得躲入山區，這個迷人的山區很接近許多年前他的父親發現西班牙帆船化石的那個地方。

維西妲桑大約死在這個時候。在她因逃避失眠症而放棄印第安某一族公主的寶座之後，她高興能自自然然的死亡；遺言要大家挖出她床底下祕藏二十多年來的薪水，寄給邦迪亞上校，讓他能繼續打下去。但那些日子傳來邦迪亞上校在一次省府附近港口的登陸戰已經戰死的消息，所以易家蘭叫大家暫且不要把那筆錢挖出來。不到兩年，官方發表了四次聲明說他戰亡，大家也幾乎有六個月沒有獲得他的消息，於是認爲官方的聲明大概是眞的。突然，當易家蘭與亞瑪蘭塔舊孝接新孝之間，意外獲得的消息傳來。邦迪亞上校還活著，但他現在不再騷擾本國政府，他加入了加勒比海其他各國已勝利掌權的聯邦組織國際聯盟。他換了許多不同的名字，離開自己的家鄉越來越遠。後來，大家才明白他是想統一中美洲聯邦國際主義的兵力，企圖消滅從阿拉斯加到巴塔哥尼亞的全部保守黨勢力集團。他離家幾年後，這次是易家蘭第一次收到他直接寄來的消息。那封信是輾轉來自古巴的聖地牙哥，信紙縐縐的，色澤已變。

「我們永遠都會失去他，」易家蘭一邊讀信，一邊叫道。「如果他順著這個路線走下去，他不知道會在哪處天涯海角過聖誕節哩。」

她說話的對象是第一個看到她出示這封信的人，他就是保守黨的將領蒙卡達，也是戰爭結束後的馬康多市長。「這位邦迪亞呀，」蒙卡達將軍表示意見說。「可惜他不是保守黨。」他是眞的欣賞他。蒙卡達將軍像其他的許多保守黨人一樣，爲保衛他的政黨而戰，從戰役中贏得將軍的頭銜，但他卻不是職業軍人。相反地，他跟許多黨內同志一樣，是反軍國主義者。他認爲軍國主義者是沒有原則的無賴漢、野心勃勃的陰謀家、欺壓人民的專家，在混亂的局勢中混水摸魚而發跡。他卻智慧、樂觀、臉色紅潤、好吃、喜愛觀賞鬥雞，他曾是邦迪亞上校最害怕的敵手。他在沿海這個扇形大戰區，能夠很成功地指揮那些職業軍官，發揮他的權威效用。有一次他基於戰略形勢，不得不放棄一個據點給邦迪亞上校佔領，他留了兩封信給邦迪亞。其中一封很長，他邀邦迪亞參加一個政治運動，以使戰爭更合乎人道：緩和戰爭。另一封信是給他的妻子。他的妻子住在自由黨佔領地區，他請求邦迪亞上校一定要爲他把信送達目的地。從此以後，即使在激烈的血戰場面中，兩個指揮官仍然會安排休戰，交換戰俘。短暫的休戰帶來喜劇氣氛，蒙卡達將軍趁機教邦迪亞上校下棋。他們成了好朋友。他們甚至要顧及兩黨均有利的因素作可能性的合作，消除軍國主義者與職業政客的影響力，建立一個人道政府，接納兩黨最好的主張。戰爭結束後，邦迪亞上校卻偷偷地在各地進行永久性的破壞，蒙卡達則奉派爲馬康多的地方首長。他穿著平民服裝，以不武裝的警察代替軍士，施行特赦法，並對一些戰死的自由黨員家屬給予援助；他把馬康多提升爲自治市，自己任第一任市長；他倡行互信的社會風氣，使人們相信戰爭是一場過去的荒唐惡夢。雷納神父因肝炎而憔悴不堪，現在換了個人稱「小狗」的可樂納神父，他是第一次聯邦主義者戰爭退伍下來的老兵。克列斯比的弟弟布魯諾娶了莫氏柯蒂的姐姐安派蘿，他們的玩具樂器店仍然生意興隆，並興建了一家戲院，納入西班牙公司院線。戲院是個敞闊通風的大廳，置有木長凳，天鵝絨的簾帷上畫有希臘戲劇的臉譜，三個票房口是獅頭形狀，戲票由獅口售出。大約這個時候，學校也重建了，由一位從沼澤地區來的艾斯卡洛納先生負責管理，他是位資深的老師，很得家長們的稱讚。他處罰懶惰的學生在院子的石灰地上跪著走；處罰上課講話的學生吃辣椒。匹達黛那兩個從小就自有主張的雙胞胎兒子席甘多與席根鐸，帶著他們的石板、粉筆和上面刻有自己姓名的鋁水壺，最早坐在教室裡。她的女兒瑞米迪娥繼承了母親純潔的美，已開始以「美女瑞米迪娥」之名傳稱。儘管時光如流，家中一再發生親人逝去而守喪的悲哀事件，和相繼而來的各種不幸，但易家蘭卻仍然不老。在匹達黛的協助下，她的糕餅生意愈來愈賺錢，幾年間不僅賺回了兒子打仗耗去的財產，而且塞滿了幾葫蘆的純金，埋在臥室裡。「只要上帝讓我活下去，」她說。「這間瘋人院就總是有錢。」當時邦家故里的情形大概就是這樣。約塞脫離了尼加拉瓜聯邦軍隊，到一艘德國船上去當水手，如今卻突然出現在廚房，像印第安人一樣留著長髮，皮膚黑黑的，壯得像一匹馬，他私心決定要娶亞瑪蘭塔。

當亞瑪蘭塔看到他進來時，即使他一句話不說，她也立即知道他爲什麼要回來。在餐桌上，他們不敢相互正面凝視。但他回來後兩個星期，他便當著易家蘭的面，盯著亞瑪蘭塔的眼睛說：「我經常在思念妳。」亞瑪蘭塔避開了他。她預防偶爾碰面的機會。她盡量與美人瑞米迪娥膩在一塊。當姪兒約塞有一天問她，她手上的黑緞帶究竟要戴多久，她認爲對方是在暗指她的貞操，她不禁羞愧得兩頰通紅。他回來這些時日，她把房門閂起來，但許多個晚上她聽到他在隔壁房間平靜地打鼾，便忘了採取預防措施。有一天清晨，大約是他回來後的兩個月，她聽到他走進她的臥室。她本以爲自己會逃出去，或者大叫；然而她不但沒有那樣做，反而沉醉在軟綿綿的鬆弛感中。她感覺他像小時候一樣溜進自己的蚊帳裡來，當她發現他全身赤裸時，禁不住冷汗直流，牙齒猛打哆嗦。「走開，」她低聲說，卻好奇得透不過氣來。「快走開，否則我要叫了。」但約塞知道那時他要怎樣做，因爲他不再是個孩子，是個軍營中的野獸。那天晚上起又開始了笨拙而不連續的戰役，直到天亮。「我是你姑姑呀，」亞瑪蘭塔喃喃地說，她已精疲力盡。「幾乎可以說我是你的母親，不僅是因爲我的年齡與你差一大截，而且我把你養大，只差沒有餵你奶而已。」約塞在黎明逃出房去，第二天凌晨又回來了，每次都見她沒有閂門，愈來愈興奮。他無時無刻不在渴望她。他曾在攻陷的城市那些黯黑的臥室裡，特別是那些最下流的地方想著她；即使他在看到傷患綳帶上的乾血跡和面臨死亡危險的恐懼中，都無時無地不出現她的影像。他逃開她是想抹去她的影子，不僅要逃得遠遠的，而且要藉莫名其妙的憤怒來發洩，這樣軍中的伙伴還稱讚他勇敢呢；然而，她的影子愈是在戰爭的糞堆中翻滾，戰爭就愈像亞瑪蘭塔。這就是爲什麼他在亡命他鄉時倍感痛苦的原因；他曾渴望與她同歸於盡，直到他聽到一個老頭講了一則娶姑媽爲妻的故事才改變想法，據說那位娶爲妻子的姑媽也是表姐，到後來他們所生的兒子，按妻子那邊的輩分算，倒成了他的祖父。

「一個人能娶自己的姑姑嗎？」他驚愕地問道。

「他不僅可以那樣做，」一位士兵答說。「而且我們正在打的這場戰爭是在對抗負有神職的人，這種褻瀆神明的行爲就是指連親娘都可以娶。」

兩個星期後，他棄軍潛逃。他發現亞瑪蘭塔比他記憶中的樣子更加憔悴，更加憂鬱，也更加羞澀；如今是眞正轉入成熟的最後一個拐角處了；在黑暗的臥室裡也比以前更加熱情，但劇烈的反抗動作也比以前更加具有挑戰性。亞瑪蘭塔被他追得十分苦惱，告訴他說：「你是一頭野獸。你不能對你可憐的姑姑這樣，除非你得到教皇特別赦免。」約塞答應去羅馬，他答應以膝走路越過歐洲去吻教皇的涼鞋，只希望她放下隔離的吊橋接納他。

「不止是那樣，」亞瑪蘭塔反駁說。「任何生下的小孩都會長出豬尾巴的。」

約塞對所有這些辯駁都不聽。

「即使生下的小孩是犰狳之類的怪物，我也不在乎。」他懇求說。

有一天清晨，他的精力抑壓過久，痛苦難挨，他跑到卡塔里諾的店裡去。他找了一個乳房扁平、態度火辣、價錢便宜的女人，來暫時消消肚中慾火。他盡量對亞瑪蘭塔表現出不屑一顧的樣子；如遇到她在走廊上動作非常熟練地踩縫紉機，他連話也不跟她說。亞瑪蘭塔自以爲躲過了一處暗礁，她不知所以地又開始想起馬魁茲上校；她懷念那些玩中國象棋的下午；希望他就是她臥房中的男人。有一天晚上，約塞再也受不了這種冷漠的鬧劇，回到亞瑪蘭塔的臥房去，然而他卻不知道他在她那邊已無可挽回的失去了據點。她斷然拒絕了他；這種拒絕是沒有伸縮彈性的，且是斬釘截鐵不會被誤解的，從此以後，她永遠閂上了房門。

在約塞回來後幾個月，有個體味像茉莉花香的女人，帶著一個五歲的男孩子，出現在邦家門口。她說這孩子是邦迪亞上校的兒子，又說她把他帶來給易家蘭取名字。沒有人懷疑這個沒有名字的男孩的身世：他看起來完全像邦迪亞上校小時候第一次被帶去看冰塊時的那個模樣。這個女人說，這男孩子生下來眼睛是睜開著的，並且以成人的判斷力看她，他那種目不轉睛地看東西的樣子把她嚇壞了。「他太像了，」易家蘭說。「唯一不同的是他不能只靠視線就能使椅子移動。」他們給他取名邦迪亞，並冠上他母親的姓，以免弄錯。他們的法律規定，在父親承認孩子之前，孩子不能冠父姓。蒙卡達將軍擔任教父。亞瑪蘭塔硬想要孩子留下來，由她來撫養，孩子的母親不答應。

易家蘭那時還不知道送處女到戰士房中去配種的習俗，就像母雞與公雞的優生配種一樣。就在那一年裡，她發現邦迪亞上校有九個兒子被帶到家裡來取名字。最大的是一個綠眼睛黑皮膚的怪男孩，他一點都不像父系的人，年齡已經超過十歲。他們帶來不同年齡、不同膚色的孩子，但都是男孩，都有一種落寞的神情，無疑的是這個親族的人。這一群孩子中有兩個最爲特別。看來比實際年齡大的那個，似乎手一碰到東西就會將它打破，花瓶與瓷器都被他碰得粉碎。另一個是個金髮碧眼兒，眼神很像他的母親，頭髮長而鬈曲，有如女人的長髮。他一進屋裡，就隨隨便便地，好像他是在這兒長大的，逕自走到易家蘭臥室的矮櫃子前，要求說：「我要那個機械玩具舞女。」易家蘭很是驚訝。她打開矮櫃子，在那些麥魁迪時代留下的滿是灰塵的舊東西裡，找到了那用一雙長襪子包起來的機械玩具舞女，這東西是克列斯比有一次來訪時贈送的，大家都已經把它遺忘了。不到十二年的時光裡，邦迪亞上校在戰區播種的兒子全都以邦迪亞命名，並冠上他們母親的姓氏，一共有十七個。起初，易家蘭在他們的口袋裡塞些錢，亞瑪蘭塔則想把他們都留下來。可是，後來她們兩個也只能送些禮物，作作教母而已。「我們已盡了我們爲他們命名、爲他們施洗的責任。」易家蘭一邊記下母親們的姓名地址和小孩出生的地點與日期，一邊說。「邦迪亞上校需要詳實的記錄，以便他回來時決定一切。」吃午飯的時候，蒙卡達將軍談論到分芽繁殖法，令人感到幾許不安；易家蘭則希望邦迪亞上校有一天回來，把兒子們全都聚集在家裡。

「別擔心，親愛的朋友，」蒙卡達將軍以曖昧的口氣說。「他會比妳所記掛疑慮的時間更早回來。」

蒙卡達將軍還不想在這次午餐時說出他所知道的消息，他知道邦迪亞上校已經上路，正發起前所未有的最激烈的、最長時間的、最血淋淋的叛變行動。

緊張的局勢又如第一次內戰前一樣開始了。市長自己倡導的鬥雞活動停止了；衛戍司令里卡多上尉操縱內政權，自由黨人認爲他是煽動分子。「可怕的事情要發生了，」易家蘭對約塞說。「六點鐘以後別上街去。」這種懇求是無用的。約塞像以前的亞克迪奧一樣早就不屬於她了。他回到家來，根本不用操心日常生活上的需要，這使得他與他伯父亞克迪奧一樣，養成了懶散與荒淫的癖性。他對亞瑪蘭塔的熱情已經消逝，且未留下任何傷痕。他到處遊蕩，打彈子，臨時找個女人消解寂寞，搜尋易家蘭藏錢的地方，看看她有沒有留下錢在那兒。到後來，他只回家來換換衣服而已。「他們全是一個樣兒。」易家蘭悲嘆著說。「起初他們行為端正、聽話、機靈、連蒼蠅都不敢打死，等他們的鬍子長出來，他們就都完了。」約塞不像阿克迪亞那樣完全不知道自己的身世，他卻發現了他是透娜拉的兒子，並且她會在她家裡掛起吊床，讓他睡個午覺。他們不只是母子而已，也是寂寞中的共謀犯罪者。透娜拉已失去所有希望的生機。她的笑聲像破風琴的聲音，已經變調；乳房已因過多的撫摸而扁平；肚皮和大腿是一個蕩婦無可抗拒的舛命犧牲品，而且她的心已老得不再苦澀尖酸。她胖胖的、好講話，心態像一個失寵的主婦，不再寄望紙牌的空夢，而從別人的愛情中去尋找平靜與慰藉。附近的女孩在約塞午睡的那個房間裡，接待她們的薄倖郎。「把房間借給我，透娜拉。」她們踏進房內後才這樣說一聲。「當然可以。」透娜拉回答說。如果有人佔用了房間，她便會解釋說：

「我很高興知道已經有人在房裡的床上樂陶陶的。」

她借房間給她們從來不收費，她也從來不拒絕幫人的忙，就像無數的男人找過她，她從來不拒絕，即使在她暮年仍然是這樣，他們不給她錢，不給她愛情，只偶爾得到一點兒快感。她的五個女兒繼承了她的熱情天性，從青春期開始就迷失在人生的歪道上。她自己撫養過兩個兒子，一個加入邦迪亞上校的軍隊戰死了，另一個則在十四歲那年，在沼澤地區的一個鎮上，因偷人家一籠雞而受傷被捕了。她玩了一輩子的卜卦紙牌，半個世紀來，紙牌上的紅心老K答應她會遇到一個黑皮膚的高個子男士，這個人就是約塞；但是，約塞跟紙牌上派給她的別的男士一樣，等到達她的心上來時，他身上已經帶著死亡的標誌。她從紙牌上看出這點。

「今天晚上別出去，」她告訴他說。「今晚就睡在這兒，蒙蒂兒老叫我將她安排在你的房間裡，她已等得不耐煩了。」

約塞沒有聽出她的話中具有深意的哀求。

「叫她午夜等我好了。」他說。

他去看戲，一家西班牙公司正在上演卓里拉的名劇〈狐狸的匕首〉，由於自由黨人稱保守黨人爲野蠻人，所以衛戍司令里卡多上尉便叫他們更改片名。約塞在戲院門口遞上戲票的時候，發現里卡多上尉和兩名荷槍的士兵正在檢查觀眾。

「小心啦，上尉，」約塞警告他說。「你敢伸手碰我，想逮住我的人還未出生哩。」上尉要強行搜查他，約塞沒有帶武器，他開始跑。兩個士兵不肯聽上尉開槍射擊的命令，其中一個解釋說：「他是邦迪亞家的人。」上尉氣昏了頭，抓過槍來，走到街中央，瞄準。

「懦夫！」他喊道。「我巴不得那就是邦迪亞上校。」

當槍聲響時，二十歲的處女蒙蒂兒剛用橘子花泡水洗過澡，正在透娜拉房裡的床上撒些迷迭香的葉子。約塞本來可以在她身上取得亞瑪蘭塔未曾給他的幸福，生七個孩子，老死在她懷中；沒有想到卜卦紙牌出了差錯，一顆子彈由他背後射入，把胸膛都震裂了。那天晚上，里卡多上尉也是注定要死的，他也確實死了，而且比約塞早死四個鐘頭（約塞未當場死亡）；

槍聲響時，他就被同時發出的兩顆子彈擊倒在地上，這時許多叫聲在夜空中震盪，子彈的來源一直都沒有查出來。到處喊著：

「自由黨萬歲！邦迪亞上校萬歲！」

十二點，當約塞失血過多而死時，蒙蒂兒發現卜卦的紙牌上她的前途是一片空白。四百多個人排隊經過戲院，每個人用左輪手槍在棄置的里卡多上尉屍身上打一槍。屍體裝滿了鉛彈，非常重，又像泡過水的麵包，裂成了好幾塊，只得由巡邏隊用手推車把它運走。

蒙卡達將軍因正規軍這種無法無天的行爲感到非常惱怒，他運用了政治影響力，自己穿上軍服，取得了馬康多的民政兼軍事首領地位。然而，他並不指望自己的懷柔政策能阻止必將發生的事情。九月的消息自相矛盾。政府宣佈一直控制全國政局，但自由黨收到內陸各地武裝起義的祕密消息。起初，軍政府不承認戰爭仍在繼續，後來組織軍事法庭，以缺席審判方式，宣佈判決邦迪亞上校死刑，這才公佈詔令打仗。不管什麼單位先抓到他，就得立刻執行死刑。「這表示他會回來的。」易家蘭高興地對蒙卡達將軍說。而邦迪亞上校自己則完全不知道。

其實，邦迪亞上校已經回國一個多月了。他人還未到，各種反面的消息就先傳到了，同時說他在幾處很遠的地方，甚至蒙卡達將軍也不相信他已經回國來了，直到官方宣佈他佔領了臨海的兩個省。「恭喜你啦，親愛的朋友，」他對她說，一邊把電報給她看。「妳很快就會看到他在這兒的。」易家蘭這才第一次感到憂慮。「你要怎麼辦？」她問道。同樣這個問題蒙卡達將軍也自問過許多次了。

「跟他一樣，我的朋友，」他回答說。「我也要盡我的職責。」

十月一日的黎明時分，邦迪亞上校帶領一千名武裝精良的部屬攻擊馬康多，衛戍部隊奉命抵抗到底。正午，當蒙卡達將軍與易家蘭在吃午飯的時候，叛軍的大砲聲在全城鎮迴響，把市政府財政局的前樓炸得粉碎。「他們的裝備跟我們的一樣精良，」蒙卡達將軍嘆口氣說。「然而，他們卻是爲打仗而打仗。」下午兩點，砲火從兩側攻擊，地都在動搖，蒙卡達將軍確認自己這方會打敗仗，他向易家蘭告別。

「我向上帝祈禱，但願今晚妳在這屋子裡看不到邦迪亞上校，」他說。「如果事情發展到那個樣子，他來了的話，妳代我擁抱他吧，因爲我不希望再見到他。」

那天晚上他被逮捕了，時間是在他寫完信後想要逃出馬康多時；那封長信是寫給邦迪亞上校的，信上提到戰爭人道化的目標，希望他最後能戰勝兩黨好戰的軍閥和野心勃勃的政客。他暫時被關在易家蘭家，等候軍事法庭來裁決他的命運；第二天，邦迪亞上校來拘禁他的地方陪他吃午餐。兩人碰面很是友善。兩個敵手忘了戰爭而想起過去的事情。易家蘭有鬱悶不樂之感，總覺得她自己的兒子才是不速之客。因爲她兒子由一群軍人擁戴著進得門來後，就一直喧鬧得很，把臥室都翻了一遍，直到確信沒有危險才肯罷休。邦迪亞上校不僅容許他的士兵如此，還嚴令禁止任何人走近他十尺範圍之內，連他的母親易家蘭亦不例外。他的副官則在房間四周安置哨兵。他穿著普通的斜紋布軍服，沒有帶徽章之類的識別物，長統靴上有馬刺，上面沾著泥塊和乾血跡。佩在腰際的槍套蓋子是打開的，一隻手搭在那兒，總不離開手槍柄，神色是那麼果決而緊張。如今他頭髮像被烤爐燒過似的，有幾處深深地向裡邊凹進去，顯得老多了。加勒比海的鹽分薰黑了他的臉，以致他的表情如金屬般堅韌嚴峻。他以一股活力防阻日漸逼近他的衰老，這似乎與他的胃寒症有關。他比離家時高大、蒼白、瘦削，開始表現出抗拒鄉愁的徵兆。「天哪，」易家蘭自言自語著。「他現在看起來像個無所不能的人。」實際上他也是。他帶給亞瑪蘭塔一條亞茲提克族的披肩，吃午飯時，談些過去的事，也說些從不同時期的謠言中製造出來的滑稽故事。將死者埋葬在公墓的命令執行之後，他立即派「砍你即落上校」組織軍事法庭，自己領頭從事激進的改革，徹底消除保守黨復辟政權留下的一木一石。「我們必須搶在黨內政客們的前面去做，」他對助手說。「等他們睜開眼來看見了現實狀況，他們會發現已是既成的事實。」而後，他決定修正一百年來的土地產權，竟發現他的哥哥亞克迪奧胡搞弄來的土地財產卻得到了法律的認可。他一筆勾銷那些地籍表冊。他認爲那是起碼的禮貌，他擱下他的事務一個小時，去拜訪嫂嫂莉比卡，請她對他所決定的事要識時務。

在她陰暗的家中，這位孤寂的寡婦如今像是一具幽靈。她曾經分享他那被抑壓的愛情祕密，曾堅持要看他行刑卻救了他的命。她穿著衣袖長及指節的黑色長服；她已心如死灰；她對戰爭幾乎一無所知。邦迪亞上校覺得她骨頭的磷光似乎就要穿透皮膚而出；她在一種叫聖愛母靈火①的氣團中移動，受到保佑；屋內的死寂空氣中含著彈藥的硝味。他開始勸她別苛刻自己嚴守喪禮，要讓房子通風，不要爲了亞克迪奧的死亡責怪任何人。但莉比卡已經看破了世間的浮華。她曾經吃泥土，等候克列斯比的香水情書，與丈夫在床上盡情貪歡，她到處追求寧靜而不可得，卻在這屋子裡透過對靈魂執拗的呼喚，使記憶中的事物具象出現，它們就像活人在她隱居的屋內行走，反而使她得到了平靜。莉比卡仰靠在柳條搖椅椅背上，盯著邦迪亞上校，把他看作是遠古的幽靈，聽他提及她丈夫亞克迪奧的土地是霸佔的，必須歸還原主，她一點也不難過。

「你決定怎樣做就怎樣做吧，邦迪亞，」她嘆口氣說。「我常想，現在證實了你是個叛徒。」

修正土地產權和軍法審判的事同時進行，新組織的簡單的軍事法庭由馬魁茲上校擔任庭長，結果革命軍將逮捕到案的正規軍官全部處死。最後審判蒙卡達將軍。易家蘭出來干預。「他的政府是馬康多有史以來最好的，」她告訴邦迪亞上校說。「他仁慈的心地、他對我們的照顧，這些都無須我來講，因爲你知道得比誰都清楚。」邦迪亞上校用不以爲然的目光望著他的母親。

「我不能接管司法工作，」他回答說。「如果妳有什麼話要說，去跟軍事法庭說吧。」

易家蘭不僅那樣做了，並且把所有住在馬康多的革命軍官的母親都帶去作證。她們是這

① 聖愛母靈火 (Saint Elmo's fire) 是地中海水手的守護神 Elmo 顯靈的一種光，有風暴的時候會出現在海上船隻的桅桿上，保護船隻行船安全。此處借意靈光保佑親人。

個城鎮初建時期的老婦人，有的還是翻山越嶺過來的，一個個都讚揚蒙卡達將軍的優點。易家蘭最後一個作證。她那沉鬱的威嚴、赫赫的名聲、強而有力的說服所作的聲明，使法庭的裁決猶豫了一陣。「你們玩這種遊戲玩得很好，因爲你們是在盡職，」她告訴法庭上的每個官員。「但是別忘了，只要上帝讓我們活著，我們就仍然是母親；不管你們有多強的革命性，只要你們有一點兒不尊敬我們，我們仍有權利把你們的褲子拔下來打一頓屁股。」法官們退席思考，這番話仍在教室改成的軍營中迴響。午夜時刻，蒙卡達將軍被處死。不論易家蘭如何強烈地指責，邦迪亞上校始終不肯給予減刑。黎明前不久，邦迪亞上校到充作牢房的斗室去看死刑犯。

「記住，老友，」他對他說，「不是我要槍斃你，是革命要槍斃你。」

當蒙卡達將軍看到他進來時，他躺在床上，連站也沒有站起來。

「該死的，朋友。」他回答說。

邦迪亞上校返鄉後，直到此時，才有機會好好看他一眼。他看他變得這般衰老，兩手顫抖不停，拘泥而溫順地在等死，不免十分驚訝；而後他對自己感到噁心，並且開始產生一絲憐憫心。

「你比我知道得更淸楚，」他說。「一切軍事法庭都是鬧劇，其實你是在爲別人贖罪，因爲這回我們是不惜任何代價冀望贏得勝利。你處在我的地位，也會這樣做吧？」

蒙卡達將軍站起來，用衣襟襬角擦拭他那牛角鏡架的厚鏡片。「大概吧，」他說。「而我所憂心的不是你要槍斃我，因爲，畢竟我們這種人被槍斃也算是自然死亡。」他把眼鏡放在床上，脫下手錶和鍊子。「我所憂心的，是你這麼恨軍方，拚命對抗他們，整天在爲他們傷腦筋，到頭來你是跟他們一樣糟糕。人生的理想是不値得這樣卑鄙地去追求的。」他把脫下的結婚戒指、聖母紀念章，和眼鏡與手錶放在一起。

「照這種情形下去，」他作個結論說。「你不但會變成我們有史以來最專橫殘暴的獨裁者，並且爲了使你的良心得到安寧，你還會槍斃我的好友易家蘭。」

邦迪亞上校站在那兒無動於衷。於是，蒙卡達將軍把眼鏡、紀念章、手錶和戒指交給他，改個口氣說話。

「我請你來不是要責罵你，」他說，「我是想託你把這些東西交給我太太。」

邦迪亞上校把東西放入口袋中。

「她還在孟牛爾嗎？」

「她還在孟牛爾，」蒙卡達將軍肯定地說。「她還住在教堂後面那間房子，就是你上次寄信去的那個地方。」

「我樂意幫忙，蒙將軍。」邦迪亞上校說。

當他走入戶外灰藍的霧氣中時，臉上濕濕的，跟過去的某個早晨一樣；他這才發現自己是下令在院子裡行刑，而不是在墓牆邊。行刑槍隊排列在房門對面，向他行最敬禮。

「你們現在可以把他押出去了。」他命令說。

9

馬魁茲上校是第一個察覺戰爭無意義的人。他已身居馬康多的民政兼軍事領袖，每星期總要與邦迪亞上校通兩次電報。起初，他們的電報可以決定一場血戰的路線，規劃出完美的概念，使雙方知道戰爭的確實地點與未來的動向。邦迪亞上校本人從來不向人透露隱密，即使是最好的朋友也不例外，但當他在電報線的另一端時，卻能以親切的口吻談事情，使人辨認得出來是他。許多次，他談的時間比預期的長，還聊些家務事。然而，漸漸地，由於戰爭愈來愈緊張，越來越擴大，他的形象也就變得離眞實更模糊而遙遠了；他說話的穩定性愈來愈差，失去了他原來的特徵，後來竟漸漸地演變成一些毫無意義的話語。因此，馬魁茲上校只聽不說，覺得跟他通電報是在與另一個世界的陌生人談事情，內心相當沉悶。

「我知道了，邦迪亞，」他會在電報鍵上發出這樣的話。「自由黨萬歲！」

他終於與戰爭完全脫節。以前戰爭是一種眞實的活動，是年輕時代一種無可抗拒的熱情，而今變成一個遙遠的歷史註腳：空虛。他唯一的避難所是亞瑪蘭塔的縫衣室。他每天下午都去探訪她。他很喜歡看她的手在縫衣機上操作，捲起那泡泡衫的衣料，「美女瑞米迪娥」則在轉動縫衣機。他們共處幾個小時，彼此都不說話，只滿足於默默相伴，亞瑪蘭塔內心卻也眞的高興他仍維持著那份專注的情愛之火，他卻摸不清楚她那顆難以揣摩的芳心暗中在想些什麼。他返鄉的消息傳來之初，亞瑪蘭塔非常心焦。但是，當她看到他跟邦迪亞上校那些喧鬧的隨員一起進家來時，發現他因流浪在外吃苦而憔悴，又老又健忘，髒兮兮的，滿身是汗和塵土，聞起來像一個牧人，外貌醜陋，左臂上有條吊帶，她覺得一切都幻滅了，她感到頭暈目眩。「天哪，」她想。「這不是我等待的人啊。」然而，第二天他又到家裡來，全身乾淨，修過臉，鬍子上灑了薰衣草香水，也取下了血跡斑斑的吊帶。他送她一本以珍珠母作封面的祈禱書。

「男人眞奇怪，」由於她想不起別的話，就這樣說。「他們犧牲生命去反抗教士，卻送人祈禱書作禮物。」

此後，在戰況激烈的這些日子，他每天下午來看她。許多次，當「美女瑞米迪娥」不在時，便由他來轉動縫衣機的輪子。亞瑪蘭塔覺得他堅毅、忠貞、和善，有那麼大的權力，卻會先把佩劍放在起居室，完全解除武裝，才進她的縫衣室來，不免戚戚不安起來。四年來他一直表白他愛她，她卻常在不使他傷心的情形下找理由推拒他，她雖未愛上他，沒有他卻活不下去。「美女瑞米迪娥」似乎對什麼都漠不關心，被視爲心智遲緩，但對這份專注的愛卻並非沒有感覺，甚至曾幫馬魁茲上校說話。亞瑪蘭塔驀然注意到，由她帶養長大的這個姪孫女才剛進入青春期，已是馬康多前所未見的最美麗少女。亞瑪蘭塔內心又油然興起往日對莉比卡的那份怨恨，她祈求上帝不要使她這種嫉美的怨恨加諸在她的姪孫女身上，否則她也會希望她死亡。於是她把「美女瑞米迪娥」驅出她的縫衣室。大約就在這個時候，馬魁茲上校對戰爭厭倦了。他把過度抑壓的柔情傾瀉出來，盡量去說服亞瑪蘭塔，爲了她，他準備放棄多年來犧牲自己生命中最寶貴的青春所換得的榮譽，只要與她結合。但是，他仍然沒有說服她。八月的一個下午，亞瑪蘭塔克制住自己無可忍受的重壓，把自己鎖在臥房裡哭泣，打算終生孤寂至死，她對這不屈不撓的求婚者作了最後拒絕的答覆。

「讓我們永遠忘記吧，」她對他說。「我們現在都已過了辦這種事的年齡，太老了。」

那個下午，馬魁茲上校收到邦迪亞上校的電報；這是例行通話，對停滯不前的戰爭不會有什麼突破的好消息。最後馬魁茲上校看看荒涼的街道及銀杏樹上的水珠，發覺自己迷失在孤寂中。

「邦迪亞，」他按著通話電報的鍵說。「馬康多下雨啦。」

電報線的兩端沉寂了好一陣。突然，機器上跳躍出邦迪亞上校的無情字句。

「別驢了，馬魁茲，」符號說。「八月下雨是很自然的事。」

他們已經很久沒見面了。馬魁茲上校見對方的反應如此氣勢凌人，頗爲不快。而兩個月後，當邦迪亞上校回來馬康多時，他這種不快的情緒又變成了驚愕。即使易家蘭，也對邦迪亞上校如此大的改變而驚訝。他悄然到達，沒有衛士護行，雖然是大熱天，卻披著一個斗篷，帶回三個情婦，安頓在同一個房間裡，他大部分的時間都躺在那兒的吊床上。他很少閱讀處理日常事務的公文。有一次，馬魁茲上校爲了怕引起國際衝突，曾向他請示是否要撤出某個據點。

「不要用這類瑣屑的事情來煩我，」他對他命令著說。「向上帝磋商吧。」

這也許是戰爭最危機的時候了。起初支持革命的自由黨的地主已暗中與保守黨的地主聯盟，阻止產權的修訂。出錢打仗的政客們公開摒棄邦迪亞上校的激進目標，甚至否定他的權威，這些事對他來說，似乎都無所謂了。他不再讀他自己寫的那五、六卷詩集，他把它們擱在皮箱底下。晚上或午睡的時候，他會叫一個姘婦到他的吊床上來，獲取暫時的基本滿足，而後就如石頭般沉沉入睡，一點兒憂煩的跡象也沒有。那時只有他自己知道，內心的混亂是注定要永遠不得安寧了。最初他返鄉時，是以勝利者的姿態，無比榮耀，他覬覦偉大的廣大世界。他喜歡右手握一部馬波洛公爵①的戰爭實錄，他是他戰術上的偉大導師，他的皮衣和虎爪使大人敬佩，使小孩畏懼。那時邦迪亞上校命令十尺之內不許任何人接近他，包括他母親易家蘭在內。他所到之處，副官會立即以他爲中心畫個粉筆圓圈，只有他能站在這個圓圈裡；他發號施令，決定世界的命運。他槍斃蒙卡達將軍後，第一次來到孟牛爾，便急著處理死者的遺言，寡婦收下眼鏡、紀念章、手錶和戒指，但她不讓他進入她的家門。

「你不能進來，上校，」她對他說。「你可以去指揮你的戰爭，但我主管我的家。」

邦迪亞上校沒有把怒氣表露出來，但他的近身衛士掠奪了寡婦家的財物，一掃而光，這

① 馬波洛公爵（Duke of Marlborough），十七世紀英國軍事家。

才消了他的氣。「注意你的胸襟，邦迪亞，」後來馬魁茲上校對他說。「你已活生生地腐敗了。」就在那個時候，他召集第二次主要叛軍司令會議。他發現這些司令中有各色各樣的人：理想家、野心分子、冒險家、社會的不滿分子和一般罪犯，甚至有一位是以前保守黨的財務人員因吞沒公款，畏懼審判而逃到叛軍營中來避難。他們中有許多人甚至不知道爲什麼而戰。這群混雜的人各有不同的價值觀，幾乎隨時都可能起內鬨；其中有一個陰森的權力人物非常突出：那就是伐加斯將軍。他是個道地的印第安人，傲而不馴，不識幾個大字，天生冷靜多謀，有救世軍的才幹，能激起屬下瘋狂的熱情。邦迪亞上校召集會議的目的在統率各部叛軍司令，以對抗政客們的詭計。但是，伐加斯將軍來參加會議是有企圖的：他在幾個小時內就瓦解了叛軍優秀指揮官的陣容，自己擔任起總指揮來。「他是隻值得提防的野獸，」邦迪亞上校對他的軍官說。「對我們來說，這個人比作戰部長更危險。」一個以膽小出名的年輕上尉，立即小心翼翼地豎起小指頭表示對伐加斯將軍的不屑。

「那很簡單嘛，上校，」他建議說。「給他一槍就行了。」

邦迪亞上校驚慌的並不是這個冷酷的建議，而是自己心裡的預計居然一瞬間被人識破了。

「別期盼我下達這樣的命令。」他說。

他沒有下達命令，這是實情。然而，兩個星期後，伐加斯將軍遭到伏擊，被人用彎刀砍成碎片；邦迪亞上校取得了總指揮權。就在他的權威被所有叛軍司令們認可的當晚，他驚醒了，懼怕地叫人送毯子來。他那痛入骨髓的胃寒症又發作了，幾個月來，甚至在豔陽下也不得入睡，這幾乎已成了習慣。權力的醉意開始被苦惱的巨浪所沖淡。爲了醫治他的胃寒症，他遷怒那個建議謀殺伐加斯將軍的年輕軍官，把他殺了。邦迪亞上校的命令往往還未出口，甚至尙未想好，就會有人很徹底地去執行；但他卻從來不敢叫人去執行到那種程度。他在巨大權力的孤寂中開始迷失方向。他因附近居民對他歡呼而心煩，他認爲他們對敵人也是如此。他到處碰到青春期的少年，他們具有與他同樣的眼神與音色，以那種眼神望著他，又以那種音色與他談話。他們也具備他那種不信任的表情，而且以這種表情來向他招呼；他們都自稱是他的兒子；他也覺得他分散在各地的兒子應該是這些的幾倍多才對。但是，他比以前更加孤寂了。他認定手下的軍官對他撒謊。那時他常說：「我們最好的朋友就是剛死去的那位。」所以，他覺得自己是在跟已死去的馬波洛公爵並肩作戰。他厭倦了戰爭的無常，也厭倦了老覺得自己永遠在同一個地方作戰；他是愈來愈蒼老、愈來愈疲乏，甚至愈來愈弄不清自己的處境，搞不清理由、情況與時機了。部下爲他畫的粉筆圈外經常有人。有人缺錢用；有人說他的兒子患百日咳；有人受不了戰爭的氣味，想逃去永遠安眠；然而，他們卻立即向他報告說：「一切都正常，上校。」漫無休止的戰爭中最可怕的就是正常：什麼事情都發生過了。他孤孤單單，連預兆也捨棄了他，胃寒症伴隨著他，到死也逃遁不了，最後他到馬康多來重溫舊夢。他懶散得太嚴重了，以致當他們宣告說黨裡派來一個委員會，授予他權力來討論戰爭的僵持局面，他卻在吊床上半醒半睡翻著身。

「帶他們去找妓女好了。」他說。

他們是六名律師，穿大禮服，戴高禮帽，以一種堅忍恬淡的態度忍受十一月的驕陽。易家蘭把他們安頓在家裡。他們白天大部分的時間聚在臥室裡密談，黃昏就找了一隊衛兵和幾個手風琴手去佔用卡塔里諾的店。「別理他們，」邦迪亞上校命令說。「畢竟，我知道他們要什麼。」十二月初，他們等待已久的會談竟出乎許多人的預料，不到一個小時就有了結論。

在燠熱的客廳裡，在蓋有白布單的自動鋼琴旁，邦迪亞上校這回沒有坐在他的副官爲他畫的粉筆圈內，而坐在他的政治顧問間的一張椅子上，裹著一件羊毛斗篷，默默地聽使者發表簡短的建議。他們首先要求取消修訂產權的做法，以獲得自由黨地主的支持；第二，他們要他不要與教會勢力作對，以爭取天主教民眾的支持；第三，他們要他放棄婚生子與私生子享有同等權利的目標，以保持家庭的完整。

「那表示說，」在他們讀完簡單的建議之後，邦迪亞上校微笑著說。「我們是爲奪權而打仗囉。」

「這是策略上的變化運用，」其中一個代表回答說。「目前最重要的事情是擴大戰爭的群眾基礎。以後我們會另有一番面貌。」

邦迪亞上校的一位政治顧問立刻加以干涉。

「這是矛盾的，」他說。「如果這些改變是好的，那就表示保守黨的政權是好的；如你所說的，如果我們在擴大戰爭的群眾基礎上爭取到成功，這表示我們的政權存在有廣大的群眾基礎。總之，這表示近二十年來，我們一直在反擊民族感情。」

當他還要說下去時，邦迪亞上校卻作個手勢阻止他。「別浪費時間了，博士，」他說。「重要的是從現在起我們只爲奪權而打仗。」他仍然微笑著，拿起代表們給他的文件準備簽字。

「既然如此，」他作個結論說。「我們不反對接受。」

他手下的人驚慌失措地面面相覷。

「對不起，上校，」馬魁茲上校低聲說。「但這是背信呀。」

邦迪亞上校把蘸了墨水的筆高舉到空中，把他整個的權威施加在馬魁茲上校身上。

「把你的武器交出來。」他命令說。

馬魁茲上校站起來，把軍刀放在桌子上。

「向軍營去報到，」邦迪亞上校命令他。「讓革命法庭來處置你。」

而後，他簽署那份聲明，把那張文件交給特使團，對他們說：

「這是你們要的文件，諸位。我希望你們能從中得到一點好處。」

兩天後，馬魁茲上校被控叛國處死。邦迪亞上校躺在吊床上，對任何人的請求都無動於衷。在行刑前夕，他命令大家不得打擾他；他的母親易家蘭來他的臥室裡找他。她穿著黑色的服裝，表情極度嚴肅，他們母子見面三分鐘，她站著說話。「我知道你要槍斃馬魁茲，」她平靜地說。「我也無法阻止。但我要警告你：只要我一看到他的屍體，我以我父母的骨灰，以老邦迪亞的骨灰，以上帝之名發誓，不管你躲在哪裡，我都要把你拖出來，親手殺了你。」她不想得到她兒子的任何答覆，在離開房間前，她歸結一句話說：

「這與你天生帶了條豬尾巴來世上沒有兩樣。」

在這漫漫長夜，馬魁茲上校回想著在亞瑪蘭塔的縫衣室裡那些寂靜的下午，邦迪亞上校則胡亂寫了許多個小時，想打破孤寂的硬殼。自從那個遙遠的下午，他父親帶他去看冰塊後，他只有在工作室製造小金魚的時候才會感到快樂。他曾不得不發動三十二次戰役，也不得不拚死以戰，就如豬玀在榮譽的糞堆中打滾，才追尋到遲來的將近四十年的特權快樂。

黎明時分，他因痛苦的熬夜而疲乏不堪，在行刑前一個鐘頭他來到牢房。「鬧劇結束了，老朋友，」他對馬魁茲上校說。「我們離開這兒吧，別在這兒讓蚊子先把你咬死。」馬魁茲上校看到對方這種態度，抑壓不住內心的不屑感覺。

「不，邦迪亞，」他回答說。「我寧死也不願看到你變成一個殘暴的統治者。」

「你看不到我那樣的，」邦迪亞上校說。「穿起你的鞋子，幫我收拾這場狗屁戰爭吧。」

當他說這話的時候，他並不知道發動戰爭比終止戰爭容易。他幾乎花了一年的時間作猛烈而殘忍的努力，才迫使政府對叛軍作有利的和平條件的考慮，又花了一年才說服自己的黨人相信接受條件是有好處的。他以不可想像的殘酷手段來鎮壓他屬下叛離的軍官，他們曾是力爭勝利的勇士，而他最後卻仰賴敵人的兵力來懾服他們。

他當軍人沒有比那段時間更了不起的了。他確認自己自始至終是爲自由而戰，不是爲了某些抽象的理想，也不是爲了政客們因應環境左右曲解口號而戰，他一直是內心充滿熱誠的。馬魁茲以前是爲爭取勝利，信心堅定，忠貞不移，如今對失敗也是如此，他責怪邦迪亞上校作無用的蠻橫抗爭。「別擔心，」他微笑著說。「死亡比一個人想像的困難得多。」對他來說，那倒也是眞的。他認定死亡是注定的，但一種神祕的力量使他在不死的期間敢於冒險作戰，終究讓他在失敗中嚐到比勝利更艱難、更殘忍、更須付出代價的痛苦。

打了將近二十年的仗，邦迪亞上校返鄉許多次，可是每次都是在緊急情況中抵達，且有軍事隨員到處跟著；他所到之處必有傳奇風聞的徵兆，這一點連易家蘭也感覺得出來；所以，他最後竟成了家中的陌生人。上一次他回馬康多，爲三個姘婦找了一間房子，而在自己家裡只逗留過兩三次，那還是應邀抽空回來吃晚餐。他姪兒阿克迪亞的三個孩子：美女瑞米迪娥和兩個雙生子，是戰時出生的，幾乎完全不認得他。至於他妹妹亞瑪蘭塔實在無法想像少年時代那個整天做小金魚飾品的哥哥，竟是如今這位不准走近他十尺之內的傳奇英雄。就是在這個時期，休戰的消息傳開了，家人滿以爲他會因而恢復一般人的面目，從重視親情而得救，休止已久的家族感情也該重新滋生，甚至比往日更強烈才是。

「我們家裡終於又有個大男人了。」易家蘭說。

亞瑪蘭塔是最先覺察到家人已永遠失去了他的人。在休戰前一個星期，他未帶隨員，由兩個赤足的傳令兵引導他進屋來，他們把騾子身上的皮鞍和一箱詩稿放在走廊上，這些是他僅有的行李。亞瑪蘭塔看見哥哥經過縫衣室，就叫他。邦迪亞上校一下子卻認不出她是誰。

「我是亞瑪蘭塔呀，」她很和氣地說，因哥哥的歸來而高興，她把那隻纏有黑繃帶的手給他看。「你瞧。」

邦迪亞上校對她微笑著，那神情就像多年前那個遙遠的早晨他被判死刑回到馬康多鎭來，初次看到她手上纏著黑繃帶的時候一樣。

「多可怕呀，」他說。「時間過得眞快！」

正規軍必須保護這個家。他回來飽受辱罵，被人吐痰，控告他推進戰事是爲了討個好價錢。他的身體忽冷忽熱，抖個不停，腋窩長著痛瘡。六個月前，易家蘭聽到休戰的傳言，便打開那間新娘的廂房，把它打掃乾淨，在屋角焚燒些熟地類藥草葉子，認爲他這次回來會陪著「美女瑞米迪娥」留下來的一堆髒囡囡終老一生。而實際上，在過去兩年裡，他對生命已付出他最後應付的代價，包括日漸衰老。當他經過易家蘭特別細心勤加整理的銀器店，甚至沒有注意到鑰匙就插在鎖孔裡。他也沒有注意到時光給自己的家園帶來小小的卻激烈的改變，他走了這許多年，記憶猶在，任何人都會認爲這是一場浩劫。牆上的白粉剝落了；屋角有塵汚如飛絮的蜘蛛網；秋海棠上滿是灰塵；屋樑上白蟻蛀出一條條脈紋來；鉸鏈鏽得生綠苔了，他面對這些似乎是鄉愁特意爲他安排的陷阱，卻完全不感到心痛。他身上裹著斗篷，腳上仍穿皮靴，坐在走廊上，似乎是想等雨停，整個下午他只凝視著秋海棠上的雨滴。易家蘭了解家人想留他也是留不久的。「如果不是戰爭，」她想。「就是死亡。」這個假設簡潔，有信服力，她把它視爲預感。

那個晚上，在晚餐席上，席甘多用右手撕麵包吃，左手端湯喝。他的雙胞胎兄弟席根鐸則用左手撕麵包吃，右手端湯喝。他們對應的動作非常準確。他們看起來不像是對面而坐的兩兄弟，倒像是鏡子的詭計。雙生兄弟知道他們自己是一模一樣，就發明了這種對應動作的奇觀，一再表演給新來的客人看。可是，邦迪亞上校根本就沒有注意到。他似乎事事自外於人，不相融洽；當「美女瑞米迪娥」裸著身子經過他那兒前往她的臥房時，他也沒有注意到。只有易家蘭是唯一打擾他的人。

「如果你想再離去，」飯吃到一半時她說。「起碼也要記住今晚的情景。」

邦迪亞上校知道只有母親是唯一始終了解他苦難的人，許多年來，他第一次正面望著她，但他並不驚訝。她的皮膚像皮革，牙齒蛀光，頭髮稀落且無光澤；她的神色看起來有些驚慌。他記起最早與她在一起時，有個下午，他預言她端的那鍋滾湯要潑翻時，她現出了緊張的神色，兩相比較，他發現現在的她是完全精神不集中了，已是一副殘破不堪的樣子。他瞬即看出半個多世紀來日常生活在她身上所造成的割傷、贅疣、膿瘡和潰瘍；他雖發現了這些不幸的傷痕，卻沒有因此產生一絲同情心。他的內心想對他那已腐蝕的親情作最後的探索，卻遍尋不著。以前當他在自己的皮膚上嗅出母親的體味，多少會有些尷尬的感覺，然而，他卻不知有多少次認爲母親的想法與他背道而馳。可是，如今這一切都被戰爭掃光了。甚至他的亡妻莫氏柯蒂也只留下一個模糊印象，他只記得她在年齡上可做他的女兒。他在愛情的荒漠上有過無數的女人，他也曾在海岸各地播下他的種子，然而在他的感情中卻沒有留下一點刻痕。她們大部分是摸黑到他臥房裡來，黎明前即離去，第二天只剩下一抹疲乏的回味。唯一能對抗時間與戰爭，長久保持下來的，是他小時候與哥哥亞克迪奧在一起的那份眞情，但那不是以愛爲基礎，而是因共謀幹壞事而建立起來的。

「我很抱歉，」他藉口迴避易家蘭的請求。「是戰爭把一切都搗毀了。」

在以後的幾天當中，他忙著毀掉在人世間的一切痕跡。他拔掉銀飾品工作室的一切設施和擺設，只留下與個人無關的物品；他把衣服送給傳令兵；把武器埋在院子裡，就像他父親一樣心懷悔恨，將殺死亞奎拉的長矛埋掉。他保留一把手槍，裡面只裝一顆子彈。易家蘭沒有干涉他。她只勸阻他不能毀掉客廳裡供著長明燈的莫氏柯蒂的遺像。「那張照片早就不屬於你了，」她對他說。「那是家族的遺物。」在休戰的前夕，家裡已找不到他的任何紀念品了；當匹達黛準備生火爐時，他把一箱詩集拿到廚房去。

「用這個生火吧，」他對她說，一邊把手上的第一卷發黃的紙張交給她。「紙張很舊了，比較容易著火。」

匹達黛是個緘默不喜歡說話的人，一向都很謙恭有禮，從來不反駁別人，甚至不反駁自己的孩子，但她覺得不能這樣做。

「這是些重要的文件嗎？」她說。

「不是那種文件，」上校說。「是些寫給自己看的東西。」

「既然那樣，」她說。「你自己來燒吧，上校。」

他不但照辦，而且用斧頭劈開箱子，把碎片投入火中。幾個鐘頭前，透娜拉來看過他。多年不見，邦迪亞上校非常驚訝她是那麼衰老了；她變胖了，笑聲也不再那般燦爛。他也爲她的卜卦紙牌愈來愈深奧難懂而驚異。「當心你的嘴巴。」她對他說，記得她曾在他最光榮的時候就說過這樣的話，不知她當時是否眞的已預測到了他的命運。不久之後，當他的私人醫生爲他割去膿瘡時，他以不經意的口氣問醫生心臟的正確位置在哪裡。醫生用聽筒聽一下，而後用蘸了碘酒的棉花在他胸膛上畫了個圓圈。

星期二是休戰日，黎明時，天氣溫暖，正下著雨。五點鐘之前，邦迪亞上校來到廚房，他像平常一樣喝了一杯沒有加糖的咖啡。「你就是在這種天氣出生的，」他的母親易家蘭告訴他說。「人人都驚異你一生下來就睁著眼睛。」他沒有注意她說話，因爲他在聽軍隊整編的聲音，軍號聲和口令聲；這些聲音劃破了黎明的寂靜。儘管他多年來身經百戰，對這種聲音應該說是非常熟悉了，但是這回他卻像年輕時候面對裸女一樣，雙膝發軟，皮膚灼痛。他思緒混亂，終於落入懷念的陷阱，如果他當初娶了那個女人，他可能就不是個軍人，不會與榮耀結緣，而會做個沒沒無聞的工匠，成爲一隻快樂的野獸。他沒有預期到這種遲來的顫慄感，早餐變得苦澀無味。早上七點，馬魁茲上校和一群叛軍軍官來接他，發現他比以前更沉默、更憂愁、更孤寂。易家蘭想爲他披上一件新衣。「政府當局的人會怎麼個想法，」她對他說。「他們會以爲你投降是因爲你窮得連買件衣服的錢都沒有。」但是他不肯接受。他走到門口時，讓母親爲他戴上老邦迪亞那頂舊氈帽。

「邦迪亞，」這時易家蘭對他說，「答應我。你在那邊如果覺得日子難過，就想想媽。」

他對母親淡淡地一笑，舉起手，五指分開，他離開家後一路無言地忍受了鎮民的叫囂、辱罵和髒話。易家蘭把門閂拴上，決心此後一生不再把它拿下。「我們將腐爛在這裡，」她想。「我們會在這間沒有男人的房子裡化成灰，可是我們不會讓這個悲慘的鎮上可恥的鎮民看我們流淚而高興。」整個早晨她都在隱密的角落裡找尋兒子的紀念物品，但一樣也沒有找到。

簽約儀式在馬康多城外十五里一株巨大的木棉樹下舉行，後來的尼侖底亞城就是以這株樹為中心建城。政府和政黨的代表以及放下武器的叛軍代表團都由一群聒噪的見習修士招待，他們身穿白袈裟，看起來像一群被大雨嚇壞了的鴿子。邦迪亞上校騎一匹滿是泥漿的驢子來。他沒有修面，身上的膿瘡所給予他的痛苦遠比他的夢想的失落更為嚴重，他的希望已到盡頭，他不想貪圖榮耀，也不再戀棧榮耀。一切按照他的安排，沒有音樂，沒有鞭炮，沒有鐘聲，沒有勝利的歡呼，沒有任何談話，以免改變休戰的悲哀氣氛。有個巡迴照相師為他們拍攝了唯一的一張照片，本來可以長久保存，但被迫將底片毀掉，所以沒有洗出來。

儀式歷時頗短，簽好文件就結束了。打補釘的馬戲團帳篷中央放著一張原木桌子，圍桌而坐的是忠於邦迪亞上校的最後幾名軍官，官方的代表們也在裡邊。共和國總統的私人代表想大聲宣讀投降書，但邦迪亞上校表示反對。「我們不要在形式上浪費時間。」他說，連看都不看一下文件就打算簽署。這時他的一位軍官說話了，打破了帳篷內那種催眠般的沉寂。

「上校，」他說。「為我們大家著想，請勿先簽。」

邦迪亞上校答應了。當文件繞桌一圈簽署時，那空氣靜得可以從筆尖刮紙的聲音聽出是誰的名字，第一行還是空著。邦迪亞上校準備要簽名了。

「上校，」另一位軍官說。「一切還來得及挽回。」

邦迪亞上校面不改色地簽下第一份文件；此時一位叛軍的上校出現在門口，牽著一匹載著兩個錢箱的驢子。他非常年輕，外貌冷漠，一副很有耐心的樣子。他是馬康多地區革命軍的財務長官。他六天來的行程非常艱辛，牽著餓得半死的驢子，爲的是要及時趕到休戰的會場。他非常小心而吝惜地取下兩個錢箱，把它們打開，將七十二塊金磚一一擺在桌子上。每個人都忘了這筆錢財。去年秩序混亂，總指揮權瓦解，革命領袖們互相作殘忍的對抗，不可能判定過失責任誰屬。革命軍的黃金融成金塊，而後埋起來蓋上黏土，誰也取不走。現在邦迪亞上校有七十二塊金磚，附在降書清單上，不許多說任何什麼，就結束了休戰儀式。那個年輕軍官一身髒兮兮的站在他前面，用他那平靜和糖漿色的目光望著他。

「還有什麼別的事嗎？」邦迪亞上校問他。

年輕的上校緊抿著嘴。

「收據。」他說。

邦迪亞上校親手寫了一張收據。而後他取用了見習修士爲他們準備的檸檬水和餅乾。然後他到爲他休憩而準備的野戰帳篷去。他脫下襯衫，坐在床邊，下午三點十五分他取出手槍，對準他的私人醫生爲他在胸部所畫的那個圓圈開了槍。當時易家蘭正在馬康多煮一鍋牛奶，正詫異爲什麼這麼久還不沸騰，打開蓋子一看，結果發現裡面滿是蛆蟲。

「他們殺害了邦迪亞。」她說。

她望向院子裡，這是她寂寞時的習慣舉動，她看到老邦迪亞的靈魂在雨中濕淋淋的，非常哀傷，比他死時老得多了。「他們是從背後射殺他的。」易家蘭更有把握地說，沒有人會好心地給他闔上眼皮。黃昏時她淚眼朦朧，看到明亮的圓形物好像蒸汽似的迅速飛過天空，她認爲那是死亡的訊號。當他們把邦迪亞上校帶進來時，他裹著一床毯子，乾血塊硬硬的，眼睛睜著，目光蘊含著怒氣，這時易家蘭還在栗樹底下她丈夫亡魂的膝前痛哭。

邦迪亞上校已經脫離危險。子彈穿行的路線很乾淨整齊，醫生用一條小繩子蘸上碘酒，由前胸穿進去，從背後拉出來。「這是我的傑作，」醫生得意地說。「這是唯一可以容許一顆子彈穿過，而不會傷害到重要器官的地方。」邦迪亞上校看到身邊圍著一群好心的見習修士，在爲他靈魂的安息拚命唱聖歌，倒眞的覺得很遺憾，他本來是要對著上顎開槍的，就算是嘲謔透娜拉的預言也好，而今眞後悔沒有那樣做。

「如果我還是權威人士，」他對醫生說。「我就親手把你槍斃了，不是因爲你救了我的命，而是因爲你捉弄我。」

他自殺失敗後幾個小時內，就又贏回了所失去的威望。本來造謠說他以休戰來換取一間金磚造的房屋的那批人，立即改口說他的自殺是光榮的舉動，把他尊爲烈士。後來他拒絕接受共和國總統頒給他的勳章，連他的勁敵都到他的房間來，叫他別承認休戰這回事，要他再發起新戰爭。他家裡堆滿了補償性的禮物。由於以前他軍中的同志支持他，使他深受感動，邦迪亞上校不排除使他們高興的起義舉動的可能性。有一段時間，他對重新燃起戰火的想法非常熱中，馬魁茲上校認爲他只要找到藉口就會宣戰。事實上，藉口有了，當共和國總統拒絕給予自由黨與保守黨以前的戰士退役金時，他就有了好的藉口：總統表示要等一個特別委員會審核通過，並且國會也答應了，才能將這筆錢發給他們。「這簡直是無法無天哪，」邦迪亞上校咆哮如雷說。「他們等郵件會等到老死。」他第一次離開了易家蘭爲他療傷而買的搖椅，在臥室裡踱來踱去，誦讀著寫給共和國總統的一封措辭強烈的電報。在那封尙未公開的電報中，他首先指責對方違反了尼侖底亞和約，如果所簽署的退役金不能在兩星期內發放，那麼他就要宣戰到死。他的態度公正，甚至連保守黨戰士都支持他。但是，政府唯一的答覆是在他家門口多派衛兵「保護」他，並禁止一切訪客來訪。以這種「保護」的藉口來對付全國値得監視的領袖，是時下流行的手段，積極而有效。休戰兩個月後，邦迪亞上校的健康恢復了，但他那些最熱心的共謀者死的死了，流放的流放了，其他的則已被感化成自願納入共和國公務人員體系中，老死終身。

十二月裡，邦迪亞上校離開了他療養的房間到走廊上去瞧瞧，不願再去想戰爭中的事情。易家蘭雖然是個活力鼎盛的人，但以她現在的年齡，不可能把房屋再整理得煥然一新。「現在他們會看淸我是誰，」當她看到她兒子能活下去時，她這樣說。「全世界沒有其他的房子比這間瘋人院更好，更開闊的了。」她淸洗和粉刷房屋，換上新的家具，整修花園，種植新的花木，敞開門窗，讓燦爛的夏日光線射進臥房。她宣佈漫長沉鬱的守喪期已經結束，她自己先脫下那襲氣氛嚴肅的舊長服，換上有青春氣息的衣服。自動鋼琴的音樂又增添了這個家的快樂氣氛。亞瑪蘭塔一聽到音樂就想起克列斯比，以及他黃昏時戴的梔子花和他身上的薰衣草香味，在她枯萎的芳心深處，又重新泛起了一度被時間所淨化了的怨情。有一天下午，易家蘭要整理客廳，叫守衛她家的士兵們來幫忙。年輕的指揮官批准了。漸漸地，易家蘭分些家中雜務給他們做。她請他們吃飯，送衣服和鞋子給他們，教他們讀書和寫字。當政府撤回衛兵時，有一個還願意繼續留在邦家，替她服務好多年。有一年的元旦，衛兵指揮官因追求「美女瑞米迪娥」遭到拒絕而發瘋，他被發現死在她的窗下。

10

許多年後，阿克迪亞的長子席甘多將死之前，記起了那個六月下雨的午後，他走進臥房去看他的第一個兒子。即使這個孩子很羸弱，愛哭，一點邦迪亞家族的特徵都沒有，他仍毫不考慮地爲他取個與邦迪亞家族脈絡相承的名字。

「我們就叫他亞卡底奧吧。」他說。

一年前與席甘多結婚的美人兒卡碧娥表示同意。相反地，易家蘭卻對她的曾孫席甘多爲他的兒子取這個名字，有一種說不出來的疑慮。在這個家族的漫長歷史中，名字一再相同(原文名字相同，中文則改爲音同字不同，以利讀者區別——譯者註)，她作出了一個大概的結論：取名邦迪亞的做事費思考，畏首畏尾，卻很聰明。取亞字或阿字起頭的，則衝動而進取，卻帶有悲劇色彩。只有席根鐸和席甘多的情形比較難以歸類。在他們童年時代，這對雙生子太相像了，也太頑皮了，甚至連他們的母親匹達黛都分辨不出來。他們受洗那天，亞瑪蘭塔將刻有名字的手鐲套在他們手上，又給他們穿上不同顏色的，衣服上面還繡有他們的名字的縮寫字母。可是，當他們到了學校，他們兩個便決定將衣服和手鐲換過來，並用自己的名字反稱對方。老師麥爾科平常是以綠色襯衫來辨認席根鐸，現在卻發現他戴的是席甘多的手鐲；

而另一位穿白襯衫，戴席根鐸的手鐲的，卻說他的名字叫席甘多，老師簡直氣瘋了。從此以後他總也無法確定誰是誰。甚至，當他們長大了，因生活上經歷的不同而有差別，易家蘭仍然懷疑是不是由於他們某次玩這種複雜的混同遊戲時，彼此把自己弄錯了，此後就永遠換過來了。直到青春期開始，他們兩個還像兩具對準時刻的機器一樣。他們會同時醒來，同時急著去沐浴，忍受健康上同樣的病痛，甚至夢著相同的事物。家裡的人以爲他們做著對應的動作是故意叫人弄不清。有一天，他們的母親匹達黛端一杯檸檬水給其中的一個喝，他剛喝一口，另一個則說沒有加糖。匹達黛把這件事告訴易家蘭，大家才知道事情的眞相。匹達黛是眞的忘了加糖進去。「他們是完全一樣，」她並不驚訝地說。「天生的瘋癲。」後來事情就不那麼混亂了。在混淆遊戲中，那個自稱是席甘多的孩子，長得像他的祖父亞克迪奧一般魁偉，而那個叫席根鐸的，則像叔公邦迪亞上校那般清瘦，他們相同之處只有家傳的那份孤寂神態。也許是由於他們的身材、名字和性格的交錯，易家蘭才懷疑他們像一副紙牌，從小就攪混不清。

在戰亂中期，席根鐸要求馬魁茲上校讓他去看行刑的場面，終於顯露出了他們決定性的差別。他違抗了易家蘭嚴厲不准他去看的意願，而去看了，且事後甚爲滿足。相反地，席甘多則想起行刑的場面就發抖。他寧可待在家中。席甘多十二歲那年，問易家蘭鎖著的那個房間裡有些什麼東西。「大概是，」她回答說。「麥魁迪的書和他最後幾年寫的怪東西。」這個答案不但沒有使他安靜下來，反而使他更好奇。他極力請求，又保證不亂動東西，易家蘭才把鑰匙交給他。自從他們把麥魁迪的屍體抬出去之後，沒有人進過那個房間，並且他們在門上加了一把掛鎖，鎖的各部分都已嚴重地鏽蝕了。席甘多打開窗子，一道熟悉的光線射進來，與每天射進屋內的光線沒有兩樣，屋內沒有灰塵或蜘蛛網，什麼都很乾淨，比葬禮那天還要整潔。墨水罐開著，墨水並未乾涸，金屬未因氧化而失去光澤，以前老邦迪亞燒水銀的管子底下殘餘的灰燼並未熄滅。以厚紙裝訂的書擺在書架上，顏色很淺，如同曬黑的人皮，手稿完好。房間雖已經封閉多年，空氣卻似乎比其他的房間新鮮。一切都很新。幾個星期後，易家蘭帶水桶和刷子進來，準備擦地板，發現無事可做。席甘多看書看得着迷。那本書既沒有封面，也沒有標題，書中有個故事，描寫一個婦人坐在桌前，用針一粒粒挑起米來吃；另外有個故事，是描述一個漁夫向鄰居借秤錘來壓漁網，後來送他一條魚作爲代價，魚肚子裡卻有鑽石；還有一個故事是描寫神燈與飛毯；這些故事使小傢伙看得出神。他很驚奇，問易家蘭那些事情是不是眞的，她回答說是眞的，許多年前吉卜賽人曾帶神燈和飛毯到馬康多來。

「事情就是這樣，」她嘆口氣說。「世界正慢慢地走向終點，那些事情不會再來了。」

那本書裡面缺了好幾頁，以致許多個故事都沒有結局，席甘多讀完了便着手研究手稿。但那是不可能的。那些字體看起來像曬衣繩上的衣服，與其說是文字，不如說是樂譜。一個炎熱的正午，他正苦心研讀文稿，突然覺得屋裡不止他一個人。麥魁迪的幽靈坐在那兒，對著窗口射進來的陽光，雙手擱在膝上。他看起來不到四十歲，穿著一件舊式背心，戴著一頂烏鴉展翅般的帽子，頭髮裡的油汙因熱而融解，流到蒼白的太陽穴上，這形影與小邦迪亞和亞克迪奧小時候看到的差不多。由於一代一代家傳這段回憶，從席甘多的祖父傳到席甘多。他一眼就看出了這個形影是誰。

「嗨。」席甘多說。

「哈囉，小伙子。」麥魁迪說。

此後幾年間，他們幾乎每個下午都見面，麥魁迪跟他談些世事，想灌輸他一些古老的智慧，卻不願意翻譯他的手稿。「一個人不到一百歲，是不准去了解那些稿件的意思的。」他解釋說。席甘多把這個見面的祕密一直保持下去。有一次他覺得他的隱密世界已被發現，因爲那次當麥魁迪在場時，易家蘭闖了進來。其實，她並看不見麥魁迪。

「你在跟誰說話呀？」她問他。

「沒有人呀。」席甘多說。

「你的曾祖父就是這樣，」易家蘭說。「他也常常自言自語。」

另一個雙生子席根鐸這時已實現了看人槍決人犯的意願。他此後一生都記得，六顆子彈閃電般同時射出，槍聲撞到山岩發生回音，被槍殺的犯人臉上露著悽慘的微笑，目光困惑，僵直地站立著，血跡濕透襯衫；當他的親人把犯人從行刑柱子上解下來，犯人還帶著微笑，他們把犯人放入一個鋪滿石灰的箱子裡。「他還活著哩，」他想。「他們想要活埋他。」這個印象使他從此以後對軍事與戰爭萌生反感，那倒不是因害怕槍決人犯，而是懾於這種活埋人犯的恐怖習俗。沒有人知道他何時開始給教堂的鐘塔撞鐘報時，幫助號稱「小狗」神父的繼職人伊撒貝爾神父作彌撒，在教區的庭院照顧鬥雞。當馬魁茲上校發現他這個樣子時，就斥責他盡幹些自由黨人不許幹的事。「事實上，」他回答說。「我想我已經變成保守黨人了。」他相信這個事實，覺得這是命中注定。馬魁茲上校認爲這是醜行，便告訴了易家蘭。

「這樣倒比較好些，」她贊同說。「我們倒希望他變成一個祭司，這樣上帝終於來到了這個家。」

不久，大家發現伊撒貝爾神父正準備爲他舉行聖餐首禮。當他在爲鬥雞修飾雞脖子上的羽毛時，神父教他教義，他解釋一些簡單的修身事例；他一面把孵小雞的母雞放進窩裡去，一面說上帝創造萬物的第二天，突然想起小雞要在蛋殼裡形成才好。從這次談話以後，教區神父就顯得特別老邁了，幾年後竟然說：大概魔鬼反叛上帝已經成功了。又說：魔鬼是唯一坐上天堂寶座者，他故意不暴露身分，是給那些粗心大意的人佈下陷阱。由於這位教導他的人不斷地給他灌輸那類思想，席根鐸在幾個月內就學會了神學上用以與魔鬼搏鬥的伎倆，正如他很快就學會了鬥雞的技巧。亞瑪蘭塔爲他準備了一套帶硬領的亞麻布西裝和領帶，買了一雙白鞋，在蠟燭的絲帶上刻上金字。在聖餐首禮的前兩個晚上，伊撒貝爾神父和他兩人關在一間貯放聖器的密室裡，神父要他懺悔，幫他查罪名辭典。一大堆的罪名查也查不完，平常老神父是六時就寢，這天告解還沒有做完，他就在椅子上睡著了。問答的內容使席根鐸覺得是很新鮮的啓迪。當神父問他有沒有跟女人亂來，他一點也不吃驚，誠實地回答說沒有。但是，當問到有沒有與動物發生過雞姦的事時，他卻心煩意亂起來。五月的第一個星期五，他領受聖餐首禮，好奇得要命。後來，他問匹壯尼亞雞姦究竟是怎麼回事‥匹壯尼亞是教堂的職員，住在鐘塔上，體弱多病，據說他是靠吃蝙蝠度日。匹壯尼亞回答他說‥「有些頹廢的基督徒跟母驢幹那種事。」席根鐸依然很好奇，又問了許多問題，弄得匹壯尼亞很不耐煩。

「我每個星期二晚上去，」他坦白承認說。「如果你答應不要告訴任何人，下星期二我就帶你去。」

果然下星期二匹壯尼亞帶著一張小板凳從鐘樓下來，沒有人知道那張小板凳的用途，他帶著席根鐸到附近的牧場去。爾後，小伙子就迷上了這種夜遊雅興。隔了許久才出現在卡塔里諾的店裡。他變成了一個鬥雞能手。「把這些東西帶到別的地方去，」易家蘭第一次見他帶著漂亮的鬥雞進家來，就這麼命令他說。「鬥雞已給這個家帶來太多的辛酸，不容你再來增添一些。」席根鐸沒有辯解，帶著他的鬥雞走開，放到祖母透娜拉家去繼續餵養牠們；只要他來，透娜拉都給他所需要的東西。他很快就在鬥雞場上表現了伊撒貝爾神父教給他的本領與急智。他贏得足夠的錢，不僅可以多養些鬥雞，而且可以找男人的樂子。易家蘭拿他與雙生的兄弟相比，實在想不通這兩個雙生子小時候活像是一個人，而長大了之後竟然相差這麼遠。她的困惑並未維持多久，席甘多不久也顯出了懶惰和放蕩的跡象。當他把自己關在麥魁迪那間小房子裡時，孤獨自若，就和邦迪亞上校年輕時完全一樣。但是，尼侖底亞和約簽訂後不久，一個偶然的機緣把他引出他自己那個天地去面對現實世界。有個販賣手風琴摸彩券的女人，對席甘多親切招呼，他一點也不吃驚，因爲他常常被人誤認爲是他的雙生兄弟席根鐸。他並不去解說這種誤認，甚至當女孩想以哭泣來打動他的心，最後並帶他進她的閨房去，到了這個程度，他也不解說，任它發展下去。女人第一次見面就深愛著他，並特意安排讓他摸到頭彩手風琴。兩個星期後，席甘多才發現她輪流跟他們兩兄弟同床共枕，還以爲是一個人呢。他不但不澄清這種誤認，反而故意讓這種情形延續下去。他不再回麥魁迪的房間裡去了，下午常在院子裡，憑聽覺練習手風琴。易家蘭不許家裡有音樂，因爲家裡那時還在守喪；況且她一向看不起手風琴，認爲這種樂器只配「男子漢富蘭西斯科」那種游牧後裔去演奏。然而，席甘多竟然成爲一位手風琴的行家，後來他結婚生子，變成馬康多極有聲望的人物之一時，依舊是如此。

幾乎兩個月來，席甘多分享他雙生兄弟的女人。他注意他，擾混他的計畫，當他確定席根鐸某個晚上不去那個女人那邊時，他便去跟她同睡。有天早晨他發現自己有病。兩天後他發現他的雙生兄弟抓住浴室上方的樹木，一副很難過的樣子，汗流滿身，淚如雨下，這時他才明白他也生病了。他的雙生兄弟向他坦白說，那個女人趕走他，怪他把那種下流疾病傳染給她。並且，他又告訴他，祖母透娜拉要爲他治療這種病。席甘多暗中用滾燙的高錳酸鉀液洗澡，喝利尿劑，兩兄弟各別私下忍受了三個月的痛苦才都復元了。席根鐸不再跟那個女人見面，而席甘多卻求她原諒他，要與她廝守終身。

她名叫柯蒂絲，戰時跟一位靠賣彩劵謀生的姘夫來到馬康多，姘夫死後，她繼續他的行業維生。她是個潔淨的黑白混血姑娘，銀杏形的黃眼睛，使她看起來像美洲豹那樣兇猛，其實她內心善良寬厚，頗會調情。易家蘭發現席根鐸耽於鬥雞，而席甘多則在姘婦的熱鬧筵客席間演奏手風琴，兩下加起來，她簡直要發瘋了。這對雙生子似乎只承襲了家族的缺陷，沒有繼承到任何的優點。於是，她決定邦家後代子孫不再取與邦家前人相關的名字（席甘多叫邦迪亞・席甘多；席根鐸叫亞克迪奧・席根鐸）。不過，席甘多的第一個兒子生下來時，她不敢反對他爲孩子所取的名字。

「好吧。」易家蘭說。「不過，我有一個條件：由我來撫養這孩子。」

她已經一百歲了，由於患有白內障，眼睛快瞎了，體力卻依舊健旺，個性剛毅，心智平衡無缺。沒有人能比她更適合於塑造有美德的後代人士，以恢復邦家的聲望；按照易家蘭的想法，這個有美德的後代人士，必定不談戰爭、鬥雞、壞女人和瘋狂的冒險這使家道中衰的四大災禍。「這個有美德的後裔必然是當神父，」她嚴正地許諾說。「如果上帝讓我多活些年歲，我定有一天會看到他榮任教皇。」聽到她說這話時，大家哄堂大笑，不僅臥室裡如此，整個房子更因席甘多的那些壞朋友聚集在家裡，而幾乎被笑聲掀起來。戰爭已被推入記憶的頂閣，幾乎被人們遺忘了，但他們不時開幾瓶香檳來喚起記憶。

「祝教皇健康。」席甘多舉杯說。

客人舉杯齊聲敬酒。而後，這個一家之主演奏手風琴，整個城鎮燃放鞭炮、擊鼓來慶祝這件事。黎明時分，喝得爛醉的客人獻出六條牛，放在街上任人處置。沒有人會爲這件事而氣憤。自從席甘多當家以來，宴客是常事，即使沒有像教皇誕生這類正當理由，也經常大筵小酌不斷。由於他飼養的動物繁殖力特強，他在幾年之內，毫不費力地全憑運氣就成了沼澤地區最有錢的人。他的母馬老是生三胞胎，母雞一天下兩次蛋，豬隻肥得特別快，除了說他用邪術，簡直無人能解釋這種反常的現象。「現在積點錢吧，」易家蘭對這位任性的曾孫說。「這種好運不是可以維持一輩子的。」但是席甘多不聽她的話。他愈是開香檳請朋友，家畜繁殖得就愈多，他也就愈相信自己的運氣不是靠他的行爲來決定，而是受姘婦好運的影響；她的愛情具有激怒大自然的特性。他深信這是他財富的泉源，所以從來不讓她離開他的牲口和家禽養殖場，甚至結婚生子以後，還得他的妻子卡碧娥同意，繼續准許他與這個女人同居。席甘多像他祖父與曾祖父，身材壯碩，卻有他們所缺乏的生活情趣和非常好的脾氣。他有足夠的時間照顧牲口。他只要帶柯蒂絲到他的牲口和家禽養殖場來，騎馬兜一圈，讓每一個有他烙印的動物染上繁殖病就行了。

他一生長壽，一切好運都給他碰上，那巨大的財富也是靠運氣得來的。戰爭結束前，柯蒂絲一直是靠賣彩券謀生，席甘多則一次又一次地從易家蘭那裡騙點錢來花用。他們是輕浮的一對，除了每夜上床嬉戲以外，別無憂慮，甚至連禁日也不例外，總是夜夜尋歡到天明。「那個女人把你毀了，」易家蘭看見她的曾孫像夢遊症患者一樣走進家來，便對他大叫道。「她害你中邪，總有一天你會患疝氣，痛得在地上打滾，肚子裡長蟾蜍。」席根鐸隔了很久才發現他的地位已被取代，卻無法了解他的雙生兄弟的那種狂熱。他記得柯蒂絲只是個普通女人，很喜歡賴床，懶洋洋的，完全缺乏做愛的情調。席甘多不聽易家蘭的叫嚷，也不管他雙生兄弟的嘲笑，他只想找個職業來養活柯蒂絲，夜夜熱情歡愛至死。這時邦迪亞上校又重新打開他的工作室，嚮往老年的平靜生活，而席甘多認爲製造小金魚飾物是一種好生意。他在悶熱的屋子裡，花了許多小時看邦迪亞上校以失意的心情，很有耐心地製造那些從硬金屬板打成金色的魚鱗片。這種工作對他來說似乎太辛苦了，心裡又一直在想念柯蒂絲，所以三個星期後，他就不再去工作室了。這時柯蒂絲突然想起來要賣彩券讓人抽兔子獎(以兔子作爲獎品)。兔子繁殖得既快，長得也快，結果弄得他們幾乎無法再賣彩券。起初席甘多還沒有注意到兔子繁殖的速度。有一天晚上，城鎮裡的人都對兔子彩券失去了興趣，席甘多聽到院子門口有嘈雜聲。「別擔心，」柯蒂絲說。「那只是些兔子罷了。」他們不能入睡，苦於兔子的吵鬧聲。天亮時，席甘多打開門，看見院子裡全是兔子，在晨光中閃著藍光。柯蒂絲笑得半死，忍不住想給他逗趣。

「這些是昨晚生的。」她說。

「啊，天哪！」他說。「妳爲什麼不賣母牛彩券呢？」

幾天後，柯蒂絲想清理院子，就用這些兔子去換了一條母牛回來，兩個月後，母牛生下三胞胎。事情就這樣開始了。席甘多轉眼之間就變成了地主和畜牧業主。他幾乎來不及擴建穀倉和豬欄。這種突如其來的迷糊財運，使他自己都覺得好笑，禁不住要做些瘋狂事來發洩一下喜悅的心情。「停歇一下吧，母牛，生命短暫。」他叫道。易家蘭懷疑他在搗鬼，是否有偷竊行徑，是否偷別人的牲口，每次她見他打開香檳，將泡沫倒在頭上取樂，就會對他大叫大罵，說他浪費。這使他非常惱怒。有一天，席甘多醒來一副高興的樣子，他抬出一口箱子，裡面裝滿了錢；同時，他又拿起一罐漿糊和一個刷子，高唱著「男子漢富蘭西斯科」的老歌。他把屋子裡裡外外、上上下下都貼滿了鈔票。這幢舊房子自從自動鋼琴搬進來以後，一直是漆成白色的，這回貼上鈔票，看起來怪怪的，像幢回教廟宇。家人都非常興奮，易家蘭則非常憤慨，人們都欣喜地擠到街上來看這種揮霍場面。席甘多把鈔票從前門貼到廚房，臥室和浴室也不例外，貼完後把剩下來的鈔票撒在院子裡。

「好了，」他以斬釘截鐵的口氣說。「我現在希望這一家人以後別再跟我談錢的事了。」

情形就是這個樣子。易家蘭將鈔票取下來，上面黏滿了牆上的白灰粉塊，她重新把房子漆成白色。「主啊，」她祈禱說。「再使我們如當年來馬康多建村時一樣貧窮吧，以免日後祢要收回我們今天所揮霍的一切。」她的祈禱卻獲得相反的結果。在取下鈔票時，一個工人撞倒了一尊聖約塞塑像，它在戰爭的最後幾年裡被抬進家來，當時裡邊是空空的，此時倒落地上被打得粉碎。結果發現裡面竟塞滿了金幣。沒有人記得是誰把這尊與眞人等大的塑像搬進來的。「是由三個人抬進來的，」亞瑪蘭塔解釋說。「他們要求放一下，到雨停爲止，我叫他們擺在那個角落上，以免別人撞倒它，於是他們便很小心地把它擱在那兒，從那時起就一直在那兒，因爲沒有人回來抬走它。」後來易家蘭曾對它點香膜拜，沒想到拜的根本不是聖徒像，而是四百磅左右的黃金。這明顯地證明她當初不自知地變成了異教徒，這使她更加生氣。她對著那一大堆黃金吐口水，將它們裝入三個帆布袋內，然後埋藏在一個祕密的地方，希望遲早那三個不知姓氏的人會來認領。許久之後，在她老態龍鍾的艱苦歲月裡，易家蘭經常向經過她家的許多旅客查問，在戰爭時期有沒有誰寄放一尊聖約塞的大石膏像在她家，希望她家照顧一下，直到雨停就來取走。

像那類的事在那些日子是常有的，易家蘭卻感到惶恐不安。馬康多像奇蹟般繁榮起來，建村元老們的泥屋已漸漸被設有木簾和水泥地的磚造房屋所取代。下午兩點的悶熱比較可以忍受了，不那麼熱了。老邦迪亞古老村莊的景觀已經變了，所留下的只有那些遍佈塵土的銀杏樹，它們注定要捱過最艱苦的環境，清潔的河流依然存在，席根鐸想開闢航運事業，將河床上史前時代的石頭用錘子瘋狂地鎚得粉碎。他這種瘋狂的夢想，可與他的曾祖父媲美。那些石頭和無數的激流阻礙了從馬康多航行入海的航程。可是席根鐸一股腦兒蠻幹，硬要執行計畫。到那時爲止，他從未表現過想像力。除了與柯蒂絲來往一段時日外，他也沒有結識過別的女孩子。易家蘭認爲他是他們這個家族中最好靜的男子，連鬥雞也玩不出個名堂來。這時，邦迪亞上校告訴他，戰爭時他曾在離海八浬的地方親眼看到一艘西班牙三桅帆船的船骸。許多年來，人們都認爲這個說法不可思議，而席根鐸卻認爲是一大啓示。他以最高價把鬥雞拍賣掉了，召集人手，購買工具，開始很辛苦地將岩石擊碎，挖運河，疏導急流，甚至將瀑布用作動力。「我全都記得一清二楚，」易家蘭叫道。「時光好像往回頭走了，我們又回到當初來這裡的時候一樣。」當席根鐸認爲運河可以航運了，就向席甘多詳細報告他的計畫，由後者支持他這個企業計畫實際上所需要的金錢。席根鐸失蹤了好一陣。據說他買船的計畫，只不過是騙取他兄弟的錢財而已。就在謠言四起時，消息傳來，一艘奇異的大木筏出現在城裡。馬康多的居民已忘記了老邦迪亞當年的壯舉，大家跑往河岸去親眼目睹這難以置信的第一艘，也是最後一艘在城裡靠岸的船。這只不過是一艘由二十個人在河岸拖著走的大木筏。席根鐸坐在船頭指揮大木筏前進，目光中透露著得意。他們帶來許多漂亮的女人，她們頭上撐著華麗的遮陽傘，肩上披著細綢方巾，以抵擋高照的烈日；她們的臉上塗了粉彩油膏；頭髮上插著鮮花；手臂上戴著龍紋手鐲；牙齒上鑲有鑽石。大木筏是席根鐸能帶給馬康多的唯一的船隻，事實上就只有這麼一隻，他卻不承認他的企業失敗，並宣稱這次壯舉是意志力表現的一次勝利。他向席甘多詳列帳目，隨即又耽於鬥雞。他這次的冒險失敗，並沒有留下什麼，倒是那些穿戴華麗的法國女人給馬康多帶來一點新氣象；她們的愛情藝術改變了傳統的調情技巧；她們的社會福利觀使得卡塔里諾的舊店關門，也使得那條街變成了日本燈籠與懷鄉的手風琴的展示所。她們是野性的嘉年華狂歡節的倡導者，馬康多足足有三天陷入迷亂之中，唯一的結果是使席甘多結識了卡碧娥。

「美女瑞米迪娥」當選爲這次的嘉年華皇后。易家蘭爲曾孫女的美色憂慼不安，卻不能阻止他們選她。她以前一直不准曾孫女單獨上街；只讓她跟亞瑪蘭塔同去作彌撒，還交代她出門時頭上要戴黑巾遮面。一些不虔誠的人常僞裝成神父，在卡塔里諾的店裡作出褻瀆神明的舉動，他們上教堂的目的是想一窺「美女瑞米迪娥」的芳容，哪怕是驚鴻一瞥也好。沼澤地區的人都喜傳聞她的絕代美色。他們常是等了許久許久才見到她，他們不見還好，一見到她以後就寢食不安了。有個外鄉人見了她後就永遠失去了寧靜，被苦痛煎熬成一副可憐相，幾年後，他臥在鐵軌上被火車輾得粉碎。打從他穿天鵝絨衣裳和繡花背心出現在教堂開始，人們就確定這個外鄉人是來自遠方，也許來自國外某個遙遠的城市，是被「美女瑞米迪娥」的神奇媚力吸引而來的。他是那麼樣的英俊，那麼樣的溫文爾雅，風度翩翩，克列斯比與他比起來，只不過是紈袴子弟罷了。許多女人帶著惡毒的微笑耳語說，這個男人才該戴面巾遮臉哩。他在馬康多不曾跟任何人交談。每個星期日的黎明時分，他像童話中的王子騎著一匹帶有銀馬鐙和天鵝絨蓋毯的馬兒出現，作完彌撒就走了。

他是那麼樣的風采奕奕，以致他第一次出現在教堂時，人們就認定他和「美女瑞米迪娥」之間正默默在進行決鬥式的誓盟，非挑戰一場不可，最後不僅會相愛，而且會以死亡收場。第六個星期日，那位紳士手上拿著一朵黃玫瑰又出現了。他照例站著聽彌撒，聽完後走到「美女瑞米迪娥」前面去，把那獨獨的一朵黃玫瑰送給她。她儀態自然地收下它，就好像她早已準備好要收受這份致敬的禮物，而後她掀開她的面巾，向他微笑以表謝意。她所做的也只有這麼一點點意思而已。然而，就這麼一點點意思，對於那位紳士，對於所有那些能看到她的不幸人們，卻是永恆的一刻。

從此以後，那位紳士請了一個樂隊在「美女瑞米迪娥」的窗前演奏，有時演奏到天明。只有席甘多眞心同情他，勸他不要這樣死心眼。「別再浪費時間了，」有個晚上他對他說。「這家的女人比騾子還糟糕。」他對他伸出友誼之手，邀請他洗香檳澡，向他解說自己家的女性都是鐵石心腸，但是對方決心已定，非常固執。邦迪亞上校夜夜聽到音樂演奏，非常惱火，以威脅的口氣說要用幾顆子彈來醫治那個人的痛苦。任何外在因素都不能影響他，倒是他自己的悲傷情懷已使他失去信心。他原來是衣著整潔考究，而今是骯髒襤褸，謠傳他拋棄了遠方故國的權勢與錢財前來此地，但他的眞實身世無人得知。後來，他變得喜歡吵架，整天在酒吧裡鬧事，吵醒睡在卡塔里諾店裡的人，常在自己吐出的穢物上打滾。最可憐的是，「美女瑞米迪娥」根本不理睬他，即使他打扮得像王子，出現在教堂，她也不怎麼注意他。她收下黃玫瑰並沒有什麼別的意思，只覺得那誇張的舉動好玩，絕無嘲諷的惡意；她掀開面巾只是想看清他的臉，並不是要展露自己的姿色。

眞的「美女瑞米迪娥」並不屬於這個世界。匹達黛替她洗澡和穿衣，一直照顧到她青春期會照顧自己之後爲止，她喜歡人家注視她，不然就用棍子沾自己的糞便在牆壁上畫小動物。她到了二十歲還不會讀書和寫字，不會使用銀製的餐具，天性討厭習俗的約束，總是赤裸著身子在屋裡走動。年輕的衛兵司令向她示愛，她被對方的無聊舉動嚇了一跳而拒絕他。「看他多傻，」她告訴亞瑪蘭塔說。「就好像我是疝痛病毒，他說他會因我而死。」後來大家眞的發現他死在她的窗前，這使得「美女瑞米迪娥」更加深信她原來的想法。

「你們看，」她評論說。「他完全就是個儍瓜。」

她似乎有一種非常敏銳的直覺，清晰而透徹，能超越形貌看出事實的眞相。最少邦迪亞上校認爲她是那樣。邦迪亞上校的看法與大家相反，他認爲「美女瑞米迪娥」並不是一般人心目中的低能兒。「她好像是打了二十年仗回來的。」他曾說。就易家蘭來說，她感激上帝給了這個家一個這樣純眞的人兒，同時也爲她的美擔憂，似乎美貌這個優點是一項矛盾，對於天眞的人是個兇險的陷阱。由於這個理由，她決定不讓她與世人隨便接觸，不讓她感染到塵俗的誘惑，而她卻不知道「美女瑞米迪娥」在娘胎裡就注定了不受任何汚染。她從來就沒有想到他們會在嘉年華狂歡節上選她爲后。席甘多非常興奮他在狂歡節上可以扮演老虎，他把伊撒貝爾神父帶到家裡來，目的是請神父說服易家蘭，要她相信狂歡節不是異教徒的慶典，而是一種天主教傳統。易家蘭終於被說服了，她勉強答應「美女瑞米迪娥」去參加加冕禮。

「美女瑞米迪娥」要做狂歡節之后這個消息，幾個小時內就傳遍了沼澤各地，甚至傳到沒有聽過她的美豔名氣的遙遠地區，並且足以焦慮的是，有些人以爲她姓氏顚倒。這種焦慮是沒有根據的瞎猜。當時如果說誰是最不具傷害性的人，那該是年老體衰而且失去幻想的邦迪亞上校；他已漸漸與國家現勢無任何關聯。他唯一接觸的世界是他的小工作室，他整天關在那間屋子裡做些小金魚飾物謀生。在和平的初期階段，有一位守衛他家的衛兵帶些小金魚飾物到沼澤地的村莊去賣，而後帶回金幣和消息來。他說保守黨政府靠了自由黨的支持正在改革曆法，以使每位總統能留任當權一百年。政府與羅馬教廷已經簽訂了協議，一位紅衣主教從羅馬帶來鑽石皇冠和純金的寶座，自由黨的部長們跪下來吻他的指環。一家西班牙電影公司的女明星經過首都區時，被一群戴假面具的匪徒綁架，隔了一星期，她卻在共和國總統的夏宮裡裸著身子跳舞。「不要與我談政治，」上校對他說。「我們只管賣小金魚飾物。」謠傳他不想聽國家的任何情勢，是因爲他靠工藝賺了錢，這種說法使易家蘭覺得好笑。她實在很不了解，上校是以小金魚飾物去換回金幣，而後又將金幣變成小金魚飾物，就這樣循環下去，結果他賣得愈多，工作就愈辛苦，惡性循環愈來愈厲害，這算是哪門子生意。他集中注意力去連接魚鱗，把小小的紅寶石裝上作爲魚的眼睛，搥打魚鰓，這樣才不致有片刻空閒來想國事而感受到他自己在戰場上失意的痛苦。這種精細的做工需要極高的注意力，所以在短短一段時日內，他老得比打仗那些年還要快；他的坐姿使他弓腰駝背，把視覺也弄壞了，可是專心工作使他在精神上獲得平靜。有一回，兩黨的退伍軍人請他出來支持，催請政府快些將已批准多年卻只說不做的退伍撫卹金付諸行動，這是他最後一次對戰爭表現出興趣。「把那件事忘了吧，」他對他們說。「你們看我拒領退伍撫卹金，就是不願苦等難過直到老死呀。」起初馬魁茲上校在黃昏時來看他，他們兩個坐在對街的門口，談些往事。但是，亞瑪蘭塔受不了馬魁茲上校，因爲他現在已經禿頭，未老先衰，勾起她對他的回憶，使她非常難過，於是老說些難聽的話來刺激他，因此，後來他只在某種特殊的情形下才過來，最後他患了中風，便不再來了。邦迪亞上校這時已沉默寡言，對家裡新生代的震撼視若不見，他只知道金色晚年的祕訣在於與孤寂結上光榮的誓盟。他睡得不多，在清晨五點起床，總是先到廚房去喝一杯不加糖的咖啡，而後整天把自己關在工作室，下午四點他會拖把凳子獨自坐在長廊上，既不在意火紅的玫瑰花叢和燦爛的陽光，也不去理睬亞瑪蘭塔在傍晚特別顯現的憂鬱症。她憂悶得厲害時，總是發出沸水般的聲音，即使這樣，他也聽若罔聞；他毫無任何感覺地坐在臨街的門口，等蚊子咬得他受不了，才進屋裡去。有一次竟然有人打擾他的寂寥。

「你好吧，上校？」他一邊走過時問道。

「就在這兒，」他回答說。「我在等我的葬禮儀隊通過。」

共和國當局在「美女瑞米迪娥」加冕時，還擔心她會以上校的姓氏公開露面，然而拿他這樣的心境來看，這擔憂根本是不必要的，雖然有許多人並不這樣想。這般熱鬧的場面，鎮民並不知道是否會釀成悲劇。嘉年華遊行進入高潮，席甘多實現了裝扮成老虎的心願，他跟著瘋狂的群眾一起往前行，聲音都吼啞了；這時沼澤地那條路上，有幾個人用鍍金的擔架抬著世上最迷人的女性出現了。馬康多的居民暫且脫下假面具，想好好看一看這些戴翡翠后冠與貂皮披肩的美人。他們似乎賦給她法定的權威，而不止是一個戴手環、腳環和縐紋紙飾物所裝扮出來的皇后而已。也有人存心挑剔她的美。因爲有了外來的客人，席甘多立即壓抑住自己的懷疑，宣佈請新來的人當主客，他是以所羅門王的智慧，讓「美女瑞米迪娥」和外來的女王一同登上高臺。陌生人打扮成阿拉伯游牧民族來參加這裡的狂歡節，他們猛放鞭炮，表演雜耍，使人想起吉卜賽人的藝術，爲整個嘉年華會增色不少。在這種狂歡高潮時間，突然有人出來破壞這種微妙的和諧。

「自由黨萬歲！」那人叫喊著。「邦迪亞上校萬歲！」

來福槍在喧鬧的鞭炮聲中射擊，恐怖的叫喊淹沒在歡欣的音樂中，成了一片驚慌。許多年後很多人確認這件事是那位外來女王的衛士幹的，那隊衛士是正規軍選派來的，他們把政府的步槍藏在華麗的摩爾式長袍內發射。政府發佈特別聲明予以否認，並且保證要徹查這次流血事件。然而眞相始終沒有弄清，民間總是傳言那隊衛士看了指揮官的手勢，就無緣無故猛烈射擊群眾。小城鎭恢復平靜後，那些僞裝的游牧民族沒有一個留在鎭上，廣場上卻躺著許多死者與傷患：其中包括九個小丑、四個默劇演員、十七個紙牌老K、一個魔鬼、三個吟遊詩人、兩個法國貴族和三位日本皇后。在驚恐的混亂中，席根鐸救出了姐姐「美女瑞米迪娥」，席甘多則抱起那位外地來的女王回家，她的衣服已被撕破，貂皮披肩上染有血跡，她名叫卡碧娥，是由國內五千名美人中選出的大美人，他們帶她來馬康多，是保證要提名她做「馬達加斯加女王」。易家蘭把她當作自家女兒來照顧。鎭上的人相信她是無辜的，同情她的坦率。這場大屠殺後六個月，當傷患已經復元，集體墓場上的最後一束花也已枯萎時，席甘多到卡碧娥和她父親居住的遠方城市去接她來，在馬康多娶她爲妻，熱鬧地慶祝了二十天。

11

由於席甘多想要安撫姘婦柯蒂絲，便把她打扮成「馬達加斯加女王」，拍了張照片。他與卡碧娥結婚兩個月後，婚姻即瀕臨破裂邊緣。卡碧娥發現拍照的事後，當即收拾了新婚的皮箱，不告而別，離開了馬康多。席甘多在沼澤地區的路上追她。他求她回來，答應改過；他總算把卡碧娥求回來了，並遺棄了他的姘婦。

他的姘婦柯蒂絲深知自己的媚力，她一點也不心煩。他是她造就的男子漢。當他還充滿孩子氣的時候，她把他引出麥魁迪的房間，那時的他滿腦子奇幻理想，缺乏與現實接觸的經驗，是她給了他世俗的社會地位。他天性保守退縮，有孤獨沉思的傾向，她塑造了他相反的性格：一方面使他活力充沛，具有攻擊性，開朗，另一方面又灌輸他在生活上求享受，喜歡賀筵，她把他的內在外在都改變成她自青春期以來就夢想的男子漢。後來，這個男子漢竟然與別的女人結婚了，當然啦，天下的男人遲早要結婚的。只是他不敢把這個消息告訴她。在這種情形下，他假裝很孩子氣，故意生氣，無事找碴，想激柯蒂絲與他分手。有一天，當席甘多無理取鬧責罵她，亂摔東西時，她不上他的當，避開陷阱，把東西放回原位。

「這只不過表示，」她說。「你要娶那位女王罷了。」

惱羞成怒的席甘多說他是被誤解了，被亂戴帽子了，於是他不再去看她。柯蒂絲片刻都不失她那種野獸在休憩時沉著應變的本能，她聽到婚禮上的音樂與鞭炮聲，以及慶祝的喧鬧聲，就把所有這些當作是席甘多新玩的惡作劇罷了。她對同情她命運的人報以微笑。「別擔心，」她告訴他們說。「女王們也曾經替我當小差事的。」一位鄰居婦人帶給她一對蠟燭，叫她在負心郎的照片前點燃，她表現出叫人不解的篤定，說：

「嗯，唯有經常點燃的蠟燭，才能吸引他來。」

正如柯蒂絲所預料的，蜜月剛過，席甘多就回到她家來了。他帶來一些常來的老友和一位旅行照相師，以及嘉年華會那天卡碧娥穿的長袍與帶血跡的貂皮披肩。那晚在熱鬧的氣氛中，他叫姘婦柯蒂絲裝扮成女王，封她爲馬達加斯加永恆的統治者，並且拍照留念，將照片洗出來送給朋友。她不但聽任他擺佈遊戲，且在內心爲他難過，認爲他必定是爲了跟她和解而嚇慌了，才想出這樣誇張而不實際的辦法。晚上七點，她仍穿著女王的服飾，在床上接待他。他結婚才不到兩個月，柯蒂絲已看出他與卡碧娥閨房失和，她倒得到了報復的微妙快感。然而兩天後，他卻不敢回到姘婦這邊來了，他只派了個和解的男士來，準備安排分手的條件。她了解她需要再多些忍耐，因爲她已看出，他爲了面子問題，寧願犧牲自己的快樂。當時柯蒂絲也不慌不急，再度表現她柔順的一面，裝出可憐的樣子，不去刁難對方，只保管席甘多一雙準備穿著進棺材用的漆皮靴子作爲紀念。她把靴子用布包起來放在皮箱底下，打算靠它引發回憶度日，以不絕望的心情等候著。

「他遲早會回來的，」她自言自語說。「即使是只爲了來穿這雙靴子。」

實際上她等待的時間不如她想像的長，席甘多從他婚禮的那個晚上就知道，不必等他要穿那雙靴子，他就會回到柯蒂絲那兒去。卡碧娥是個迷失者，她生長在六百里外的一個城市裡，那兒陰沉沉的，夜裡鬼影迤移，鵝卵石的街道上仍有總督的馬車隆隆地駛過。下午六點，三十二座鐘樓同時奏出一首輓歌。莊園裡鋪有墓碑形狀的石板，長年看不見太陽；庭院的絲柏樹葉間、佈置慘白色調的臥房裡，以及長著常綠花木的花園拱道上，到處都是死寂的空氣。卡碧娥自青春期以來就沒有聽過世間的消息，只到鄰居家去上沉悶的鋼琴課，教鋼琴的人經常勁兒很足，從不睡午覺。在她生病的母親的臥房裡，從窗子射進粉粒狀呈黃色或綠色的陽光，她常在裡面傾聽有條不紊的、連續不斷的和無情的音階；她想音樂是屬於人世間的，她卻編織著葬禮的花環，自己一天天憔悴下去。她母親因「五點鐘熱病」燒得發汗，便跟她說些過去的榮華。當她還是個小女孩的時候，在一個月光明亮的夜晚，看見一個穿白衣的美女越過花園，向禮拜堂走去。這驚鴻一瞥使她很是懊惱，她覺得這位美人很像她，她看到的好像是二十年後的她。母親趁不咳嗽的時刻告訴她說：「那是妳那位當女王的曾祖母切一條球根植物而中了瘴氣死亡時的模樣。」許多年後，卡碧娥覺得她與她的曾祖母一樣，她懷疑自己的幻象，但她的母親責備她不該懷疑。

「我們財大勢大，」她對她說。「有一天妳會當女王。」

她相信母親的話。即使他們坐的是鋪著亞麻布的長桌，擺設的是銀製的餐具，他們卻只喝稀薄的巧克力糖水和一塊甜麵包。在她婚禮之前，她常夢到傳奇的王國，而事實上，她的父親費南多大人爲了給她添嫁妝，把房地產都抵押了出去。這不是天眞或豪華的夢幻。這是他們把她帶大的方式。從她有智能活動開始，她就記得她是用一個刻有家庭標誌的金質夜壺大小便。她十二歲時第一次乘坐馬車離家，只不過是爲了到距離兩排房屋外的修道院去。她的同學很驚訝她坐在後排一張高高的靠背椅上，離開他們很遠，休息時間也不與他們來往。「她是與眾不同的，」修女解釋說。「她將來要做女王。」她的同學相信這話，因爲她確實很漂亮，既出眾又謹愼。八年過去了，她學會了寫拉丁文詩，彈奏翼琴，跟紳士們談養鷹術，與大主教談護教策略，跟外國統治者談國家大事，回到父母家，卻仍在編織葬禮花圈。她發現家裡空無所有，只剩下一些必要的家具、銀製的大燭臺和餐具，日常用品都一件件地變賣以支付她的教育經費。她的母親已因「五點鐘熱病」逝世。她的父親費南多大人穿著硬領黑衣，掛著金鍊錶，每個星期給她一個銀幣作爲零用。前一個星期做好的花圈自然會有人來取走。費南多大人大部分的時間在書房裡，偶爾也會出去，但總會回來陪伴女兒唸玫瑰經。卡碧娥沒有跟任何人有過親密的友誼。她也從未聽別人提起國家有過慘烈的血戰。她每天下午三點去上她的鋼琴課。她甚至開始不作她的女王夢了，有一天外面傳來兩陣緊急的敲門聲，她打開門來，看到一位衣著講究，且行爲舉止很有禮貌的軍官，他的臉頰上有一道疤痕，胸前帶著金質獎章。他與她的父親在書房裡祕密交談。兩個小時之後，她的父親到縫衣室來找她。「把東西收拾起來，」他對她說。「妳要遠行。」這就是她怎麼到了馬康多來的經過。就在這一天之內，像殘酷的一記耳光，使她覺醒認清了父母多年來隱瞞的現實。當她回到家裡，她關起門來哭泣，不聽父親的哀求與解釋，費南多大人只想抹去這個因玩笑帶來的傷疤。她完全不理會。她發誓至死永不離開臥房，這時席甘多來找她。照她看來，這是個不可能的事實，因爲她這時在羞愧、憤懣的混亂情緒中，況且她曾對他撒過謊，故意不讓他知道她眞實的身分。席甘多動身出來找她的唯一線索，是她那明顯的高地口音和以編織葬禮花圈爲行業的事實。他不停歇地到處打聽她。席甘多懷著曾祖父老邦迪亞那種翻山越嶺尋找馬康多的精神與蠻勁，以及叔公邦迪亞上校那種徒勞奮戰盲目的自尊心，還有曾祖母易家蘭那種守護家族生存的瘋狂執著的性格，一心一意尋找卡碧娥，片刻也不休息。他查訪賣葬禮花圈的人家，他們帶他挨家挨戶去看，以便他挑選最好的花圈。他打聽世上最美的女人，所有的婦人都帶自己的女兒來。他在迷濛的岔路上迷了路，掉落在遺忘的時代裡，墜入失望的迷宮。他越過一處黃色的平原，那兒連一個人在想什麼都會發出回音，焦慮會變成預言式的幻影。白走了幾個星期後，他來到一個不知名的城市，所有的鐘都奏起輓歌。雖然他沒有看過也沒有聽過這兒，卻一眼就看出被屍鹽腐蝕的牆壁、長著菌類的傾頹的木陽臺，以及門外釘著的一塊世界上最悲哀的厚紙板招牌：「銷售葬禮花圈」。上面的字跡快被雨水沖洗掉了。從那刻起，直到那個冰冷的早晨卡碧娥離開她的家爲止，都是由修道院女院長照顧她；她的嫁妝是修女們趕著縫製的；她還帶了六個皮箱，裝載大燭臺、銀製餐具、金夜壺，以及她家兩百年家道中衰所留下來的無數沒有用的東西。費南多先生不肯應邀一起去。他答應辦完他的事務才去，他給他的女兒祝福過之後，又在書房裡寫通告，附上哀禱文和孝服標誌，這是卡碧娥和她的父親有生以來第一次與外界的人接觸。對她來說是她眞正出生的日子，對席甘多來說是他幸福的開始，也是他幸福的結束。

卡碧娥帶來一個很精緻的小金箴日曆，金箴的意思是說她的神父曾爲她在日曆上標出了禁絕房事的日子，計有：復活節前一星期、星期日、義務神聖日、每月第一個星期五、默禱日、獻祭日和月經的日子，因此她能行房事的日子只有四十二天，分配在深紅十字的網羅中。席甘多相信這個網羅的敵對狀態會被時間破除，他特地將婚禮的慶祝會延長些時日。易家蘭疲於拋丟白蘭地和香檳酒的空瓶，以免空瓶塞滿屋子；同時家裡一直在奏樂、放鞭炮、宰牛，新婚夫婦卻不在同一時間睡覺，且分房而眠，她覺得很奇怪，想起自己的經驗，懷疑卡碧娥大概也是穿了貞操帶，早晚會在城鎭上鬧出笑話來，引發一場悲劇。但是，卡碧娥向她坦白說，她只是想過了兩個星期後才與丈夫第一次接觸。眞的，時間一過，她便以贖罪的犧牲者自願委身獻祭的精神把臥室的門打開了，席甘多看到這人間最美麗的女人，她那明亮的眼睛有如受驚的動物，古銅色的長髮披散在枕頭上。他看得出神入迷，好一陣才注意到卡碧娥穿一襲長袖白長袍，長及足踝，下腹有個精緻的環形釦眼。席甘多見了禁不住爆笑起來。

「我一生都沒有看過這樣一個淫猥的東西，」他吼叫著說，笑聲滿室迴響。「我娶了一個修女。」

一個月後，他無法叫妻子脫下那襲長睡袍，他卻爲柯蒂絲拍攝了那張裝扮成女王的照片。

後來，他把卡碧娥接回家來了，兩人和好如初，她也順從了丈夫的要求。但是，他當時到那個有三十二座鐘樓的城市去接她是夢想得到一份安寧，而今她卻未能給他。席甘多在她身上只有深沉的荒蕪感。在第一個孩子出生前的某個晚上，卡碧娥發現丈夫偷偷地回去和柯蒂絲同眠。

「是有那回事，」他承認說。並且，他以聽天由命的口吻解釋說：「我必須這樣做，爲的是要使我們所餵養的動物繼續繁殖得快。」

他需要一點時間來說服他太太相信他這種怪異的策略，最後他以似乎是無可反駁的證據說服了她，而卡碧娥只要求他保證一件事：不能死在姘婦的床上，因而引起震驚。就這樣三人繼續生活，彼此相安無事。席甘多對她們兩個都一樣準時相會，一樣恩愛；柯蒂絲爲和解而得意，卡碧娥則假裝不知道事實眞相。

這個和約並非很成功地能使卡碧娥與家人合作無間。每當卡碧娥與丈夫恩愛起床後，必穿上十六世紀流行的貴婦服飾之一的羊毛環形大翻領，易家蘭勸她拿掉那種翻領，她卻不聽。她也勸她使用浴室的廁所或夜間公用廁所，以代替金夜壺，勸她把金夜壺賣給邦迪亞上校打造小金魚飾物，她也不肯。亞瑪蘭塔覺得她說話不完整，卻又習慣婉轉陳述事情，這使亞瑪蘭塔很不舒服，故意在她面前說些怪怪的話。

「嘰哩咕嚕，」她說。「嘰哩咕嚕唏哩嗦囉咿哩嗚啦唏哩呼嚕。」

有一天，卡碧娥被嘲笑得光火了，她問亞瑪蘭塔在說些什麼，對方卻不用婉轉的口氣來答覆她。

「我是說，」她告訴她。「妳就是那種說起話來夾纏不清含混不明的人。」

從此以後她們兩個不再講話了。當情況需要時，她們就遞張字條給對方。雖然在這個家裡顯然遭到敵視，卡碧娥仍然不放棄堅守她祖先傳下來的習俗。她改掉家人在廚房裡吃飯的習慣，也改掉他們餓了就吃的毛病；規定大家要定時在餐廳的大桌上吃，桌上要鋪上亞麻檯布，擺上銀燭臺和全套餐具。易家蘭本來把吃飯看成是日常生活中最簡單的事，而今這般鄭重其事，倒覺得緊張起來，沉默的席根鐸首先反抗。然而，這些習慣總算養成了，飯前念玫瑰經的習慣也是這樣強制養成的，結果卻引起了鄰居的注意，他們傳說邦迪亞家不像別人家坐在桌邊吃飯，反而把吃飯的動作變成了作大彌撒。易家蘭的迷信來自她一時的靈感，而不是來自傳統，卡碧娥的迷信卻是承襲自她的父母，不管什麼場合都詳加規定，並且細加算列，所以她們兩個人總是互相衝突。在易家蘭老得頭腦尚能使用時，她的部分習俗依然存在，家中的生活也仍然保持她那一部分很有衝勁的特色，等她失去視力，老得偏居一隅，卡碧娥當家的那一刻起，就推行嚴厲的規矩，而家族的命運也就完全操在她手裡。匹達黛按照易家蘭的意思，認為製造小動物糖果的生意仍舊要做下去，卡碧娥認為這是不值得做的行為，應該馬上停止。本來屋裡各扇門從早到晚都是敞開著的，她卻藉口說太陽會照熱臥室，午休時間要關起來，最後乾脆從早到晚都關著。自從這裡建村以來，門上就掛著沉香枝和大塊麵包，她卻換上一個耶穌聖心的神龕護符。邦迪亞上校多多少少察覺到了這種改變，並且看出了它的來龍去脈。「我們都變成了高尚貴族式的人啦，」他抗議說。「這樣下去，我們終究又要跟保守黨作戰了，但這一次卻是要立一個王來取代以前的目標。」卡碧娥盡量以圓滑的手腕不與他碰面，以免引起衝突。邦迪亞深爲懊惱的是他具有獨立精神，不願受任何社會禮儀規矩的限制。他早上五點鐘起來猛喝咖啡，他的工作室亂七八糟，他的毯子已磨損得很破舊，他習慣在黃昏時候坐在對街的門口，這些事情她看了就生氣。但是，她也得容忍這個家庭中鬆脫的零件，因爲她確信老上校是一頭野獸，如今已因年邁和失望而馴服了，萬一引發他的野性，他會把這個家的根基都拔掉。丈夫沿用曾祖父的名字爲她的長子命名，但她嫁過來不及一年，不敢反對。可是，當她的長女出生時，她表示一定要沿用她母親的名字取名，叫莉娜塔，以紀念孩子的外祖母。易家蘭則決定要取瑞米迪娥這個名字。雙方激烈爭辯之後，席甘多笑著居間調解，他們爲她施洗取名莉娜塔・瑞米迪娥，但卡碧娥只叫她莉娜塔，而夫家和全城鎮的人都簡稱她美美。

起初，卡碧娥不談她娘家的事，但後來每當談起來都是將父親加以理想化。她會在餐桌上談起她的父親，把他說成一個摒棄榮華富貴出塵入聖的非凡人物。席甘多看妻子猛捧岳父，忍不住在她的背後開些小玩笑。於是，家裡的人也會學他。易家蘭則很小心地在維護家庭的和諧，暗中爲排解家庭糾紛而痛苦，現在連她也禁不住要開開小玩笑，說她的小玄孫是「聖人的外孫，女王和牲口大盜的兒子」，將來鐵定要當主教。雖然家人在暗地裡竊笑，孩子們卻把外祖父想成一個傳奇人物；他在他的信中寫些虔誠的詩篇給他們看，每年聖誕節寄一箱禮物給他們，箱子的大小幾乎與大門的尺寸差不多。實際上，那是他僅存的貴族遺產。他們用那些東西在孩子們的臥室裡建了一座聖徒神龕，聖徒則與眞人一般高大，眼珠子是玻璃球做的，很像活人，身上穿的繡花衣比馬康多任何居民穿的都要好。慢慢地，邦迪亞公館裡有了一種奇觀，冰冷古屋的那種喪葬場面的景觀在這個家出現了。「他們已將整個家庭墓園的東西寄給我們，」有一天，席甘多批評說。「我們現在所需要的只有垂柳和墓碑了。」雖然箱子裡寄來的根本沒有孩子們可以拿來當玩具的東西，他們卻依然每年等待著十二月，畢竟那些古老的、不可預猜的禮物，對家人來說總是顯得非常新奇。到了第十年的聖誕節，小亞卡底奧準備上神學預校了，外祖父的聖誕禮物箱子早一點到達，釘得很牢，塗了松脂，照例用歌德式的字體寫著：「傑出的席甘多夫人收」。卡碧娥在房裡看信，孩子們急忙打開箱子。席甘多照例來幫忙；他們弄破封蠟，打開蓋子，取出保護用的鋸木屑，發現裡面有個用銅螺栓拴好的長形鉛櫃。席甘多將八個螺栓取出來，孩子們等得很不耐煩了；這時席甘多大叫一聲，把孩子們推開，揭開鉛櫃蓋，看見費南多先生的屍體穿著黑衣，胸口放著一個帶有基督像的十字架，皮膚已長瘡，在濃液中慢慢裂開，冒起的泡沫很像一粒粒珍珠。

席甘多的女兒出生後不久，政府居然出人意料地下令慶祝邦迪亞上校簽訂尼侖底亞和約周年紀念佳辰。這與官方的政策是不大符合的；上校猛烈抨擊，不願接受禮讚。「這是我第一次聽到佳辰這個名詞，」他說。「不論它代表什麼意義，那一定是一種詭計。」製小金魚的工作室擠滿了特使。年齡比以前老得多，神色也肅穆得多的黑衣律師們又來了，他們當年都是像烏鴉一般圍在上校四周拍翅膀的人。上校看見這次露面的人跟上次安排休戰時差不多，實在受不了他們帶著諷意的讚美。他叫大家不要干擾他，堅持自己不是他們所謂的民族英雄，而是一個沒有回憶的工匠，只希望沒沒無聞，製造小金魚飾物疲憊而死。聽說共和國總統要親自來馬康多參加典禮，頒給他勳章，他聽了非常憤慨。邦迪亞上校叫人很清楚地轉告總統：他一心等待這個應來而遲來的機會，準備槍殺他；與其怪政權不當，要懲罰他的霸道行爲，不如怪他不尊重一個對任何人都無害的老頭子。由於他的猛烈抨擊，共和國總統終於在最後一刻決定取消此行，派一個私人代表送來勳章。馬魁茲上校雖然已經中風，卻在各方壓力下走下床來，想去說服以前這位親密老戰友。邦迪亞上校看見四個人抬著輪椅出現，上面坐著年輕時代就一直分享他的勝利與挫敗的朋友，身子下面還墊著幾個大枕頭，他非常肯定地確認對方費這麼大的精神是來表達團結的心意。俟他了解對方來訪的眞正動機時，立刻叫人把他抬出工作室。

「現在我相信太遲了，」邦迪亞上校對他說。「當初我如果讓他們槍斃你，倒眞是幫了你一個大忙。」

於是，邦家沒有人參加這次的佳辰慶祝活動。碰巧這一星期是狂歡節，邦迪亞上校認爲這是政府故意安排的巧合，以加深諷刺的惡意，沒有人能從上校的腦袋裡將這念頭去掉。他從他那寂寞的工作室聽到軍樂聲、禮砲聲、讚美頌的鐘聲，以及以他家人的名字作街名在他家門前宣佈的幾句話。他氣得淚水潤濕了眼眶，他氣自己無能；這是他戰敗以來第一次痛苦地感到不能再像他年輕時代一樣，發動一次血淋淋的戰爭，把保守黨政權完全消滅。禮讚的回音尚未消逝，易家蘭就來敲工作室的門。

「別煩我，」他說。「我很忙。」

「開門啦，」易家蘭以正常的嗓音說。「這件事與慶祝會無關。」

邦迪亞上校取下門閂，看到門口站著十七個外貌都不相同的男人，有各種典型與膚色，但都帶著一種孤寂的神色，不論他們在什麼地方，一眼就可以看出他們是誰的後裔。他們都是他的兒子。他們事先沒有安排，也都互相不認識，是因爲聽到佳辰慶祝會的傳言，而自海岸最遙遠的各個角落趕來。他們冠母姓，都因取名邦迪亞而引以爲傲。他們在家待了三天，易家蘭非常高興，卡碧娥則很是慷慨，那幾天家裡喧鬧得簡直像戰場。亞瑪蘭塔在舊報紙堆中找出了易家蘭記錄他們的姓名、出生年月日、受洗年月日的登記簿，在每個人旁邊的空白欄上再寫上他們的新住址。這份名單可以視爲二十年戰爭的紀要。從邦迪亞上校在一個清晨帶領著二十一個人離開馬康多去參加叛亂開始，到他最後一次裹著血跡已乾的毯子回家來爲止，上校的夜行路線就可以從這本小冊子辨認出來。席甘多不放過機會，爲他的堂叔們猛開香檳酒，大奏手風琴，舉行歡宴，倒像是在補過狂歡節，因爲佳辰慶祝會破壞了嘉年華狂歡節的氣氛。他們打破半數的杯盤；追逐一隻公羊，想把牠綁上三腳凳上時，竟把玫瑰花叢踩踏壞了；他們用槍射殺母雞；叫亞瑪蘭塔跳克列斯比的悲愴圓舞曲；叫「美女瑞米迪娥」穿上男人的褲子去爬一根抹了油的長竹竿；在餐廳放出一隻沾滿豬油的豬仔，結果撞倒了卡碧娥。雖然家裡像遭到一場無傷大雅的地震，但並不爲這些小損失而有所悔怨。邦迪亞上校起初以不信任的態度接待他們，甚至懷疑某幾個不是他的孩子，卻因他們的瘋勁而覺得很好玩，臨別時他送給每個兒子一條小金魚飾物。連沉默退縮的席根鐸也邀請他們鬥了一下午的雞，其中有幾個還對鬥雞的情況很內行，馬上就看出了伊撒貝爾神父的詭計，差一點鬧成悲劇。席甘多見這些瘋瘋癲癲的堂叔頗能提供遊樂的節目，決定叫他們統統留下來別走。但只有一個人接受他的邀請，他是屈斯提，一個高大的黑白混血兒，具有祖父的衝勁和冒險精神。他已走遍半個地球去試探運氣，不管待在哪兒，他都無所謂。另外幾個沒有結婚的，卻都自認命中注定，要在原來的地方去做個技術工匠，做一家之主，過他們愛好和平的日子。在他們回到海岸各地前的「灰星期三」（按天主教義，四旬節第一日須在懺悔身上撒灰而得名），他們的姑媽叫他們穿上做禮拜的服裝，陪她上教堂。他們都不怎樣虔誠，但覺得好玩，也都很順從地走到聖壇欄杆邊，讓伊撒貝爾神父用火灰在他們的額頭上畫個十字。他們回來後，最年輕的那位去清洗額頭，結果發現那個火灰印子洗不掉，他的兄長們也是一樣。相反地，亞瑪蘭塔和其他望彌撒的人則輕而易舉地就把那火灰印子洗掉了。「這樣更好，」易家蘭在與他們臨別時說。「從現在起，你們就知道你們是誰了。」他們離去時列隊而行，前面有樂隊演奏，且鳴放鞭炮，城鎮上的人都說邦家後代很旺，足可綿延許多許多個世紀。額頭帶著火灰十字印痕的屈斯提，在城鎮的邊緣開設了一家製冰廠，這原是老邦迪亞當年狂熱夢想的事業。

屈斯提來了幾個月後，人人都認識他，也都喜歡他，他在找房子，準備把母親和未婚的妹妹接過來同住（妹妹不是上校的女兒），他對廣場一角的那幢無人廢宅很感興趣。他打聽那是屬於誰的。有人告訴他，房子不屬於任何人，以前有個寡婦住在那兒，以吃泥土和牆上的灰泥度日，她晚年上過一兩次街，戴一頂人造小花禮帽，穿銀色的舊鞋子，走到廣場對面的郵局去寄信給主教。他們對屈斯提說，只有一個女傭人陪伴著那個女人，女傭人很兇狠，看到貓狗或其他動物進屋，一概打死，丟到街上去，故意以屍臭來激怒鄰人。不過，自從太陽曬乾那最後一隻動物的皮肉以來，已經是很久很久以前的事了；因此，人們猜想那家女主人和女傭人早在戰爭結束以前就去世了，而房子之所以沒有倒塌，是因爲最近幾年裡沒有嚴冬和可怕的強風侵襲。那門上的鉸鏈已經鏽壞，門上還封著一層蜘蛛網，窗戶已被濕氣浸蝕而無法開啓，地板上長出了青草和野花，破破爛爛，板縫中有蜥蜴和各類毒蟲棲息，這些景象可以證明這幢房屋起碼已經半個世紀沒有人住了。屈斯提天生是個急性子，他不等看完這些景象，便用肩膀頂開大門，那被蟲子蛀空了的門框便不聲不響地倒下來，落下許多灰塵和白蟻。屈斯提站在門檻上，等灰塵飛走後，竟看到房間中央有個邋遢的女人，仍穿著前一個世紀的服裝，禿禿的頭上有幾許黃髮，兩隻大眼睛依然美麗，只是那最後一線希望的光芒已經熄滅，皮膚佈滿孤寂的皺紋。屈斯提對這幅另一個世界才有的畫面非常驚訝，幾乎沒有發覺那個老婦人正用一支古老的手槍瞄準他。

「請原諒。」他低聲說。

她在堆滿瑣物的房屋中央仍舊一動也不動，正一點一滴地打量這個用肩膀推門而額頭上有火灰十字印痕的巨人。從飛揚的塵埃中，她看見的彷彿是當年肩上扛著獵槍，手上提著兔子的那個壯漢。

「看在上帝的分上，」她以低沉的聲音說。「他們眞不應該在現在再來勾起我那段記憶。」

「我想租房子。」屈斯提說。

而後女人舉起手槍，穩住手腕，瞄準那個火灰十字印痕，下定決心要扣扳機，絕不容情。

「滾出去。」她命令說。

那天晚上吃飯的時候，屈斯提把這段插曲告訴家人，易家蘭驚惶得流下淚來。「天哪！」她驚叫著說，雙手抱著頭。「她還活著！」時間、戰爭和無數時日的災難使她忘了莉比卡。只有現在已經老邁不堪的亞瑪蘭塔還不肯寬容，仍然片刻都不曾忘記莉比卡還活在蟲窟中慢慢腐爛。黎明時分，她心頭的涼寒把她從孤寂的臥床上喚醒，她想起莉比卡；當她用肥皂洗著她那乾扁的乳房和凹瘦下去的小腹，而後穿上漿硬的白裙和老婦人用的胸衣，又更換手上贖罪的黑繃帶時，她總會想起莉比卡。無論睡著或醒著，無論情緒是高是低，亞瑪蘭塔無時無刻不想起莉比卡，孤寂更加深了記憶，她又焚燒起這懷舊的死灰，這是生命累積在她心中的殘渣，她曾把它淨化，把它擴展，把它變成永恆，因爲這是她一生中最辛酸的部分。「美女瑞米迪娥」從亞瑪蘭塔口中得知莉比卡還活著的消息。每次她們經過那幢廢宅，亞瑪蘭塔就會告訴她一件不愉快的往事，一件恨事，以便將她自己的怨恨讓她的姪孫女來分擔一部分，並且期望這怨恨延續到她死後。但是，她的這個計畫行不通，因爲「美女瑞米迪娥」對任何激劇的情感或別人的熱情都有免疫性，絲毫無動於衷。易家蘭的心路歷程則與亞瑪蘭塔的相反，她已忘懷莉比卡不潔的部分，只記得她小時候帶著她父母的骨骸袋來時，一副可憐兮兮的樣子，後來她犯了錯，被逐出家門，她已經遺忘那些不快的記憶。席甘多決定叫家人接莉比卡回來奉養，但莉比卡吃了許多年的苦才換來孤獨的權利，不想放棄孤寂以取得晚年這種虛浮的慈善奉養，她不肯妥協，結果席甘多的好心遭到挫敗。

二月裡，邦迪亞上校的十六個兒子回來了，他們的額頭上仍然有火灰十字印痕，正在歡聚熱鬧的時刻，屈斯提談起莉比卡，於是大家一起前去那幢廢宅，半天之內就把房子的外觀修繕得很美觀了；門窗已經換過，前面漆上鮮豔的顏色；牆壁的支架釘牢，地面是新水泥地板。然而，莉比卡不准他們整修屋子內部。她甚至不肯走到門口，只准他們在外邊胡整，並且計算出價錢來，派她的老女傭人亞珍妮黛送一把金幣給他們，那些金幣已是戰後不流通的錢幣，莉比卡還以為有價值。這時他們才看出她與世隔絕的幻念到了何等程度，並了解到只要她有一口氣在，就不可能把她從她那固執的小天地拉出來。

邦迪亞上校的兒子們第二次來到馬康多，又有一個名叫桑坦諾的願意留下來為屈斯提工作。他是最早到家來受洗的男童之一，易家蘭和亞瑪蘭塔記得很清楚，當時他在短短幾小時內就把凡經他手摸過的東西都弄壞了。時間已使他那種早期生長的衝力減緩下來，現在他長成中等個子，臉上有天花的疤痕，可是雙手的破壞力卻仍然和過去一樣。他弄破許多杯盤，有的連手還未碰到就弄壞了。卡碧娥決定買一套錫製品給他用，免得他把她心愛的瓷器砸光。

甚至耐用的金屬盤也很快就凹下去或扭曲不成形了。爲了彌補連他自己都認爲討厭的破壞力，他做人態度誠懇，很容易得到別人的信任，而且表現出驚人的工作量。不久，工廠的製冰量激增，本地的市場已賣不完了，屈斯提想把生意擴大到沼澤地區各個城鎮去。這時，他想起一個決定性的步驟，不僅可以使他的生意現代化，也可以將馬康多與世界上其他城鎮連接起來。

「我們必須引進鐵路。」他說。

馬康多人是第一次聽到「鐵路」這個名詞。易家蘭發現屈斯提畫在桌上的草圖，簡直無異於直接源自老邦迪亞當年爲太陽戰術所作的圖表，於是她更相信時間是循環的。只是屈斯提不像老祖父那個樣子。他既未失眠，也未失去飲食的胃口，更不對別人隨便發脾氣。他自認這個怪念頭可以立即實現，於是他對成本和日期作了合理的計算，不假藉中間人的手，以免礙事，他直接將計畫交給席甘多。席甘多有曾祖父的某種特質，卻缺少叔公邦迪亞上校的另一種特質；他完全不理會別人的譏諷嘲笑。當年他樂於出錢資助雙生兄弟席根鐸的荒唐航海計畫，現在又高高興興拿錢出來築鐵路。屈斯提參考日曆，決定下星期三離城，計畫雨季過後再回來。他此去一直沒有消息回來。桑坦諾眼看工廠的產量生產過多，不知怎麼辦才好，開始實驗用果汁來製冰，未經思考地竟莫名所以的創出了果子露的原理。雨季過後，他的兄弟屈斯提仍然沒有回來；整個夏天都過去了，還沒有他的音訊，因此桑坦諾視工廠爲己有，計畫用前面所提方法來增加產品的種類。又是一個冬天開始了，有個女人在一天中最熱的時間到河邊去洗衣服，結果她驚惶地尖叫著跑來大街上。

「那東西來了啦，」她最後解釋說。「一個可怕的東西，像一間廚房，後面拖著一個村子似的。」

這時，城鎮被可怕的汽笛回音和響亮的呼呼聲震得搖晃不止。前幾星期，他們曾看見一群人在安放枕木和鐵軌，卻沒有人理他們，大家都以爲是吉卜賽人的新玩藝；以爲他們又要帶著哨子和小鼓回來，邊唱邊跳，表演一些由耶路撒冷吟遊天才詩人編撰的歌謠或舞曲。等大家從汽笛聲和噴氣聲的震撼中恢復過來時，所有的居民都跑到街上去，只見屈斯提在火車頭上揮手，接著他們看到了綴滿鮮花遲了八個月才初次駛來的火車。這列黃色的火車本身是無辜的，它將帶給馬康多許多不明確的正反兩面都有的價值以及肯定的價值，也帶來許多愉快和不愉快的時光，也帶來許多改變和災禍以及舊日情懷。

12

馬康多的民衆由於這麼多令他們眼光撩亂的新奇發明，不知道驚奇得如何是好。火車第二次開來時，屈斯提帶回一部發電機，他們徹夜不睡，盯著那灰白的電燈泡；他們經過了許多時日，才習慣聽那火車著魔似的隆隆聲。生意興隆的商人布魯諾在他那售票窗口有獅頭飾物的劇院放映電影，觀衆爲影片中的人物下葬而洒下傷心的淚水，結果這個已死的人物在下一部電影中又復活了，改扮成阿拉伯人，他們憤慨極了。觀衆花兩分錢來分擔演員的愁困，他們忍受不了這種外國的騙局，把座椅砸壞了。由於布魯諾的懇求，市長發佈宣言說，電影是幻象組合的機器產品，不值得大家表露眞情。聽了這種洩氣的解釋，許多人覺得他們是上了新吉卜賽人的當，決定再也不看電影了；想到他們自己已有太多的煩惱，哪有心情來爲虛構人物的不幸灑淚水。法國豔婦帶來了幾架留聲機，取代了古老的手搖風琴，害得音樂師組成的小樂隊沒有飯吃了。不過後來留聲機也與電影一樣，遭到令人憤慨的相同命運。起初，由於好奇心，使得那條街的顧客增加不少，甚至有高尙的婦女裝扮成工人直接來享受留聲機的音樂，經過大夥兒不斷的觀察，結果確定這玩意兒不如他們所想像的好，也不像法國豔婦所說的那樣迷人，那只不過是機器的把戲而已，遠不如樂師們組成的小樂隊的演奏來得動聽，有人情味，充滿了日常生活的情調。這是令人非常失望的事，後來留聲機很普遍，可以人手一架，但那不是拿來供人消遣了，而是給孩子們拆著玩的東西。相反地，從城裡來的人有機會試一試裝設在火車站的電話是不是眞的打得通，由於電話有曲柄，大家以爲是原始的留聲機，一試之後，連最不相信的人也戚戚不安起來。上帝彷彿決心要一試馬康多的居民，看他們有多少驚嘆的能力，使他們時而興奮，時而失望；時而懷疑，時而驚喜，弄得大家無法知道全部眞相。眞相和幻象交錯複雜出現，使栗樹下老邦迪亞的幽靈失去了耐心，白天也會在屋裡屋外遊蕩。自從鐵路正式通車，每星期三班車固定在十一點到站；原始型的木屋車站建好之後，只有一張寫字檯、一架電話和一個售票窗口。這之後，馬康多的街上，男男女女，都出來了，他們遵循正常生活方式和習俗，而今看起來倒像從馬戲班出來的人。這個小城鎭曾經因吉卜賽人的詭計而憤怒，那些具有特別推銷技術的人厚著臉皮來推銷帶哨音的汽壺，以及第七日安魂術養生法，結果在本地毫無生意可言；不過，有些人看久了也會相信，再由於他們一向不謹愼，巡迴推銷的商人還是賺到可驚的利潤。一些具有戲劇性的人物紛紛來到這裡，某個星期三，馬康多來了一位胖嘟嘟、笑咪咪的修柏特先生，他穿馬褲，打綁腿，戴堅木屑壓製的頭盔，鼻上架一副鋼邊眼鏡，眼睛像黃玉，皮膚有如瘦雞皮，在邦家吃飯。

直到他吃下第一串香蕉才引人注目。席甘多碰巧遇見他以破爛的西班牙語在抱怨賈柯旅店沒有房間，便以平常愛招待異鄉人的習慣把他帶回家來。他做吹氣氣球的生意，走遍全世界，賺了不少錢，但這種生意在馬康多引不起人們的興趣，因爲他們看過也坐過吉卜賽人的飛毯，對這玩意兒就不以爲奇了。因此他打算坐下一班火車離開。午餐時，邦家的人習慣在窗口掛一串虎紋香蕉，他們把香蕉拿到餐桌上，他抓起第一根香蕉，似乎不怎麼喜歡。可是，他一邊講話一邊吃，嚐試著，咀嚼著，不像是美食家享受食物的樣子，卻像智者消遣一般，吃完了第一串，又要人再給他一串，接著他從隨身帶著的工具箱裡取出光學儀器，像鑽石商人一樣檢視香蕉，再以特殊的小手術刀加以分解，用藥劑師的天秤來稱，用槍砲工人的腳規來量它的寬度。而後，他再由箱子裡取出一套儀器量溫度、大氣的濕度和光線的強度。這個動作太有趣了，大家都看得無心用餐，等待著修柏特先生下最後的斷語，可是他什麼話也不說，誰也猜不透他的意向。

這之後的幾天，他帶著網子和小籃子到城鎭郊外去捕捉蝴蝶。星期三來了一群工程師、農業專家、水利學專家、地形學專家，以及測量人員，在修柏特先生捕蝴蝶的地方探測了好幾週。後來布朗先生乘坐一輛特別座車到來。他的座車連接在黃色的火車後面，車身全部鍍上了銀色，座位是特級的天鵝絨做的，車頂用藍色的玻璃當材料，當年到處尾隨邦迪亞上校的那批黑衣律師也乘坐這種特製的座車抵達，圍著布朗先生打轉，以致使人不禁因聯想而認爲那些農業專家、水利學家、地形學家、測量人員，以及帶氣球與彩蝶的修柏特先生，還帶著靈車與牧羊犬的布朗先生，全都與戰爭有關。然而，大家都沒有時間多問，只是當多疑的馬康多居民開始起疑時，小城鎭已變成鋅板屋頂的木屋營區了，外國人從世界各地乘火車來，車上不僅是客滿，就是門前平臺和車廂頂上也擠滿了人，他們統統住進鋅板屋頂的木屋裡去了。後來美國人把穿洋布衣服與戴面紗大帽子的懶太太也接來了，在鐵路那邊另建一個城鎮，街道兩旁種上棕櫚樹，房子的窗戶裝上遮簾，陽臺上有白色的小茶几，天花板上裝設電扇，寬廣的青青草坪上飼養著孔雀和鵪鶉。那個城區圍著金屬圍牆，牆頂上安裝有帶電的小鐵絲網，涼爽的夏日清晨，鐵絲網上掛滿了被電死的黑烏烏的燕子。沒有人知道他們是來幹什麼的，也沒有人知道他們是不是眞正的博愛家，然而他們已造成了極大的不安，這倒是事實。這種不安比老一代的吉卜賽人所造成的還要厲害，只是不像吉卜賽人那樣變幻無常而難以捉摸罷了。他們使出以前只有上帝才能有的手法，改變降雨的方式，加速收穫的週期；他們改變河道，把河床上的白石塊和冰涼的河水引到小城鎮另一端的墓地後面去。他們在亞克迪奧的荒塚上築造水泥城垣，用水泥將墳墓密封，以免屍體的火藥味汚染了河流。他們把住著法國豔婦的那條街改建成寬廣的村子，供那些沒有愛情的外國工人去逗留，有一個星期三便運來一車各色各樣的外國妓女，她們擅長古老的伎倆，帶來各種神膏和用物，以挑逗性冷感的人；鼓舞膽小的人去玩；滿足性狂熱的漢子；挑起害羞的男子勇於面對挑逗；教給熟客新的技巧；安撫孤寂的男人。於是土耳其街開設了許多燈火通明的店鋪，出售一些海外來的產品，色彩豔美，取代了舊的市集。每到星期六晚上，則擠滿了一群群的探險客，他們在賭桌、射靶場、算命卜卦或解夢的廊簷下，或油炸食物和冷飲檯擁來擠去。到了星期日早上，凌亂的地方躺著酒鬼，以及那些在喧鬧中被槍柄、拳頭、刀子、酒瓶擊倒的旁觀者。外地人七零八落、毫無限制地闖進來，起初，街上簡直擁擠得無法通行，他們只要一找到空地，便建起房屋，根本無須任何的同意；街上堆滿家具和皮箱，木工的工作聲嘈雜無比，有些男男女女把吊床掛在兩株銀杏樹之間，在大白天就在蚊帳裡媾和起來，也不在意別人看見，眞是無恥得很。唯一比較安靜的一角是西印度黑人所建的區域，他們在邊緣地段築造圓木頭的房子，傍晚時分，他們坐在門口，以快節奏而走調的嗓音唱起憂鬱的聖歌。在這短短的一段日子裡，變化就這般大，就在修柏特到來八個月之後，老居民已經認不出自己的城鎭了。

「瞧我們自己惹來多大的痲煩，」邦迪亞上校曾說。「只因爲我們請一位美國佬吃了幾根香蕉。」

相反地，席甘多卻十分高興看到這麼多外國人擁擠在這個城鎭。家裡突然擠滿了不認識的客人，都是些令人難以置信的庸俗的酒鬼。他們不得不在院子裡加蓋臥室，擴建餐廳，把舊餐桌換成十六席的大桌子，擺上新瓷器和新銀器，就是這樣還得輪流上桌。卡碧娥忍氣呑聲，把最糟的客人奉爲上賓，而他們穿靴子弄髒走廊與門檻，在花園裡小便，到處鋪上墊子午睡，說話毫不顧及女士們的心緒，也都全無敎養。亞瑪蘭塔對這些下流人物闖進家來非常生氣，她又如往昔回廚房去吃飯了。邦迪亞上校認爲那些到他的工作室來問候他的人，大多數是因爲好奇心驅使，而不是同情或敬重他；他們只想接觸一下歷史的遺跡或博物館的化石，於是他決定關起門來，把自己鬥在室內，除了偶爾坐在臨街的門口外，他很少露面。相反地，易家蘭見火車一來，反而興奮起來，雖然她這時候已經老得走路都要扶著牆壁，且是前一步後一步緩緩拖著走了。她吩咐四名廚子說：「我們要準備一些魚和肉。」他們在匹達黛沉著的指揮下把什麼都準備好了。易家蘭堅持說：「我們不知道陌生人喜歡吃什麼，所以什麼都要準備好。」火車抵達的時刻是一天中最熱的時候。午餐時，屋裡像市集一般忙亂；客人滿身臭汗，他們甚至連東道主是誰也不知道，排隊進來搶好位置坐下，廚子端上來大碗的湯，一鍋一鍋的肉，大盤的青菜，一鉢鉢的米飯，在桌與桌間兜來轉去，並且送來一桶桶的檸檬汁，再用杓子分給他們喝。現場實在太亂了，卡碧娥懷疑有的人吃兩次，在紛亂中，有人不止一次向她要號碼牌，她差一點罵起他們來。自從修柏特先生來到此地，已經一年多了，居民只知道美國佬要在當年老邦迪亞帶人尋找新發明時所經過的地區種植香蕉樹。就在這段期間，又有兩個額頭上印有灰十字的邦迪亞的兒子抵達這裡，他們是被這個大浪潮引來的，他們講出了決定要來這裡的理由，而那也許就是每個來這裡的人所秉持的動機。

「我們來啦，」他們說。「因爲大家都來嘛。」

只有「美女瑞米迪娥」不受香蕉疫疾的影響。在她的妙齡青春期，她變得更加安靜，更不去理會表面的禮儀，對一切惡意與懷疑更不加理睬，她幸福地活在自己單純的世界裡。她不知道女人爲什麼要穿胸衣和裙子，把生活弄得如此複雜，於是她爲自己縫製了一件長衣服套在身上，輕鬆地解決了衣著的問題，因爲衣服寬鬆，感受與沒有穿衣服一樣；照她的看法，裸體才是居家唯一正經的打扮。家人要很用心地爲她修剪她那一頭長及腿部的長髮，以梳子弄成髮捲，用紅絲帶紮髮辮，她覺得心煩，於是乾脆理個光頭，把秀髮拿來做聖徒像的假髮。

她這種單純的性向說來很叫人吃驚，她愈是但求舒適，不顧時尙與不守禮俗，以順應自然，她就愈是美得令人不安，且對男人愈具挑逗力。邦迪亞上校的兒子們第一次到馬康多來時，易家蘭想起他們與「美女瑞米迪娥」有血緣關係，遺忘已久的悲劇性恐懼便油然升起，使她害怕得發抖。「眼睛要放明亮些，妳要是與他們其中任何一個生了孩子，孩子會長出豬尾巴來。」她警告說。「美女瑞米迪娥」根本不理睬她的警告。她打扮成男人，在沙地上打滾，想爬上抹了油的長竹竿，十七個堂叔看到這個迷人的畫面，簡直都要瘋了，差一點鬧成悲劇。所以，以後他們進城來探親的時候，沒有一個住在家裡，留下來的四人，易家蘭堅持叫他們另租房子住。不過，「美女瑞米迪娥」如果知道曾祖母易家蘭做了這樣的預防措施的話，她一定會覺得好笑。直到她在世前一分鐘，她仍不知道她是紅顏惹禍的禍根。每次她都不聽易家蘭的吩咐，出現在餐廳，總會在異鄉客之間引起激昂的騷動情緒。大家看出她的粗罩下沒有別的衣物，可是誰都不了解她剃光頭並不是爲了挑逗，她掀起大腿來吹風、她飯後愛吸手指也不是爲了要誘惑人。異鄉客很快就發現「美女瑞米迪娥」會吐出一種惹人的氣息，或搧起一陣擾人的微風，她走過幾小時了，她的餘芳依然還在，只是家人並不知道這些。某些男人對於愛的騷擾十分敏感，他們曾跑遍世界，有豐富的經驗，他們自稱從未感受「美女瑞米迪娥」這種自然的氣息所引發的一種焦慮。無論是在放置有秋海棠的走廊上或客廳裡或家裡任何地方，異鄉人都可以辨出她待過的任何地點，以及她離開的大概時刻。這種十分肯定而不會弄錯的行跡，由於早就和日常的氣味相融合，家裡的人是辨不出來的，異鄉人卻立刻辨認出來了。

所以，只有他們了解以前派在他們家的衛兵隊長是如何失戀而死的，以及外地人是如何陷入絕望的。「美女瑞米迪娥」對於自己活動的範圍會引起騷動卻一點也不知道，對於自己所經過之處會帶來隱密的災難也毫不知情；她對男人沒有半點惡意，結果她那純眞謙遜的態度反而叫人心亂。易家蘭硬要她到廚房裡去與亞瑪蘭塔一起吃飯，以免外地人瞧見，她反而覺得這樣更舒適，因爲她不喜歡各種禮俗規矩。事實上，她在什麼地方吃飯都一樣，她並不按時吃，只是胃口想吃什麼就去吃，有時她半夜三更起來吃午飯，有時睡一整天不吃，一連好幾個月，時間表都是混亂的，後來碰巧有什麼事，她反而又恢復正常了。較好的情況之下，她上午十一時起床，睡得飽飽地出來，赤裸裸地關在浴室裡直到下午兩點，慢條斯理地殺蠍子。而後，用水瓢舀貯水池裡的水來沖涼。她洗澡的過程很長，很仔細，很像一種典禮儀式，與她不熟的人還以爲她是在顧影自憐觀賞自己的胴體哩。事實上，對她來說，這種孤獨的儀式並沒有物慾的念頭，只是在打發時間等肚子餓而已。有一天，她剛開始洗澡，有個異鄉客掀起一片瓦，屏住氣息觀看她的裸體，她從破瓦間看到他那悲苦的眼神，她的反應不是羞恥，而是驚惶。

「小心啦，」她尖叫著說。「你會掉下來。」

「我只是想看看妳。」這位異鄉客輕聲說。

「嗯，好吧，」她說。「不過要小心，那些瓦片都不結實了。」

異鄉客的臉上露出失神痛苦的表情，似乎正在默默地抑壓自己的本能衝動，以免破壞這個幻影。「美女瑞米迪娥」怕他弄破瓦片，就比平常洗得快些，以免他受到危險。她一邊從貯水池舀水來沖洗，一邊告訴他說：屋頂會那個樣子，大概是底下的葉子因雨水而腐蝕了，這也是浴室爬滿蠍子的原因。異鄉人以爲她說這些話是在掩飾什麼而裝出柔順的態度；所以，當她開始用肥皂洗身體的時候，他禁不住往前推進一步。

「我來替妳抹肥皂。」他喃喃地說。

「謝謝你的好意，」她說。「不過我的兩隻手已經夠用了。」

「即使是只給妳抹背後也好。」異鄉客懇求說。

「那未免太傻氣了，」她說。「人們從來不在背後抹肥皂。」

後來當她在擦乾身體的時候，異鄉客兩眼含著淚水求她嫁給他。她很誠懇地回答他，她才不嫁給一個連午餐都不去吃，而花了個把小時來看一位女性洗澡的傻瓜呢。最後，她穿上長罩衣，那人證明大家猜得不錯，她底下眞的什麼都不穿，實在叫人忍受不了，他永遠也不會忘記這加上烙印的祕密，因此他又掀起兩片瓦來，想跳入浴室去。

她在驚嚇中警告他說：「太高了，你會跌死的！」

腐蝕的瓦片砰然裂開，那人驚叫一聲，跌落在水泥地上，腦袋跌破，當場死亡。餐廳裡的異鄉人聽到聲音，跑來把屍體搬走，發現他身上有「美女瑞米迪娥」那種令人窒息的香味。那種香味已浸入他的體內，他的腦袋上的裂縫並沒有流血，卻流出一種瑪瑙色的香油，隱含著那種祕密的幽香，他們這才知道，「美女瑞米迪娥」的體香會在男人死後再折磨他們，即使他們化爲骨灰依然如此。可是，他們並未把這樁意外事件與其他兩個爲「美女瑞米迪娥」而死亡的男士聯想在一起。後來又有一個犧牲者，異鄉客與許多馬康多的老居民這才相信「美女瑞米迪娥」身上發出的不是愛情的氣味，而是死亡的氣息。幾個月後的某個下午，「美女瑞米迪娥」與一群女孩去看新墾植區，於是有了個證明的機會。對於馬康多的少女來說，只要是新奇的娛樂，都可以逗她們笑，使她們稀奇不已，令她們驚叫，而拿來當作笑話題材，晚上她們談起散步的情形，就像是在訴說夢中的經驗。「美女瑞米迪娥」以沉默表現了她的威力，易家蘭不忍心剝奪她的樂趣，於是某天下午，叫她戴上帽子，穿上漂亮的衣服，允許她出門去。一群朋友走進新墾植區，空氣裡散發出一種致命的香味。排在一起工作的男性，都爲這股奇異的魅力迷住了，大家處於某種看不見的危險中，很多人忍不住想哭。「美女瑞米迪娥」和她那些驚惶的朋友差一點被那些粗野兇蠻的男性攻擊，她們設法躲進附近的一棟房子去避難。不久，有四位邦迪亞上校的私生子趕來，他們額頭上的灰十字就像是某種階級標誌，刀槍不入的印痕，引起大家的敬畏，他們把少女一一救出來。有一個人趁亂抓了「美女瑞米迪娥」的肚皮一把，那隻魔手像鷹爪攀住懸岩一般，但她並未將這事告訴任何人。她曾和那人相對片刻，看到他那抑鬱不樂的眼神，像灼熱的炭火深深地烙印在她心上。那天晚上，那人在土耳其街誇耀自己的運氣與膽量，幾分鐘之後他就被一匹馬踏碎了胸膛，一群異鄉客見他在街中吐血而死。

相信「美女瑞米迪娥」具有死亡威力這件事，已有四件不可辯駁的事實可以證明。雖然有人不假思索誇道「如果能與這位迷人的女子風流一夜，即使丟了性命也值得」，卻沒有人眞的去一試。也許只有同愛情一般原始而單純的情感可以接近她，消除她的危險性，可惜誰也沒有想到這點。易家蘭現在已不再爲她擔心。以前她並未放棄拯救曾孫女的念頭，曾想引導她對一些起碼的家務發生興趣。「男人的要求遠比妳想像中的要高得多，烹飪、灑掃，以及小雜事都比妳想像中的要來得複雜。」她這樣含糊地對她說。她卻暗暗欺騙自己，一心想訓練曾孫女爭取家庭的幸福，她只相信世界上任何一個男人在情慾滿足後，絕對不喜歡女人那種邋遢性情。後來小玄孫亞卡底奧出生，她一心想把他培養成教皇，也就不再爲曾孫女操心了。她自然而然地期待著，相信遲早會有奇蹟出現，認爲世界上或許會有懶散的男人喜歡她。亞瑪蘭塔早就不再教她什麼技能了。自從好久以前那個被人遺忘的午后起，亞瑪蘭塔只見她剛剛對轉動縫紉機的曲柄感到興趣時，就已經看出她智能不足。亞瑪蘭塔也想不通爲什麼男人的話都無法使她動心，曾經告訴她說：「我們得出售彩票來推銷妳。」後來，易家蘭堅持「美女瑞米迪娥」要戴上面紗去做彌撒，亞瑪蘭塔認爲這種具有神祕感的方式一定頗具挑逗性，馬上會引起男人來探索她心靈的弱點。可是，她看見「美女瑞米迪娥」竟然拒絕了一位比王子更迷人的追求者，便因此完全失望了。卡碧娥則根本不想去了解她。當年她在熙攘的狂歡節大宴上看見「美女瑞米迪娥」時，認爲她是非凡人物。然而後來見她用手抓東西吃，總說些非常天眞的話，她眞爲這位家裡的美人白癡活得這般久而引以爲憾事。只有邦迪亞上校始終相信「美女瑞米迪娥」是他所見過心智最清明的人，她隨時都會以驚人的本能向人展現眞相；雖然邦迪亞上校一再這樣說，家裡的人仍舊不以爲然，隨她去吧。「美女瑞米迪娥」徘徊在孤寂的荒漠，背上沒有揹負十字架，夢中沒有出現過惡夢，整天洗澡，三餐不定時，半天也不肯說一句話；她便是這樣慢慢地在成長，直到三月的某個午后，卡碧娥在花園裡收疊那些亞麻布床單，叫家裡的人來幫忙。她剛開始折疊，亞瑪蘭塔發現「美女瑞米迪娥」渾身蒼白。

「妳是不是不舒服？」她問她。

「美女瑞米迪娥」抓住床單的另一端，臉露慘淡的微笑。

「正相反，」她說。「我從來沒有這樣舒服過。」

她剛說完話，卡碧娥感到一陣帶著光線的微風把她手上的床單吹起，完全張開來。亞瑪蘭塔覺得裙子的花邊神祕地顫動起來，她想抓住床單以免跌倒；突然之間，「美女瑞米迪娥」開始升空。這個時候的易家蘭眼睛已快看不見了，她是唯一鎮定的人，她認出那陣微風的性質，讓那光線支配那床單，望著「美女瑞米迪娥」隨著床單一起飄上天空，並揮手告別，她離開了這滿是甲蟲與大理花的環境，在空中穿來穿去，當時下午四點的鐘樂剛剛奏完，床單和她永遠消失在高空中，連記憶中飛得最高的鳥兒也無法抵達她那兒了。

當然，異鄉客認爲「美女瑞米迪娥」是走上了女王蜂那種無可改變的命運，家人爲她編造升天的說法，以保她的名節。卡碧娥非常嫉羨她，但終究接受了這個奇蹟，隔了許久，她卻還在祈求上蒼把她的床單飄送回來。大多數居民都相信這個奇蹟，甚至焚燭禱告上蒼。直到後來邦迪亞上校的十幾個私生子都被殺，鎮民的讚嘆才因而被恐怖所取代，也因而許久不再談這個話題。當時邦迪亞上校並不覺得那是惡兆，只是他或多或少預測出他的兒子們會有什麼樣的悲慘結局。在混亂的局面下抵達的上校的兒子席拉多和亞卡雅表示要逗留在馬康多，上校曾勸他們取消這個念頭。這個小城鎮在一夜之間變成危險的地方，上校想不通他們爲什麼要逗留在這裡。然而，桑坦諾和屈斯提獲得席甘多的支持，雇用他們在他的商行中做事，邦迪亞上校當時雖還弄不清是什麼理由，卻並不贊成席甘多的決定。當他看到布朗先生搭乘這兒所見的第一輛汽車抵達馬康多——這是一輛橘黃色有喇叭可以嚇唬狂吠的家犬的汽車——又見大家那般卑恭屈膝，老軍官氣憤了，非常激動，他認爲人心變了，現代的人再也捨不下妻兒去扛槍好好打一仗。尼侖底亞和約之後，當地幾屆都是無創意的市長，以及從愛和平與軟弱無力的保守黨議員中選出來的花瓶式的法官。「這是卑鄙無恥的小人的政權，」邦迪亞上校看到赤足持木棍的警察走過時，總會這樣批評說。「我們打完了所有的仗，結果只是房屋不必漆成藍色而已。」然而，當香蕉公司抵達後，當地的官員下臺，換上獨裁的外國人。布朗先生帶他們住到圍有電鐵絲網圍牆內的房屋裡去，照他的說法，這樣可以使他們享有官員應有的尊嚴，不必忍受蚊子與溽暑的侵襲，也不會感到小城鎮的許多不便與貧困的生活。原來的警察下臺了，換上帶彎刀的殺手。把自己關在工作室許多年的邦迪亞上校，忍受著孤寂，現在他第一次確認他當初不把仗打到底是一大錯誤，爲了這點，他非常痛苦。大約就在這個時候，已故的維斯博上校的兄弟帶著他七歲大的孫子到廣場的一輛手推車旁來喝飲料，由於小孩碰巧撞著了警長，把飲料潑在他的制服上，那個野蠻人竟將小孩砍成幾截，維斯博上校的兄弟想去阻止，也被砍下腦袋。全城鎮的人都看到一群人抬著無頭屍回去，腦袋則由一個婦人提著，還看到那一袋血淋淋的童屍。

這件事對邦迪亞上校來說，已到了無法彌補的程度。他突然覺得他現在所忍受的痛苦、所產生的憤慨，與他在年輕時代看到一個婦人被瘋狗咬了，反而被打死是一樣的。他看到屋前那一群群旁觀的人，對自己深覺厭惡，便用他那宏亮的老嗓音喊出他胸中無法再忍受的怨恨。

「總有一天，」他大喊道。「我要武裝我的兒子們除掉這些狗屎美國佬！」

在那個星期之內，他的十七個兒子在沿海各地像兔子般被無形的殺手追殺，殺手都瞄準他們額頭上的火灰十字印痕。屈斯提晚上七時跟母親離開家，來福槍子彈從黑暗中射來，打穿他的額頭。桑坦諾被發現死在他平日掛在工廠裡的吊床上，一根夾冰器具插在他的兩眉之間，幾乎連手把都插進去了。席拉多帶女友去看電影，把女友護送回她父母家後，兀自從燈火明亮的土耳其街回來，人群中有人用左輪手槍把他打倒，他跌入一鍋熱滾滾的豬油裡，兇手無法查出。幾分鐘之後，有人敲亞卡雅的房門，當時他正與他的女友在一起，那人喊道：「快點，有人在追殺你的兄弟。」後來，跟亞卡雅在一起的那個女人說，亞卡雅跳下床，開了門，立即被一管毛瑟槍的子彈打裂了腦袋。死亡之夜，家裡準備爲四具屍體守靈，卡碧娥瘋狂似地到處找席甘多，而席甘多卻被情婦柯蒂絲鎖在壁櫥裡，她以爲撲殺令包括了所有與邦迪亞上校名分相連的人。她一連幾天不准他出門，到第四天，海岸各地拍來電報，她才知道那位暗中隱藏的敵人只對額頭上有灰十字印痕的人下毒手。亞瑪蘭塔拿出記載姪兒們的登記簿，電報一拍來，她便在名字下面畫線，最後只剩年紀最長的一位未遭殺害。由於他的黑皮膚和綠眼睛構成強烈的對比，因此家人還記得他。他名叫亞瑪多，是個木匠，住在山腳一處僻靜的小村莊裡。席甘多等了兩星期後尚未接獲有關他的電報，便派一位信差去警惕他，深怕他也許不知道自己已深陷危難的威脅。信差帶回了亞瑪多平安的消息。追殺的那個夜晚，有兩名槍手到他家去找他，他們用左輪手槍射擊，結果都沒射中他額頭上的灰十字印痕。亞瑪多跳過院子的圍牆，消失在山區裡，由於他與印第安人有交情，他常買印第安人的柴火，而且對山區瞭如指掌，方可逃命。從此以後再也沒有人聽到他的消息了。

那些日子是邦迪亞上校的黑暗時光。共和國的總統拍慰問電報給他，向他保證要徹查，而且向死者致敬。遵照總統的指示，市長帶了四個葬禮花圈，想把它們放置在棺木上，上校把他趕到街上去了。兒子們下葬之後，邦迪亞上校親自草擬一份電文給共和國的總統，措辭非常強烈，電報員不肯拍發。而後他又加了些攻訐失態的言語，郵寄給總統。他此時的心情正如他當年妻子死亡，多次好友傷亡時，並非哀傷，而是一種盲目的，沒有方向的憤怒，一種巨大的無力感。他甚至指控伊撒貝爾神父是共謀，在他兒子們的額頭上故意塗上擦洗不掉的灰十字印痕，便於敵方殺手辨認。老邁不堪的神父已頭腦不清，在聖壇上已是瘋言瘋語，嚇壞了教區民眾。一天下午，他拿著那個裝火灰的杯子到邦迪亞家，想爲邦家全家的人塗灰，以證明那火灰是洗得掉的。但是不幸的兇殺事件那種恐懼已深入邦家每個人的心中，連虔誠的卡碧娥也不敢一試，從此以後，「灰星期三」再也見不到邦家的人跪在聖壇上了。

好久一段時間邦迪亞上校都無法平靜下來。他放棄了做金魚飾物的工作，吃不下東西，如夢遊般在屋子裡亂轉，拖著毯子跑，嘴裡默默地咕噥著內心的憤怒。三個月下來，他的頭髮變白，以前上過蠟的鬍子，現在直垂在嘴唇邊，而他的兩隻眼睛卻像燃燒得非常熾熱的炭火，使那些見過他出生時的情景的老人又爲之一驚，因爲他小時候，只憑目光就可以使椅子晃動，那情景曾使他們驚駭過。他痛苦極了，想到年輕時代，有些徵兆會預示他，引導他由險路走上光榮的野地。他希望能再有那種徵兆預示他，然而沒有，連一點點也沒有。他迷失了，迷失在一間陌生的房間裡，裡面什麼也沒有，沒有任何人能激起他一點兒情感。有一次，他開啓麥魁迪的房間，想找尋戰前往事的痕跡，結果只發現砂礫、垃圾，以及多年廢棄的物品。在不再有人閱讀的書籍中，舊紙被濕氣損壞，上面竟然開了一朵土色的花朵；這間屋子的空氣是全家中最清新最令人感到舒服的了，其中卻滲雜著難以忍受的往日回憶那種腐臭的感覺。他記起有一天，他看見母親易家蘭在栗樹下亡夫的膝前痛哭。全家只有邦迪亞上校一個人在這之前未見過在屋外飽經半個世紀折磨的堅強老人的幽靈。「向你爹打個招呼吧。」易家蘭對他說。他再度在栗樹前站了片刻，只見前面是一片空曠，什麼也激不起他絲毫情感。

「他說什麼？」他問道。

「他很傷心，」易家蘭回答說。「因爲他認爲你快要死了。」

才死。」

「告訴他，」上校說，他一邊微笑著，「人不可以在該死的時候死，而是要在能死的時候

亡父的預言激起了他心中僅存的自尊，不過，他把自尊和一脈突然而來的勇氣與力量混爲一談。他追著易家蘭，要她告訴他聖約塞那尊石膏像中的金幣埋藏在庭院中什麼地方。「你永遠也不會知道，」易家蘭由於以前所受的教訓，便堅定地說。「有一天，」她又說，「物主會露面，只有他才可以去挖。」誰也不知道爲什麼一向慷慨的人，怎麼突然變得那麼焦急貪財，且不是一個應急的小數目，而是一筆叫席甘多也會咋舌的大錢財。上校去向老友們求助，他們也都避不見他。大約就是這個時候，有人聽見他說：「今日自由黨與保守黨唯一不同之處，是自由黨五點鐘做彌撒，而保守黨則在八點鐘做彌撒。」然而，他還是堅持哀求下去，這其實有違他保持自尊的常情；他東積一點兒錢，西湊一點兒錢，暗自各地奔跑，狡猾又勤奮，毅力驚人，八個月下來，他所募集到的錢比易家蘭埋藏起來的金錢還要多。於是，他去看病中的馬魁茲上校，要馬魁茲上校協助他發起全面戰爭。

有一段時日，馬魁茲上校雖然坐在輪椅上，卻是唯一眞正能牽動叛軍原線的人。尼侖底亞和約後，邦迪亞上校已躲進製造小金魚飾物的世界裡去，馬魁茲上校則與投降前忠於他的叛軍軍官一直保持聯絡。他們發起了忍受屈辱，哀號請願的可悲戰法，整天面對的答覆是「明天再來」、「隨時都可以來」、「我們會很恰當地研究處理你們的案子」等託辭。他們對抗的是許多該簽署而未簽署的終身撫卹金法案，上面寫的卻是「敬愛你們的某某」等字樣，他們這

場請願戰爭實在敗得很慘。二十年血戰遠不如永遠拖延這種令人腐蝕的戰爭來得這麼令人傷心。馬魁茲上校躲過三次暗殺，五次受傷卻未死，歷經無數戰役而膚髮未損，可是他卻敵不過這種等待拖延的戰術，掉落在可悲的慘敗的晚年中，躲進一間借來的屋子裡，對著鑽石般的光影想念亞瑪蘭塔。報紙上刊出一批退伍軍人的照片，表明共和國總統要贈送他們與總統用的相同的鈕扣，縫在大翻領衣服上，又將一面沾有血跡和彈藥的國旗還給他們，好讓他們將來覆蓋在棺木上，這是他最後一次聽到退伍軍人的消息。別的較高尚的退伍軍人仍然在等信，靠公共救濟生活，瀕於飢餓邊緣，在惱怒中活下去，對著那些精美的榮譽獎章之類的紀念品廢物慢慢地衰老。邦迪亞上校邀他們發起給予對方一場致命傷的戰爭，消滅腐敗的政權和外國侵略者所支持的醜行時，馬魁茲上校禁不住激起同情心而猛打了個寒噤。

「啊，邦迪亞上校，」他嘆口氣說。「我知道你老了，但沒想到現在的你比表面上看起來老多了。」

13

在易家蘭迷迷糊糊的晚年裡，她很少有空閒來管她的玄孫亞卡底奧接受天主教教育的事，他眼看就要被送去神學預校了。他的妹妹美美一面受卡碧娥的嚴格管教，一面又受亞瑪蘭塔的苛刻訓誡，這時候也快要到上修女學校的年齡了。上修女學校可使她成為翼琴專家。易家蘭很痛苦，她很懷疑自己把玄孫塑造為小教皇的方法是否有效。她不認為自己衰老，老眼前一片烏黑，使她看不清東西，她不以為怪，倒怪一些她無法說清楚的原因；她認為時間的體系在加速瓦解。她覺得她愈來愈管不著日常事務了，於是她說：「如今日子的過法與往日是不同了。」她覺得過去孩子的成長要很長久的一段時日。她記得很牢的是大兒子亞克迪奧跟吉卜賽人走了，他回來時，全身紋畫得像一條蛇，說起話來像占卦家；在他出走以前的事她都記得清清楚楚。她也記得牢亞瑪蘭塔和亞克迪奧小時候在忘掉印第安話而學會了西班牙語之前家裡所發生過的任何事。她只要記得這些就夠了。可憐的老邦迪亞曾在栗樹下經歷了多少日子的烈日和雨露，這更是她心裡最明白，眼前看得最清楚的事；老邦迪亞死後，家人為他守喪守了多少時日；邦迪亞上校在他打了那麼多仗，受了那麼多罪，而在奄奄一息之際，別人把他抬回家來，那時他才不到五十歲，這一切她也記得很牢。以前她整天做些小糖果動物，還有時間照顧小孩，看看他們的眼白，就知道該給他們吃一劑海狸油。然而現在她沒有多少事可做，一天到晚揹著玄孫亞卡底奧走來走去，時間卻過得緊迫，使她無法去完成許多工作。實際上，易家蘭的年齡已無法算清了，但她仍然不服老，處處惹人嫌，她什麼事情都要管，總是向陌生人探詢戰時有誰爲了等雨停，在她家寄放過一尊聖約塞石膏像，因而把陌生人問得光火。她的視力已失去，但誰也不能確認她是什麼時候失去視力的。即使後來她已無法下床了，別人還以爲她只是衰老虛弱，沒有人發現她失明，其實在玄孫亞卡底奧出生前，她就知道自己要失明了。起初，她以爲是一時虛弱，就偷偷地服食一些滋養的補劑，用蜂蜜敷眼睛，不久她漸漸地察覺自己已陷入黑暗；家裡改裝電燈時，她看不見電燈的樣子，只模糊知道光源從那兒過來。她沒有告訴任何人，因爲那樣無異承認自己無用。她悉心注意並默記東西的距離和人們的聲音，所以能從記憶看出因白內障而看不見的景象或景物。後來她意外發現氣味對她有幫助，在暗處尤可分辨得比體積大小和顏色更清楚，她就這樣逃避了認輸的恥辱。在黑暗的室內，她還可以穿針引線、縫鈕扣，也知道牛奶什麼時候沸騰。她確切地知道每樣東西的位置；有時候連她自己都忘了失明這個事實。有一次卡碧娥找不到結婚戒指，把家裡搞得上下不得安寧，易家蘭卻在兒童臥室的一個架子上找到了。其實很簡單，當別人漫不經心地在走來走去，她則用四種感官來觀察他們，她惟恐別人抓到她的弱點，一段日子下來，她發現家裡每個人每天在不知不覺中重複同一條路線在活動；在相同的時間做同樣的動作，也幾乎說同樣的話。他們只有在脫離常軌時才會掉東西。所以，易家蘭聽說卡碧娥掉了戒指而心慌意亂時，她立即想起卡碧娥那一天只做了一件跟平常不同的事情；由於美美前一天晚上發現臭蟲，她便把墊子拿出去曬。既然孩子們也參加消毒的行列，易家蘭猜想卡碧娥一定把戒指放在小孩子拿不到的地方，結果就是放在架子上。相反地，卡碧娥沿著日常活動的路線亂找一通，不知道日常的習慣已阻礙了她尋獲失物的可能，難怪她找不到。

易家蘭帶養玄孫亞卡底奧，對於她發現家裡的小變化很有幫助。她知道亞瑪蘭塔爲臥室裡掛的聖徒像穿上了衣服，她便假裝叫小孩辨別顏色的不同。

「我們來看看，」她對他說。「告訴我大天使拉斐爾穿的是什麼顏色。」

就這樣，孩子給了她看不見的資料，其實早在他上神學預校之前，易家蘭已經能從織品的品質分辨出聖徒衣服的各種顏色。有時也會有出乎意料的事情發生。有一天下午，亞瑪蘭塔在置有秋海棠的走廊上繡花，易家蘭便撞到她身上去了。

「千萬要小心，」亞瑪蘭塔抗議說。「妳走路要當心哪。」

「是妳的錯嘛，」易家蘭說。「妳不坐在妳該坐的地方。」

這一點她非常肯定。從那天起，她漸漸體會出別人未能注意到的一個現象；那就是隨著季節的轉移，陽光的位置稍微有所改變，坐在走廊上的人也會稍微移動原來的位置。從此以後，易家蘭只要記住日期，就知道亞瑪蘭塔坐在什麼地方。雖然她雙手的顫動愈來愈明顯，兩腳也越來越沉重，她小小的個子卻非常有活力，幾乎與她當年肩負全家重任時一樣勤奮。

但是她老來寂寞，在檢視家中極細小的事情時，以她極爲銳利的眼光，仍能發現以前在忙中未曾發現過的眞相，並且一眼就可以看清。當家人準備讓小亞卡底奥去念神學預校時，她已將馬康多建村以來家裡的生活情形詳列重點，對兒孫們的看法完全與以往不同，有了改變。她體會出她的次子邦迪亞上校與她想像的不一樣，他不是因打多了仗而變成鐵石心腸，而是他從來就沒有愛過任何人，包括他的亡妻莫氏柯蒂，以及他那些數不清的一夜露水情人，他對兒子們也是這樣。她發現他打了那麼多仗，都不是出於理想；他放棄勝利，也不是像大家想像中那樣是出於厭倦與疲困，其實他對勝敗只有一個理由，那就是單純而邪裡邪氣的他的那份自尊心。她下個結論說：她願意犧牲性命來維護的兒子，只是一個無法付出愛心的人。她懷著他的時候，有個晚上，她聽到他在肚子裡哭泣。哭泣聲很清楚，在她身邊的老邦迪亞醒過來了，非常高興，認爲他的兒子以後會成爲腹語家。別人則預言他會成爲先知。相反地，她確認並害怕那深沉的低泣聲是可怕的豬尾巴的第一個徵兆。她祈求上帝讓孩子胎死腹中。然而，她晚年神智很清明，她有好幾次都說，孩子在胎內哭泣，不代表具有腹語術或預知能力，只表示這個孩子沒有愛心。兒子的形象被貶後，她反而突然對他非常同情起來。相反的，她的女兒亞瑪蘭塔曾害她驚恐，怨氣冲冲地曾害她傷心，而今她作最後的分析，卻突然覺得她的女兒是世界上最溫柔的女性，她淸楚地認爲女兒折磨克列斯比，並非如大家所想像的是出於報復心；她忍痛使馬魁茲一生愛不上她，也不是像大家所想像的基於怨尤，兩次愛情的失敗都是由於審愼與天生的膽怯，相互衝突的結果，亞瑪蘭塔心底那種莫名的恐懼終於把她的芳心抑壓住了。這些日子易家蘭開始談及莉比卡的名字，一想起她，那份舊時的關愛又湧上心頭，夾雜著遲來的悔恨與突然的感佩，她漸漸地了解了，只有未吃過她的奶的莉比卡，體內未流著她的血，她才是心思銳敏，可以懷有像易家蘭所希望於子孫的那種無盡的勇氣，雖然她愛吃泥土與牆上的灰泥，具有墓地中她那陌生父母的血統的人。

「莉比卡，」她扶著牆壁走著說。「我們對妳太不公平了！」

家人以爲她神智不清，特別是當她像大天使那樣舉起右手走路時，大家更認爲如此。然而，卡碧娥知道，儘管易家蘭怎樣迷迷糊糊，有時她的眼光卻非常銳利，她一下子就可以說出去年一共花了多少錢。亞瑪蘭塔也有和卡碧娥同樣的想法。有一天，易家蘭在廚房裡攪一鍋湯，不知道有人聽見，她突然說出，他們向第一代吉卜賽人買來的碾穀機仍在透娜拉家中，它在她的長子亞克迪奧出走去環遊世界六十五圈之前就已失蹤了。這時的透娜拉也將屆百歲；雖然她很胖，卻也健壯敏捷，當年她的笑聲能嚇走鴿子，而今胖碩的身軀也能嚇壞孩子，她見易家蘭說對了實情，毫不驚訝，經驗告訴她：人老來銳敏的程度比紙牌算命卜卦還要準確。

然而，易家蘭發覺自己已沒有充分的時間來增強玄孫亞卡底奧的神職天賦，很是驚慌。她開始犯錯誤，想用她那已瞎的眼睛去看她所看不到的事物。一天早晨，她把一瓶墨水倒在玄孫亞卡底奧的頭上，以爲那是玫瑰香水。她堅持什麼事情都要插手。她多次跌跤，卻認爲是被地上的汗水滑倒。她想擺脫漸漸包圍她的有如蛛網狀的鬼魅。這個時候，她突然覺得她之所以笨手笨腳，並不是衰老和失明的結果，而是時間給她的審判。她暗自想著：以前上帝計算時間，不像土耳其人量密織棉布那樣偷減尺寸；當時一切都與現在不一樣。如今，不但小孩子長得特別快，就是感情的發展也與過去不相同。「美女瑞米迪娥」的身體和靈魂剛升天不久，不體貼的卡碧娥就在那裡咕噥著抱怨她的床單也一起升空而去了。邦迪亞上校的幾位兒子在墓中的屍骨尚未寒，席甘多就把滿室的燈光打開，找來了一大堆酒鬼和手風琴手來痛飲香檳，就好像死的不是信基督的人，而是幾條野狗。這房屋是易家蘭用賣動物形糖果賣了幾十年賺來的錢築建的，而今似乎是注定要像垃圾堆地獄一般了，她頭痛時便會這樣想。現在易家蘭一邊在爲玄孫亞卡底奧收拾皮箱，一邊在想她乾脆躺進棺材給人埋掉算了。她無所恃恐地問上帝，祂是否眞的認爲人是鐵做的，以致可以忍受這麼多的憂患和屈辱；她又心慌意亂地一遍又一遍地問，是否她也可以學那些異鄉人，放鬆自己，一走了之，晚年也來個反叛性格反叛一下，享受她已經耽擱多次的大好時光，不再聽天由命，把一切都擱置下來，把她百餘年來做個基督徒硬忍在肚子裡的悶氣髒話也傾吐出來。

「狗屎！」她大叫道。

亞瑪蘭塔正把衣服放進皮箱去，以爲母親被蠍子咬了。

「在什麼地方？」她驚慌地問道。

「什麼呀？」

「蠍子！」亞瑪蘭塔說。

易家蘭把一隻手指指著胸口。

「這兒啦！」她說。

星期四下午兩點，亞卡底奧上神學預校去了。易家蘭永遠記得告別時他的那副樣子，無精打采，很正經地照她的吩咐未掉眼淚，穿著一套縫有銅鈕扣的綠色直條衣服，領子上繫一個漿過的蝴蝶結。她曾在他頭上灑玫瑰香水，以利她尋到他在屋裡的行蹤；他離開餐室，餐室的空氣中就滿是玫瑰香水的氣味。午餐餞別的時候，家人都強作歡欣，掩飾緊張的心情，把伊撒貝爾神父曾講過的話加以強調誇張。然而，當他們拿出天鵝絨滾邊四角鑲銀的皮箱來時，他們的心情就像抬出一具棺木來一樣。只有邦迪亞上校不願來參加告別式。

「我畢竟還是要這玩意兒，」他喃喃地說。「教皇！」

三個月後，席甘多和卡碧娥帶女兒美美去上學，運回一架翼琴，放置在原來擺自動鋼琴的地方。大約就在這時候，亞瑪蘭塔開始為她自己縫製壽衣。種植香蕉的狂熱已經平息下來了。馬康多原來的居民發現到處都是新來的人。他們拚命守住已守不住的昔日資源，像是遇到沉船事件尚能生還似的，有一絲欣慰的感覺。席甘多還請客人來家裡吃午飯，直到幾年後香蕉公司搬走了，昔日的舊規矩才又建立起來。可是，因為卡碧娥的規定，現在也有了一些改變，從傳統來看，那些規定是太前進了一點。易家蘭已退到隱居一角的位置，亞瑪蘭塔則在專心為她自己做壽衣，以前的小媳婦卡碧娥，而今可以憑自己的喜好選擇客人了，她硬要大家遵守她的父母教給她的嚴峻規矩。異鄉人在這個小城鎮，以下賤的方式把輕易賺來的錢隨便虛擲，小城鎮飽受震撼，她的嚴峻規矩使鄰家成了舊習俗的城堡。在她的心目中，正經的人是不會與香蕉公司攀上關係的，連問都不必去問便很明白。她丈夫的雙生兄弟席根鐸感染了初期香蕉狂熱，到香蕉公司去當工頭，而捨棄了鬥雞，不免也在卡碧娥的戒心下受到排斥。

「他永遠也不准踏進家門，」卡碧娥說。「只要他身上還感染著外國人那種疹子。」家裡的規矩太嚴了，席甘多覺得情婦柯蒂絲那邊比較舒服。起初，他藉口要減輕妻子的負擔，改在那邊宴客；而後，又藉故說動物的生殖力減弱了，把倉庫和馬廄都移過去。等到卡碧娥發現自己是在守活寡，已經來不及恢復原樣了。席甘多只在家裡吃吃飯，裝裝樣子與妻子同床共枕，那是完全騙不了人的。有一天晚上，他一時疏忽，天亮了還睡在柯蒂絲床上。意外的是，卡碧娥發現了，卻不責備他，也沒有表露出一絲憤怒，只在那一天把席甘多的兩皮箱衣服送到姘婦家去。她特別在白天把東西從街上走著送過去，讓每個人都看見，滿以為迷失方向的丈夫一定受不了這種恥辱，會垂著頭乖乖回家。這種自以為英雄式的高姿態證明卡碧娥根本不了解丈夫的性情，也不了解跟她父母無關的社會有什麼特性。每一個看到皮箱的人都知道這個祕密，而今到了自然發展的高潮，席甘多倒高興獲得了自由，連續請了三天客。她則已漸入中年，事情對她反而有些不利，又整天穿著長的衣服，戴著紀念飾物，傲氣十足。相反地，姘婦則好像恢復了青春，穿著華麗的天然絲質衣服，眼睛周圍光輝閃閃，席甘多又像青春期一樣迷上了她；然而當年的柯蒂絲不是愛上席甘多本人，而是將他的雙生兄弟搞混了，她同時跟他們兩兄弟同床共枕，還以爲上帝賜給她好運，讓她得到一個精力抵得上兩個人的男子。他們舊情復發，非常親密，不止一次在準備吃飯時對眼望著，連話都不說就把碗盤蓋上，跑進臥室，在肚子餓得轆轆響的情形下愛得半死。席甘多曾偷偷找過法國豔婦，看到那邊一些新奇東西，於是靈感一來，便給柯蒂絲買了一張有大華蓋的床，並且在窗口掛上天鵝絨窗簾，在臥室的天花板或牆壁上裝上大型的大水晶鏡子。他比以前更會大吃大喝，胡亂花錢。如今火車每天十一點鐘到站，他收下一箱又一箱的香檳和白蘭地。他從車站回來，總會在路人中臨時抓幾個客人回家來，不分本地人或外地人，熟人或新人，什麼人都可以，連只會說外國話的老油條布朗先生，也被席甘多誘人的手勢招引過來，在柯蒂絲家爛醉過好幾次，甚至在手風琴伴奏下，他哼些德國歌謠的詞句，教他帶來的德國牧羊犬跳起舞來。

「別生了，母牛，」席甘多在宴會的高潮時候大聲喊叫道。「別生了，生命短暫啊。」

他的氣色非常好，人緣也很好，動物的繁殖也比以前更瘋狂了。爲了數不清的宴會，他們殺過許多牛、豬、雞等，院子的地面上被血跡弄得黑黑的，泥水污濁。院子那邊已是永恆的屠場，到處都是骨骸和內臟，一大坑的剩肉和剩菜；他們隨時都準備了彈藥，免得禿鷹來啄挖客人的眼睛。席甘多現在也長胖了，臉色紅潤，體型像烏龜一樣，他的胃口只有祖父亞克迪奧環遊世界回來時勉強可比。他好吃，特別愛花錢，非常好客，他的名氣已傳至沼澤地區之外，把海岸各地的老饕都吸引來了。他們由各地趕來，參加柯蒂絲舉辦的競賽，那得要有耐力去盡量吃喝才行。席甘多一直是無敵手的吃家，直到某個不幸的星期六，一個俗稱「大象」而名氣不小的女人莎嘉絲杜來了，比酒量及食量的決賽一直進行到星期二清晨。前二十四小時席甘多解決了一頓夠量的小牛肉、葛根、山藥、炸香蕉大餐，喝掉了一箱半香檳，自以爲勝算在握。他似乎比對方更熱誠，更有活力，雖然對方沉著，作風有些職業化，且不把滿室人群看在眼裡，不動感情。席甘多大吃大喝，志在必贏；「大象」女士則像外科醫生把肉切得細小均勻，慢慢地吃得津津有味似的。她塊頭粗壯，卻也有一般女性的溫柔性情，面貌也很秀麗，雙手保養得很好，整個體態有一種難以抗拒的風情，席甘多見她進門來時便低聲說，他寧願與她床上見功夫，不想在餐桌上比高下。後來他看見她吃下了半邊小牛肉，一點也不違餐桌禮儀，他便認眞地評論說，這個優美迷人貪吃的「大象」可以說是理想的女人。他說得沒有錯。「大象」女士未來之前，就有人傳說她是摸骨專家，但並非有什麼根據。她也並不是希臘馬戲團中那種啃牛大王或鬍鬚女士，而是一所聲樂學校的校長。她是在做了母親之後才學會吃的技術，想爲孩子們尋找出更妥切的吃法，她不是用人爲的刺激方法來刺激他們的胃口，而是要他們在情緒平靜下能開胃愛吃。她把她的理論付諸實驗，認爲一個心平氣和的人可以吃到疲倦爲止。出於道德的理由和比賽的興趣，她離開學校和家園，去和一位全國極有名的無恥大食客比賽。從她一看到席甘多，她就認定席甘多不會輸在胃腸上，卻會輸在品格上。第一個晚上比賽快要結束時，「大象」女士勇敢地繼續吃著，席甘多則有說有笑，耗去不少體力。他們睡了四個小時。醒來後，每人喝下四十個橘子擠出來的果汁、八夸特的咖啡，並吃下三十個雞蛋。第二天早晨，他們已經許多個小時沒有睡了，吃掉了兩頭豬、一串香蕉，喝掉四箱香檳；「大象」女士懷疑席甘多已經在不知不覺中識破了她的吃喝技術，可能是以奸詐的方法發現的。那麼，他就比她想像中危險了。可是，當柯蒂絲端上兩隻烤火雞的時候，席甘多的肚子已經快塞滿了。

「如果你吃不下，就別再吃了，」「大象」女士對他說。「我們就算和局吧。」

她是出自內心的話，她知道對方一口也不能再吃下去，否則的話，怕會造成死亡的後果。然而，席甘多以爲這是另一次挑戰，就猛吃火雞肉，吃過了量。他俯在滿盤的骨頭上昏迷不醒，嘴角像狗直吐泡沫，難受得不再呻吟；他的眼前漆黑一片，覺得彷彿有人把他從塔頂拋到深坑，在不省人事前，他已感覺死神在坑底等候著他。

「把我帶到卡碧娥那兒去。」他掙扎著說。

他的朋友把他擱放到家裡來，認爲這樣已幫他實現他答應他的妻子不死在姘婦床上的諾言。柯蒂絲把他要穿進棺材裡去的漆皮靴子擦亮，正想找個人送過去時，有人來告訴她說，席甘多已經脫險了。不到一星期他已恢復健康，兩個星期後又開始了一個前所未有的大宴，以慶祝他自己的生還。他又繼續住在柯蒂絲家，卻每天去看卡碧娥，偶爾與家人一起吃飯，情況似乎是反轉過來了，他變成了姘婦的丈夫，妻子的情郎。

妻子卡碧娥則樂得享有這份清福。她成了棄婦後，在煩悶的時候，唯一的消遣就是午休時刻練琴，偶爾讀讀孩子們從外地寄來的信。她每隔兩星期便詳細地寫封信給他們，信中沒有半句眞言。她不讓孩子們知道她的煩惱；不讓孩子們知道家裡的秋海棠雖然開得漂亮，下午兩點雖然昏沉沉的，街上雖然時時傳來喜宴的聲浪，但他們家已愈來愈像她父母的殖民地官邸了。卡碧娥孤單單地徘徊在三具活幽靈和老邦迪亞的死幽靈之間；她彈翼琴的時候，老邦迪亞的幽靈時常坐在客廳的幽暗光影下，顯得好奇又專心。邦迪亞上校則活像一個鬼影。自從他最後一次上街，建議馬魁茲上校發動戰爭未果後，他整天都關在工作室裡，只出來到栗樹下去小便。除了星期三出來理一次髮以外，他不再接見任何訪客。易家蘭則每天端一次東西去給她這個老兒子吃。雖然他仍然熱心製造小金魚飾物，但他發現人家從他那兒買去不是當飾物，卻是當作歷史的遺寶，便不再出賣他的小金魚了。他把亡妻莫氏柯蒂婚後放在臥室的洋娃娃拿到院子去燒掉。做事細心的易家蘭發覺兒子要做什麼，卻也無法阻止。

「你眞是鐵石心腸。」她對他說。

「這不是心腸的問題，」他說。「房子裡全都是蛀蟲啦。」

亞瑪蘭塔正在製她的壽衣。卡碧娥不懂爲什麼她會偶爾寫信給美美，甚至寄禮物給她，卻不願聽亞卡底奧的消息。卡碧娥透過易家蘭問亞瑪蘭塔這件事。「他們死也不會知道理由的。」亞瑪蘭塔這樣回答。這個答案在卡碧娥心中造成一個難以解開的謎。亞瑪蘭塔個子高，肩膀寬，傲慢，總穿滿是花邊的裙子，很有風采，抗拒著逝去的年華與悲痛的記憶，額頭上彷彿有童貞的十字印痕。事實上，她手上纏的黑繃帶就象徵著童貞，那繃帶她連睡覺都不脫下來，總是親自把它洗乾淨，燙平。她的日子就在製壽衣中一天天過去。或許有人說她是白天製衣晚上拆，不指望用這個方法解除寂寞，反而是在培養孤寂感。

卡碧娥成爲棄婦的那幾年中，最怕女兒美美回來度假，因而發現爸爸不在家。席甘多患腦充血，正好祛除了她這份擔憂。美美回來後，她的父母講好了，要讓她仍以爲爸爸是個顧家的人，而且他們不讓她發現家庭的悲劇。就這樣，爲了孩子席甘多每年要扮演兩個月的模範丈夫，以冰淇淋和小點心宴客，活潑的小女兒則彈翼琴以助興。從那時開始，大家都看得出來，她沒有承襲母親多少性格。她與亞瑪蘭塔十三、四歲時沒有兩樣；只是當時的亞瑪蘭塔未涉人世辛酸，常以精湛舞步取悅家人，後來暗戀克列斯比，心靈的方向才整個扭曲了。然而，美美跟亞瑪蘭塔有些不同，她未曾顯露獨守家園的那種孤獨命運，她似乎和世俗爲一整體，連下午兩點關在客廳練琴，也仍然關心外界。當然，很明顯地她也喜愛這個家，整年都在夢想她一返家就會引起年輕人的興奮，她有她父親那種歡欣慶賀的集會才能和好客的性情。美美第三次回來度假時，帶回四位修女和六十八位同學，她主動邀他們來住一個禮拜，事先並未通知家人，這才顯出了她那份可悲的遺傳性格。

「多可怕啊，」卡碧娥哀嘆說。「這孩子像她父親一般野蠻！」

家裡不得不向鄰居借床舖和吊床，分九班次吃飯，排定洗澡的時間，借來四十張小板凳，叫她們坐下來玩，免得這些穿藍制服戴男性鈕扣的女學生整天到處亂跑。這次來訪不太愉快，吵吵嚷嚷的女學生剛剛吃完早點，又要開始輪班吃午飯了，接著是輪班吃晚飯，整個一星期只到新墾植區去散步過一次。天黑時，修女已精疲力盡，動彈不得，命令也有氣無力發不出去，那些不知疲乏的少女仍在院子裡唱些走了調的校園歌曲。有一天，易家蘭想要幫忙，反而礙手礙腳，那些學生差一點踩到她。又有一天，邦迪亞上校沒有考慮到院子裡有女生，跑到栗樹下去小便，害得修女們群情激動。亞瑪蘭塔燒湯放些鹽巴，有一位修女走進廚房去，居然問她那白粉粒是什麼，亞瑪蘭塔的答覆差一點造成極大的恐慌。

「砒霜。」亞瑪蘭塔回答說。

女學生剛到達的那個晚上，她們要在上床睡覺之前先上浴室去，結果到了午夜一點，還有人在等著進去。為了她們小便，卡碧娥去買了七十二個夜壺，但也只是把夜裡的問題拖延到早晨而已。到了黎明，那兒又排了一長路的女學生，個個手提夜壺，輪流著進去洗。雖然有幾個發燒，幾個被蚊子咬得生病了，但大多數的人在這種極大的困擾下，仍表現堅強的抵抗力；天氣再熱，她們還是在花園裡亂跑。她們走了之後，花樹被毀，家具遭弄壞，牆上塗滿字畫，然而卡碧娥見她們離開，總算鬆了一口氣，也就原諒她們帶來的損失。她把借來的床舖和小板凳先還給人家，七十二個夜壺則存放在麥魁迪那個房間裡。以往家裡的靈性生活盡出在那個房間裡，從此以後那兒就改稱「夜壺室」了。邦迪亞上校覺得這個名稱很恰當，儘管家裡其他的人看那個房間不沾灰塵，也沒有損壞，他卻驚奇的覺得那兒已是糞便堆了。總之，是非對錯的問題他已不在乎，他發現這間房子的命運就是那樣，只是卡碧娥堆了一個下午的夜壺，老是從他房間的那面經過，打擾了他的工作情緒。

那天席根鐸又在家裡出現了。他經過長廊，不跟任何人打招呼，悄悄進入工作室去與上校說話。易家蘭雖然看不見他，但她分析那應是工頭穿的靴子所發出的滴答聲，只是想不通他與家人會這般疏遠；孩提時他會與雙生兄弟玩巧妙的混淆遊戲，而今兩人一點也不相像，且相互疏遠。他身材直挺，表情嚴肅，臉色像秋天，有一種沉重的心情，如同回教徒阿拉伯人，神色悲寂。他最像他的母親匹達黛。易家蘭責怪自己在提起家人時老是忘了提及匹達黛。可是她知道他已回家來了，發現上校放他進入工作室後，她重新檢討回憶中的事件，更相信他們兩個雙生兄弟一定是小時候換過來了，名叫席甘多的該是他，而不是另一個。沒有人知道他的生活細節。有段時間，家人知道他沒有一定的去處，曾在透娜拉家飼養鬥雞，偶爾也睡在那邊，不過大部分時日都在法國豔婦那兒過夜。他到處流浪，沒有親情，沒有野心，在易家蘭的星系裡，像一顆游離的星。

很久以前一個黎明時分，馬魁茲上校帶他去軍營，不是有意安排他去看行刑的殘忍行爲，而是要他不要忘記死刑犯臉上那種悲哀近於譏諷的笑容，事實上，從那天以後，席根鐸就不屬於這個家，也永遠不屬於別的家了。那次經驗是他最早的回憶，也是他童年唯一的回憶。至於那個老頭，身穿背心，頭戴烏鴉展翅的帽子，靠在煙雨濛濛的窗前，說了許多奇事，那些回憶他已無法放入他生命中的任何一個階段；那種回憶非常含糊，對他而言已沒有任何教訓或懷念，與死刑犯那種回憶正好相反。他後來確立了他自己一生的方向；他年齡越大就越清楚，時間彷彿把他帶往那次的回憶裡去，更爲接近它。易家蘭想利用席根鐸把邦迪亞上校從自設的牢房拖出來。「帶他去看電影，」她對曾孫席根鐸說。「即使他不喜歡那影片，起碼他也可以呼吸一下新鮮空氣。」然而很快她就發現了席根鐸與上校相同，對她的懇求根本無動於衷，親情是滲不進他們心中的。雖然她不知道他們關在工作室談些什麼，家裡其他的人也不知道，而她了解全家只有這兩個人是意氣相投的。

事實上，席根鐸也不可能將上校拖出他自設的牢房。女學生的闖入他家，使上校忍耐的程度降低。他藉口說亡妻莫氏柯蒂留下的洋娃娃已經燒掉，臥室裡仍有許多蟲子，便在工作室掛個吊床，除了到院子裡去處理必要的事之外，他從不踏出房門一步，即使易家蘭想跟他說句話都不可能。她知道兒子在做小金魚飾物的時候，連擺在工作檯上的餐碟看都不看一眼，也不在乎湯是否凝固，肉是否冷掉。自從馬魁茲上校不肯支持他打一場老仗，他的心就愈來愈冷酷無情了。他把自己牢牢鎖在自己的軀殼裡，最後家人都當他已經死了。有一年的十月十一日，他曾走到臨街的門口去看馬戲遊行，在這之前，從未見他有過什麼人性反應的行爲。對邦迪亞上校自己來說，就是那一天，也跟他晚年的每一個日子沒有兩樣。早上五點他就被牆外的蟋蟀和蟾蜍吵醒。那個星期六一開始就下起毛毛細雨，連綿不斷，他不用聽打在花園葉上的雨聲，反正他憑骨頭裡的寒意就知道下雨了。他如往常一樣穿著粗棉布長襯褲，裹著毯子，褲子的式樣很落伍，他稱之爲「野蠻人的襯褲」。爲了舒服，他還是喜歡穿著它。他想要洗澡，所以外面套了一條緊身褲子，不扣鈕扣，也不像平時把金鈕扣裝在襯衫領子上。接著他把毯子常頭巾，罩在頭上，用手指抓抓濕淋淋的鬍子，走到庭院中去小便。太陽還要許久才出來，老邦迪亞的幽靈仍在被雨水腐蝕的棕櫚葉下打盹兒。上校照樣是看不見父親的幽靈，父親因他的熱尿灑在他的鞋子上面而驚醒了，因而呼喚他，他也聽不見那種費解的語句。他延後洗澡的時間，是因爲怕冷怕濕，十月的霧太濃重了。他走回工作室的時候，聞到匹達黛生火用的燭芯氣味，就到廚房等咖啡沸騰，以便不加糖就帶過去。匹達黛照例問他是星期幾，他說是十月十一日星期二。火光照著這個從未在他心目中存在過的婦人，他望著望著，突然想起戰時的某年的十月十一日，他一覺醒來，預感與他同床共枕的婦人死了。那個婦人果眞死了，由於她一個鐘頭前還在問他是幾月幾號，所以他忘不了這個日子。儘管他有這個記憶，而這時他並未察覺他的預感已不靈了，他的心中不會再出現預感。煮咖啡的時候，他直想起那位半夜撞進他的吊床來的婦人，既不知她的容貌，也不知她的姓名，這時想起她，也只不過是詫異，而非懷念。太多的女人以這種方式闖進他的生命，根本沒有什麼意義；他竟然沒有想起她是淚流滿面，精神恍惚，死前一個鐘頭還在發誓要愛他至死。等他端著熱騰騰的咖啡走進工作室，他就不再想她了，也不去想任何一個女人。他開燈計算著錫鐵皮桶的小金魚飾物，一共有十七條。既然決定不賣，每天照舊做兩條，完成二十五條之後就把它們一起融掉，重新再做。他專心做了一個早上，什麼也不去想，也沒有注意到十點鐘時雨勢已經增強，有人經過工作室，大叫：「開門！別讓房子淹水啦！」他甚至不關心自己，後來易家蘭端午餐進來，燈已經熄滅了。

「好大的雨。」易家蘭說。

「十月啦。」他說。

他說這句話時沒有舉目張望，眼睛仍舊注視著那天做的一條小金魚飾物，他正在鑲紅寶石眼睛，他做完以後，把小金魚飾物放進桶裡，才開始喝湯；而後慢慢地吃同一盤子內的洋蔥烤肉、白飯和炸香蕉片。不論情況好壞如何，他的胃口始終不改。午餐後他感覺昏昏欲睡。他有一種科學的迷信，一定要在消化兩小時後才工作、讀書、沐浴或跟女人性交；這個信念太深了，以前他多次延擱軍事行動，都是爲了免得軍隊的成員消化不良。他躺在吊床上，用小刀挖耳垢，幾分鐘後就睡著了。他夢見自己走進一個四面白壁的空屋，自知是第一個進去的人，頗覺心慌。他在夢中想起某一個晚上和數年來的許多個晚上都作過同樣的夢；他也知道一醒來就會把夢中的事忘得一乾二淨；然而，這回這個具有循環性的夢特別一點，不可能忘記。果然，過了一會兒，一位理髮師來敲工作室的門，邦迪亞上校醒來，自以爲只睡了片刻，沒有時間夢到什麼。

「今天不剃，」他告訴理髮師說。「星期五再說吧。」

他臉上有些花白的鬍子，只長了三天，可以在星期五理髮時同時處理，他覺得現在沒有剃鬍子的必要。他意外地睡了一覺，汗水涔涔的，腋下的濃瘡疤又痛起來了。雨雖然停了，太陽卻未出來。邦迪亞上校打了一個響嗝，羹湯的酸味又湧上顎來，像身體組織的一道命令似的，使他拿起毛毯往肩上披，走向浴室，他在那兒逗留了很久，蹲在木箱子上，下面湧著綠色酵素濃液似的東西，最後，他習慣性地站起來準備去工作。逗留中，他想起今天是星期二，香蕉公司各農場發薪水，席根鐸還沒到工作室來。這個念頭跟過去幾年前的回憶一樣，使他在不知不覺中又想起戰爭。他記得馬魁茲上校曾答應他，要找一匹臉上有白星的馬匹給他，後來卻一直沒有再提起。他繼續想起一些瑣碎的往事，不予置評，既然他不能想些別的，乾脆冷靜地思考，免得回憶動氣。在他走回工作室的途中，他看空氣漸漸地乾爽，認爲適合去洗澡了，可惜他的妹妹亞瑪蘭塔已經先佔用了浴室。於是，他開始做那天的第二條小金魚飾物。他正在魚尾裝上小鉤子時，太陽出來了，很猛烈，光線像漁船般晃耀著。連下了三天的小雨，空中飛蟻很多。這時他想小便，硬耐著性子把小金魚飾物做好才去。四點十分，他來到院子裡，聽見遠處有銅製樂器的聲音，還有低音鼓和兒童的喊叫聲，少年時代以來，他第一次墜入懷舊的陷阱，彷彿又回到吉卜賽人前來村裡，父親帶他去看冰塊的那個下午。匹達黛放下廚房的工作，跑到門口去。

「是馬戲團。」她叫道。

邦迪亞上校沒有走到栗樹那邊去，他也走到臨街的門口，跟別的觀眾一起看遊行。他看見一個穿金色大衣的女人坐在大象頭上。他看見一隻悲哀的單峰駱駝。他看到一隻穿荷蘭少女裝的大熊用湯匙和平鍋打拍子。他看見小丑在行列末尾騎大車輪。這一切都過去以後，眼前只剩一條大街和滿天的飛蟻，幾名觀眾還正在探望無常的空蕩蕩的遠方；他又再度看出他自己孤寂的面貌。於是他一邊想著馬戲團，一邊走向栗樹下，小便時盡量回想馬戲團的事情，卻再也想不起來了。他學小雞將頭顱縮在兩肩之間，前額頂住栗樹幹，一動也不動。家人一直找不到他。第二天上午十一點，匹達黛到後面去丟垃圾，發現有幾隻禿鷹飛下來，這才注意到他的屍體。

14

美美最後幾次的假期正是邦迪亞的喪期。百葉窗已關上的房屋不適於宴客。他們低聲說話，默默吃東西，一天念三次玫瑰經，連午休時間練琴的活動也像是弔喪。雖然卡碧娥暗自仇恨上校，但她見政府鄭重紀念已故的敵人，便也規定家中嚴格守喪。席甘多照例在女兒回家度假的期間回家睡覺，卡碧娥大概已想出辦法來奪回她做個妻子的權利；然而，第二年美美發現家中添了一個妹妹，取名叫亞瑪倫塔・易家欒，這個名字完全違反了卡碧娥的心願。

美美已經完成了學業。她演奏了十七世紀的流行曲調，以慶祝她的結業與宣佈喪期結束，由於演技精湛，她的翼琴演奏證書也因而獲得認可。來賓未必欣賞她的演奏藝術，倒是佩服她的雙重適應性。看她輕浮甚至有點幼稚的個性，好像不適於任何嚴肅的活動，可是她坐在翼琴邊的時候，就完全變了一個人，成熟得叫人感到意外，完全像個成年的女子。她一直是這個樣子。事實上，她並無明顯的天賦，卻是在不斷苦練中得到最高的成績，免得母親生氣。他們可以逼她學任何一種技藝，成績大概都可以到達這個標準。從她很小開始，她就因母親的過於嚴格、習慣走極端，而煩惱不堪，別說是翼琴課程，就是更困難的犧牲要求，她也辦得到，只求不違抗母親那種缺乏彈性的作風。她平常與母親妥協，不是出於溫順，而是爲了便利自己的行爲，等到畢業典禮上，那印著光亮的大寫字母與哥德字體的畢業證書發下來，她覺得可以不再妥協了，相信從此以後，她的母親不會再爲一架連修女都視爲博物館化石的翼琴而操心了。起初的幾年，雖然她在客廳裡，在馬康多的慈善會上，在學校的典禮上，或愛國慶典上演奏的時候，半數的聽眾都在打瞌睡，母親依舊請些新客人到家裡來，以爲人家會欣賞她女兒的優點，美美看出這個如意算盤打錯了。一直到亞瑪蘭塔死後，家人再度閉門守喪，美美才有機會封閉翼琴，把鑰匙遺忘在一個抽屜裡，而不必害怕卡碧娥生氣去查鑰匙何時遺失的，或是誰弄丟的。美美忍受守喪的禁令，跟學琴一樣堅忍。這是她自由的代價。卡碧娥看她這樣乖，很是滿意，又因她彈琴而受人讚美，感到驕傲，就不反對家裡邀請一群女孩子來玩，也不反對她下午到樹林中去走走。如果伊撒貝爾神父在講壇上說某部影片好，她也不反對女兒跟她父親席甘多或一位可靠的淑女一起去看電影。在消遣時，美美才表露了她眞正的喜好，她感興趣的不是苦修，而是相反的一面；她喜歡熱鬧的宴會，閒話戀愛，長時間的少女聚會；她們學抽煙，談男人的事情，有一次，她們猛喝甘蔗酒，結果把衣褲都脫光，大家互相比較身體的每個部分。美美永遠也忘不了那天晚上口嚼甘草片劑回家的情景；卡碧娥和亞瑪蘭塔正在吃晚飯，她們彼此不說一句話，美美發現她們一副驚慌的樣子，便自行在桌邊坐下來。她曾在一位女同學的臥室待過兩小時，又哭又笑又害怕，儘管有許多害怕的原因，她終究有了勇氣，想逃學，告訴母親說，她恨不得把翼琴拿來當灌腸器。美美坐在桌邊，喝下一碗雞湯，湯進入胃裡像復活的仙丹一般，這時她才看到卡碧娥與亞瑪蘭塔帶著一種興師問罪的神色。她極力忍耐，才沒有對她們那種無事找碴的態度罵出口來，她要罵她們缺乏靈性，滿懷虛榮浮華的夢幻。從第二次回家度假，她就已經知道父親只爲了面子才回家住，她對母親卡碧娥很諒解，後來有機會認識了柯蒂絲，更肯定父親並沒有錯。她甚至寧願當父親的姘婦的女兒。美美喝酒喝得迷迷糊糊，暗自揣度，如果當即說出心裡的話，一定會引起憤怒，想來也很有趣，她暗自爲自己的淘氣而得意，這一點，卡碧娥已經看出來了。

「怎麼回事呀？」她問。

「沒有什麼，」美美回答說。「只是現在我才發現我是多麼愛妳們兩個。」

亞瑪蘭塔對她話中所含的怨恨之意大吃一驚，卡碧娥卻非常感動。美美半夜起來，頭很痛，吐出一大口苦苦的膽汁，卡碧娥簡直快嚇昏了。她餵她吃一瓶海狸油，在她肚子上貼壓縮繃帶，在她頭上放冰袋，要她在床上躺五天，照新來的法國醫生開出的食譜吃東西；醫生曾仔細地爲她檢查過兩個多小時，含糊地說她害了一種婦女病。美美失去了勇氣，精神渙散，除了忍耐之外，也別無辦法。易家蘭當時已完全看不見了，卻仍然非常活躍，神智清醒，只有她猜到了確實的病徵。「照我看來，很像是酒醉的情形。」她暗想著，但是放棄了這個念頭，責怪自己在瞎猜。父親席甘多見女兒美美臥病了，內心不安起來，暗自決定以後要好好照顧她。父女倆有說有笑的情分就這樣產生了，他暫時擺脫了飲宴的寂寞，她也脫離了母親卡碧娥的監視，而不致引發當時頗難避免的家庭危機。那段時間，席甘多暫停一切約會，專心陪伴女兒美美，帶她去看電影或馬戲團表演，大部分閒暇的時間都與女兒在一塊度過。最近他胖了許多，連鞋帶都無法繫上，各種慾望都過分滿足，性格漸漸地彆扭起來。他因關注女兒而恢復了往日的歡笑，因爲喜歡跟女兒在一起，而慢慢地改正了放蕩的習氣。美美已進入成熟階段的年齡。她與亞瑪蘭塔當年一樣，長得並不漂亮，生性卻很活潑又單純，叫人見了就喜歡。她具有現代精神，使得嚴謹而有古風又小氣的母親卡碧娥非常傷心；相反地，席甘多則喜歡培養女兒這種現代精神。從小她住的臥室裡就擺設了許多聖像，聖徒的雙目至今仍然使她心存戒心，他決定讓女兒換一個房間，給她購買豪華的床鋪、大梳妝檯和天鵝絨窗簾，無意中在模仿柯蒂絲臥室的佈置。父親席甘多對女兒很大方，任由美美從他口袋裡掏錢，根本弄不清他到底給了她多少錢；而且香蕉公司糧食雜貨站購進的每一樣美容新品，他都搶先去買回來。美美的房間裡擺滿了東西，有磨指甲的浮石墊、捲髮器、牙刷、滴眼露，以及許多新化妝品和美容用品，每次卡碧娥走進房間來，想起女兒的梳妝檯跟法國豔婦的不相上下，總認爲是件羞恥的事。只是當時卡碧娥要照顧頑皮多病的小亞瑪倫塔，另外又要與某些未曾謀面的醫生通訊，沒有時間來管這件事。她發現他們父女倆同流合汚，她只要求席甘多答應一件事，絕對不能帶美美到他的姘婦柯蒂絲家中去。這個要求實際上毫無意義，姘婦看他們父女倆這麼好，已經很不高興，根本不喜歡理睬美美。柯蒂絲倒有一種莫名的恐懼，她憑直覺認定，只要美美願意，她可以做到卡碧娥做不到的目標，那就是剝奪柯蒂絲她自己認爲到死都可以擁有的愛情。席甘多這回第一次遭姘婦冷淡的對待，猛烈的攻擊，他甚至害怕那幾個皮箱得帶回妻子家來。事情倒還未發展到那種地步。柯蒂絲比任何人更了解她的情夫，她知道席甘多討厭更新和變化，不願把生活弄得太複雜，所以那幾個皮箱一定會留在她那兒。於是，皮箱仍然留在她那兒，柯蒂絲設法調整與姘夫女兒的關係，把這當作是唯一的武器，她想要再征服他。實際上，根本無須這樣，因爲美美無心干涉她父親的事情，即使她要干涉，也可能是站在父親的姘婦這一邊。她沒有時間去干擾別人。她保持修女教她的習慣，自己打掃房間，自己鋪床。早上起來整理衣物，在走廊上用手或用亞瑪蘭塔的縫紉機縫補東西。別人午休時間，她則練兩小時的翼琴，自認每天這樣勤奮，母親卡碧娥應該不會再挑剔了。爲了同一理由，她繼續到教堂慈善會與學校的宴會上去演奏，只是被邀請來欣賞的人愈來愈少。黃昏時分，她打扮起來，穿上一襲簡單樸素的衣裳，蹬上一雙硬底高跟鞋，如果未與父親安排好節目，她就到女同學家去，直待到吃晚餐的時間。晚飯後，席甘多幾乎每天帶她去看電影。

在美美的朋友中有三個美國女孩，她們越過帶電的鐵絲網籬牆，跟馬康多的本地女孩來往，派翠西亞是其中之一。布朗先生感激席甘多待客熱誠，容許美美到他家去玩，並邀請她參加他們家星期六的舞會，那是美國人和本地人交往的少數場合之一。卡碧娥知道了，暫時擱下幼女亞瑪倫塔和那些不見人影的醫生的事，規勸美美要往好處走。「想想看，」她對美美說，「上校在墳墓裡會作何感想。」當然，她也找老祖宗易家蘭來支持她。沒想到瞎眼的老祖宗的看法是：只要美美嚴守好習慣，不改信基督新教，去跳跳舞，跟同年的美國女孩子交朋友並沒什麼不對呀。美美深知高祖母的想法，總在跳過舞的第二天，比平常早起去望彌撒。卡碧娥則始終反對女兒跳舞和交美國朋友；有一天，美美說美國人想聽她彈翼琴，母親才未繼續堅持下去。樂器搬出，運往布朗家，少女演奏家在那兒得到誠摯的掌聲與熱誠的道賀。從此以後，她不但應邀去跳舞，還參加星期日的游泳池畔的聚會；一星期去吃一次午餐。美美學會了游泳，技術也不差；還學會了打網球；吃鳳梨夾維吉尼亞火腿。她跳舞、游泳、打網球，很快地也能說英語了。席甘多見女兒進步很快，他更熱切，特地向巡迴推銷員買了一套六冊的英語會話百科全書，裡面有不少彩色圖片，美美一有空就研讀。以前她整天跟女性朋友談些情郎之類的閒話或獨自沉思暗想一些事件，而今專心閱讀，已不再對公共場地上的奧祕感到興趣。她把醉酒的事當作幼稚的冒險，覺得很有趣，就說給爸爸席甘多聽，他更覺得好玩，不去責備她。「妳媽媽知道了可不得了哪！」席甘多笑彎了腰說。每次他吐露心聲，總是這種口氣。他叫女兒一定要將她初戀的祕密說給他聽，美美說她喜歡一位跟父母前來度假的美國紅髮青年。「妳可知道，妳媽媽知道了可不得了哪！」席甘多笑著說。不過，美美又告訴他，那個男孩已經回國了，現在不在這邊。她理智成熟，一家人都很放心。席甘多現在花較多的時間去陪柯蒂絲，雖然身心兩方面都不容許他像往日那麼放蕩，但他一有機會仍會自作安排；他把手風琴拿出來，上面有幾個琴鍵是用鞋帶繫著的。亞瑪蘭塔在家裡不停地縫製她的壽衣；易家蘭老得只能拖著步子行走，她只看得見栗樹下老邦迪亞的幽靈，因此卡碧娥現在的權力是更加鞏固了。這段時日，她每月寫信給兒子亞卡底奧，不再常說謊了，只隱瞞了她和幾位未謀面的醫生通訊的事，他們診斷出她的大腸有良性腫瘤，正準備給她做病徵部位感應手術。

如果不是亞瑪蘭塔突然死亡，引起了新的不安的話，疲憊的邦家已平靜快樂了好一段時日。事情來得太意外，她年紀太大了，孤獨而不喜歡理睬別人，可是她的身體看起來還算結實挺直硬朗，一向都健康得有如磐石。自從她最後拒絕馬魁茲上校那天起，經常一個人關在房裡痛哭，沒有人知道她的想法。邦家接二連三發生的事：「美女瑞米迪娥」升天；邦迪亞上校的十幾個兒子被殺；邦迪亞上校死亡，都沒有人看見她哭泣；上校是她一生中最敬愛的兄長，直到家人在栗樹下發現他的屍體，她才表露出她的哀傷來。她幫忙抬屍體，爲他穿上軍裝、刮鬍子、梳頭，把他的鬍子用蠟塗得比他得意時更加硬挺漂亮。亞瑪蘭塔一向熟悉死亡的儀式，家人也早就習慣了，誰也不覺得那種動作中含有親人的情分在內。卡碧娥看她不懂天主教信條與人生問題，只知道死者與死亡的事，彷彿它不是宗教，而只是一套安葬死者的俗禮，覺得很不光彩。亞瑪蘭塔沉浸在零零星星的回憶裡，她才不管那些微妙的教理呢。她到了老年期，一切記憶依然完整。她聆聽克列斯比的華爾滋舞曲，仍像年輕時代一樣有種想哭的感覺，彷彿時間和嚴格的教訓都沒有什麼意義。她曾藉故說那些樂譜潮濕損壞了，把它們丟進垃圾堆裡去，然而那樂聲卻在她的記憶中盤旋迴響。她容許自己跟姪兒約塞動感情，意圖抹去克列斯比那些樂曲的聲音；她也曾企圖尋求馬魁茲上校那份安定力量的保護；小姪曾孫亞卡底奧去上神學預校的前三年，她甚至不顧一切要爲他洗澡，不像老姑婆愛撫姪曾孫，而是像女人愛撫男人。據說那個法國豔婦的做法就是這樣；亞瑪蘭塔自己十三、四歲時看見克列斯比穿緊身舞衣，手持魔杖打拍子，她也曾想用手去愛撫他；她是永遠不會忘懷這些記憶的。她任由慘痛的記憶奔瀉，有時覺得痛苦，有時甚至氣憤得用針刺手指頭；然而，最令她氣憤與痛苦而又辛酸的是一股拖著她走向死亡的愛情遺恨。就像邦迪亞上校想起戰爭，無法逃避，亞瑪蘭塔想起莉比卡也是這樣。只是她的哥哥邦迪亞上校設法使回憶枯竭，她的回憶卻愈來愈多，愈來愈灼人，許多年來，她對上帝只有一個請求，那就是別讓她死在莉比卡前面。每次她經過莉比卡家，發現那兒急速毀滅，就覺得上帝已答允她的話而頗覺安慰。有一天下午，她在走廊上縫衣服，突然認定有一天她會坐在同樣的位置接獲莉比卡的死訊。後來她坐著等，像別人等信件那樣，有一次還故意拆掉鈕扣重縫，以免無事可幹而等得更不耐煩或更加心焦。當時家裡沒有人知道亞瑪蘭塔正在爲莉比卡縫製壽衣。後來，屈斯提說看見莉比卡的皮膚像皮革，頭上只有幾許金髮，整個人已是一具幽靈似的，亞瑪蘭塔聽了並不吃驚，在她想像中，莉比卡就是這個樣子。她決定給莉比卡整修屍體，以石蠟塡補她臉上破損的地方，拿些聖徒像的頭髮來爲她做假髮。她要修整出一具美麗的屍骸，穿著亞麻布壽衣，睡在罩有紫布鑲著絲絨的棺木裡，她要以壯觀的喪禮送對方去給蟲蛆嚼食。她對莉比卡懷著深仇大恨，一心訂出內容想起來令人不禁髮指的計畫；如果這種做法是出於愛心，倒也無可厚非，但是她不會允許自己混淆自己的想法，她一步一步推展計畫，後來竟比專家還要內行，成爲葬儀的大行家。可惜她執行恐怖的計畫時，忘了一件事：儘管她一再懇求上帝，她還是有可能死在莉比卡之前。結果事實就是這樣。不過，在她臨終的最後時刻，亞瑪蘭塔並無挫敗的感覺，反而消除了一切怨氣，因爲死神已在好多年前就向她發出了通告。美美離家到學校住宿不久，一個燠熱的下午，她看見死神在走廊上與她一塊兒縫製衣服；她看見死神化身成穿藍色衣服、披長髮的女子，外貌很典雅，頗像當年透娜拉在她家廚房打雜的那個樣子。卡碧娥來了幾次，都看不見這個女子，可是她在那兒顯明是個眞實的女子，是眞人的樣子，有一次，亞瑪蘭塔還給她穿針眼呢。死神並沒有說亞瑪蘭塔什麼時候會死，也沒有說她的死期是否比莉比卡還早，只交代她明年四月六日開始要爲她自己縫製壽衣。那人叫她高興做多麼複雜的壽衣就做多麼複雜的，只是必須跟莉比卡的壽衣一樣實實在在縫製完畢，等她做好的那天晚上，她便會平靜地逝去，毫無痛苦、恐懼或辛酸。亞瑪蘭塔訂購了一些粗麻，親自紡紗紡麻線，以便盡量拖延時間。她紡得很仔細，單是這項工作就花了四年的工夫。而後，她開始縫製。等她離死期愈來愈近時，她漸漸地了解，只有奇蹟才能讓這件工作拖到莉比卡死後再完成。然而，她專心工作，心情越來越平靜，也就對挫敗能夠接受了。這時她才了解邦迪亞上校做小金魚飾物時的惡性循環情緒。世界的意義已降到如她皮膚表層那般淺薄了，她的內心已不再有任何辛酸的影響。她遺憾的是，許多年前她沒有得到這個啓示，當時如果她想得通，她還可以淨化自己的回憶，以新的看法來重建宇宙觀。傍晚時分，她靜靜地思念克列斯比薰衣草的香味，不至於發抖的話，也不至於陷莉比卡於苦難的泥淖中；她這樣既不是爲了愛，也不是爲了恨，只是深入了解了無限的孤寂。有一天晚上，她發現美美的話語中帶有怨恨之意，她並不因爲美美把目標指向她而難過，而是覺得另一個跟她以前一樣聖潔的青春生命似乎也已經被怨恨污染了。然而當時她已接受命運，眼見事情沒有矯正的可能，卻一點也不驚惶。她唯一的目標是把壽衣縫製好。她現在已不像開始時那樣注重細節，拖延進度，反而在加速進行。她估計二月四日晚上可以完成最後一針，在一個星期前，她建議美美把她死期次日的翼琴演奏會往前挪，但卻說不出動機，美美則根本不理她。於是，亞瑪蘭塔設法拖延四十八小時，到了二月四日那天，暴風雨擊壞了電力廠，她認爲死神隨了她的意。第二天早上八點鐘，她完成了一生中最美麗的作品，縫好了最後一針，便毫不隱諱地很自然地宣佈她要在傍晚時分去世。亞瑪蘭塔認爲她可以幫世人最後一個忙，以彌補一生的卑劣過失，自認最適合替人帶信給死者；於是，她不僅把這點心意告訴家人，而且告訴全鎭的人。

亞瑪蘭塔傍晚要帶死者郵件升天的消息，中午以前就傳遍了馬康多，下午三點邦家的客廳裡已擺滿了一大紙盒信件。不想寫信的人則以口頭方式向亞瑪蘭塔報告他們要她傳送的消息。她把那些人的話記在筆記簿上，並記下收件人的姓名和逝世的日子。「別擔心，」她告訴發信人說。「我一到那邊，就盡快找他，把你的信息帶到。」這情形簡直就像鬧劇。然而亞瑪蘭塔沒有顯出慌亂與哀傷的樣子，她甚至爲了任務的完成而充滿了新的生命活力。她的身材依然直挺而苗條。如果不是她的顴骨突顯，牙齒脫落了幾顆，她看起來會比實際年齡年輕許多。她親自安排大家把信件放在一個有松脂香的紙盒裡，然後把它放入她的墳墓中，盡量避免受潮。早上她請來一個木匠，爲她的棺木量尺寸，就像做新衣量尺寸那樣。她臨終前的幾個鐘頭精力充沛，卡碧娥以爲她是在戲弄大家。易家蘭見過邦家有幾個人都是無疾而終，相信亞瑪蘭塔已接獲死亡的預兆；然而，她害怕有了要她送信這件事，發信人爲了急著要讓郵件早些到達，可能會在慌亂中把她活埋掉。於是她清理門戶，與闖進來的人吵架，對他們大吼大叫，直到下午四點，總算把他們都趕走了。當時亞瑪蘭塔已將遺物分給窮人，放入木板未曾磨光的棺木中的，只有她死後要穿的乾淨衣服和簡陋的布拖鞋。她記起邦迪亞上校去世時，只剩下他在工作室穿舊的室內拖鞋，家人只好買一雙新的給他，所以她爲自己先作準備。五點鐘前，席甘多來接美美去演奏，看到家人準備葬儀的事項，很是驚愕。當時最活躍的莫過於亞瑪蘭塔，她甚至還有時間剝玉蜀黍呢。席甘多以開玩笑的口吻向她告別，保證下星期六要爲她開個復活大慶祝的宴會。伊撒貝爾神父聽說亞瑪蘭塔要給死者送信，就在五點鐘來爲她舉行臨終儀式，他等她從浴室沐浴出來，等了十五分多鐘。老神父見她穿著印度馬達波倫棉布睡衣出來，長髮披肩，以爲她暗藏詭計，便叫聖壇助理走開。他想利用這個機會叫緘默了二十年的亞瑪蘭塔懺悔。亞瑪蘭塔則說她良心很安，無需任何靈性上的幫助。卡碧娥很憤慨，不顧人前人後自說自話，她說亞瑪蘭塔不知犯下什麼可怕的大罪，至死都不肯懺悔，寧願死得不誠敬。這樣一激，亞瑪蘭塔躺下來，叫易家蘭當眾檢查一下，以證明她仍是處女。

「誰也別胡思亂想，」易家蘭大叫以使卡碧娥聽到。「亞瑪蘭塔就像她出生一樣，以處女之身清白地離開這個世界。」

這一來她眞的起不來了，躺在墊子上，好像眞的生病了。她已把長髮編成辮子，搭在耳後；當年死神曾吩咐她頭髮要那樣擺在棺木上。接著她向母親易家蘭要一面鏡子，四十年來第一次照照那張因歲月和犧牲而憔悴的老臉，想不通自己的容貌竟是自己想像中的那個樣子。易家蘭聆聽臥房靜靜的，知道天色已漸漸暗下來了。

「向卡碧娥說聲再見吧，」她懇求女兒。「一分鐘的和解勝過一生的友誼。」

「現在沒有用了。」亞瑪蘭塔回答說。

臨時舞臺的燈光打開了，美美正在演奏第二部分的節目，不禁想念起亞瑪蘭塔。演奏到一半時，有人在她身邊輕聲傳告一個消息，聚會立即宣告停止。席甘多趕回家去，不得不在人群中擠過去看老姑婆那已變得醜陋的處女軀體；她手纏黑綳帶，身穿華麗的壽衣，停屍在客廳裡，旁邊有一盒信件。

易家蘭為亞瑪蘭塔守喪九夜之後，一病不起，由匹達黛照顧她。餐點也都由匹達黛端到臥房去給她吃。匹達黛用安納托油（南美食物染色油）替她擦洗身體，向她報告馬康多的最新見聞。席甘多經常來看她，為她拿來衣物，以及日常最需用的東西，把它們放在床邊，所以在一個星期內，她周遭都是東西，伸手就可以取到。小玄孫女亞瑪倫塔很像她，非常敬愛她，她教亞瑪倫塔讀書。她的神智清醒，很能自安，別人不以為她病了，只認為她是年過百歲的人自然臥在床上而已，儘管她看東西是不行了，別人卻不知道她完全瞎了。這個時候她的空閒很多，默默地注意一家人的生活，她首先發現美美沉默中有困擾。

「過來，」她對她說。「現在只有我們兩人獨處，告訴我這可憐的老太婆妳有什麼煩惱。」

美美笑了一下，避不作答，易家蘭也沒有堅持，然而美美不再回來看她，這使易家蘭更確定了自己的疑慮。她知道美美比平常起得早，然後等待著外出的時間，心裡片刻也不得安寧，整晚在隔壁臥房裡踱來踱去，聽到蝴蝶撲翅都會心緒不寧。有一次，美美說要去看她自己的爸爸，席甘多卻到家裡來找美美，卡碧娥竟然沒有警覺，易家蘭爲卡碧娥缺乏想像力而十分驚訝。早在卡碧娥在電影院逮著女兒跟男人接吻，害得全家爲她感到不安之前，美美顯然早已投身這種祕密行徑而抑壓著一肚子的焦慮了。

美美怪易家蘭把她深藏心底的心事宣洩出來。事實上，洩露這個祕密的還是她自己。她早就表露跡象，連最昏頭昏腦的人也看得出來，只可惜卡碧娥只知跟那些未謀面的醫生通訊，自己迷糊不清，竟經過這麼久才發現。最後她終於看出女兒美美不說話，突然間會發脾氣，心情改變得快，言行十分矛盾。她不露聲色，保持很高的警覺心。她照常讓美美跟女性朋友外出，幫她打扮好去參加星期六的宴會，從來不問一句引起尷尬的話。她已多次證明美美言行不一致，然而她不表示出自己的疑慮，只希望能逮住一個適當的機會。一天晚上，美美說要跟父親去看電影。不久，卡碧娥聽到從柯蒂絲那邊傳來鞭炮聲和席甘多的手風琴聲音，於是她穿好衣服到電影院去，在黑壓壓的座位間認出了女兒美美。她沒看清跟美美接吻的那個男子是誰，但她確定了這件事，心煩氣躁，不過她從觀眾大聲亂叫與笑聲中辨別出那個男子顫抖的嗓音；她聽見他說：「愛人，很抱歉。」卡碧娥一句話也沒有說就把美美帶走了，從熱鬧的土耳其街一路拖著她跑，害她很不好意思，到家後把她鎖在臥房裡。

第二天下午六點，有人來找美美，卡碧娥辨出那個人的聲音。他非常年輕，臉孔土黃，有一雙憂鬱的黑眼睛，如果卡碧娥認識吉卜賽人，她就不會感到那麼驚異了。如果她的心腸不是那麼狠，她就不難了解她的女兒爲什麼會爲那副作夢般的樣子而著迷了。他穿一套破爛的亞麻布衣服，腳上穿的鞋子打了白鋅板的補釘，手上拿著一頂上星期六買的草帽。他這一生以來恐怕就是這個時候最爲驚惶，然而他的尊嚴和風采卻是沾不上任何羞辱的。他的雙手變了顏色，指甲因做粗工而破裂，這倒有損他天生的文雅儀容。不過，卡碧娥一眼就看出他是做工的技工。她看出他穿著唯一的星期日休假服裝，襯衫底下的皮膚帶有香蕉公司的疹子。她不讓他開口說話，也不准他踏進家門。過了一會兒，屋裡飛滿黃蝴蝶，卡碧娥不得不把門關上。

「走開吧，」她對他說。「你沒有理由來找正派人家的人。」

他名叫巴比隆尼亞，在馬康多土生土長，是香蕉公司車庫修護廠的見習技工。有一天下午，美美陪派翠西亞去找車子到樹林裡兜風，無意中認識了他。司機生病了，公司派巴比隆尼亞駕車載她們，美美坐在他的旁邊，看他駕駛，滿足了許久以來的心願。巴比隆尼亞不像正規的司機，他讓美美實地練習駕車，於是美美經常到派翠西亞家去。當時的社會仍覺得女性不適於駕車，美美能學到這項技術十分滿足，此後幾個月一直沒有看到巴比隆尼亞。後來她回想起來，發現對方頗具男性美，只是雙手粗糙，駕駛後她曾跟派翠西亞提及那人既自負又篤定的樣子，很是惱人。星期六那天她第一次跟父親去看電影，又碰見了巴比隆尼亞，他穿著亞麻布衣服，與他們相隔幾個座位，不專心看電影，一直往後瞧她。美美見他那麼粗俗，對他有些惱怒。後來，巴比隆尼亞走過來與她父親席甘多打招呼，美美才發現他們彼此認識。他曾在屈斯提的早期電力廠工作過，對她父親的態度有如雇員對待雇主。這件事使她因他的傲氣所產生的不滿消除了。他們從未單獨見面，除了打招呼，也從不交談。有天晚上，她夢見自己遇到沉船事件，他救了她，而她不感激他，反而生氣，就好像自己給了他期待已久的機會似的。事實上，美美的心意正好相反，巴比隆尼亞也正如此；她作了那場夢後，戚戚不安，醒後不但不惱怒他，反而很想見他。那個星期她焦慮不安，到了星期六，她簡直受不了，所以在電影院，巴比隆尼亞跟她打招呼時，她好不容易才抑制住那顆即將跳出口來的蹦蹦跳的心。她既懊惱又歡喜，第一次向他伸出她的手，這時巴比隆尼亞才跟她握手。美美馬上就後悔自己太衝動，不過她感到對方的手也在冒汗，涼涼的，悔恨立即化為給予對方殘酷報復的快感。那天晚上，她發現自己心緒難安，總想叫巴比隆尼亞別妄想，整整一個星期，她都在想這個問題。她想盡辦法叫派翠西亞跟她一起去車房。美美一見到巴比隆尼亞，就打歪主意，想單獨與他相處。而他一見到她來，便自信洞察了她的來意，這點使她十分憤慨。

「我是來看新型車子的。」美美說。

「這是個很好的藉口。」他說。

美美發現他很自負，想好好整整他，不過他不給她時間。「別焦慮不安，這不是女人頭一回為男人瘋狂。」他低聲對她說。她自覺戰敗，不看新車就走了，夜裡躺在床上輾轉反側，氣得痛哭。其實那個美國紅髮兒就如同未斷乳的小娃兒，已漸漸使她發生興趣。在那段時期，她發現巴比隆尼亞出現時必有黃蝴蝶飛舞過來。她以前見過，特別是在車庫上空更多，她以爲是被油漆的香味吸引來的。有一次她在進電影院之前，看見蝴蝶在她頭上四周飛舞。而後來巴比隆尼亞就像鬼影似地追逐她，她在人群中認得出他，因爲她知道蝴蝶一定與他有關係。巴比隆尼亞總是在音樂會、電影院、大彌撒的觀眾群席上，因爲總是有蝴蝶在場，她不用看見他，便知道他在那兒。有一回，席甘多對令人氣悶的蝴蝶撲翅聲很不耐煩，美美很想把這個祕密告訴父親，因爲她答應過要把她的祕密告訴他。可是她從本能知道父親會笑她說：「妳母親知道會怎麼說妳呢？」有一天早上，她在花園裡修剪玫瑰，卡碧娥驚叫起來，把美美拖離她站著的地方，因爲「美女瑞米迪娥」就是從那兒升天的。卡碧娥聽到突如其來的鼓翅聲音，頓時以爲奇蹟又要在她女兒身上重演了。一看原來是蝴蝶。美美似乎把蝴蝶看作是由日光孕育出來的產物，是光明的東西，她的心情也就不同了。這時巴比隆尼亞拿著一個包裹進來，說是派翠西亞送來的。美美抑住臉上的羞紅，忍住心的跳動，甚至裝出自然的笑容。她自稱她的雙手在花園弄髒了，叫他把東西放在欄杆上。幾個月前，卡碧娥曾驅走這個男人，卻想不起在什麼地方見過他；乍見之下，這人的皮膚組織底下好像含有膽汁。

「他是個很奇怪的人，」卡碧娥說。「你看他的臉色就知道他快要死了。」

美美認爲她母親的印象是受蝴蝶的影響。母女二人剪完玫瑰花後，美美洗洗手，把包裹拿到臥房去拆開。原來裡邊是一個中國玩具，由五個同心盒組成，最後一個盒子裡面有一張卡片，一看字體便知道那是一個不太會寫字的人寫的：「星期六我們一塊兒看電影。」美美想，盒子在欄杆上放了許久，要是母親卡碧娥好奇的話，很容易就可以拿到，不免心跳起來，有些害怕。她爲巴比隆尼亞膽大又機靈高興，也爲他天眞地希望她赴約而感動不已。美美知道那個星期六晚上父親席甘多有約會。然而，她整個星期都在焦慮不安中，到了星期六，就說服父親讓她一個人待在電影院裡，散場再回來接她。電燈亮著時，一隻夜蝴蝶在她頭上盤旋飛舞。電燈熄滅後，巴比隆尼亞坐在她身旁。美美覺得自己在遲疑的泥淖中打滾，就像她在恍惚的夢中所見的，只有這個身上嗅起來有機油氣味的男子能夠拯救她。

「如果妳不來，」他說。「妳就再也看不到我了。」

美美感到他的手重重地壓在她的膝部，這時她知道他們兩人都已熬過了放棄對方的意念。

「你令我吃驚的是，」她笑著說。「你總是說些你不應該說的話。」

她爲他心神恍惚：既睡不著，也沒有胃口，陷入那種孤寂中，即使她的父親也會惹她生氣。她設計出一套假約會的日程來應付她的母親卡碧娥；她不和女性朋友見面了；爲的是要隨時都能與巴比隆尼亞見面，她違抗習俗。最初他的粗魯逗她生氣。他們第一次在車房後面的荒地上獨處時，他狠狠把她引入野獸般的狀態，害得她筋疲力盡。過了一段時間後，她才發現那也是一種柔情的表現形態。於是，她失去了平靜，只爲他而活，很想融於他那被石灰水洗過的有機油味的身體中。在亞瑪蘭塔逝世前不久，她突然由癡狂中淸醒，想到前程茫然，不禁恐懼起來。這時她聽說有個女人會用紙牌算命，就暗地裡去找她。那個女人原來就是透娜拉。透娜拉一看美美進來，立即看出她內心的祕密。「請坐，」她對她說。「我爲邦家的人算命無需紙牌。」美美不知道這個百歲女巫就是她的曾祖母，往後她也不會知道。她對美美說墜入情網的焦慮除了在床上獲得安寧外，別無他法；她是率直地說，可是美美不相信。這一點與巴比隆尼亞的看法也相近，美美認爲透娜拉是受了巴比隆尼亞的影響，不予採信。她覺得就愛情來說，一方會擊敗另一方；一旦男人獲得胃口的滿足，就會否認飢餓。透娜拉不但爲她解除這種錯誤的想法，還把她自己孕育美美的祖父阿克迪亞和後來又懷約塞的那張床借給他們用。她教美美用芥末汁蒸汽來避孕，還另外給她幾劑祕方，萬一懷孕了可以打掉，以消除良心的悔恨。這次與透娜拉見面，使美美又恢復了酒醉那個晚上的勇氣與心態。不過，亞瑪蘭塔的逝世使她對這件事不得不慢一點作決定。連續九夜的祝禱期間，巴比隆尼亞混在人群中進入屋內，美美與他片刻不離，後來長期守喪，他們非退避不可，只好分開了一段時間。那些日子，美美心情實在很激動，抑壓不住滿懷焦慮，等到她可以出門的第一個晚上，她立即趕往透娜拉家去。她獻身給巴比隆尼亞，一點也不抗拒，毫無羞澀或膽怯，對禮法不屑一顧，過程順利，感性靈巧，多疑的人還會以爲她很有此道經驗。三個月來，他們每星期偷情兩次；父親席甘多則深信女兒，以爲她所安排的不實證明只是想掙脫她母親卡碧娥嚴格的管教罷了，便天真地爲她掩護。

卡碧娥在電影院逮住他們的那個晚上，席甘多受到良心上的責備，就到卡碧娥把女兒關起來的那個房間去看美美，自信女兒會向他透露她的祕密。但是，美美不肯說。美美很篤定，寧可孤獨自處，席甘多認爲他們父女之間已沒有聯繫的情分了，以前的默契與感情都已成了幻夢。他想與巴比隆尼亞談談，認爲自己曾是他的上司，也許可以勸他打消原來的計畫或想法，但他的姘婦柯蒂絲認爲這種事應該由女人來管，於是他猶豫著希望女兒關幾天後，一切麻煩都會過去。

美美沒有難過的樣子。相反地，易家蘭從隔壁房裡發覺她睡得好，做事也沉靜，三餐定時，胃口消化都好。美美受罰快兩個月的時候，只有一件事引起易家蘭的好奇心，即是她不像別人在早上洗澡，而是在晚上七點。有一次，她想提醒美美有蠍子，可是美美躲得遠遠的，認爲是她向卡碧娥告的密，因此易家蘭寧願不打擾她，以免做個討人嫌的高祖母。黃昏時，黃蝴蝶侵入屋內來。美美每晚洗澡回來，總發現卡碧娥用殺蟲劑殺黃蝴蝶。「多可怕。」她總是說。「我這輩子總有人告訴我說，夜裡的蝴蝶會帶來惡運。」有一天晚上，美美在浴室，卡碧娥偶然走進她的房裡，房裡蝴蝶多得叫人喘不過氣來。她抓起手邊的一塊布來驅打蝴蝶，看見芥末汁劑掉在地上，她把女兒晚上洗澡的事與這件事聯想在一起，嚇得心都快凍結了。她再也不能像上次那樣等待適當的時機。第二天她請新市長來吃午飯；他與卡碧娥同是高地人。她說家裡飼養的母雞好像被偷了，請他派一個衛兵駐紮在後院。那天美美跟最近幾個月的每個晚上一樣，熱得發抖，赤裸地在浴室裡跟蠍子與蝴蝶爲伍，等巴比隆尼亞來。當他正要掀開瓦片爬進去時，衛兵發槍射擊把他打下來。子彈擊中他的背脊骨，使他終生殘廢，必須在床上躺一輩子。他從不呻吟，也不抗議，矢口不出賣美美，黃蝴蝶始終困擾著他；他在床上受盡黃蝴蝶與記憶的折磨，卻又被當作偷雞賊而受世人排斥，片刻不得安寧，在孤單中老死。

15

當他們把美美的兒子帶回邦家來時，馬康多正顯現出即將發生一些致命打擊的事件。當時整個情勢不安定，誰也沒有精神去管人家的醜聞，所以卡碧娥能利用這種氣氛把小孩藏起來，只當沒有他存在。她不得不收容這個孩子，因爲人家送他來的情況是不可能被拒絕的。她一輩子也要違背自己的意願容忍他，因爲眞相暴露的時候，她沒有勇氣做到把他放在浴室的貯水槽中溺斃。她把他鎖在邦迪亞上校的舊工作室裡；騙匹達黛說，小孩是從漂浮在河上的一個竹籃中撿來的，她也就相信了。易家蘭則到死也不會知道這孩子的來源。有一回，卡碧娥在餵幼兒，小亞瑪倫塔走進工作室來，也相信了小娃娃是從漂浮的竹籃中撿來的。席甘多見妻子用荒唐的手段處理美美的悲劇，終於和她決裂。但是，他始終還不知道有個小外孫，直到小孩送回家三年後，卡碧娥一時疏忽，小東西從關在他的房裡逃出來，赤裸裸地出現在走廊上一會兒，頭髮蓬亂，性器官像火雞脖子下的垂肉，給人很深的印象，他好像不是人類的幼兒，而是百科全書上所說食人怪物那類的模樣，席甘多這才知道這件事。

卡碧娥沒想到她那無法改變的命運竟然跟她玩這種卑劣的詭計。她以爲女兒的羞恥已經被她永遠逐出家門，而今孩子送回來，等於羞恥又回轉來了。當背脊骨龜裂的巴比隆尼亞被抬走時，卡碧娥就訂出周詳的計畫，要把這件醜事的痕跡完全消除；她不與丈夫商量，自己整理好行囊，把女兒所需的三套換洗衣服裝入一個小提箱，在火車進站前半小時，到女兒臥房去把她接走。

「我們走吧，美美。」她對她說。

她不作解釋。就美美這方面來說，她既不期望也不要求她解釋。但是，美美並不知道她要帶她到什麼地方去，就算帶她去屠宰場，也沒有什麼差別。從她聽到後院的槍聲，同時聽到巴比隆尼亞痛苦的哀號起，她就不再開口說話了。她以後終生也不再說話了。母親叫她走出房間，她也不梳洗，像夢遊似地上了火車，甚至沒注意到黃蝴蝶圍繞在她身邊。卡碧娥始終不知道女兒的沉默是意志的決定或是受悲劇的打擊而成爲啞巴，反正她也不想去查明了。她們的火車穿過以前的叢林魔境，美美木然不知，什麼也聽不見看不見。路旁漫漫的香蕉林，她看不見；美國人的白房子，被塵土與暑氣吸乾水氣的花園，穿短褲和藍條紋襯衫在涼臺上玩牌的婦女，她看不見；滿是塵土的泥路上載滿香蕉的牛車，她看不見；一群少女像鱒白魚潛入透明的水底，她們那豐滿的乳房惹得車上的旅客難受，她看不見；擠在一堆的工人的破房子，她看不見；巴比隆尼亞的黃蝴蝶在飛舞，她看不見；門口有那臉色發青，一身骯髒的小孩坐在便盆上，懷孕的母親在大罵火車，她也看不見。以前美美從學校回家，這些飛逝的景觀使她興奮，而今在她心中已激不起半點悸動的情懷。她沒有向車窗外看，後來火車穿過濕濕的香蕉林，開上一處種罌粟花的平原，碳化了的西班牙船骸仍擱在那兒，而後火車又經過有渾濁泡沫的大海邊，將近百年前，老邦迪亞就曾在這兒有過幻滅的滋味。這時候美美仍未看那景色一眼。

下午五點鐘，她們來到沼澤的最後一站，卡碧娥要她下車，美美就下了車。母女二人乘上一輛有如大蝙蝠的小馬車，由氣呼呼的馬兒拉著，經過那被鹽分侵蝕剝裂無盡的街道，附近傳來鋼琴聲，與卡碧娥當年在午休時間聽到的差不多。她們上了一條船，木輪子發出失火般的聲音，生鏽的金屬板像爐嘴嘎嘎作響。美美整天關在船艙內，卡碧娥每天送兩次菜飯來，放在她的床邊，而後又每天兩次原封不動拿走。美美倒不是決心要絕食自殺，而是她一聞到食物味就受不了，肚子裡連水都容不下。她不知道自己的生殖能力強過芥末汁蒸汽的避孕藥方，卡碧娥也是一年後看見別人把小孩送回家來，才知道這一點。船艙裡非常悶熱，金屬板不停地震顫，大木輪攪動大堆泥漿，臭氣薰人，美美在船上根本記不起年月日了。過了許久，她看到最後一隻黃蝴蝶死在扇葉中，才認定巴比隆尼亞眞的已經死了。可是她還是不相信命運。她一直在想念他，後來她們騎驢穿過當年席甘多找尋天下第一美女時迷路的奇幻高原，又沿著印第安小徑翻山越嶺，進入三十二個教堂銅鐘齊鳴奏出輓歌的淒涼古城。那一天晚上，她們住進一間荒廢的殖民地官邸，卡碧娥在一間長了雜草的房間裡鋪上木板，母女倆就睡在上面，扯下破窗簾來蓋身子，每一翻身，破窗簾就裂成一片一片的。美美知道她們現在何處，因爲她無法入睡，她看到一具幽靈走過，十分恐怖，她認出那是某年聖誕節前夕裝在鉛櫃中寄到她家的男屍。第二天彌撒後，卡碧娥帶她到一處陰暗的建築物中，美美馬上記起那是母親提過的那間教導卡碧娥當女王的修道院，於是她知道她們的旅程已到了終點。卡碧娥在隔壁的辦公室跟人講話，美美留在一間掛有殖民地主教油畫像的客廳裡，她仍穿著小黑花棉布衣服，腳上一雙硬硬的高跟鞋，高地苦寒，鞋子脹脹地。她站在客廳中央著色玻璃窗射進來的黃光下，正在思念巴比隆尼亞，一位美麗的見習修女從辦公室出來，手上提著那只裝有三套換洗衣服的小提箱，經過美美身邊，牽住她的手，未停下來。

「來，美美。」她對她說。

美美牽住她的手，任她牽著她走。卡碧娥追上見習修女的腳步，修道院的格子鐵門正好關上的時候，她看了女兒美美最後一眼。美美則仍在想巴比隆尼亞，想他身上的機油味，想他頭上的黃蝴蝶；她下半輩子也一直想念他，直到多年後，一個秋天的早晨，她死在克拉科一間陰鬱的醫院中。那時她已改名，頭髮剃光，直到衰老而死，始終不曾說一句話。

卡碧娥乘坐一輛有武裝警察保護的火車回到馬康多，在車上她發現旅客很緊張，沿線各城鎮都有軍事防禦，氣氛很不尋常，一定有嚴重的事要發生了，不過她尚未聽到什麼消息，直到她抵達馬康多，才有人告訴她，席根鐸正在指使香蕉公司的工人罷工。「這正是我們所需要的，」卡碧娥自言自語著，「我們家來個無政府主義者。」兩個星期後罷工發生了，倒沒有發生大家所擔心的慘烈後果。工人要求星期假日不採香蕉，不搬運香蕉；由於要求立場公正，於是伊撒貝爾神父也支持他們，他覺得這樣做是符合上帝的原則。這次罷工獲得勝利，再幾個月後，又發起了一次運動，原本沒有什麼出色的席根鐸現在漸漸出名了；以前別人總說他什麼也不行，只會把法國妓女引進這個城鎮來。當年他只會拍賣鬥雞，又一時興起，搞什麼船運事業，而今他又衝動起來，放棄香蕉公司工頭的職位，跟工人站在一邊，於是，別人很快就稱他是國際反公共秩序的陰謀間諜。現在謠言四起，就在這個星期的一天晚上，他參加祕密會議回來，一個不知名的黨派的一位陌生殺手用左輪手槍向他射擊了四發子彈，他像奇蹟般地躲過了。後來幾個月的氣氛非常緊張，連靜居一角的易家蘭都感覺到了，她總覺得又在經歷當年她的次子邦迪亞上校口袋裡裝著假醫生的顛覆政策假藥丸時那種危險的時局。她想找席根鐸說話，叫他知道事情的前例，可是席甘多說，從有人謀刺席根鐸未成那晚起，就無人知道他的下落了。

「就像邦迪亞上校一樣，」易家蘭驚嘆著說。「世局好像又重演了。」

卡碧娥不受那些日子的動盪不穩影響。她已經跟外界脫了節，由於她自作主張，未獲丈夫同意，便自行決定了美美的命運，因此夫妻倆大吵起來，席甘多本來打算必要時找警察幫忙，把美美救出來，可是卡碧娥拿出一些文件給他看，證明美美進修道院是自願的。美美關入格子鐵門之後，確實是簽過一次名，她是在漫不經心的情況下簽的，那心情就像開始跟母親出來時一樣漠然恍惚，席甘多不相信那份文件是合法的，也從來不相信巴比隆尼亞是進院子裡來偷雞的，只是妻子這兩種做法正好使他在良心上毫無悔恨地回到姘婦柯蒂絲身邊，再度去享受熱鬧的歡宴。卡碧娥對城內的不安局勢漠不關心，不聽易家蘭平靜的預言，一心要把她預先安排的計畫執行到底。這時卡碧娥的兒子亞卡底奧就要當初級教士了，她寫了封長信給他，告訴他妹妹美美已經罹患黃熱病死了。而後她把小女兒亞瑪倫塔交給匹達黛照顧，自己重新繼續因美美出事而中斷了的活動，跟那些未見過形影的醫生通訊。她先訂定腫瘤部位感應手術的日期。可是，那些未見過形影的醫生答覆說，馬康多的局勢尚在動蕩不安中，不適於進行。她非常著急，消息又不靈通，竟然回信說，世局並無什麼擾攘不安，全是她那丈夫的雙生兄弟搞什麼勞工聯盟造成的，以前他也搞過什麼鬥雞和船運活動，沒有什麼嚴重性的。但他們仍然不同意在炎熱的星期三動那種手術。這時一個老修女手臂上挽著一個小籃子來敲門。當匹達黛打開門時，她還以為是一件禮物，試著去接那蓋有美麗花邊包布的小籃子。但是，修女不肯交給她，因修女受託要祕密親手交給卡碧娥。那是美美的兒子。卡碧娥以前的靈性導師寫了一封信向她說明嬰兒是兩個月前出生的，因為小母親美美不肯開口說出她的願望，他們已為他巡行施洗，取名倭良諾(按原文與邦迪亞姓氏有關——譯者註)。卡碧娥暗自對命運的詭計不滿，但她以充分的抑制力在修女面前隱藏了她那份不滿的情緒。

「我們會告訴別人，他是被我發現放在籃子裡漂來的。」她微笑著說。

「沒有人會相信的。」修女說。

「聖經裡有這種說法，人家都相信；」卡碧娥回答說，「我看不出我這樣說，人家怎麼就不會相信。」

修女在邦家吃午飯，等回程的火車，他們要求她要謹慎保密，她便再也不提這個孩子了，但是卡碧娥把她當作是這件醜聞的可惡證人，哀嘆現代人已不再有中古時代絞死噩耗信差的風俗。這時她決定等修女一走，便把嬰兒放入貯水槽中淹死，然而她心腸不夠硬，她寧願耐心等待無限慈悲的上帝來解除她的困擾。

新來的小倭良諾一歲的時候，世局爆發了突如其來的緊張情勢。一直潛伏在地下活動的席根鐸和其他工作領袖突然於某個週末出現，到香蕉種植區的各地去發動有組織的示威行動。警察在維持秩序。然而，到了星期一晚上，領袖們個個在家被捕，送往省城監獄去，他們的腳上都繫有兩磅重的腳鐐。犯人中包括席根鐸和一位流亡到馬康多來的墨西哥革命上校賈維倫，他自稱曾目睹他們的革命伙伴克魯茲的英勇行為。可是，政府和香蕉公司對於該由哪一方來負擔犯人的伙食這個問題無法解決，不到三個月，就把他們釋放了。這一次是工人抗議他們的住宅區沒有衛生設備，沒有醫療服務，工作環境太差。而且，他們說公司未眞正發下薪資，卻以臨時購券代替，大家只能持券向公司糧食部購買維吉尼亞火腿。席根鐸說購券制度是為了資助公司的水果船貨物運輸利潤；他說，要是糧食部的貨物不給他們運輸，船隻就會空著由紐奧良開到香蕉港埠而損失利潤；他說了這樣的眞話，因而坐牢。其他的不滿言論，人人都知道。公司的醫生根本不給病患看病，只叫他們到藥局去排隊，不管他們患什麼病，諸如瘧疾、淋病或便祕，護士一律在他們舌上放一粒顏色像亞硫酸銅的藥丸。每個人的治療方法彷彿都一樣，小孩常常排幾次隊拿了藥丸卻不吃，反而帶回家去當賓果計分用。公司的工人擠在破爛的長房子裡。工程師不裝設盥洗室，只在聖誕節叫人運來溝槽式廁所，五十人共用一間，並公開示範要怎樣使用才能經久耐用。當年邦迪亞上校的黑衣老律師現在受香蕉公司控制，做出如同魔術師的手法，草草打發工人的要求。工人呈上的請願書，香蕉公司要經過很久才會接獲正式通知。布朗先生發現協議的內容後，立刻掛上那節鑲有玻璃窗的豪華車廂，跟公司有名望的代表離開馬康多。然而，在後來的一個星期六，有幾位工人在妓院裡碰到一位代表，就趁他正裸著身子與女人共聚時，由這個女人幫忙逮住他，叫他簽下請願書。可憐的律師們那天在法庭上證明那個人跟公司沒有關係，爲了不使人懷疑，他們竟將他當作私闖民宅的壞蛋關進監牢裡去。後來，他們在布朗先生化名改乘三等列車時把他逮住了，叫他簽了另一份請願書。第二天他把頭髮染黑，出現在法官面前，說一口純正的西班牙話。律師們指證說他不是出生在阿拉巴馬州普拉特維爾鎮的香蕉公司管理人布朗先生，而是生在馬康多的藥廠小商人馮西卡，過了一會兒，工人想辯護，但律師們公開展示布朗先生的死亡證明書，由顧問和外國官員加以證實，說他於六月九日在芝加哥被一輛救火車壓死了。工人厭倦這些瞎扯的證明，他們不找馬康多政府，而逕行上訴到高等法院。那邊會變把戲的律師證明說，香蕉公司底下一向沒有工人，現在沒有，將來也沒有，因爲他們只是被臨時請來做工的，所以這一切請願無效，於是，購買維吉尼亞火腿的事、醫什麼病都只用一種萬靈丹，以及聖誕節才有臨時廁所的事都變成了瞎說，法庭鄭重宣佈那些工人根本不存在。

大罷工爆發了。栽種的工作半途而止；香蕉未經採摘而腐爛在樹上，一百二十節列車停在鐵軌上，城鎮上擠滿了閒蕩的工人。土耳其街的週末延續了幾天，賈柯旅社的賭場日夜二十四小時輪值賭下去。官方宣佈要派軍隊來重整公共秩序當天，席根鐸在場。雖然他不在乎預兆，可是重整公共秩序的這個消息卻有如馬魁茲上校帶他去看行刑以來他等待已久的死亡通告。只是不祥之兆並不影響他嚴肅的心情；他自然承受自己預計會中彈的一顆子彈。過了一會兒，鼓號齊鳴，群眾邊跑邊叫，他知道賭博已停止，而且自他看行刑以來，跟自己玩的孤寂遊戲也要終結了。他上街去觀望。三團軍隊跟在鼓號隊後，步伐震動了大地。他們都像是多頭惡龍，那氣息給明亮的正午帶來惡臭的水蒸汽。士兵們短小精悍，看起來非常野蠻，身上都流著臭汗，體味有如曬乾的獸皮；他們都沉默堅毅，看似高地人。雖然隊伍行進了一個鐘頭，可是他們看起來倒像是幾個小班的人在兜圈子；他們都是一個模樣，全是狗養的雜種，都揹著背包和糧食盒，帶著上了刺刀的步槍，個個盲從以赴，缺乏幽默與笑意。易家蘭在黑暗中的床上聽他們走過，她以手指在胸前劃十字。匹達黛俯身在剛燙平的繡花桌布上，想起兒子席根鐸；這時席根鐸正在賈柯旅社門口，面色凝重地看著最後幾名士兵走過。

軍法給予軍隊調解爭端的功能，然而他們並未去排解爭端。小兵們一出現在馬康多，立刻放下步槍，幫忙採香蕉，搬運香蕉，讓火車開出去。工人本來耐心地等待，現在也只好帶著他們採香蕉用的彎刀走進香蕉林中，開始破壞對方的行動。他們燒掉栽培場和糧食部，拆掉鐵路，阻止以機槍開道的火車通行，切斷電報和電話線。本是灌溉田園的溝渠，現在到處染滿了血跡。布朗先生還活著，住在有電鐵絲網保護的圍籬中；軍隊把他的家人和美國親友都接來了，護送到一個安全地點。情勢就要演變成一場因不公平而帶來的血戰了。當局命令工人到馬康多集合，召集令中並宣佈這個省份的內政與軍事首長會在下星期前來排解糾紛。

星期五清早，火車站附近來了許多人，席根鐸也在人群中。他曾參加工會領袖會議，奉命與賈上校混在人群中，按情勢引導民眾。他看見軍隊在廣場一角架設重機槍，香蕉公司的城鎮現在竟要用槍砲來維護，他覺得很不舒服，上顎開始溢出鹹性黏液。大約十二點鐘，三千名工人、婦女和小孩在車站等候，火車沒有來，他們漸漸向站前廣場移動，往臨近的街道擠去，可是那些街道已被一排排機槍封鎖去路。這些人不像是等車的群眾，卻像朝拜的人群。有人從土耳其街帶來油炸餅或飲料；大家在那兒挨受豔陽，默默等待，興趣盎然似的。三點鐘之前，謠傳官方的火車要第二天才來。群眾失望地嘆氣。接著一名陸軍中尉爬上車站的屋頂，那兒架設了四挺重機槍，瞄準群眾，叫大家安靜。席根鐸旁邊有個赤足的胖女人，帶著兩個四歲到七歲之間的孩子。小的抱在她手上，胖女人不認識席根鐸，但她請求他爲她抱起另一個，讓小孩子可以對軍方的喊話聽得清楚些，席根鐸把小孩放在肩上。多年後，那個小孩把這件事告訴別人，說他看到陸軍中尉用一只舊留聲機的喇叭，宣讀省府軍政首長的第四號告示，可惜人人都不相信這回事。告示是由伐加斯將軍和他的祕書伊莎扎少校簽署的。那三篇八十字的告示中宣佈，罷工分子是一群惡棍，授權軍隊開槍射殺。

告示宣讀完畢後，抗議聲此起彼落，一個上尉到屋頂上去接替中尉，以喇叭宣佈要發言，群眾又靜下來了。

「各位女士、先生們，」上尉以低沉而略帶倦意的聲音說。「給你們五分鐘的時間撤退。」抗議聲和喊叫聲更大了，淹沒了宣佈開始計時的喇叭聲。沒有人移動。

「五分鐘過去了，」上尉仍以同樣的聲調說。「再給你們一分鐘，我們就要開槍射擊了。」

席根鐸冷汗直冒出來，他把小孩放下，交給胖女人。「那些狗養的可能真的會開槍哩。」她喃喃地說。席根鐸這時聽到賈上校在大聲重複胖女人的話，他自己則默然不語，對這緊張的情勢如奇蹟般感到著迷，他相信什麼力量也說不動這癡狂地團結在一起的群眾，於是他在人群中抬高腦袋，生平第一次提高嗓門說話了。

「你們這些狗雜種，」他大喊道。「另外的一分鐘留給你們去操驢子屁股吧！」

他喊叫後現場沒有引起驚恐，倒引發了一種錯覺。上尉下令開槍，十四挺機槍立刻射擊。然而這一切都像鬧劇。機槍咔咔咔咔咔響，白熱的火花清晰可見，密集的群眾卻突然變得好像刀槍不入。既不叫喊，也不嘆息，只當機槍發射的是膠囊而不是子彈似地。猝然，車站的一邊傳來死亡的慘叫聲，打破了大家著魔的狀態。「啊，媽呀。」人群中發出一陣地震般的叫喊聲，在人群中央，大災難如同火山般喘息著迅速擴延開來。席根鐸抓住一個小孩，那婦人抓住另一個，湧入驚恐的人群漩渦中。

許多年後，那個小孩仍然述說著席根鐸如何把他高高舉起，幾乎是懸空，就像浮在人群的恐怖浪潮上，向附近的街上走去；人人都說這個敍述者是個瘋老頭。當時小孩的位置很有利，很清楚地看見瘋狂的群眾往街角湧去，排列架起的機槍射擊了，幾個聲音同時喊出：

「臥倒！臥倒！」

前面的人被掃射的子彈射中，已倒在地上了。未被射擊到，也未臥倒的，想要退回小廣場；驚恐的人潮像一條龍的尾巴，與反方向來的人潮相撞，他們正往對面那條街的龍尾湧去，那邊的機槍也不停地在掃射。他們被困住了，像大旋風兜來轉去，四邊的邊緣被射中的人像洋蔥被大剪刀般的機槍一排排有條不紊地剪倒在地上，最後只剩中央的群眾存在。那個小孩看見一個女人跪在廣場上，雙手像十字架伸展開，竟然沒有被人踏扁。席根鐸剛把那個小孩安頓在那兒，他自己便倒下去了，滿臉的鮮血；接著大軍湧現，空曠的廣場，跪在地上的婦人，乾旱天氣中的光亮，易家蘭在那兒賣過無數糖果小動物的世界頓時消失掉了。

席根鐸臉孔朝下躺在黑夜裡。他知道自己正在一列寂靜的長長的火車上，腦袋上面黏著乾血塊，全身骨頭疼痛。他實在太想睡了。他準備睡許多小時，想要完全脫離恐懼，他側過身來換個不太痛的姿態，期望舒服些，這時他才發現自己躺在死人堆裡。車上除了中間的甬道，根本沒有剩餘的空間。大屠殺約經過了幾個小時，屍體的溫度有如秋天太陽下的泥濘，也像在冷卻中溫溫的泥濘，帶著糊糊的泡沫似的，搬屍體上車的人有足夠的時間把屍體像疊香蕉那樣疊起來。席根鐸想逃避這個噩夢，一個車廂一個車廂走過去，循著火車進行的方向前去；火車駛過睡眠中的城鎮，一線一線的光從木板裂縫中射進來，他看見數不清的男女屍體與童屍，像廢棄的香蕉一般即將被扔進海裡去。他只認出一個在廣場上賣飲料的婦人和賈上校的屍體；賈上校手上還抓著一條鑲有莫瑞里亞銀釦的皮帶，他先前原想用它來開路以利脫逃。席根鐸走到第一列車廂，跳到鐵軌旁黑暗的地方等火車過去。他從未見過這麼長的火車，貨車車廂將近兩百節，兩端各掛一個火車頭，中央還加一個。車上沒有燈，連紅綠閃亮燈都沒有，在夜間暗中快速前駛。車頂上有士兵黑黑的形影，並架設著機槍。

午夜後下大雨。席根鐸不知道他跳車的地方是何處，但他明白往與火車反方向走，可回到馬康多。他走了三個多小時，渾身濕淋淋的，頭痛得很厲害，終於在微光下看見幾幢房屋。他嗅著咖啡味走進一間廚房，有個女人抱著小孩，傾著身子在爐上煮東西。

「哈囉，」他精疲力竭地說。「我是席根鐸。」

他逐字唸出他的姓名，想證明他還活著。他這樣做對了，因爲那個女人見他一副骯髒樣，黑濛濛的形影闖進門來，腦袋和衣服上都是血跡，帶著死人的肅穆氣息，原以爲他是一具幽靈哩。她認出了他。她給他一條毯子禦寒，叫他把衣服脫下來烘乾，又燒水給他洗傷口；他的傷只是皮肉之傷，她拿一塊乾淨的格子花布給他包紮腦袋。她聽人家說邦家的人喝咖啡不加糖，就給他一杯苦咖啡，把他的衣服攤開在火旁烘乾。

席根鐸喝完了咖啡才說話。

「他們必定有三千人。」他喃喃地說。

「什麼？」

「死去的人，」他加以說明。「在站前廣場上的人大概都死光了。」

女人以同情的眼光打量他。「這兒沒有任何人死亡，」她說。「從你的上校叔公那個時代以來，馬康多沒有發生過什麼事呀。」在席根鐸返抵家門之前曾在三個廚房逗留過，他們都說「沒有人死亡」這句話。他再走過車站的小廣場，看見賣油炸餅的攤位疊在一起，卻看不出有過大屠殺的痕跡。大雨不停，街上沒有行人，房屋鎖著，好像沒有人住。第一陣彌撒鐘聲是僅有的人煙的象徵。他去敲賈上校的大門。一個他曾見過幾次面的孕婦對著他的臉把門關上。「他走了，」她驚惶地說道。「他回他自己的國家去了。」有電網的圍牆入口處，照常有兩個當地的警察在站崗，他們穿著雨衣和橡膠靴，在雨中好像石像。西印度來的黑人在靠城鎮邊緣的街道上唱著週末聖歌。席根鐸跳過牆，從廚房進入。他的母親匹達黛幾乎要叫出來了。「別讓卡碧娥看見你，」她說。「她剛起來。」她像履行密約似的，把兒子帶到「夜壺室」，替他鋪好麥魁迪那張破床。下午兩點鐘卡碧娥睡午覺的時候，她就從窗口遞一盤飯菜給他。

席甘多被大雨所阻，只好睡在家裡，下午三點鐘他還在等雨停。匹達黛暗中把消息告訴他，趁那個午休時間，他到麥魁迪的房間去看他的雙生兄弟。他不相信大屠殺和火車載運屍體往海邊去的說法。昨夜他讀到一篇很不尋常的告示，說那些工人已離開了車站，一群群平靜地回家了。告示上還說，工會領袖非常愛國，把要求減爲二項：一是改善醫療服務；一是住宅區要建廁所。據說軍方得到工人的協議後，立即去告訴布朗先生，而布朗先生不但答應了新開的條件，還說要出錢公宴三天，以慶祝衝突結束。軍方問他何時可以履行簽約條件，他望望窗外天空電光閃閃，做了一個懷疑的手勢。

「等雨停了再說，」他說。「只要雨不停，我們一切的活動都無法進行。」

這個地區已三個月不下雨了，旱象叢生。然而，布朗先生的話一說完，整個香蕉區就下起大雨來。席根鐸回馬康多途中，遇到的就是這場大雨，一星期後雨還未停，官方的說法又重複了一千次，以各種傳播工具向全國宣佈，最後大家終於接受了那種說法：沒有人傷亡，滿意的工人各自回家，香蕉公司停止一切活動，等雨停後再說。軍方則繼續注意，看看有沒有必要繼續採取措施，預防大雨的公共災害，而軍隊卻都困在營區裡。白天裡，士兵捲高褲管，冒雨走在街上，跟小孩玩紙船。晚上熄燈後，他們以槍柄一家家去敲門，把嫌疑分子拖下床帶走，一去不復返。第四號告示是要搜查並消滅惡徒、兇手、縱火者，以及叛徒，行動一直在進行，只是軍方否認，受害者的親人擠在司令官的辦公室打聽消息，他們一概不承認。「你們一定是在作夢吧，」軍官們堅持說。「馬康多沒有出過什麼事情，以前沒有，將來也不會有。這是一個快樂的小城鎮。」他們終於以這個辦法除掉了工會領袖。

唯一倖存者是席根鐸。二月的某個晚上，門口傳來槍柄敲門的聲音。席甘多還在家等雨停，他開門看見一名軍官帶著六個士兵。他們全身都濕透了，半句話也不說，由客廳直到食品室，每個房間、各個壁櫥都詳細搜查。他們打開易家蘭房間的電燈，她被驚醒，搜查時她停止呼吸，伸著手指著走來走去的士兵。匹達黛想要去警告麥魁迪房裡的席根鐸，然而他想要逃也來不及了。匹達黛只好鎖上房門。席根鐸穿上襪子和鞋子，坐在床上等他們來。當時他們正在搜查金飾工作室。軍官叫打開掛鎖，他用提燈很快照了一下工作檯和原封未動的酸液瓶和工具玻璃櫃，似乎知道這個房間沒有人居住。他問席甘多是不是銀匠，席甘多答說這個房間是當年邦迪亞上校的工作室。「好哇。」軍官說。他扭開燈光，下令詳細搜查，沒有放過瓶子後面錫桶中那十八條尚未鎔解的小金魚飾物。軍官又在工作檯上逐一檢查，興起了一種莫名的人情味情緒。「如果能取走一條的話，我眞想這樣做，以前這些小金魚飾物是顚覆的象徵，現在可說是遺寶了。」他說。他很年輕，剛過靑春期，一點也不羞怯，自然瀟灑之風溢然而出，席甘多送了一條小金魚飾物給他。軍官把它放入口袋，以孩子般的眼神望著，把其餘的放回桶中原來的位置。

「這是不平凡的紀念品，」他說。「邦迪亞上校是我們的偉人之一。」

然而，這種人性的表徵並未影響他執行任務。他們到了麥魁迪那個房間門口，匹達黛抱持一線希望。「那個房間已經一百年沒有人住了。」她說。軍官命令打開，而後以提燈照射屋內，燈光照在席根鐸的臉上，席甘多和匹達黛看見那雙阿拉伯的眼睛，知道一種焦慮已經過去了，而另一種焦慮即將開始，最後只好聽天由命。然而，軍官似乎沒有看見席根鐸的臉，表情淡漠地命令繼續搜查。最後他發現櫥櫃中堆了七十二個夜壺。於是，他打開電燈。席根鐸坐在床邊準備跟他們走，眼神比以往更莊嚴而沉靜。他背後是擺破書和紙捲的書架，以及擺有墨水盒的工作檯。裡邊的氣氛仍和席甘多小時所看到的一樣淸純，室內仍是那麼淸爽，不染一絲塵埃，未遭破壞，邦迪亞上校未曾察覺到這點，而這位軍官只對夜壺感興趣。

「這房屋裡住多少人？」他問。

「五人。」

軍官顯然不明白。他看了一看席根鐸坐的地方，卻沒有發現他，席根鐸卻知道他正往他這邊瞧著，而席甘多和匹達黛都看到了席根鐸；接著軍官把電燈關上，把門也關上。他跟士兵說話的時候，席甘多知道這位年輕軍官是以邦迪亞上校那種目光來看這個房間的。

「顯然那個房間起碼百年沒有人進去過，」軍官對士兵說。「裡面很可能有蛇呢。」

門關上後，席根鐸確實相信戰爭結束了。幾年前，邦迪亞上校曾與他談起戰爭的魅力，還舉出許多實際經驗中的例子來給他聽。他相信了。而士兵們望著他卻看不見他的那天晚上，他想起過去幾個月的緊張、坐牢的痛苦，以及車站的驚恐和運屍的火車，驀然覺得邦迪亞上校不是騙子就是白癡。他想不通邦迪亞上校爲什麼要用那麼多的話來說明他對戰爭的感受，其實只用一個詞彙就夠了：恐懼。相反地，在麥魁迪的房間裡，受超自然光線的保護；受雨聲的保護；受隱形作用的保護，使他終於得到了前半輩子未曾找到的寧靜，而他唯一的恐懼就是怕人把他活埋。他的母親匹達黛送餐點給他的時候，他告訴母親這件事，她答應他她要活久一點，以確定他不會被人活埋。席根鐸除去了一切的恐懼，便多次潛心研讀麥魁迪的手稿，雖然看不懂，卻興趣不減。大雨下了兩個月後，雨聲變成另一種寂靜，他漸漸聽慣了，只有匹達黛來來去去干擾他的寂靜。於是，他要母親把餐點放在窗檯上，把門鎖好。家裡其他的人都忘了他，卡碧娥也一樣。卡碧娥也知道士兵曾經望著他卻看不見他，也就不反對他留在那兒。他幽居六個月後，因爲軍隊已離開了馬康多，席甘多打開掛鎖，想在大雨未停前找個人說說話。他一開門就聞到夜壺的刺鼻氣味，夜壺放在地上，每個都用過幾次了。席根鐸頭髮漸禿，他根本不在乎空氣中令人作嘔的臭氣，仍在讀那些難懂的稿件。一道天使的靈光照著他。他聽到開門聲，只稍微抬一抬頭，他的雙生兄弟席甘多一眼就看出他曾祖父的命運已在他身上重演。

「那兒有三千多人，」席根鐸只說。「我現在確定在車站的每一個人都已死亡。」

16

雨

一連下了四年十一個月零兩天。霏霏細雨的時候，人們穿著整齊，以恢復的目光等著慶祝明天的來臨，但雨的暫停只是雨勢增強的徵兆，大家很快就習慣了。天空崩裂般打下陣陣暴雨，暴風雨把屋頂弄得七零八落，牆壁倒塌，香蕉林的殘株也連根拔起了。易家蘭記起災禍本身也可以消除無聊，在失眠症流行的那段時期就是這樣。席甘多拚命找事做，以免閒得無聊。布朗先生揭開暴風雨序幕的那個晚上，席甘多爲了一點小事回家來，因受雨阻不能再走，卡碧娥在壁櫥裡找到一把破裂的雨傘，想幫他的忙。「我並不需要它，」他說。「等雨停了我再走。」這話當然不是嚴格的誓言，可是他得說話算話。他的衣服都在姘婦柯蒂絲家中，所以每隔三天他就把全身的衣物都脫下來，只穿短褲，等待衣物洗好。爲了避免無聊，他開始修理家中待修的許多東西：調整鉸鏈，爲鎖釦上油，把門環上緊，又把門柱重新設計一番。他一連幾個月都在屋裡踱來踱去，手上拿著老邦迪亞時代吉卜賽人留下的工具箱，不知道是非自願的運動關係，還是冬天無聊，又被迫禁慾，以致他的肚皮漸漸縮小，那張福相的烏龜臉也沒那麼紅潤了，雙下巴已不明顯，最後全身的脂肪減少，也能彎腰繫鞋帶了。卡碧娥看他裝門閂，整修時鐘，不知道他會不會像邦迪亞上校打造小金魚飾物一樣；

像亞瑪蘭塔縫壽衣和鈕扣一樣；像席根鐸做羊皮紙張一樣；像易家蘭對於回憶一樣，總是先做好或往好的方面想，而後拆掉或往壞的方面想；卡碧娥就怕他也有這種習慣。事實並不如此。最糟糕的是霪雨損壞了一切，再乾燥的機械只要三天不上油，就會浮起泡沫；錦緞的絲綿也腐蝕了；濕衣服很快就會生出一層紅色的蘚苔來；空氣潮濕得幾乎魚類可以從門口進屋，由窗口游出去，且可在室內的空氣中浮游。有一天早上，易家蘭醒來，覺得昏昏沉沉快要死去，叫人帶她去看伊撒貝爾神父，用擔架抬去也行，這時匹達黛發現她背上爬滿了水蛭，她一隻一隻捉下來，用火箝夾住燒死，才使牠們不致害她失血喪命。屋內的積水必須挖溝排出去，青蛙和蝸牛必須弄走，家人才能把地板擦乾淨；擦地時床腳下墊的磚頭也拿掉了，在屋內行走必須穿鞋子。席甘多整天忙些他所注意到的小事。有一天下午，他坐在搖椅上觀望早來的黃昏，想起柯蒂絲，竟一點也不興奮，他才發覺自己漸漸老了。卡碧娥的美麗隨著年齡的增長而端莊起來，他可以回頭享受她那種乏味的愛情，可是大雨沖淡了他的情感，使他像海綿般沉寂，對一切都不感興趣。他在想歷時一年的雨天裡，能做些什麼以自得其樂。他是最先把鋅板引進馬康多的人物之一；遠在香蕉公司大量採購之前，他就用鋅板來蓋柯蒂絲臥室的屋頂，享受雨聲的親暱感。不過這些與姘婦享受青春的回憶，現在想起來，心底也起不了波紋；最後一段荒唐的日子中，他放蕩的能力已經枯竭，只剩下一種開朗心境，回憶起往事，既不辛酸也不後悔。也許可說是大雨給了他靜養沉思的機會；修修補補所使用的箝子和油罐，倒使他對自己一生中所該從事而未去做的許多行業，有了想去一試的意願。但是這種情形並不眞實，因爲家居靜養的誘惑曾經也有過，且不是道德教訓可以使之實踐的。在這方面他有久遠的淵源，當年他在麥魁迪的房裡讀飛毯的故事以及鯨魚呑食船隻和水手的故事時，也正好下大雨，他即有了某種本能衝動的傾向。那幾天，小倭良諾碰巧在走廊上出現，外公席甘多才知道他的身分(美美與巴比隆尼亞的兒子)。他爲小傢伙修剪頭髮，穿衣服，教他不要害怕生人。這小傢伙顴骨高，眼神驚慌，表情很落寞，這立即可以證明他是正統的邦家血緣關係的人。卡碧娥因此鬆了一口氣。有段時期，她把自己的驕傲提昇到無法挽回的局面，愈是想對策就愈弄得不合理。如果她早知席甘多會以這種態度來接受現實，樂於做外公，她就不會去想那麼多的辦法而把事情弄得如此複雜，她也就可以免受前一年的屈辱。小亞瑪倫塔已經換牙齒，把小外甥當活玩具，在煩人的雨天逗玩以解悶。這時席甘多想起美美的房間裡有一本英語百科全書，一直沒有人摸過。他先翻開有圖片的動物園地給孩子們看，再翻開地圖、外國風物，以及名人相片給他們看。他不懂英文，只認得出有名的城市和偉人，於是便假造些人名和故事來滿足孩子的好奇心。

卡碧娥眞的以爲丈夫等雨停了要回姘婦柯蒂絲家去。降雨的第一天，她害怕丈夫溜進她的房間，而她得告訴他她生下小亞瑪倫塔後不可以性交的祕密，這是多難啓齒而羞人的事啊。難怪她急著要與不見形影的醫生通信，而郵件常常有損壞的情形，通訊也時有中斷。起初幾個月，據說火車在雨中出軌，醫生信中說沒有收到她的信件。後來她與陌生醫生的通訊便中斷了。她曾考慮戴上丈夫在狂歡節那天所戴的虎頭面具，化名去找香蕉公司的醫生檢查。然而，經常傳遞水災壞消息的人告訴她，公司正在拆藥房，準備遷往不下雨的地區。於是，她放棄了這線希望，準備認命等雨停止，挨到郵務恢復正常，同時以幻想來解除暗病的苦惱。她寧死也不願意去找馬康多唯一的醫生，那位醫生是個浮誇的法國人，他竟然跟驢子一樣吃草呢。卡碧娥接近易家蘭，她知道年老的人知道一些減輕病痛的方法，但是卡碧娥爲了避免難爲情，習慣拐彎抹角談別的事，話不對題，「生育」不說「生育」，卻說「排出」；「流出來的感覺」不說「流出來的感覺」，卻說「燒起來的感覺」。結果使得易家蘭自然以爲她是腸子有毛病，而不是子宮，就勸她空肚子服一劑氯化亞汞。換個不害羞的人，根本不會覺得這種事丟臉；卡碧娥如果不是有這種痛苦，如果不是信件遺失，才不會爲下雨而操心，其實她一輩子的情形差不多有如雨天。她沒有改變每天的活動方式，也不曾更動各種儀式。桌子底下墊磚頭，椅子底下墊木板，不然吃飯的人會把腳弄濕；這時她照樣鋪上亞麻布做的檯布，再擺上精美的瓷器和蠟燭，認爲水災不可以作爲放寬規矩的藉口。再也沒有人上街了。照卡碧娥看來，上街根本沒有必要，不只是下雨天才這樣，早就應該這樣了。她覺得門就是用來關的，對街上的事情感興趣完全是娼妓作風。然而，當別人告訴她馬魁茲上校的葬儀隊由外面通過時，她卻是第一個往外瞧的，雖然只由半開的窗子往外看，心情卻很哀傷，她爲自己意志薄弱懺悔良久。

她不能想像還有比那更淒涼的行列。他們把棺木放在一輛牛車上，車頂上的華蓋是用香蕉葉做的，但雨下得太大，街上泥濘不堪，寸步難行，車輛下陷，香蕉葉的華蓋眼看就要塌下來了。一條條水柱沖打在棺材上，覆蓋在上面的旗幟已經濕透了，較有榮譽感的退伍軍人是不肯接受那實際上沾滿了血跡和彈藥的旗幟的。棺材上還擺了一把有銀與銅的纓帶把柄的軍刀，它就是當年馬魁茲上校掛在衣架上的那一把，他走進亞瑪蘭塔縫衣室的時候，必把他的軍刀掛在衣架上，以表示解除武裝。是尼倫底亞和約休戰時的最後幾名老兵在送葬行列後面趕著牛車，他們有些打著赤腳，褲管全都捲起，在泥濘的地上叭啦叭啦掙扎著前進，一手拿著趕牛的鞭子，一手拿著已被雨淋得變了色的紙花圈。他們像幻影般走過邦迪亞上校街，經過邦家時往這邊瞧一眼。在廣場轉彎的地方，牛車下陷卡住了，不得不叫人來幫忙推動。易家蘭叫匹達黛扶她到門口，她以她瞎了的眼睛專注那些行人的各種困境，大家都以爲她還看得見呢。此外，她還有如天使使者隨著牛車的搖晃而擺動著她的手。

「再見了，馬魁茲，我的孩子，」她叫道。「向我的親人打個招呼吧，告訴他們，雨停了時我會去看他們。」

席甘多扶她回床上去躺著，仍不拘形式上的禮俗，像平常那樣對待她，問她剛才的告別是什麼意思。

「眞的，」她說。「我只等雨停就要死去。」

街上的情形使席甘多很是驚惶。他終於對牲口的情形擔心起來，於是用一塊油布頂在頭上，前往姘婦柯蒂絲家去。他發現姘婦在院子裡水深及腰部的地方，想要把一具馬的屍體順水漂走。席甘多用一根桿子來幫忙推動，那浮腫的馬屍像一個大鐘那樣翻轉了一下，順著泥水流走了。自雨季以來，柯蒂絲一再地清除院子裡牲口的屍體。前幾個星期，她捎信給席甘多，叫他採取緊急措拖，但他說不要急，情況並非那麼可怕，等雨停後，再想法子不遲。她又捎話去，告訴他養馬的場地淹水了，牛群已往高地跑，那邊沒有東西吃，牛群會病死或被美洲虎吃掉。「毫無辦法可行，」席甘多回答她說。「雨停了，會生出新的牲口來。」柯蒂絲見牲口成群地死亡，只能宰殺陷在泥裡的一小部分，她眼巴巴地望著殘酷無情的洪水，把一度被視爲馬康多最大的、最穩固的財產沖洗殆盡而無能爲力，除了疾疫，什麼也沒有留下來。席甘多決定來看看情形時，所看到的也只是馬屍和馬廄的殘骸中僅有的一匹髒兮兮的騾子。柯蒂絲見他來了，既不驚訝，也不興奮或氣憤，只自我展現一絲嘲諷的淺笑。

「時候差不多啦！」她說。

她老了，全身只剩皮包骨，她那漸漸變細的眼睛，就像食肉動物那樣，因爲望雨望得太多而變得哀傷與柔馴了。席甘多在她家住了三個多月，不是因爲他覺得這裡比他家裡好，而是因爲他需要時間來決定是否再把油布披在頭上回去看看。「不急嘛，」像他在另一個家說的一樣。「希望幾個鐘頭之內雨會停止而轉晴。」第一個星期，他習慣了歲月與霪雨對姘婦的健康的摧殘，慢慢地他以過去的眼光來看她，想起她活潑放縱的性格，想起他們的愛情曾增加了動物的繁殖力，到了第二個星期的某個晚上，一面是由於愛情的衝動，一面是由於利益的想法，他拚命愛撫她，把她從酣睡中吵醒了，她卻沒有什麼反應。「睡覺吧，」她喃喃地說。「現在不是做那種事的時候。」席甘多從天花板上的鏡子看見自己，也看到柯蒂絲的背脊骨像一排線紡棍兒串起那枯萎的神經，明白了她說的不錯，不是時候啦，他們自己都老得不宜再做那種事情。

席甘多現在提著皮箱回家了。他相信不只是易家蘭，就是馬康多全城鎮的居民，也都會在雨停後死去。他路過之處，只見鄉親父老手臂交疊著坐在客廳裡，眼神茫然空泛，感受著無情的漫長時光在消逝，在只能看雨，而什麼事都不能幹的時候，根本就不必去分年份與月份，也不必把一天分成多少個小時。席甘多又要演奏那架聲音像哮喘的手風琴給小孩聽了，小孩都很興奮地向他問好。只是演奏手風琴不如講百科全書的內容那麼吸引人，他們再度以美美的房間作爲集合地點，席甘多以想像力把飛船說成是在雲層中尋找睡覺的地方的飛象。有一次，他碰巧翻到一頁，上面是個騎馬的人，雖然那裝扮怪異，而臉孔卻很熟悉，他認定那是邦迪亞上校的照片。他把它拿給卡碧娥看，她也認爲那個騎馬的人不但像邦迪亞上校，也像邦家其他的每個人。其實，那是一名韃靼戰士。他們的時間就在觀看洛德島大風景畫和玩蛇人的畫片中打發過去，終於有一天他的妻子告訴他，食品室的食物只剩三磅乾肉和一袋米了。

「妳要我怎麼辦呢？」他說

「我不知道，」卡碧娥說。「這是男人的事。」

「好吧，」席甘多說。「等雨停轉晴了自有辦法。」

他對百科全書比家務問題更感興趣，即使午餐只吃一小片肉和一點米飯都無所謂。「現在是什麼也沒辦法，」他說。「雨不可能下一輩子吧。」食品室的東西愈來愈少，造成了燃眉之急，卡碧娥也就愈來愈憤慨。最後，她的抗議和少見的怒火陸續發洩出來了，就像六弦琴發出某種單調的聲音，從早到晚響著。她的聲音愈來愈高，愈來愈響亮。席甘多起初沒有注意到她那吟唱般的聲音，直到第二天吃完早餐，他覺得有一陣營營聲比雨聲更流暢更響亮，原來是卡碧娥發出來的。她在屋裡踱來踱去，抱怨說父母培養她當女王，她卻在一間瘋人院當女傭人，她那懶惰放蕩的丈夫，既崇拜邪神，又只會等糧食從天上掉下來，而她把背脊骨都忙斷了，也沒有人理會；這個家似乎是繫在一個釘子上，她從天亮到睡覺的時候，一天中要做許許多多的事情，忍受許許多多的痛苦，修理無數的東西，上床後眼裡滿是玻璃刺般痛起來，卻沒有人問一聲：「早安，卡碧娥，妳睡得好嗎？」也不會有人禮貌上問她一聲爲什麼臉色那麼蒼白，睡醒時，眼睛爲什麼有黑圈圈，家人一向把她當作眼中釘或舊破布或蠢丫頭；大家總是在背後說她的壞話，罵她是教堂的老鼠，說她是僞善的人，斥責她狡猾，就連亞瑪蘭塔，也公開說她講話含糊不清，願亞瑪蘭塔在地下安息吧，老天爺，她居然說這樣的話！她是爲了天父而忍受一切的，可是邪門的席根鐸卻曾說，家裡娶進一個高地人就完了，想想看，一個神氣的高地人有什麼好，上帝會保佑我們；一個邪惡的高地兒女，跟政府派來殺工人的高地兵原本同一血緣，他這些話不是說她又是說誰，她實在無法忍受。亞爾巴公爵是她的教父，她的家世不凡，連總統的妻子聽了都會發抖，像她血統這麼高貴的婦人可以簽署十二個島嶼的名銜，在這滿是私生子的小城鎮裡，只有她能分辨出十六件銀器的名稱而不會搞混亂，她那荒淫的丈夫竟然譏笑她說，那麼多的刀、叉、湯匙，不是給人用的，是給蜈蚣用的。整個城鎮只有她閉上眼睛就能說出什麼時候該端上白酒，用什麼杯子來裝，該放在什麼位置；什麼時候該端上紅酒，用什麼杯子來裝，該放在什麼位置；才不像土裡土氣的亞瑪蘭塔，她曾以為白酒是白天喝的，而紅酒是夜間喝的，願她在天之靈好好安息。整個海岸也只有她以用金夜壺為榮，沒想到邦迪亞上校竟然擺出共濟會會員的姿態來，不知羞慚地問她這個習慣從何而來，莫非她拉的不是尿糞，而是甘草渣汁，想想看，他居然說這樣的話，願他在天之靈安息。而她的親生女兒美美碰巧見她在房裡大便，竟然說不可以，因為夜壺是純金的，且上面刻有貴族紋飾印章的文字，裡面卻裝些糞便，那糞便比別人的更髒，是自負倨傲的高地人拉的那種糞便，想想看，她自己的女兒居然說出那種話來。所以她對別人不再抱持任何幻想，不過她總有權利希望丈夫體貼她一點，不管怎麼說，她總是她法定的配偶吧，是他心甘情願帶她離開娘家的；她在娘家不缺什麼，也沒有吃過什麼苦頭，編葬儀花圈也只是當作好玩，她的教父曾給她一封親筆函，說她的手不宜做世間的俗事，只能彈琴，而她的神經病丈夫多方哄騙她，把她帶到一個熱得無法呼吸的地獄來，結果她的五旬節齋戒還未結束，他就拿著皮箱和手風琴跟他的姘婦走了，那種女人只要從她背後看看她那扭來扭去的屁股，便知道是什麼德行了；那是跟卡碧娥相反的女人；卡碧娥不論在皇宮或豬欄，在餐桌上或床上都是一樣的淑女，信奉上帝，服從教規，順從上帝的旨意，席甘多跟卡碧娥自然不能像跟那個女人那樣玩下流的遊戲，而另一個女人是什麼事都肯做的，跟那些法國豔婦差不多，甚至更差勁些，至少那些法國豔婦老實地在門口掛上表示娼門的紅燈。想想看，費南多夫人和費南多大人的獨生女居然得忍受這一切，尤其是費南多大人這樣的正人君子，高尚的基督徒，墓園教會的爵士，直接由上帝賜與了一種特權，死後遺體保存得完好如初，皮膚光滑得有如新娘子，眼睛活生生的，像翡翠一般淸澈明亮，他又怎能那個樣子吶！

「那並不是眞的，」席甘多打斷她的話說。「他們把他運到這兒來時，屍體已經發臭了。」

他耐心聽她咕噥了一整天，終於逮到一個她說溜了嘴的不對事件。卡碧娥不睬他，只是把嗓音放低了點。那天晚餐時，惱人的嘮叨聲又蓋過了雨聲。席甘多低下頭，吃得很少，很早就進房去了。第二天早晨，卡碧娥全身發抖，好像是睡眠不足，被滿腔怨憤弄得很疲乏似的。當她的丈夫問她可否來個煎蛋時，她不說家裡的蛋上次用完了，卻痛斥有些男人整天望著肚眼發奇想，竟敢說要吃雲雀肝。席甘多照常帶孩子去看百科全書，卡碧娥假裝去整理美美的房間，故意要他們聽她嘮叨，一邊罵丈夫厚臉皮，一邊竟瞎說百科全書上有邦迪亞上校的照片。下午，孩子們睡午覺，席甘多坐在走廊上，卡碧娥又跑到那兒去折磨他，激怒他，打著轉在他身邊嘮叨，說家裡只有石頭可吃了，她丈夫還像波斯國王坐在那兒看雨，因爲他本來就是懶漢、吃閒飯的無用之徒，比棉絮還要軟，習慣靠女人養他，自以爲娶了像舊約上所說的約拿的妻子，會聽他說那他被鯨魚吃進肚子裡，三天後又被吐出來而仍然安然無恙的故事，並滿意他的說法。席甘多裝聾作啞，不動聲色，聽她罵了兩個多鐘頭。直到傍晚時分，他實在受不了滿腦子低音鼓聲的迴盪了，才開口說話。

「請閉上嘴巴吧。」他乞求著說。

卡碧娥非但不肯，反而提高了嗓門。「我沒有理由要閉上嘴巴，」她說，「不想聽我說話的人可以到別地方去。」席甘多失去了控制力。他泰然自若地站起來，好像伸懶腰一般，發脾氣發得有條不紊，他抓起秋海棠、羊齒植物、梔子花盆，一一在地板上砸得粉碎。卡碧娥嚇慌了，她直到現在才看出自己的嘮叨發生了多大的不良後果，事情已來不及挽回了。席甘多似乎發洩得進入了陶醉境界，他把碗櫃的玻璃打破，不慌不忙地把瓷器取出來，一一扔在地板上砸碎；他的動作從容而有節奏，跟當年用鈔票貼房子的牆壁一樣，把波希米亞水晶器皿扔在牆壁上，還有手漆的花瓶、裝有鮮花的小船中的少女像、鍍金鏡框的鏡子，由客廳到食品室，一路砸過去，只要是能砸的東西都全部砸掉，最後把廚房裡的大陶罐也打破，在庭院中發出迴響的聲音。而後，他洗洗手，頭頂著油布出去，午夜時分才回來，帶著幾串乾肉、幾袋米、長了象鼻蟲的玉米，和幾掛香蕉。從此家裡不再缺糧。

在亞瑪倫塔和小倭良諾的記憶中，雨季是一段快樂的時光。雖然卡碧娥很嚴厲，他們仍在院子裡濺起水花玩耍，把蜥蜴抓來切成一段一段。趁匹達黛不注意的時候，把蝴蝶翅膀上的塵土弄在湯裡，表示下毒。易家蘭成了他們有趣的玩偶；他們把她當作破舊的大囡囡，給她披上彩色的花布，在她臉上塗上煤煙灰和亞納托果油，扛著在屋裡到處走。有一次，他們差一點用修剪花木的大剪刀去挖她的眼睛，他們曾這樣對待青蛙。當她神智不清時，他們覺得很有趣。實際上，在下雨的第三年，她的腦子大概已發生變化，漸漸失去了眞實的感覺，分辨不出現在和生命早期的事情，有一次她竟爲她的曾祖母哭泣了三天，事實上，她的曾祖母帕雀妮拉已下葬了一百多年。她迷糊得竟然把玄孫女美美的兒子小倭良諾看成是當年去看冰塊的次子小邦迪亞(即後來的邦迪亞上校)，把讀神學預校的玄孫亞卡底奧當作是跟吉卜賽人出走的長子亞克迪奧。她總是談論親族的事情，孩子們就編造一些親人來訪的故事，而那些人不但早已死亡，並且是活在不同的時代裡。易家蘭坐在床上，頭髮上撒的全是冷火灰，臉上蓋著紅方巾，孩子們假裝詳細描述那些虛幻的親人，就好像眞的認識他們，易家蘭聽了非常高興。易家蘭會陪祖先們說話，談些她出生前的事情，也因祖先們告訴她的消息而興奮，還陪他們哀悼比他們晚生的死者。孩子們很快就發現易家蘭在跟幽靈談話時，總是要問是誰寄放了一尊與眞人等高的聖約塞石膏像在邦家等雨停。由於這點線索，席甘多想起家裡有筆財產埋在某處，這只有易家蘭才知道。他一再盤問她，還用了一點說話的技巧，卻問不出來。她儘管瘋瘋癲癲，卻還有幾分淸醒，一心要嚴守這個祕密，誰能證明自己是黃金的眞正主人，她才願意說出來。她很認眞，也很有保密的技巧，席甘多叫了一位酒肉朋友假裝是黃金的主人，易家蘭以多重陷阱式的問題來盤問那個人，一分鐘就把他問倒了。

席甘多相信易家蘭會把這個祕密帶進墳墓去，就雇用了一群工人，藉口要在庭院與後院挖排水溝，到處挖掘，還親自用鐵棒與各種金屬探測器來探測地下物質，探挖了三個月，沒有發現黃金之類的東西。後來，他去找透娜拉，希望紙牌卜卦會比工人挖掘有效，但透娜拉說，要易家蘭親自切牌才靈驗。不過，她證實有這筆財產存在，數目是七千兩百十四枚金幣，裝在三個帆布袋裡，用銅線裹紮著，埋在以易家蘭的床鋪爲中心，半徑三百八十八呎的圓圈內。然而，透娜拉警告他說，要等雨停了，並且一連三年的六月都出太陽，把泥漿曬乾成灰塵之後才能找到。這個訊息模糊，語意細緻，席甘多覺得這說法與靈性論者似乎有近似的地方；這是八月，至少還要等三年才合於預言的條件，但他仍舊要繼續尋找。有一點使他困惑不解，也使他驚異，那就是從易家蘭的床鋪到後院的牆壁剛好是三百七十八呎。卡碧娥見丈夫在測量，認爲他與他的雙生兄弟一樣發瘋了。後來席甘多叫挖地工人把溝渠的深度加深三呎，她更認定他是發瘋了。席甘多的掘寶迷夢簡直跟曾祖父當年以新發明物尋寶的情形一樣；他現在僅存的脂肪已消耗光了，跟他雙生兄弟相像的地方又出現了，除了瘦瘠的身材，那淡漠的目光和畏縮的態度也很相像。他不再爲小孩費神；吃飯也不定時了；全身都是泥巴，常躲在廚房角落裡吃飯；他的母親匹達黛偶爾問他話，他也很少回答。他的妻子卡碧娥見他比往常勤奮許多，且從來沒想到他會變成這個樣子，暗自責備自己，後悔以前不該那般過分地罵他，其實她是把他的固執看成了勤勉；貪慾看成了克己；笨拙看成了毅力。但是，這時的席甘多並不想與妻子和解。他找遍前後院子之後，又把花園翻一遍，把泥土扔得四處都是，枯枝和腐花堆積物高達人的頸部；他挖穿了東廂房屋的地基。一天晚上，地面震動，家人夜半驚醒，只聽得地下格格發響，猶如大地震來臨。三個房間傾倒了，從走廊到卡碧娥房間的牆上裂開一條可怕的巨大裂縫。席甘多並未放棄找尋的行動。最後他的希望還是幻滅了，似乎只有紙牌卜卦的預言有些道理。於是，他塡好缺口的地基，以膠泥補好牆上的裂縫，居然又繼續去挖西廂的地基。翌年六月的第二個星期，雨勢漸緩，浮雲團團迤移，看樣子就要天晴了，他還在那兒挖。天果然放晴了。一個星期五的下午兩點鐘，天空光明燦爛，火紅的太陽照耀大地，光線粗得像磚塊的粉粒，然而卻冰涼如水，此後幾乎一連十年不曾下雨。

馬康多而今已是廢墟。泥濘的街上有家具的殘骸；動物的骨骸上長滿紅百合，這是成群出現在馬康多的新客，也是急速消逝的最後遺跡。在香蕉熱潮時期草草搭建的房屋已經廢棄了。香蕉公司已把內部設施拆走。以前的鐵絲網圍牆完全廢爛掉了。那些木屋和下午玩牌用的露臺似乎已被一陣預言的狂風吹走了，再幾年，那陣狂風一樣會把馬康多從地面吹走。僅有的地上遺物恐怕只有布朗小姐的一隻手套，擺在一輛被野花塞死的汽車上。老邦迪亞建村時期探險的魔境，後來種滿了香蕉，而今成了殘株遍地的沼澤，呈現在地平線上，在地平線的那邊，可以看見大海沉默無語的浪花。放晴後的第一個星期日，席甘多穿上乾淨的衣服，重新去體認這個小城鎮究竟經歷了多少急遽的變遷。災難的倖存者，也就是香蕉熱潮前就住在馬康多的人，都坐在街上曬太陽。他們的皮膚還帶著霪雨造成的藻青色，身上還有一股霉味，而他們的心底卻似乎在慶幸自己的小城鎮已恢復了原狀。土耳其街又跟早期差不多了，當時的阿拉伯人穿著拖鞋，戴著耳環，到世界各地賣小飾物，交換金剛鸚鵡，在馬康多落腳，覺得這個地方可以休息，不想再去流浪，就建了這條街。歷經長年的大雨，攤販棚裡的貨品已殘缺不全，布製的門簾上面長了一塊塊的霉斑，櫃檯被白蟻蛀壞了，牆壁遭濕氣浸蝕，而今第三代的阿拉伯人，跟他們的祖父與父親坐在同一個地方，姿勢也完全一樣；他們沉默、勇敢，時間與災難動搖不了他們，跟失眠症侵襲過後一樣，跟邦迪亞上校親歷三十二次戰爭之後一樣，既活躍也死氣沉沉。他們面對這些賭博檯子、油餅爐架、射擊靶場、解夢和預言胡同的殘跡，感到精神抖擻，席甘多像往常一樣不拘禮儀，問他們憑藉什麼神祕的方法不怕暴風雨的侵害，怎麼不曾被溺死，他一家一家去探問，他們都只露出狡猾的笑容和夢幻的目光，並未先作商量而異口同聲的回答：

「游泳嘛。」

柯蒂絲也許是唯一具有阿拉伯人勇氣的本地人。她看著牛棚倒塌，穀倉被洪水沖走，但她想法子保住了住屋。下雨的第二年，她派人緊急通知席甘多，而他回答說他不知道什麼時候才能回家，反正他再來的時候會帶一箱金幣來鋪臥房的地板。當時她從心靈深處去建立自信，尋求力量來撐過苦難，終於激發起一股內心反射的熱力，發誓要重建情夫耗掉及水災損失掉的財產。她的決心堅定，席甘多曾在前一次的口信後八個月才回到她的家，發現她臉色蒼白，頭髮蓬亂，眼簾下垂，皮膚長疥癬，可是她還在小卡片上寫著摸彩的號碼。席甘多大吃一驚，他自己也是髒兮兮的，一臉嚴肅表情，柯蒂絲認爲來看她的簡直不是她要與之廝守終生的情郎，而是他的雙生兄弟席根鐸。

「妳瘋了呀，」他對她說。「除非妳賣彩票是打算讓人抽骨頭。」

而後，她叫他往臥房裡瞧瞧，席甘多看到了那匹驢子。牠與主人一樣骨瘦如柴，卻也跟她一樣活著，且活得意志堅定。柯蒂絲是帶著怒氣飼養牠的。那時稻草、玉米、樹根都沒有了，她就把牠牽入臥房來，餵牠吃織得細密的棉布床單、波斯地毯、絲絨床單、天鵝絨帷幔，以及華麗的大床頂上織有金絲線與絲質流纓的華蓋。

17

當雨停轉晴時，易家蘭還得大費工夫來履行她的死亡諾言。雨天裡她很少神智清醒，但八月以後倒常常清醒了，那時有一陣乾風吹起，悶死了玫瑰花叢，吹乾了泥堆，最後使馬康多撒滿了滾燙的塵土，永遠蓋住生鏽的鋅鐵皮屋頂和古老的銀杏樹。當易家蘭發現自己被小孩當作玩偶已經三年了，非常傷心地哭了。她把她那張塗了顏色的臉孔洗乾淨，取下頭上那些亮麗的彩布，以及掛在她身上的乾蜥蜴、青蛙、念珠和陳舊的阿拉伯項鍊。自從亞瑪蘭塔死後，這是她第一次無需別人扶持，自己下床來，且再度參與家庭生活。她那無比剛毅的心靈，使她能在幽靈鬼影中來去自如。有人發現她走路東倒西歪，有人碰到她舉得與頭齊高的手臂，以為她有病，卻未曾想到她已經瞎了。她不必用眼睛看，便知道擴建房屋時所造的花壇不但已經被雨水浸壞了，且被席甘多挖空了；她也知道牆壁和地板的水泥有裂縫；家具在發霉；門板的鉸鏈已鬆脫；全家人陷入一種無可奈何的絕望心境；這些現象在她當家的時候是無法想像的事。她在空空的臥室中摸索著行走，發覺白蟻在唧唧喳喳啃蝕木頭；蠹蟲在衣櫥裡不停地窸窸窣窣蛀蝕東西；大紅蟻在水災期間繁殖起來，正破壞著房子的地基，那聲音十分可怕。有一天，她打開聖徒像的皮箱，早就把衣物啃成了灰的蟑螂突然跳出來，爬到她身上，她只得叫匹達黛幫她驅除掉。

「人不能這樣消極地活著，」她說。「如果我們這樣下去，我們會被動物吃掉。」從此以後，她片刻也不肯休息。天亮前，她就派給每個人差事，連小孩也一樣。她把少數尚能用的衣物拿到太陽下去曬，用強效殺蟲劑驅除蟑螂，刮去白蟻在門窗上蛀出的脈紋，以石灰悶死蟻窩中的螞蟻。她充滿了恢復一切的狂熱，最後她來到了一個被人遺忘的房間。她清掃老邦迪亞年輕時代瘋狂地研究點金石的實驗室，把沙塵和蜘蛛網掃除；她又去整理被士兵們搜亂了的金銀飾物工作室，而後索取麥魁迪房間的鑰匙，想看看裡面的情景。席甘多表示他未死之前不准任何人進去，匹達黛順他的意願，想盡各種藉口來應付易家蘭的要求。然而，易家蘭絕不放棄，堅持不讓最偏遠的房間受蟲害毀壞。所以，她排除一切障礙，堅持了三天之久，終於說服家人把門打開。她必須抓住門柱，才沒有被裡邊的臭氣薰倒，然而她只需兩分鐘就記起了女學生那七十二個夜壺是放在裡邊的，又想起某個雨夜，一隊兵士滿屋子搜尋席根鐸，卻沒有找到他。

「上帝保佑我們！」她驚嘆著說，彷彿什麼事情她都看在眼裡。「經過這麼多的憂患才教會你行事懂禮節，你卻活得像一頭豬。」

席根鐸仍然在研讀那些稿件。頭髮和鬍鬚都亂糟糟的，兩排牙齒已長綠垢，兩隻眼睛靜止不動。他辨出是曾祖母的聲音，頭頸轉向門口，勉強微笑著，不知不覺複述一句易家蘭的舊話。

「妳期待什麼？」他喃喃地說。「時光不停留地向前去啦。」

「實在也眞是這樣，」易家蘭說。「但不該變化這麼大。」她說完後，發現自己的答話與當年邦迪亞上校在死牢中所說的一樣，這正好證明時間並非不停留地向前去，而是循環式地流轉。即使在這個時候，她還是不肯聽天由命。她把席根鐸看作小孩，大罵了一頓，堅持要他洗澡、修面、幫忙整修房舍。然而，席根鐸想到要離開他寧靜的容身之所，幾乎嚇壞了。他大聲吼叫說，誰也別想叫他離開；他不想去看那兩百節車廂載滿屍體的火車，每天傍晚從馬康多開出，駛向海邊去。「車站的三千四百零八人，全都死光了。」他大叫說。這時易家蘭才知道他活在比她更陷於鬼魅的世界裡，簡直與老邦迪亞的幻想一樣孤獨，一樣難以達到。她讓他留在那個房間裡，但叫家人不要鎖門，要每天都淸掃，把夜壺拿走，只留下一個，要席根鐸像老邦迪亞當年囚居在栗樹下的時候一樣淸潔而過得去。起初，卡碧娥說她是老瘋婆子，無事找事做，對她非常惱怒。但是，就在這個時候，她的兒子亞卡底奧打算在宣誓修行之前，先由羅馬回馬康多一趟，卡碧娥因此非常興奮，每天忙著要澆四次花，就怕兒子對家園留下壞印象。由於這個動機，她更與那些未曾謀過面的醫生加強聯絡；連易家蘭也沒有發現被席甘多砸壞的秋海棠、羊齒植物、梔子花盆景等，都已經由卡碧娥及早補上了。後來，她賣掉一些銀製餐具，補充一些瓷器碟子、錫製碗盤、湯匙，以及毛織桌布，原來擺東印度公司瓷器和波希米亞水晶器皿的碗櫃因此顯得有些寒酸了。易家蘭總想超前跨步。「把窗子和門打開吧，」她叫著說。「煮些魚和肉，買最大的龜回來，讓進門的陌生人在屋角搭地舖，叫他們到玫瑰花叢那邊去小便，他們想坐下來吃多少次飯就吃多少次，只有這樣才能驅走毀滅的晦氣。」但是，這是一種幻想。她已太老了，可以說是用借來的壽命在活著，再也無法創造那種小動物糖果買賣的奇蹟了，子孫中沒有一個承繼了她那種堅貞的毅力。在卡碧娥的命令下，門窗依然關閉著。

已將皮箱帶回柯蒂絲家的席甘多，也只能勉強維持一家人的溫飽。柯蒂絲賣出驢子彩票後，又買了些動物來經營原始的彩票生意。席甘多親自用顏料畫了一些吸引人的與叫人信服的彩券，挨家挨戶去推銷，也許他還沒有發現許多人是爲報恩才買的，而更多的人是出於同情。然而，爲同情而購買彩券的人尙也有機會以二十分錢的代價抽中一頭豬，或以十二分錢的代價抽中一頭小牛，他們都滿懷著希望。星期二晚上，柯蒂絲家的庭院中擠滿了人群，等著一個小孩從袋中隨意抽出一個中獎號碼來。不久，這個節目就變成每週一次的市集了，到了傍晚，院子裡就擺起了食物和飲料攤，有幸抽中的人當場宰殺他們贏來的動物；酒與音樂另有人供應，席甘多無意中又彈奏起他的手風琴來，還參加了稍有節制的貪食比賽（看誰吃得多）。這些場面只是往日盛況下的小型翻版而已，席甘多自己也看出他的精神已衰頹下去了，他瘋狂飲宴的伎倆也不行了。他已完全變了一個人。當年那位「大象」女士向他挑戰時他的二百四十磅容量現已減到一百六十磅；他的樣子也變了，紅光滿面的烏龜臉已變成大蜥蜴的乾瘦面龐，並且他很容易倦怠和疲勞，但在柯蒂絲的心目中，他這時候才是最理想的男人，也許是因爲她對他激起了同情之心，而同情與愛情現在已混淆不清了；也許是因爲苦難使他們有了一心相偕與共的想法吧。倒塌的床鋪不再是瘋狂活動的場所，而成了親密的避風港。家裡少了層層疊疊的鏡子，它們都被拍賣掉了，錦緞與天鵝絨也沒有了；拍賣得來的款項是用來買摸彩的動物。錦緞和天鵝絨是被驢子吃掉的。他們常常熬到深夜，像睡不著的老祖父母那樣天眞地利用時間記帳，把錢存起來，以彌補以前耗損的錢。有時雞叫了，他們還在堆積和分別存放硬幣，這邊增加一點，那邊減少一點；這一堆要給卡碧娥，那一堆要給小亞瑪倫塔買鞋子用；一堆要給匹達黛，因爲她許久沒有添新衣服了，一堆要給易家蘭留著當棺材本；一堆要用來買每三個月每磅漲價一分錢的咖啡，一堆要用來買愈來愈不甜的糖；另一堆要用來買雨後未乾的木料，又一堆要用來買彩色墨水和紙張來畫彩券。剩下的則用來賠給四月份那頭小牛的中獎人；當時彩券已經賣光，那頭小牛突然患疔瘡病倒了，他們卻能奇蹟般地使牛皮完好如初。他們安貧樂道的方式很單純，幾乎總是把最大的一筆錢給卡碧娥。他們這樣做不是因爲對卡碧娥慈悲或內心有所悔恨，而是認爲她的福利比他們的更重要。他們在不自覺中，總覺得卡碧娥就像是他們想要生而未生出來的女兒一樣。有一次，他們吃了三天的麵包屑，把省儉下來的錢給卡碧娥買了一塊桌布。但是，不管他們怎樣辛勞，不管他們怎樣儉省，又想了多少辦法去賺錢來維持生活，他們的幸運守護神卻似乎累得睡著了。當進帳差的時候，他們實在也想不通，爲什麼他們的牲口不像以前那樣拚命繁殖；爲什麼錢一下子就從手指間溜走了；爲什麼人們不久前還在飲宴中大燒鈔票以取樂，現在卻是六隻母雞當獎品的彩券還會有人認爲十二分錢的賣價是坑人。席甘多認爲問題不在世道人心，而在柯蒂絲心底的一個祕密，即是她在洪水期間有了變化而使動物的繁殖力減弱，因而收入減少，這一點他並未說出來。他對這個奧祕很感興趣，便深入探究她的感情，本來他的動機是利益，不料一心要使對方愛他，自己倒深深愛上了對方。柯蒂絲見他的感情加深，也愈來愈愛他，以致她在成熟的中年倒又慢慢地對年輕時代的迷信相信起來，那就是：貧窮是愛情的徒刑。現在他們兩個人都把過去那些荒唐的飲宴和對財富的炫耀，以及無節制的情慾，看作是惱人的事情，哀嘆他們浪費了大半生才找到了共享孤獨的快樂。他們兩個人共謀式地享樂了那麼多年，白白浪費了許多光陰，而今才眞正地狂戀起來，共享餐桌上勝於床上的愛情奇蹟；他們是多麼的快樂啊，直到他們成了枯瘦憔悴的老頭子和老太婆，還像小孩子一樣精神煥發，也像小狗一樣嬉戲。

彩券的銷售情形一直都不太理想。以前席甘多一星期裡總有三天關在牧場辦公室畫彩券，他以熟練的筆畫出一頭紅牛啦，一隻綠豬啦，一隻藍母雞啦，用什麼動物做獎品，就畫什麼動物，也寫下工整的印刷體數字與柯蒂絲取的店名「天命摸彩店」。有時一天要畫兩千張票，實在太累了，於是他把摸彩名稱和動物種類以及號碼都刻成橡皮章，只要用不同顏色的印泥就行了。到了晚年，他突然想到用謎語代替號碼，獎品由猜中的人平分，然而這個辦法太複雜，容易惹人起疑心，他在施行兩次之後也就放棄了。

席甘多爲了維持摸彩的信用威望，幾乎沒有時間去看孩子。卡碧娥把小女兒亞瑪倫塔送入一間只收六個女生的私塾去唸書，卻不給小倭良諾上公立學校的機會；她認爲讓他走出房間來已經夠仁慈了。何況當時的公立學校只收天主教夫妻的合法婚生的孩子，而小倭良諾送來時衣服上別有一張出生證明，註明是棄兒。所以他一直被關在家裡，他所面對的是匹達黛慈和的目光和易家蘭奇特的心靈感召，在那個小天地裡，老婆婆們叫他做什麼，他就學什麼。他身體瘦弱細小，但好奇心特強，常使大人不安；他的眼睛一眨一眨，有些狂亂的感覺，這跟邦迪亞上校小時候那種摸索與洞察一切事物的目光是不一樣的。小亞瑪倫塔上幼稚園時，他則在花園裡找蚯蚓，殘忍地對待昆蟲。有一次他把蠍子裝在小盒子裡，準備把牠放到易家蘭床上時，被卡碧娥逮住了，於是她把他鎖進美美的舊房間，他倒獨個兒在那裡翻看百科全書的圖片。有一天下午，易家蘭在屋裡用一束蕁蔴在灑蒸餾水，發現他在那兒，雖然以前碰見過他許多次，她仍舊問他是誰。

「我是倭良諾。」他說。

「很好，」她答說。「現在是你該學做一個銀飾匠了。」

她又把倭良諾與她的兒子邦迪亞搞混了；雨後一陣熱風使易家蘭的腦子一度清醒過來，現在那陣風又過去了。這之後她沒有恢復清醒的理智。她走進臥室，發現曾祖母帕雀妮拉在那兒，穿著正式的宴客服裝——硬挺挺的布裙和串珠短襖。她還發現外婆瑪利亞坐在輪椅上用孔雀毛扇子搧風，而外公老倭良諾穿著仿製的總督衛士長大衣。她父親老易嘉朗創造了一種祈禱文，可以使蟲子縮起來，不再依附在牛身上。她也看見了她那膽小的母親、豬尾巴的表哥、丈夫老邦迪亞，以及已故的兒子們，全都靠牆排列坐在椅子上，不像是來探望親人，倒像是在守靈。她不停地說著一連串美麗的閒話，品評不同時地所發生的事情，後來，小亞瑪倫塔從學校回來，小倭良諾看百科全書也看累了，他們發現她坐在床上自言自語，陷入已故親人的迷宮裡。有一次，她驚叫著說：「失火了！」整個家裡馬上驚惶起來，然而她說的卻是四歲時親眼所見的穀倉火災。她把過去和現在的事情完全攪在一起，在她死前，神智曾清醒過幾次，誰也弄不清她是在說當時的感覺呢？還是在談以往的回憶。慢慢地她身體萎縮，縮成胎兒一樣，成了活的木乃伊，最後幾個月幾乎變得像睡袍裡的一粒櫻桃乾，常舉起她那隻有如美洲蜘蛛的手掌。她一連幾天都動也不動，匹達黛使勁搖她，確定她還活著，就把她放到膝上，餵她喝幾匙糖水。她很像一個新生的老女嬰。小亞瑪倫塔和小倭良諾把她抱來抱去，放在聖壇上與聖嬰像比比大小；有一天下午，他們還把她放在食品室的一個櫥櫃裡，她差一點被老鼠吃掉了。在復活節前的禮拜天，即野棕主日，卡碧娥上教堂去了，小亞瑪倫塔和小倭良諾走進臥室，抓住易家蘭的脖子和腳踝抬出來。

「可憐的高祖母，」小亞瑪倫塔說。「她已老死了。」

易家蘭很驚惶。

「我還活著！」她說。（他們聽不見她在說話。）

「你瞧，」小亞瑪倫塔忍不住笑說。「她連呼吸都沒有了。」

「我正在呼吸呀！」易家蘭大聲說。（他們聽不見她在說話。）

「她甚至不會說了，」小倭良諾說。「她就像小蟋蟀那樣死去了。」

而後，易家蘭對這個事實證明屈服了。「天哪！」她細聲驚嘆著說。「原來死亡就是這個樣子。」她開始結結巴巴地作深沉而冗長的祈禱，經過兩天多，到了星期二，竟對上帝提出一大堆複雜混亂的請求，甚至勸上帝如何防止大紅蟻把房屋吃垮；如何使美女瑞米迪娥照片前的燈火長明；千萬別讓邦家的人娶自己血緣關係下的親戚，否則子孫會長出豬尾巴來。席甘多想利用她神智不清的機會探出金子埋在什麼地方，可是他的哀求仍然無效。「當物主出現時，」易家蘭說。「上帝會使他明白在哪裡找到它。」那幾天匹達黛發現自然界有些反常的現象，玫瑰帶著藜草的氣味，有一盆埃及豆倒地，豆子掉落地上，排成完美的海盤車（星形魚）幾何圖形；有個晚上，她還發現一排發出光亮的橘子形圓盤物飛越天空，因此認爲易家蘭隨時會死去。

耶穌受難日的那天早晨，他們發現她死了。香蕉公司來這裡的那個時候，家人幫她計算過年齡，她自己估計出來大約一百一十五歲到一百二十二歲。他們將她裝入一具小小的棺木下葬，棺木的尺寸和修女送小倭良諾來時的提籃差不多，葬禮很少人參加，一方面是記得她的人已不在人間，一方面也因爲那天中午太熱，連鳥兒都熱得昏昏然，像泥巴做的靶鴿亂撞牆壁或穿過窗簾，竟死在人們的臥室裡。

起初人們以爲鳥的死亡是一種瘟疫。家庭主婦精疲力竭地把死鳥掃乾淨，特別是午睡的時候更是如此。男人將一車一車的死鳥倒進河裡。復活節的禮拜天，百歲神父伊撒貝爾在講壇上，說鳥的死亡是「流浪的猶太人」造成的，他昨晚親眼看見那個人。他形容那個「流浪的猶太人」是公山羊和女異教徒交媾的雜種，是一種怪獸，一種邪惡的動物，吐出的氣息能使空氣熱燙，那眼神能使新婚婦女生出怪胎來。地方上的人相信神父老來胡言亂語，沒有人理睬他。然而，星期三黎明時分有個女人把大家叫醒，說她發現了裂蹄人的足跡。那腳印非常清楚，不可能錯，去看過的人都認爲有怪物存在，那和教區神父說的差不多。他們集合起來，在院子裡設下陷阱，終於逮到牠了。在易家蘭死後兩星期，柯蒂絲和席甘多被附近傳來的一陣特別響亮的牛叫聲驚醒。他們跑到那兒，只見人們已將怪物由一處蓋滿乾枯枝葉的陷阱中拉上來，牠已不再叫了。這怪物重得像公牛，卻只有小牛那麼高，傷口流出綠色的油質液體，全身長滿粗毛，飽受小扁蟲折騰，長著魚鱗似的硬硬的皮膚，有一點和神父說的不一樣，那就是牠的人身部分不像男人，倒很像體弱多病的天使，兩隻手很靈活也很緊張，眼睛又大又憂鬱，肩胛骨有被伐木工人砍去翅膀的殘痕，已經結疤生繭。他們把牠倒掛在廣場上的一株銀杏樹上，供人觀看，後來屍體腐爛了，他們不知該怎樣處理牠，是把這雜種當動物扔進河裡呢？還是把牠當人埋葬，或乾脆生一把火把牠燒掉。誰也弄不清鳥的死亡是否是牠害的，反正新婚婦女並未生出預言中的怪物來，熱浪也並未因此而過去。

莉比卡死於那年年底。長壽的女傭人亞珍妮黛請求政府當局協助，把主人鎖了三天的房門撞開，發現她孤寂地躺在床上，身子像小蝦一樣蜷曲起來，腦袋上長著癬，光禿禿的，手指塞在嘴裡。席甘多爲她辦理喪事之後，想把她的房屋修繕後準備出售，可是房屋壞得太厲害，牆壁一漆好就成鱗片狀，也找不到足夠的泥灰來堵死地板裂縫中的野花和櫟椽上的藤蔓。

這是水災後的發展情形。人性是疏懶怠慢的，事跡卻消逝得特別快，記憶漸漸被腐蝕一空，到了某一個「尼侖底亞和約」紀念日，共和國總統派遣特使來到馬康多，要再頒發邦迪亞上校已經拒絕多次的動章給邦家，竟花了一個下午的時間來查問邦家子孫的下落。席甘多以爲是純金勳章，想前去領取，然而柯蒂絲勸他說，特使已準備了典禮中的宣言和演講辭，他去了應該怎樣應付，實在很難，他去不太好。大約是這時候，吉卜賽人回來了，那是麥魁迪學術繼承人的最後一代，他們發現小城鎭已荒廢得這般厲害，居民都已跟外界完全隔絕了，於是他們再度拖著磁鐵挨家挨戶走，把它當作巴比倫智者最新的發現；再度用放大鏡聚集陽光；許多人看見水壺墜地，鍋子滾動，都目瞪口呆起來；許多人付五毛錢來看一位吉卜賽女人把假牙取下又裝上。當年的長火車曾拖著布朗先生那個有玻璃頂的車廂，拖著一百二十節車廂，要一個下午才能通過的水果車廂，如今變成一列黃色的舊車，既無人上車，也無人下車，再也不在這個小城鎭停車靠站了。教會代表前來調查烏的暴死、「流浪的猶太人」作犧牲品的事，發現伊撒貝爾神父正在跟小孩子做蒙眼捉迷藏遊戲，因而認爲他的報告是瞎扯的幻想，就將他送進瘋人院。不久，他們派來一位新派改革運動者安琪爾神父，他膽量大，不妥協，爲了怕民眾的靈魂打盹，每天要親自敲好幾次鐘，還一戶一戶去叫人起來做彌撒；然而，不到一年的時間，他也感染了疏懶怠慢的風氣，受不了使人易老的熱灼塵埃，燠熱的時候又吃些肉丸當午餐，他也變得懶洋洋的了。

易家蘭一死，邦家就陷入荒廢的狀態，永遠也無法補救了。許多年後，小亞瑪倫塔已長成快樂摩登的女子，她沒有偏見，意志堅強，充滿活力，她雙腳在地上站定，打開門窗，把毀滅的氣息驅除，重整家園；她把白天在門檻上爬行的紅蟻消滅，想重振家人遺忘的好客作風，但沒有效果。卡碧娥的遁世想法是一道無法突破的厚堤，堵死了易家蘭的百年門風。乾風吹過時，她不但不肯開門，還用木板做成十字形釘死窗口，學父親的自我活埋方式。她和不見形影的醫生通信，花錢不少，最後卻失敗了。見面之約無數次延期之後，她終於在雙方講好的手術日期和時間把自己關進房裡，全身只蓋一塊白布，腦袋朝北，等到午夜一點鐘，她覺得有人用一塊浸了冰水的手巾蓋在她頭上。等她醒來，發現身上由肢體叉開處一直到胸骨一帶有一道弧形的縫線。醫生指定的休養期還未過去，她就收到對方一封惱人的來信，說他們檢查了六個鐘頭，沒有找到她多次來信敍述的病徵所在。事實上，她談事情一向拐彎抹角，又一次造成混淆，精神感應手術的醫生發現她只是子宮下垂，用子宮環即可矯正。卡碧娥獲知這種情形後，又想取得更精確的資料，然而通訊者不肯再回她的信。她被一個陌生的名詞擊垮了，她不再有羞惡心，決心去問問子宮環到底是什麼；她去找一位法國醫生，結果發現他已於三個月前自縊身亡，由邦迪亞上校以前的一位伙伴爲他安葬，曾經引起馬康多居民的不悅。於是，她便向她的兒子亞卡底奧傾吐心事，兒子便由羅馬寄來一套子宮環，並附有使用說明書，她記下內容，把小冊子丟進廁所沖掉，免得別人知道她的病情。其實，她的顧慮是多餘的，家裡僅存的幾個人已很少注意她。匹達黛晚年孤寂，整天踱來踱去，除了煮一家人吃的少量食物外，大部分的心力用在照顧兒子席根鐸。亞瑪倫塔承繼了瑞米迪娥的某些魅力，把以前用來逗玩高祖母易家蘭的時間用來研習功課，漸漸地證明她的智力很高，且有學習熱誠，勾起了父親席甘多當年對美美的那股熱望。他答應要按香蕉公司時期立下的家風，送她到布魯塞爾去讀書；爲了這個理想，他拚命使洪水破壞的土地恢復舊觀。他跟卡碧娥有如陌生人，他回家來只是爲了小女兒亞瑪倫塔，而美美的兒子倭良諾到了青春期，也變得畏縮不理人。席甘多認爲妻子卡碧娥老來作風軟化了，會讓外孫倭良諾參與公共活動，城鎮上的人也絕不會去追索他的身世。然而，倭良諾本人卻喜愛孤獨，根本不知道家裡以外的世界。亞瑪倫塔叫人把麥魁迪的房門打開後，他開始在附近逡巡，由半開的門扉往裡面瞧，誰也不知道他什麼時候與席根鐸接近，彼此產生了親情。席甘多還是過了許久聽倭良諾談起火車站的大屠殺，才發覺他們之間的感情。有一回，有人在餐桌上談起香蕉公司撤走後，小城鎮殘破不堪，很是惋惜，小倭良諾卻以成熟的口吻和成人的見識反駁他。他的看法與別人相反，他認爲馬康多本來是一個繁榮的地方，且日漸在進步中，香蕉公司來了，使它變得紊亂、腐化、受壓制，公司不願履行向工人許下的諾言，工程師便製造人造大雨以爲口實。他說話很有見地，細說軍隊如何以機槍掃射困在火車站的三千多名工人，如何把屍體搬上兩百節的車廂，運出去丟進海裡。卡碧娥覺得他像是在智者群中扮演耶穌之類的角色，是十分不敬的行爲。她跟大多數人一樣，相信官方的說法，相信什麼事情都不曾發生，看到倭良諾承繼了邦迪亞上校的無政府主義思想，很是氣憤，叫他趕快閉嘴。相反地，席甘多則聽出了這是他的雙生兄弟席根鐸的說法。事實上，不管人人都認爲席根鐸瘋了，他卻是當時家裡心智最清明的人。他教小倭良諾讀書寫字，教他研讀麥魁迪的遺稿，教他如何辨認香蕉公司對馬康多的意義；許多年後，倭良諾與世人接觸，由於他的說法與歷史學家在課本上所說的假史實相反，大家都認為他的說法是一種錯覺。在那間小屋子裡，燥熱的空氣和炙灼的塵埃，以及暑氣是不易進去的，他們這兩個隔代的人看見一個老頭背著窗戶，頭上戴著一頂烏鴉展翅的帽子，談起他們兩個出生前很久很久以前的事情。他們兩個人都描述說，這個老頭總是在三月的星期一出現，於是他們明白了老邦迪亞並不如別人所說的那麼瘋狂，實際上全家只有他一個人清醒，他發覺時間也會出差錯，有意外，因此而分裂開來，在這小屋裡留下永恆的片斷。席根鐸把遺稿上的神祕文字加以分類整理。他認定那些文字的字母大約有四十七個到五十三個，分開來看很像草體字，麥魁迪以細體字連寫下來，有點像曬衣繩上晾的衣服。小倭良諾記得曾在百科全書上看過這樣的圖表，於是他把百科全書拿到這個房間來與席根鐸一起比對一番，果然是同一種文字。

席甘多創設迷語摸彩的那段時期，睡覺時總覺得喉嚨裡有疙瘩似的，像在強忍一股想哭的欲望。柯蒂絲認為這是惡劣環境下造成的許多失常現象之一。一年多來，她每天早上用蜂蜜擦拭他的上顎，壓擠蘿蔔漿給他喝。後來，喉嚨的腫瘤使他透不過氣來，席甘多去找透娜拉，問她知道有什麼草藥可以減輕他的病情。年已百歲的大膽的老祖母開了一家小私娼館謀生，她不信任治療法，寧可祈問卜卦紙牌。她看到方塊Q的喉嚨被黑桃J的武器刺傷，推想卡碧娥正用針刺戮丈夫的相片，試圖引丈夫回家，可惜她對巫術所知不深，反而造成了紛擾。

席甘多只照過結婚照片，洗出來的都放在家中的相片簿裡，他趁妻子不注意時，搜遍家裡每個地方，竟在抽屜底部發現盒裝的子宮環。他以爲紅色的橡皮圈是巫術工具，就放進口袋拿去給透娜拉看。透娜拉無法鑑定這東西的性質，只覺得可疑，便在院子裡用一把火將它焚燒了。爲了破除卡碧娥的魔咒，她叫席甘多浸濕一隻孵蛋的母雞，活埋在栗樹下，他懷著信心做這件事，挖掘出泥土，剛蓋上乾樹葉，他就覺得呼吸順暢了。卡碧娥以爲子宮環丟掉了是不見形影的醫生在報復她，就在女用內衣裡縫個口袋，把兒子寄給她的新子宮環放在裡面。

席甘多活埋母雞六個月後，半夜裡咳嗽咳醒來了，覺得體內好像有隻螃蟹在鉗著他。這時他知道，雖然他毀了魔術子宮環，浸濕了魔咒母雞，他卻快要死了，悲慘的事實就是這樣。他沒有告訴任何人。他惟恐死前不能送小女兒亞瑪倫塔到布魯塞爾去念書，於是更加倍努力，每週改辦摸三次彩。他急著賣出彩券，大清早就跑遍全城鎮，不管多偏遠多髒的地區他都去，只有垂死的人才會那般地焦急。「這是天命彩券，」他喊叫著說。「別放過中獎的機會啊，因爲這是百載難逢的機會。」他努力裝出喜悅快活又健談的樣子，然而只要見了他汗流浹背，臉色蒼白，就知道他的內心並不如此。有時他會找個沒有人看見的空地坐下來休息，等體內的魔爪慢慢放鬆。半夜他常到娼妓區去，以幸運的預言來安慰那些伴著留聲機哭泣的寂寥女子。「這個號碼已四個月沒有中彩，」他出示彩券對她們說。「別放過中彩機會，人生比妳想像的更爲短暫啊。」最後人家都不再尊敬他，而拿他來開玩笑，不像以往叫他「席甘多大爺」，卻當著他的面叫他「天命彩券先生」。他說話的音調不對勁了，走了音，變成低沉的犬吠聲，然而他仍然很有幹勁，不會讓前往柯蒂絲家摸彩的人減低期望。在他完全失聲之後，發覺自己再過些時日將會痛得難以忍受，他知道不可能僅靠賣豬羊彩券的所得讓女兒去布魯塞爾念書，便以洪水毀掉的土地來作摸彩的獎品，反正有錢整地的人不難恢復舊時情況。這是一項創舉，市長親自幫他的忙，公開宣佈這件事，並組織社團來進行售賣推廣，每張彩券賣一百披索，不到一星期就賣光了。抽獎那個晚上，幾位中獎的人士開了一個聯歡慶祝大會，盛況可比香蕉公司最發達的日子，席甘多最後一次以手風琴演奏「男子漢富蘭西斯科」那已被人遺忘的歌曲，只是他已唱不出聲了。

兩個月後亞瑪倫塔赴布魯塞爾。席甘多不僅把這次大摸彩的售票所得交給她，還給了她前幾個月好不容易存下來的錢，以及變賣自動鋼琴、翼琴和各種失修的零星物件的全部所得款項。按他估計，這個數目足可供她讀完書，現在只差回程的旅費了。卡碧娥認爲布魯塞爾離巴黎監獄那麼近，直到最後成行時刻，還反對女兒前往，不過安琪爾神父爲她寫了一封介紹信給修女們經營的天主教女生宿舍，可以膳宿，保證亞瑪倫塔在那邊住到畢業爲止，卡碧娥的忿怒才平息下來。有一群聖芳濟教會團體的修女欲赴托列多，安琪爾神父特地安排她們在旅途中照顧亞瑪倫塔，到了那邊，就靠運氣遇到個可以信賴的人陪她前往布魯塞爾了。他們都爲她的事急速通信，妥爲安排。席甘多在柯蒂絲的協助下爲亞瑪倫塔準備行裝。有個晚上，他們把衣物裝進卡碧娥的一個新娘皮箱中，東西放得很整齊，小女學生該記住什麼衣服和布拖鞋是橫渡大西洋的時候穿的，銅鈕扣的藍布外衣和哥多華皮鞋是登上陸地後穿的。她還得知道上輪船的板梯該怎樣走法才不會掉落水裡，也該明白不可離開修女們，除了吃飯，不要走出船艙，在海上不管怎樣，也不要回答男女船客的問話。她帶了一小瓶暈船藥，一小本安琪爾神父寫的六篇抗暴風雨的祈禱文。卡碧娥爲她縫製了一條藏錢用的帆布腰帶，吩咐她連睡覺也不可以解下來；她又以石灰洗淨夜壺，用酒精消毒，叫亞瑪倫塔帶去，然而亞瑪倫塔怕同學笑她，不肯攜帶。幾個月後，席甘多奄奄一息，他將記住最後一刻看到她的情景；她想拉下二等座車的窗戶，聽聽母親卡碧娥最後的叮嚀，硬是拉不下來。她穿一件粉紅的絲質衣裳，左肩胸襟別著人造三色紫羅蘭，腳上穿著帶鈕扣的哥多華低跟皮鞋和人造緞子長襪，長襪在大腿上以伸縮帶繫著。她身材苗條，長髮散披，活潑的眼神與易家蘭在這個年紀時很相像；她告別時不哭也不笑，也顯出和易家蘭同樣的堅定性格。車開動後愈走愈快，席甘多隨在車旁前進，手扶卡碧娥的手臂，免得她跌倒，女兒以手指尖向他送了個飛吻，他幾乎來不及揮手告別。夫婦木然在豔陽下，望著火車與黑色的地平線交疊在一起，這是他們婚後第一次手挽著手。

到八月九日，他們尚未收到從布魯塞爾來的第一封信，席根鐸在麥魁迪的房間裡跟小倭良諾談話，他不自覺地說：

「永遠別忘了有三千多人，他們被扔到大海裡去了。」

接著他撲在那些遺稿上，睜著眼睛死了。這時候他的雙生兄弟在妻子卡碧娥的床上，也終於結束了喉嚨遭鋼爪長久折騰的痛苦；他在一週以前回家來，沒有聲音，不能呼吸，一身只剩皮包骨，他是爲了實踐諾言，帶著皮箱和手風琴回來死在妻子的身邊。在臨行前，柯蒂絲爲他收拾衣物，與他道別，沒有流淚，卻忘了把他那雙要穿進棺材裡的漆皮鞋交給他；後來得知他的死訊，才用報紙包好那雙鞋，穿上黑衣服，請求卡碧娥允許她看看他的遺體，卡碧娥不肯讓她進門來。

「妳替我設身處地想一想，」柯蒂絲哀求說。「想想我多愛他才會忍受這樣的屈辱。」

「一個姘婦受什麼樣的屈辱都是活該，」她回答說。「等妳其他的姘夫死亡後，再爲他穿上這雙鞋吧。」

匹達黛爲了要履行兒子交代的諾言，用菜刀把席根鋸屍體的喉嚨割斷，以確定別人不致活埋他。兩具屍體裝進同樣形式的棺木內，他們死後看起來又與青春期以前同樣相像了。席甘多的酒肉朋友在他的棺木上放上一個花圈，所附的紫緞帶上這樣寫道：「停止繁衍啊，母牛，生命短暫啊。」卡碧娥覺得不倫不類，很氣憤，就把花圈扔到垃圾堆裡去了。最後一刻一團紛亂，抬棺木的醉鬼搞錯了，將兩具棺木相互放錯了墳坑。

18

倭良諾很久不曾踏出麥魁迪的房門了。他背誦那些破書上的「怪談」、「跛子修曼研究集稿」、「魔鬼學札記」、「製造點金石祕訣」、古星相家諾斯屈達馬斯的「世紀書」，以及瘟疫研究，所以他到了青春期，雖然對現世的事物幾乎一無所知，卻具備了中古人的基本知識。無論匹達黛什麼時候走進他的房裡，總看見他在出神地閱讀書本。清晨她送一杯不加糖的咖啡給他，中午則送上一盤米飯和炸香蕉片。席甘多死後，他們家裡就只吃這些東西了。她監督他去理髮，祛除虱卵，從舊皮箱裡找出衣物來修改給他穿，等他臉上長出短鬍子，就將邦迪亞上校留下的剃刀和修面用的小水瓢拿給他。邦迪亞上校的兒子，包括約塞在內，沒有一個像倭良諾長得這樣像他，尤其是那突出的顴骨和無情的唇線最爲明顯。當年席甘多在房裡讀書，易家蘭以爲他是在自言自語，而今匹達黛對小倭良諾的看法也幾乎相同。其實，他是在跟麥魁迪的幽靈說話。雙生兄弟死後不久，一個灼熱的中午，他看見陰鬱的老人戴著一頂烏鴉展翅的帽子，背著窗口的強光，就像喚回了他出生前留在腦子裡的回憶。倭良諾剛把稿件上的字母作了分類處理，麥魁迪的幽靈便問他是否看出了遺稿中所使用的文字，他毫不遲疑地答出來了。

「梵文。」他說。

麥魁迪的幽靈向他透露說，他回這個房間的機會受到了限制，不過倭良諾往後一生中可以學會梵文，等遺稿有了百年的歷史，他自然能夠解出其中含義，所以他將平靜地前往死亡的最終境界。他指示倭良諾說：香蕉公司時代有人在通往河邊的一條窄街上解夢，現在有位聰明的卡達隆尼亞人在那條街上開了一家書店，店裡有一本《梵文入門》，他若不趕快去買，六年內它就會被蠹蟲蛀光。倭良諾叫匹達黛去買書，說那本書排在第一層書架上最右邊的《得救的耶路撒冷》和《米爾頓詩集》之間，匹達黛滿臉驚訝，這是她生平第一次表露出內心的情緒。她不識字，就記住他的話，從工作室僅存的十七條小金魚飾物中取出一條去變賣，籌得些錢。在士兵搜查邦家的那個晚上以後，小金魚飾物被藏了起來，只有她與倭良諾知道地方。

倭良諾學習梵文進步頗快，麥魁迪的幽靈很少到他的房間了，這裡看來較幽靜，像是不受正午陽光照射的影響。倭良諾最後一次感到他的存在時，他只是一團看不清的影子，在喃喃地說：「我發燒死在新加坡的沙灘上了。」從此以後，房間裡就漸漸有了灰塵、暑氣、白蟻、紅蟻和蠹蟲，終有一天，蘊含智慧的遺稿會化爲塵埃。

家裡並不缺少糧食。席甘多死後第二天，送那個開玩笑花圈的那些朋友中有一位說，要把欠死者的錢還給卡碧娥。此後每星期都有送貨的孩子帶來一籃食物，足夠一個星期所需。沒有人知道那些食物是柯蒂絲送來的；她認爲繼續施捨可以羞辱那個曾羞辱過她的人。然而，她的怨氣消失得比想像中還要快，以後她是出於自尊心而繼續送食物來，最後則是出於同情。有幾次她沒有動物供人摸彩了，人們對彩券也失去了興趣，於是她自己忍著不吃，把省下來的糧食送給卡碧娥吃，她一直實踐自己的誓言，直到看見卡碧娥的葬儀隊通過，才停止這項善行。

匹達黛覺得自己辛勞了五十年以上，而今家裡人口減少，她也應該休息一下才對。這位安靜而難以揣度的女人，曾在家中播下美女瑞米迪娥這樣一個仙種，也產下席根鐸那麼一個神祕肅穆的種子；她從不哀怨，一生寂寞勤奮，專心撫育小孩，簡直記不清他們是她的子女還是孫兒女，她根本不知道倭良諾是她的曾外孫，而把他當作親生兒子來照顧。只有這種家庭才會任她常在食品室打地舖睡覺，夜裡聽老鼠鬧哄哄的；一天晚上，她半夜驚醒，覺得有人正盯著她看，原來是一條毒蛇爬過她的肚子，她沒有把這件事告訴任何人。她知道，如果告訴易家蘭，她一定會叫她到床上去睡覺。然而那些年裡，大家各自忙著麵包廠的事，爲戰爭害怕，要照顧兒孫，少有精神去關注別人的幸福，哪個人有事，就必須在走廊上大聲喊叫才有人注意。只有向來不曾謀面的柯蒂絲記得她的存在。柯蒂絲惦念著她有沒有上街的鞋子，有沒有衣服穿，即使她後來在彩券難以繼續經營下去的情形下，仍然記得她。卡碧娥來到邦家後，自然而然地把匹達黛視爲長生不老的傭人，雖然別人多次告訴她說，匹達黛是她丈夫的母親，可是她隔了很久才發現，並且不多久又忘了，實在是件不可思議的事。匹達黛似乎從來不爲自己的地位低而困惱。相反地，人家總以爲她喜歡待在角落裡，香蕉公司時代，這兒簡直像營房，不像是一個家，她卻打掃得特別勤快。然而，易家蘭一死，她那超人的勤奮精神和無比的工作能力漸漸崩潰了。她衰老又疲憊，這個家也在一夕之間有了老朽的危機。牆上長出了軟綿綿的蘚苔；院子裡雜草叢生，連一塊乾淨的空地都沒有了，雜草侵入走廊的水泥層，地面像玻璃般碎裂，裂縫中長出一百年前易家蘭在麥魁迪放假牙的杯子裡所發現的那種黃花。匹達黛沒有時間，也沒有辦法去抵擋大自然的挑戰，整天在各個臥室裡驅除蜥蜴，晚上牠們又回來了。有個早晨，她發現紅蟻離開蛀壞了的地基，穿過院子，爬上欄杆，深入房子內部，欄杆那兒的秋海棠已變成土棕色。起初她想用掃把來打螞蟻，後來就用殺蟲劑，最後改用石灰，可是第二天紅蟻又來到了同一個地方，繼續通行，頑強得誰也擋不住。卡碧娥只顧寫信給兒女，沒有發現這些擋不住的災害。匹達黛一個人繼續勤奮地除草，不讓它蔓延到廚房，掃除牆上幾個鐘頭之內就結成的蜘蛛網，盡量驅逐白蟻。然而，她看見麥魁迪的房間也佈滿了灰灰的蜘蛛網，即使她每天掃三遍，撲打三遍，盡力清掃，屋內依舊是邦迪亞上校和那位年輕軍官所看到的殘破氣息與破碎雜塵，她自知戰敗了。於是，她穿上破舊的星期日禮服和易家蘭留下的舊鞋子，以及亞瑪蘭塔給她的一雙棉襪，又把僅存的兩三套衣服打成包袱。

「我放棄了，」她對倭良諾說。「我這把老骨頭管不動這樣的房子了。」

倭良諾問她要到哪兒去，她做了個模糊的手勢，好像茫然不知道目標。然而，她想表示得明白些，就說要到里奧哈恰城一位表親家去度餘年。這個解釋不太合理，自從她的雙親死後，她從未與城裡的人聯絡過，也沒有收到過任何信件或口信，更不曾提過什麼親戚。然而她決心帶著僅有的一披索二十五分錢離家，所以倭良諾取出十四條小金魚飾物來給她。倭良諾由房間窗口看著她越過庭院，手提包袱，身影老邁駝背，腳步蹣跚；她出去以後，還從大門的一個孔洞中伸手進來，把門閂好。從此以後，沒有人再聽到她的音訊。

卡碧娥聽說匹達黛離家出走了，吼叫了一整天，仔細地檢查皮箱、抽屜和櫥櫃，一樣一樣地清點，惟恐匹達黛帶走了什麼東西，卡碧娥生平第一次生火，燙傷了手指；泡咖啡也得請外孫倭良諾來教她。慢慢地倭良諾接下了廚房裡的工作。卡碧娥一起來就發現早餐煮好了，她又與從前一樣無須走出門外，只走出房間就可吃到倭良諾用餘火燉著留給她的餐點。她吃飯時，必先端到餐桌上，鋪上亞麻布製的桌布，點起大燭臺，才開始用餐，孤單地坐在桌前首位，面對十五個空位。即使在這樣的情形下，卡碧娥與倭良諾二人仍然未彼此分擔寂寞，還是各過各的孤獨日子，各掃各的房間，任由蜘蛛網像雪花撒落在玫瑰樹上，纏住樑椽，佈滿牆壁。這個時候，大約卡碧娥猝然發現屋裡有許多小妖精。物品似乎有自行變換位置的能力，特別是日用品。卡碧娥常費時間去找尋她自認爲放在床上的剪刀，翻遍箱底和櫥櫃之後，竟然發現在一個架子上，而她認爲自己已經四天沒有去過那兒了。銀櫃裡突然找不到叉子，結果在神臺上找到六支，在洗衣間找到三支。她坐下來寫信的時候，東西失去得更厲害。她原來放在左邊的墨水臺會在右邊出現；吸墨紙不見了，兩天後卻在枕頭底下找到。她寫給兒子亞卡底奧的信，與寫給女兒亞瑪倫塔的信經常搞混；她總是爲自己裝錯信封而慚愧，這樣的事發生過幾次了。有一次，她找不到鋼筆，過了兩星期，郵差在他的袋子裡發現了它，拿來還給她。他曾一家一家去尋找物主。起初，她以為這些事情與上次遺失子宮環的事一樣，是那些未曾見過面的醫生搞的鬼，甚至要寫封信去求他們別打擾她，可是寫了一半，停下來做別的事，再回到房裡去，不但找不到剛寫的信，就連寫信的理由也忘得乾乾淨淨。她以為是倭良諾搗蛋，便開始注意他，故意把東西放在他活動的路線上，想趁他動手腳時逮住他。然而，她很快就確定，他除了上廚房和廁所，從來就不出麥魁迪的房間，而且他不是玩弄詭計的人。最後，她認定是小妖精在作怪，決定把每樣東西放在她自己要用的地方。她用長繩子將大剪刀拴在床頭；鋼筆和吸墨紙繫在桌腳上；墨水臺則黏牢在她通常寫字的書桌右邊。然而，問題並沒有馬上獲得解決，她剛繫好大剪刀的長繩子，繩子卻不夠長，害得她無法使用，似是被小妖精剪短了些。拴筆的繩子也發生這樣的情形，連她的手臂都怪怪的，寫了一陣之後就搆不到墨水臺。在遙遠地方的亞瑪倫塔和亞卡底奧都沒有聽她談起過這些困惱的事。卡碧娥告訴女兒說她很快樂；其實這也不算假話，因為她自認不必再跟任何人妥協；她的生活逐步達到她父母的境界，那境界是以幻想來解決問題，因而不必費神去理日常事務的煩惱。永無休止的通訊使她失去了時間觀念，匹達黛走了以後更是如此。以前她參考兒女決定返鄉的日期，以追記年月日。然而，他們一再更改回家計畫，日子便完全搞亂了；那段時期她弄不清楚，每個日子似乎都差不多，很難感覺它已經過了。她不但不焦急，反而深喜這種延誤的現象。亞卡底奧早就立誓要修行，然而多年後他改口說等他完成高等神學的學業後，將改學外交。雖然通往聖彼得教堂寶座的螺旋梯陡峭而障礙重重，她一點也不擔心。從另一方面來說，別人聽來覺得微不足道的消息，譬如，她兒子見到了教皇，卻令她興奮得不得了。亞瑪倫塔寫信告訴母親她的成績非常好，所以她可以在她父親預計之外延長學習日期，卡碧娥也同樣高興。

在匹達黛把文法書交給倭良諾三年之後，他終於翻譯出麥魁迪遺稿的第一頁。譯文雖然不是無用之物，也只能算是一個起步，將來的歷程還長遠得很，簡直無里程可計，因爲西班牙譯文看不出什麼意義，內容似是一行行密碼。倭良諾無法找出線索來解釋那樣密碼般的意義，不過麥魁迪說，他研究遺稿所需的工具書在卡達隆尼亞智者的書店裡，他決定找卡碧娥談談，請她容許他去購買。他在塵沙滿佈的房間裡想著請求的最佳方式，俟他看見卡碧娥從餘火上端起餐點，他認爲這是最好的談話機會，沒想到想好的話竟然卡在喉嚨裡說不出來。他打量了她一下，他傾聽她在臥室裡走動的聲音；聽她走到門口去等女兒的來信，把她自己寫的信交給郵差；直到夜半他還聽到她的筆尖刮著紙張那種粗冷的沙沙聲，而後聽到她關燈，在黑暗中喃喃地祈禱。他這才去睡覺，相信他所等待的機會明天會再來。他一直認爲卡碧娥會允許。有一個早上，他修剪及肩的長髮，把滿臉的亂鬍髭刮乾淨，穿上不知是由哪邊承繼來的緊身褲和一件假領襯衫，在廚房裡等待卡碧娥來拿早餐。但這回來的不是每天高舉腦袋，步調有如石頭般僵硬的女人，而是一位綽約多姿的老婦人，她身披泛黃的豹皮披肩，頭戴鍍金紙板王冠，看上去精神不佳，有些想哭的樣子。眞的，自從卡碧娥在席甘多的皮箱裡發現這套被蟲蛀得很厲害的女王裝之後，她已穿戴過很多次了。如果有人見了她攬鏡自賞她那王族姿態，一定會認爲她瘋了。其實她只不過是把女王裝當作回憶的工具罷了。第一次穿戴時，她還忍不住悚然寒慄，淚水盈眶，因爲她又聞到那位到她家去接她當女王的軍官的鞋油味，記起了失落的夢，她的一顆心不覺欣然欲躍。她自覺很蒼老很疲乏了，跟生命中的最佳年華相去好遠好遠，甚至記起記憶中最糟的時刻。這時她才發現她是多麼想念走廊上的梔子花香與傍晚的玫瑰花香，甚至想念丈夫暴發戶時期的野蠻作風。她那死灰般的心情曾抵擋過現實生活中最惡毒的打擊，但一遇到鄉愁就垮了。年華易逝，她自覺很哀傷，久而久之，這已成一種惡劣的習慣。在寂寞中，她慢慢地有了一點人情味。然而，那天早上她踏進廚房，看見一位臉色蒼白，身子瘦削，眼神有如夢幻的少年端咖啡給她，那種唐突的情景卻撕裂了她的芳心。她不但拒絕了他的要求，從此更將她房屋的鑰匙放在藏子宮環的那個口袋裡。這種預防措施實際上根本不必要，因爲倭良諾如果有心要出去，自然可以溜走，甚至可以溜回來而不會被人發覺。但是，他長期幽居，對外界的事沒有把握，又習慣順從她，內心的反叛種子早就枯死了。所以，他回到小天地裡，把那些遺稿讀了又讀。晚上他聽見卡碧娥在臥房裡直哭泣到深夜。有一天早晨，他照常去生火，發現前一天他留給她的食物還擱在熄滅的火爐上。於是，他偷偷地去她的臥室探望，發現她蓋著貂皮披肩躺在床上，比往常更美，皮膚已成象鼻膜般白皙。四個月後，她的兒子亞卡底奧回來，她的屍體仍舊非常完好。

竟有人如亞卡底奧這般像他的母親，眞是無法想像。他身穿一件暗色的綯綢衣裳，一件硬圓領襯衫，沒有打領帶，以一條細綢布帶繫成蝴蝶結代替領帶。他臉色紅潤，但精神不振，眼神驚愕，嘴唇很薄，黑髮光亮、中分，中分線很直，看來與聖徒像的假髮差不多。他那張石蠟般的臉孔上有鬍髭拔掉的痕跡，那痕跡像是良心的問號。他的兩手蒼白，青筋外露，手指有如寄生樹，左食指上戴著一枚鑲有蛋白太陽花紋圖案的金戒指。倭良諾打開靠街那邊的大門，不用問，便知道他是從遙遠的地方來的。他一步一步向前行，屋裡漸漸充滿了化妝水的香味；他小時候，易家蘭就常在他頭上灑這種化妝水，以便在暗處找到他。不知道什麼原因，亞卡底奧離家這麼多年，心境卻仍然像中年孩子那樣悲涼孤獨。他逕直走到母親的臥房；卡碧娥的屍體能保存完好，是因倭良諾依照麥魁迪的方法，用他外公的祖父所用的水管燒了四個月的水銀來燻她。亞卡底奧什麼話也沒有問他。他吻吻屍體的額頭，由母親裙下的口袋取出三個子宮環和她的密室的鑰匙。亞卡底奧做每一件事都是直接又果決，與他沒精打采的外貌形成強烈的對比。他從密室取出一個刻有家族紋章的小綢紋花盒子，在芳香的檀香木裡層發現一封長信，卡碧娥在這封信裡道出許多瞞著兒子的事情。他站著看信，熱切卻不焦急，看到第三頁，他特意停下來，以重新相認的表情望著倭良諾。

「原來是這樣，」他以剃刀般銳利的口吻說。「你是私生子。」

「我是倭良諾。」

「回你的房間去吧。」亞卡底奧說。

倭良諾回房去以後就不再出來了，甚至聽到孤寂的葬禮聲，也不曾好奇地出來瞧一瞧。

有時他從廚房看見亞卡底奧在屋裡上上下下亂踱著步子，呼吸急促，似乎悶得難受，夜半他還聽到他在廢棄的臥房裡走來走去。幾個月來都未聽見亞卡底奧開口說話，他也從來不跟倭良諾打招呼，倭良諾也不指望對方如此。倭良諾根本沒時間去想遺稿以外的事。卡碧娥死後，他拿出倒數第二條金魚飾物，去卡達隆尼亞智者的書店找他所需要的那本書。途中所見所聞他根本不感興趣，也許是因爲他沒有回憶可作比較吧；沒有人的街道，荒涼的房舍，這些他很想看到的世面都與他的預料相差無幾。他自行應允了卡碧娥所拒絕的要求，就這麼一次，並且所花時間也不多，一路不停留，逕自走過他家與昔日解夢街之間的那個區域，氣喘喘地進入那陰暗凌亂且又狹窄得不能動彈的店面，那兒不像書店，倒像一個舊書堆，書本亂七八糟地擺在被白蟻啃壞了的書架上，除了黏著蜘蛛網的屋角以外，就只剩給顧客通行的小小空間。店主正在一張堆滿舊書舊紙的長桌子上寫文章，字跡是紫色的，有些特別，紙張是散頁的學校筆記本。他的頭型很漂亮，垂在額前的銀髮像美洲鸚鵡的羽毛；兩隻藍眼睛相距很近，卻很靈活，顯出飽學之士的溫文爾雅。他穿著運動褲，全身都是汗，並沒有停下筆來看看來人是誰。倭良諾很輕鬆地從亂書堆中找到了他所需要的五本書，所放的位置與麥魁迪講的相符合。他一句話也不說，將五本書和小金魚飾物交給卡達隆尼亞智者，智者一本一本仔細看了一下，他的眼皮像兩個蛤蜊緊闔著，用他自己的語言說：「你簡直瘋了呀！」說著聳聳肩膀，將五本書和小金魚飾物交給倭良諾。

「你可以擁有它們，」他用西班牙語說。「這幾本書大概從聖經人物《盲者以撒》讀過之後就沒有人讀過了，你要讀它們，得好好考慮一下。」

亞卡底奧修繕美美的臥室，淸洗並縫補天鵝絨窗簾和豪華床鋪的錦緞華蓋，再度使用廢棄的洗澡間；這洗澡間的水泥池已有一層粗粗的黑色纖維質的東西。他靠著異國的舊衣物、假香水和廉價首飾，在這些地方建立起他的異國情調的王國。屋裡其他的地方；只有家庭神壇上的聖徒像使他不安。有個下午，他在院子裡生一把火，將聖徒像燒成灰燼。他常睡到十一點多；穿一件繡有金龍的破袍子和一雙有黃色流蘇的拖鞋到浴室去；他在那裡洗澡，有如美女瑞米迪娥的洗澡儀式，時間旣長久，過程也細膩。他曾帶回三瓶浴鹽，洗澡前總要用浴鹽灑一灑浴池。他不用水瓢洗澡，背向浴池進去，在有香水的浴液中泡兩個小時，一邊享受涼爽，一邊想念亞瑪蘭塔。回家幾天後，他收起綢緞衣裳，因爲那種衣服在這邊穿太熱了，且是他僅有的一套。他改穿當年克列斯比敎別人跳舞時穿的那類緊身褲，加上一件生繭線織的絲質襯衫，衣服的胸口繡有他的姓名縮寫。這套衣服他每星期用水盆洗兩次，洗的時候穿睡袍，由於沒有別的衣服好穿，只有等乾了再穿。他從不在家用餐。正午的暑氣稍減時，他一定出門去，直到深夜才回家。回來後，他便焦急地踱來踱去，氣息不得平靜，有如貓兒急躁，內心想著亞瑪蘭塔。他對家園的兩大回憶是亞瑪蘭塔和夜燈下的聖徒那可怕的目光。在羅馬的八月，他多次從睡夢中醒來，在錯覺中睜眼看見亞瑪蘭塔穿著花邊裙子，手上纏著黑色綳帶，由大理石鑲邊的浴池浮出來，因爲他流浪在外，心情焦灼，於是把她的形象理想化了。他不像約塞愛他的姑姑，就以血淋淋的戰爭來幻滅那個形影；亞卡底奧卻是一邊編些從事神職的謊言來騙他母親，一邊沉迷在色慾的深淵，活在生動的回憶中。他與卡碧娥都沒想到母子通信只是互寄謊言。亞卡底奧一到羅馬就離開神學預校，跟兩個朋友住在羅馬對岸的屈斯特維爾區一間閣樓中，生活悲慘又邋遢。母親卡碧娥在昏沉中寫的信專談些空幻的繼承權，也可使他擺脫現實的折磨；他怕母親不會繼續跟他談那些奇幻夢想，也就再編些神學和教規來騙她。他收到卡碧娥最後一封信，是她預感生命將盡時寫的，他趕忙將假榮華的餘物收進一個手提箱內，乘一艘擁擠得像屠牛場的移民船渡海來，在船上吃通心粉和長蟲子的乳酪度日。卡碧娥的遺囑沒有什麼內容，只是一些不幸的冗長的敍述。在他未讀遺囑之前，一看破壞的家具和走廊上的雜草，就知道他已掉入一個永遠逃不掉的陷阱中，以後再也看不到羅馬春天的燦爛陽光和永恆的美好空氣了。他氣喘病復發，整晚失眠，一邊反覆在想自己的不幸；一邊在陰暗的房裡踱步。當年易家蘭曾在這房子裡自我困擾不安，也害他對世俗產生恐懼。她怕玄孫在鬼影中失蹤，指定他要待在臥房的一角；說太陽下山後死人滿屋子亂跑，只有那個角落能避開死人。「如果你做壞事，聖徒會告訴我的。」易家蘭對他說。他小時候每晚都嚇得半死，躲在那個角落不敢動一下，面對愛告狀的聖徒像那寒涼的目光，坐在凳子上直冒冷汗，等著就寢的時刻早些來臨。這種折磨毫無益處，當時他對身邊的一切都已產生恐懼，日後也常爲一切遭遇而驚恐。他想著街上的女人會對他的血液加以侵害；家裡的女人會生出有豬尾巴的小孩來；鬥雞會害死人，造成一生的悔恨；槍砲碰不得，一碰就會帶來二十年的戰爭災禍；沒有把握的探險只會造成失意和瘋狂。總之，上帝以無限的善意創造萬物，魔鬼卻把它破壞了，所以什麼都可怕。睡醒時還有惡夢的餘威在壓迫他，幸好窗口上有光亮；浴室裡，老姑姑亞瑪蘭塔又愛撫摸他，用綢質粉撲把爽身粉灑在他的兩腿之間，他才會減去恐懼感。易家蘭在花園的陽光下就不同了，她不談可怕的話題，只用木炭粉刷他的牙齒，讓他笑得像教皇那麼燦爛；爲他剪指甲，塗指甲，希望將來全世界到羅馬去朝拜的香客接受這位教皇祝福時，能驚嘆教皇的手是那麼樣的好看；又將他的頭髮也梳成教皇型，以化妝水噴在他的身體上和衣服上，要使他的身體和衣服具有教皇的芬芳。他曾看過教皇出現在甘多福堡庭院的露臺上，以七種語言對香客發表演說，可是他只注意到教皇的手白皙得像泡過石灰水，身上的夏季道服光亮奪目，發出古龍精香水的幽香。

亞卡底奧回來快一年了，先後變賣了燭銀臺和紋飾夜壺；在變賣中才發現金夜壺只是表面紋飾鑲了金而已。爲了生活，他在城區裡集合一些小孩來管教；午休時間他帶他們出來，在花園裡跳躍，在走廊上唱歌，在起居室的家具上玩耍，他自己則很文雅地做穿梭式教學。這時他不再穿緊身褲和絲質襯衫，改穿一套在阿拉伯商店買來的普通衣服，但是他那副沒精打采的尊容和教皇式的風采依然如前。孩子來到這幢房子，就跟當年美美的同學一樣。他們直到半夜還在聊天、唱歌、跳踢踏舞；整棟房子就像一間沒有紀律的學校宿舍。只要他們不到麥魁迪的房間去吵鬧，倭良諾不在乎他們入侵。有一天早上，兩個小孩推開房門，看見一個滿臉鬍髮，全身上下都髒兮兮的人在工作檯上翻譯文稿，他們嚇了一跳，不敢進去，只是繼續留意那個房間；隔牆從裂縫往裡偷看，低聲耳語，把活的小動物從氣窗中扔進去；有一次，他們還把那兒的門窗釘起來，倭良諾花了老半天的時間才撬開。小傢伙惡作劇沒有受罰，覺得很有意思；有一天早晨，四個人趁倭良諾到廚房去的時候溜了進去，打算弄壞那些舊稿子。可是，當他們的手剛碰到那些發黃的稿紙，身體就被一股神力吸離地面，浮升在半空中，後來倭良諾回來了，把遺稿搶回來。從此以後他們也就不再來擾亂了。

四個年齡較大的孩子即將進入青春期，仍穿著短褲。他們忙著照顧亞卡底奧的外表工作，每天比別人早來，整個上午替他刮鬍子，以熱毛巾按摩身子，剪手指甲和腳趾甲，塗指甲油，並爲他噴化妝水。他們曾多次爬進浴池去替他從頭到腳抹肥皂，他則仰臥著在思念亞瑪蘭塔。而後，他們爲他擦乾身體，灑上爽身粉，穿上衣服。有一個金髮紅眼像白兔的孩子習慣在邦家過夜。他和亞卡底奧感情很深厚，老師喘息失眠時，他一句話不說，陪他在陰暗的屋子裡踱步。有一天晚上，他們在易家蘭以前睡覺的房間看到水泥裂縫中金光閃閃，像是地底有太陽，光亮把房間的地板變成了玻璃板似的。易家蘭以前放床鋪的地方最亮，用不著開燈，他們一掀開那邊的水泥方塊地板，就發現席甘多苦苦挖掘了許久，長時探尋的祕密地窖。有三個帆布袋用銅線纏著，裡面藏了七千兩百十四枚西班牙金幣，在暗處像餘燼發出光亮。

財寶的發掘像是突現的火苗。亞卡底奧本來慢慢有了返回羅馬的夢想，而今有了這筆財富，他反而不想回去了。他把房子修建成頹廢派的樂園。他換上了新的天鵝絨窗簾和床幔，浴室重新鋪石板，牆面貼磁磚。餐廳的櫥櫃擺滿蜜餞、火腿和泡菜；很久不用的食品室又打開來，儲存亞卡底奧從車站取回的一箱箱的水果酒和燒酒，酒箱子上標有他的名銜。有一天晚上，他的四個年齡最大的孩子歡宴到天亮。早上六點鐘，他們赤裸裸地從臥室出來，放乾浴池裡的水，倒滿一池的香檳；他們幾個一起跳進去游泳，像鳥兒飛過滿是泡沫的天空，亞卡底奧則仰躺在邊緣，睜著眼睛思念亞瑪蘭塔。他沉迷在自己的世界裡，想著他那曖昧的樂趣是多麼的辛酸，直到孩子們累了，排隊走入臥室，他還留在原地不動。孩子們扯下臥室的窗簾來擦身體，手忙腳亂地把水晶鏡子砸成了四片，在床上吵吵鬧鬧，結果把床幔也弄壞了。後來，亞卡底奧由浴室回臥室，發現他們赤裸裸地在遭到破壞的臥室裡躺成一堆。他氣得不得了，但與其說是氣他們弄壞了東西，不如說是氣他們縱慾的空虛，他討厭自己，也同情自己。他從專放馬尾毛鞭和各種懺悔用具的皮箱底下取出一條神職九尾貓鞭來，把孩子們趕出他家，他像瘋人般咆哮趕著，無情地鞭打他們，一般人即使對待野狗也不會如此狠毒。他自己也完了，他氣喘發作了幾天，像極了快斷氣的人。第三天晚上，他呼吸困難得受不了，就到倭良諾的房間，請他到附近藥房去買一種藥粉來吸。這回是倭良諾第二次出門。他只走了兩小段路，就找到那家窗戶灰灰的小藥房，屋裡擺滿了拉丁文標示的陶罐，有個美如尼羅河毒蛇的少女把亞卡底奧寫在紙上的藥交給他。倭良諾第二次所見到的也只是昏暗街燈照明下的荒城景象，與上次一樣，他一點也不好奇。亞卡底奧以爲他逃走了，結果他回來了，趕路趕得有些氣喘，因爲常困屋內，缺少運動，他的雙腿軟弱又沉重，走起路來拖拖拉拉地。他對外界確實沒有興趣。幾天後，亞卡底奧不顧對母親許下的諾言了，隨便倭良諾想去哪裡就去哪裡。

「我沒有什麼事情要出外辦理。」倭良諾回答說。

他一直悶在屋內，研究遺稿，慢慢解出那些字句，卻無法詮釋出眞正的意義來。亞卡底奧常端些火腿和桂花蜜餞到他房裡去給他吃，還送過兩次美酒去。亞卡底奧對遺稿不感興趣，以爲那是祕傳的消遣法則，不過他發現外甥具有少見的智慧和無以言道的世間知識，很受吸引。後來，他又發現外甥倭良諾還懂英文，除了研究文稿，還把六本百科全書當作小說，由第一頁唸到最後一頁。倭良諾能暢談羅馬的一切，就好像在那邊住過許多年似的，起初亞卡底奧以爲是百科全書的功勞；然而，他很快就發現書上沒有寫的事情，倭良諾也知道，例如物價就是一個例子。他問倭良諾資料是從什麼地方來的。「每樣事都是人人知道的。」倭良諾說。倭良諾則認爲從近看亞卡底奧與從遠遠看他在屋裡亂轉，兩者印象是完全不同的，他感到很驚異。他會大笑，偶爾會懷念家中的往事，也會關心麥魁迪房間裡的慘狀。這兩個親人接近後，並沒有建立起深厚的感情，不過由於接近，兩人較能忍受使人孤立也使人親和的無端寂寞了。因此亞卡底奧請倭良諾爲他解決一些氣人的家務問題；倭良諾因而也可以坐在走廊上看書，等候亞瑪倫塔定時寫來的家信，也可以使用浴室了，亞卡底奧剛回家時，曾把他趕走，不准他去那邊。

一個炎熱的淸晨，有人猛敲向街的大門，兩個人都被驚醒了。來訪的是一位黑皮膚、綠眼睛的老人，面孔發出的光亮宛如磷光，額頭上有火灰十字印痕。他的衣服破爛，鞋子裂開，肩上的舊背包是他唯一的行囊，他看起來像乞丐，但他那副威嚴的神態，卻跟外貌顯然相反。

只要看他一眼，即使是在客廳暗處看他一眼，即可知道他能生存下去的祕密力量，不是來自自衛的本能，而是來自恐懼的習慣。原來他就是邦迪亞上校十七個私生子中僅存的兒子亞瑪多。他長年在外逃命，在危難中倖存，想找個歇腳的地方。他表明身分，求家人讓他在這幢屋子裡安身；在逃命的夜裡，他把這裡想成是他一生中最後安身之所。但是，亞卡底奧和倭良諾都想不起他；以爲他是流浪漢，就把他推到街上去。他們兩個從門口看到了一幕悲劇的收場，亞卡底奧到這個時刻才進入懂事的年齡。兩名警探追蹤了亞瑪多許多年，像獵犬般跑遍半個世界找尋他，現在由對面人行道的銀杏樹間走出來，以毛瑟槍射出兩顆子彈，打穿了他頭上的小火灰十字印痕。

亞卡底奧自從把那群孩子趕出家門後，誠心誠意地在等候一班輪船的消息，計畫聖誕節到拿波里去。他把這個計畫告訴了倭良諾，並打算資助他創業謀生；以前每個星期總有人送一籃食物來，卡碧娥下葬後就停止了。可是，亞卡底奧最後的夢想也沒有實現。九月裡的一個早晨，亞卡底奧在廚房陪倭良諾喝完了咖啡後去洗澡，洗到一半，四個被他趕走的大孩子，由屋瓦的洞孔爬進屋子來，他們不給他自衛的時間，穿著整齊的衣服就跳進了浴池中，抓住他的頭髮，把他的腦袋按入水中，直到他垂死掙扎吐出的泡沫由水面消失，他那蒼白如海豚的屍體滑到芬芳的浴池底部，他們才放手。而後，他們到只有死者與他們才知道的地方，把藏起來的三袋金幣拿走。他們的行動簡直有如軍事作戰，迅速、殘酷，而有條理。那天下午，倭良諾沒有看見他去廚房，找遍了家裡各處，發現他浮在芳香的、平滑如鏡的浴池中，屍體巨大，已浮腫，他在死前還思念著亞瑪倫塔。這時，倭良諾才知道自己對他已開始有了感情。

19

亞瑪倫塔隨著十二月的天使，乘著風平浪靜的輪船回來了，她用一根絲帶繫在丈夫的脖子上牽他返鄉。她事先沒有通知家人，突然出現，身穿一襲象牙色的衣服，戴著長串及膝的珍珠鍊子，手戴翡翠戒指和黃玉指環，直直的頭髮梳成光滑的圓髻，用燕尾別針固定在耳後。她於六個月前結婚，丈夫是佛萊明人①，身材瘦削，顯得有些老態，表情有點像水手。她一推開客廳的門，就意識到自己離家比想像中來得久，家的敗落也比想像中來得大。

「天哪！」她叫道，歡欣之情勝過了驚惶。「顯然家裡沒有女人！」

門前那段走廊放不下她的行李。她帶回來的東西，除了家人送她上學去的卡碧娥的舊皮箱之外，還有兩個直立式的皮箱、四個大手提箱、一個陽傘袋、八個帽盒、一個裝有十五隻金絲雀的大鳥籠，再加上她丈夫的摺疊式腳踏車；這部車子拆開裝在一個特製的箱子裡，可以像大提琴那樣提來提去。長途旅行以來，她連一天都沒有休息。她在丈夫帶來的自動機件

① 佛萊明人（the Fleming）即今比利時法蘭德斯省人（Flanders）。

組合物件中找出一件斜紋布工裝來，穿在身上，著手修理家宅。她驅除那群佔住長廊的紅蟻，把玫瑰花叢救活，拔除雜草，在欄杆的那一排花盆裡種上羊齒植物、梔子花和秋海棠。她管理木工、鎖匠和泥水匠，叫他們把地板的裂縫補好，重新安裝門窗的鉸鏈，修理家具，牆壁裡外兩層都加以粉刷，所以她返鄉三個月後，家裡又有了自動鋼琴那個時代的青春氣息和喜樂氣氛。以前家人從未有這般好的心情，也沒有人比她更喜愛歌唱、舞蹈，她把過去的事物和習俗全都扔到拉圾堆裡去。她舉起掃把將角落上的葬儀紀念品和無用廢物，以及迷信用品悉數掃光，由於感激易家蘭，她沒有移動掛在客廳裡的美女瑞米迪娥的照片。「天哪！真絕！」她喊道，一邊笑得半死。「一個十四歲的老祖母！」有個泥水匠說她家裡滿是幽靈，唯有挖出他們埋藏的財寶，才可以趕走他們，她大笑說不可以迷信。她自然開朗，具有自由的現代精神，倭良諾見她回來，不知如何自處是好。「哇！哇！」她高興地敞開雙臂說。「看看我心愛的食人魔長得多大了！」他還來不及應答，她已將一張唱片放在新帶回來的手提留聲機上，教他學最新的舞步。她叫他換掉邦迪亞上校留給他的髒褲子，給他幾件年輕的襯衫和一雙兩色鞋，見他在麥魁迪的房間裡待久了，就拉他到街上去逛逛。

她像易家蘭一樣活潑、小巧、堅毅，也幾乎像美女瑞米迪娥一樣漂亮和誘人，此外，她還具有預告時尚的本領。她郵購最新的時裝畫片來證明自己的設計，並用亞瑪蘭塔的原始縫紉機做出與畫片上式樣一模一樣的衣服。她訂閱歐洲發行的每種時裝雜誌、藝術出版物和流行音樂評論雜誌，她一看便知道世事的發展與她的想像差不多。這麼一位有靈氣的女性居然回到一個飽受塵土和暑氣侵襲的死城，頗難理解，況且她的丈夫有錢，可以住到世界上任何地方去，他又那麼深愛她，肯讓她用絲帶繫著跑。然而時間一天天過去，她久住的意願更加明顯了；每個計畫都是久遠的，每個措施都是以在馬康多終生安居爲目標。從金絲雀的籠子便可看出這是一時想起的目標。她記得母親曾在信上說鳥兒絕跡了，便將行期往後延幾個月，找到一艘會停靠「幸運島」的船，在那邊選了二十五對金絲雀，想讓馬康多的天空飛滿鳥兒。她做過許多計畫，但都受到挫折，這是最可悲的例子。鳥兒繁殖後，她把牠們一雙雙放出去，可是牠們一獲得自由，就飛到城鎮外去了。她想利用易家蘭擴建房屋時所建造的鳥籠來召喚鳥兒，卻沒有效果。她在銀杏樹上用蘆葦草做些人工鳥巢，在屋頂上撒些餵鳥的穀類種子，設法使籠內的鳥唱歌，以引回飛走的鳥兒，這些工夫全都白費了，鳥兒一出籠就飛走，只在天空轉一圈，以便辨認「幸運島」的方向。

亞瑪倫塔回來一年後，雖沒有交上一個朋友，也未開成一次宴會，卻仍然相信這個飽受災禍的城鎮能夠得救。她的丈夫賈斯登盡量不跟她唱反調。其實，打從他們下火車的那個中午起，他就知道妻子的決心是在懷舊的幻想刺激下產生的。他認定她被現實打敗，甚至懶得把摺疊式腳踏車拼裝起來，然而他對蜘蛛蛋很感興趣，他從泥水匠刮下的蜘蛛網中找出最大的蜘蛛蛋，用指甲剝開，在放大鏡下觀察幼蜘蛛浮現出來的樣子。後來，他以爲亞瑪倫塔修房子是怕手閒，就決定拼裝那輛前輪比後輪大的漂亮腳踏車，在這個地區找尋土生的昆蟲，抓來燻製標本，裝入果醬瓶中，寄給里吉大學以前教他博物學的教授，他雖然以航空爲職志，卻在那邊研究過昆蟲。他騎腳踏車的時候，身穿特技緊身褲、亮麗的短襪，頭戴福爾摩斯式的帽子；徒步的時候，則穿潔淨的天然亞麻布服裝、白鞋，打絲綢蝴蝶結，戴草帽，手拿一根柳條棍子。鼻樑上架著淺色的眼鏡，更顯出他那水手型的表情，小鬍鬚則像松鼠毛。他的年紀最少比妻子亞瑪倫塔大十五歲，可是他細心且決意要使她幸福，再加上他具有好情人的條件，因而彌補了年齡的差距。眞的，別人看他是四十幾歲，衣著講究，脖子上繫一條絲帶，腳下騎著馬戲用的腳踏車，一定想不到他和妻子曾有過狂戀的誓約，兩人曾在不合適的場合彼此衝動，盡情盡性地相愛；自從兩人在一起之後，環境更特殊了，而熱情也更深厚更強烈了。賈斯登不但是勇猛的情郎，有無比的智慧與想像力，大概也是有史以來第一個爲了在紫羅蘭的花田做愛，而緊急將飛機降落那兒，差一點把他自己和他的愛人一起害死。

他們認識兩年後才結合。當時他駕駛運動雙翼飛機，在亞瑪倫塔念書的學校上空翻筋斗，勇敢地避開了旗竿，而粗帆布和鋁箔機身的尾部卻勾到了電線。從此以後，他不在乎小腿被套上夾板，每個週末到亞瑪倫塔寄宿的修女宿舍去接她；那邊的規矩並不像她的母親卡碧娥所想像的那麼嚴格；他帶她到鄉村俱樂部去玩。他們在沼澤地上空一千五百呎的星期假日氣氛中墜入情網；當地面上的東西變得愈渺小時，他們就覺得彼此的感情愈親密。她跟他談起馬康多，說它是世界上最光璨最寧靜的小山城；告訴他那棟大宅第四周都是芬芳的梔子花，她希望有一個忠實的丈夫和兩個強壯的兒子與一個女兒在那邊安養終生。她先爲兒子取名叫洛德瑞哥和甘沙洛，絕對不叫倭良諾或亞卡底奧；女兒則取名維琴妮亞，絕對不叫瑞米迪娥。

她一再提起這個因鄉愁而美化了的小山城；賈斯登知道，如果他不帶她回馬康多，他絕不可能娶到她。他答應了這件事，並答應在脖子上繫一條絲帶，認爲那是她一時興起的怪癖，過些時日就會改變。然而，他們在馬康多住了兩年，亞瑪倫塔仍像第一天抵達時那麼快樂，他才慌了起來。這時他已解剖過這個地區可以解剖的每一隻昆蟲；他的西班牙語也說得跟本地人一樣好，郵寄來的雜誌上那些字謎遊戲他都解出來了。他天生具有殖民地人的體質，他的肝臟能抵抗午休時間的昏睡與含有醋酸蟲的水質，因此他不能藉口說水土不符，而催妻子回歐洲。他也很喜歡本地的烹飪術；有一回，他連吃了八十二個蜥蜴蛋。相反地，亞瑪倫塔則經常採購冰盒裝的鮮魚和貝類、肉罐頭和醃製水果、從火車運來的外地貨，因爲她只肯吃這些東西。而且他無地方可去，也無親友可以探訪，也不想欣賞她的短裙、絨線帽和七星項鍊。她仍然穿著歐式時裝，郵購時裝設計的書報雜誌。她的生活祕訣似是隨時設法忙碌，解決自己感受的家務困擾，她先把一千件事做得很蹩腳，翌日再勤奮地加以補救，這叫人想起卡碧娥的作風，也想起家傳的先做了再說的惡習。當時她的愛玩性情仍很濃重，一收到新唱片，就要賈斯登與她在客廳裡熬到深夜，練習同學以簡單的圖解教她跳的新舞步，最後總是兩人在維也納的搖椅上或空地板上做起愛來。她只要生下計畫中的小孩，幸福就算美滿了，不過她與丈夫約定五年後才生孩子，並且他尊重他們的約定。

賈斯登想找點事情來排遣空閒的時間，他慢慢地習慣早晨在麥魁迪的房間，陪伴害羞的倭良諾，談論他故鄉的每一個地方，倭良諾也陪著他回憶，好像他在那邊那些地方住過很久似的，什麼都知道。賈斯登問他用什麼方法取得百科全書上沒有的知識，他跟當年對亞卡底奧說的一樣：「這一切大家都知道嘛。」除了梵文，他也學會了英文、法文，並略通拉丁文與希臘文。當時他每天下午出去，亞瑪倫塔又給他一定的零用錢，他的房間簡直像卡達隆尼亞智者的書店的分店。他每天苦讀到午夜，他參閱書籍的方法很特別，賈斯登認爲倭良諾購買書本不是要學習新知，而是要證明他已有的知識正確不正確，他最感興趣的仍是那些遺稿；他早上大部分時間都花在那些遺稿上。賈斯登和他太太都希望他參與他們的家庭生活，可是倭良諾生性隱逸，且日漸神祕。他的神祕性很難捉摸，賈斯登極力去接近他而不能如願，於是他只得找別的消遣方式來打發時間。大約就在這個時候，他興起成立一個航空服務站的念頭。

這並非什麼新構想。實際上，早在認識亞瑪倫塔之前就已進行到相當程度了，只是原定計畫不在馬康多，而是在比屬剛果。那邊有他家投資的棕櫚油事業。他們結婚後，他決定到馬康多來住幾個月，以討妻子喜歡，這使他不得不把計畫延後。但是，他見亞瑪倫塔要組織公益促進協助會，只好暗示要回歐洲，她卻嘲笑他，他知道如此一來事情要等很久才有轉機，於是與布魯塞爾的合夥人再聯絡，心想在加勒比海開展事業與在非洲應該無啥差異才是。他逐步進行，準備在以前的沼澤區魔境，即現在馬康多的碎石平原設一個停機坪。他研究風向、海岸地形、最佳航線，沒有想到自己與當年的修柏特先生一樣勤奮，致使當地居民產生懷疑，以爲他不是研究路線，而是想種香蕉。創立這個事業可以使他在馬康多長住久安，他非常熱心，前去省城幾趟，與當局交涉，申請執照，草擬專屬權和約。同時，他繼續與布魯塞爾的合夥人通訊，簡直就像當年卡碧娥與不見形影的醫生通信一樣有恆不斷。最後說服他們用船隻運來一架飛機，由飛機專家照料；運到最近的港埠後，拼裝起來，再開到馬康多來。他初步策劃，研判氣象一年，相信合夥人會絕對保證承諾後，才天天在街上走動，仰望天空，注意風聲，期待飛機出現，漸漸地他已習慣了那個樣子。

亞瑪倫塔的回家，給倭良諾的生活帶來了巨大的改變，但她自己並不覺得。亞卡底奧死後，倭良諾成了卡達隆尼亞智者書店的常客。他已擁有自由可以任意支配自己的時間，也就對小城鎮產生了相當的好奇心，他慢慢地認識它，卻並未碰到什麼驚人的事情。他越過灰暗的寂寥荒街，帶著科學的興趣去看那些情景：房屋廢棄，金屬紗窗被鐵鏽腐蝕，被飛鳥撞壞；居民的背脊因揹負著太多的回憶而壓彎了。他能想像出香蕉公司時代那已逝的繁榮；已乾涸的游泳池堆滿了男女鞋子；房子裡長了雜草和稗子，裡面有一隻德國牧羊犬的枯骨仍被鋼鍊子鎖在一個圓環上，有架電話機朗朗發響，直到他拿起話筒，鈴聲才停止，有個臉色苦澀又冷淡的婦人說著英語。他說，不錯，罷工過去了；三千多具屍體扔到海裡去了；香蕉公司撤走了；馬康多已經混亂多年，如今總算平靜啦。他在街上走著走著，來到了紅燈區(妓女戶)，以前這兒有人用一疊疊鈔票來爲飲酒作樂助興；這個時刻，這幾條街比別的地方更悲慘可憐，只亮著幾盞紅燈；荒涼的舞廳點綴著花環的殘跡；形形色色的老女人，其中有的是沒了丈夫的白胖寡婦和法籍曾祖母，卻都仍舊守著留聲機在等待客人上門。倭良諾發現已經沒有人記得他的家族了，甚至連邦迪亞上校也被人遺忘了，只有那很老很老的西印度黑人例外。那個老人頭髮如棉絮，看起來很像一張膠捲底片，仍在門口唱著那些悲傷的日落聖歌。倭良諾在短短的幾星期裡就學會了以西班牙語爲基本的派比亞曼托方言，常以蹩腳的方言找老人聊天，偶爾也陪老人的曾孫女喝她煮的雞湯。她是大個子的黑人婦女，骨架結實，臀部像母馬，乳頭像小花果，美好的圓腦袋蓋著一頭鐵絲般的硬髮，很像中古戰士的頭盔。她的名字叫妮格蘿蔓塔。當時倭良諾是靠變賣家中銀器、燭臺和其他古物度日。他常常身無分文，請求市場後面的人把廢棄的雞頭扔給他，他就拿去給妮格蘿蔓塔煮湯，加點土椒和薄荷。那位曾祖父死後，倭良諾不再去他們家了，但他曾在廣場的銀杏樹下碰見妮格蘿蔓塔用捕獸笛引誘少數的夜遊者。他陪過她幾次，用派比亞曼托方言大談雞湯和其他貧民吃的美味；要不是她說倭良諾在場把她的客人都嚇跑了，他會繼續陪伴她。雖然他偶爾會感受到性的誘惑，也認爲與妮格蘿蔓塔做愛是彼此分擔鄉愁的高潮，但他卻沒有與她同床過。亞瑪倫塔回馬康多的時候，倭良諾還是個童男，她像大姐姐擁抱他一下，他就喘不過氣來。每次看到她，特別是她教他最新的舞步時，他就覺得骨頭像海綿那般鬆軟，與很多年前透娜拉在穀倉用紙牌卜卦算命時，他的母系高祖父亞克迪奧的感受差不多。爲了減輕這種痛苦，他進一步研究遺稿，逃避阿姨無緣無故的諂媚，以免晚上心跳睡不著覺，受她的害。然而，他愈是躲著她，就愈焦急地等待她那無情的笑聲，她那像快樂貓兒的嚎叫，還有她那感恩的歌曲；他在家裡隨時隨地都遭受著愛的苦惱。有一天晚上，他們兩夫妻在距離倭良諾床邊不到三十呎的銀飾製作工作檯上面，肚皮碰倒了藥水瓶，最後他們竟在一灘鹽酸液中做起愛來。倭良諾整夜睡不著，第二天發高燒，氣得嗚咽哭泣起來。他第一次等妮格蘿蔓塔到銀杏樹下來的那個夜晚，時間長得像永遠也過不完，他受盡逡巡不安的折磨，手上抓住他向阿姨亞瑪倫塔要來的一披索五十分錢；他向她要錢，與其說是缺錢用，不如說是要把她捲入是非，要貶抑她，要用自己的感情奇遇來羞辱她。妮格蘿蔓塔帶他到一間點著假燭光的臥房，爬上污跡斑斑的摺疊式床舖，讓他睡在她那沒有靈魂卻有如母狗的身上，把他當作受驚的小孩，想草草將他打發，卻突然發覺他是個大男人，體力驚人，她的內部必須做一番有如地震般的調整，才能與他配合。

他們成了一對情人。倭良諾早上翻譯遺稿，午休時間常到妮格蘿蔓塔的房裡去；她在那邊等他，教他學蚯蚓、蝸牛、螃蟹的方式交媾，最後她又不得不離開他，躺著等那些無賴漢來。幾個星期後，倭良諾發現她腰上有一條細小的帶子，像是琴弦，又如鋼絲，找不到線頭，似乎是與生俱有的。在調情做愛的空檔時刻，他們常赤裸裸地躺在床上吃東西，忍受使人頭昏目眩的暑氣，面對生鏽了的鋅板天花板上那發亮的星狀形的光亮。妮格蘿蔓塔第一次有了固定的男人，她大笑說，他能把人的骨頭壓碎，甚至使人產生浪漫的幻覺；這時倭良諾突然向她坦白他心裡的祕密，說他愛上了阿姨亞瑪倫塔，他現在雖然找到了代替她的人，但不能治療他的苦戀，而且由於性經驗擴大了他的愛情視野，反而使他內心更難受。這之後，妮格蘿蔓塔繼續熱情地對待他，卻嚴格地要求他付帳；如果他沒有錢，她就在帳單上記上一筆，記的不是數字，而是用大拇指的指甲在門背上作個記號。傍晚時分，她在廣場暗處徘徊，倭良諾則像陌生人那樣在走廊上走來走去，亞瑪倫塔和賈斯登常在那個時候用餐，他並不常與他們打招呼，不久他又進屋裡去，這時他無心看書寫字或思考，聽他們狂笑、私語、嬉鬧，最後突兀地做那擾人的幸福事兒，掩蓋了家的黑暗，使他無可名狀地焦急不安起來。賈斯登還未開始等飛機的那兩年，一直是過著這種日子。有一天下午，他到卡達隆尼亞智者的書店去，看到四個男孩在吵吵鬧鬧地爭論古代滅蟑螂的方法。書店老板知道倭良諾只愛看七、八世紀的聖人聖彼得才會去看的那種古書，便以父執輩的嚴厲態度要他參加討論，他一口氣就解說出來了：從蕃茄片加硼砂到麵粉加糖的配方，都奈何不了牠們，因爲蟑螂共有一千六百零三種，牠們能抵抗人類自古以來折磨動物和人類本身最古老、最執著，以及最無情的良方；人類有生殖的本能，蟑螂亦然；人類極爲肯定地具有殺蟑螂的能力，而蟑螂能逃過人類的毒手，是因爲牠們躲在黑暗的地方，人類卻天生怕黑暗，牠們在那裡也就完全安然無事了；可是，牠們對中午的陽光卻非常敏感，所以從中世紀到今天，以至於永遠，殺蟑螂的唯一妙方就是強烈的陽光。

由於百科全書帶來的這次巧遇，使他們變成了很好的朋友。這個下午，倭良諾和四名好辯者繼續聚談，他們的名字是亞爾伐洛、吉曼、亞爾凡索和嘉柏瑞爾，是他一生中最初的一批朋友，也是最後一批朋友。對於他這種一生困在紙堆中的人，先在書店聚合，黎明時分在妓女院投宿，確實覺得十分新鮮。他從來沒有想到文學是人類發明用來嘲笑別人的最佳玩物，直到有個晚上鬧酒時，亞爾伐洛作了示範表演，他才知道。過了許久，他也才發現這種專橫的態度是由聰明的卡達隆尼亞智者那兒學來的；卡達隆尼亞智者說，如果知識不能教人想出調製埃及豆的新方法，那就不值一文。

倭良諾大談蟑螂的那個下午，他們的辯論在馬康多郊區的一家妓女院中結束，那裡的女人是因飢餓而賣春的。老鴇笑嘻嘻地。她簡直有開門關門的怪癖。她不停地笑著，似乎在笑客人太輕易就相信了別人。他們只信賴想像中才有的場所，那邊連可以摸到的東西都是空幻的；家具一坐下去就垮了；挖空的留聲機盒子裡有孵蛋的母雞；花園裡開滿紙花；日曆上記載的是香蕉公司來臨前的年月日；相框掛的圖是從未能出版的雜誌上剪下來的，連從附近來的膽小妓女也是那麼虛假；老鴇通知她們客人來了，她們根本就是一些假東西，不與人打招呼，穿著比實際年齡年輕五歲的小花衣服露面，穿衣與脫衣都同樣天眞，情慾激發時竟叫道：「天哪，屋頂要塌下來了！」她們拿到一披索五十分錢後，立刻就去買鴇母賣給她們的乳酪麵包捲，鴇母笑得更甜，因爲只有她知道餐點也是假貨。倭良諾的世界從麥魁迪的遺稿開始，到妮格蘿蔓塔的床鋪爲止，一直是膽怯的，如今在虛幻的小妓院中找到了治療膽怯症的笨拙方法。起初他沒有什麼進展，老鴇總在調情最高潮時，進入房間去大談交媾男女主角的神祕媚力的運用技巧。然而，時間一天天過去，倭良諾慢慢地認識了這人世間的苦難；有個晚上，他心情很亂，竟在小接待室脫光衣服，把一瓶啤酒放在他那特大號的生殖器上，在屋裡走來走去，這是老鴇提倡的誇張風氣，她笑咪咪的，並不抗議這種行爲，也不採信別人對這種行爲的指控，於是吉曼企圖燒房子來證明這件事是否眞實，亞爾凡索則扭斷了鸚鵡的脖子，把牠扔進一鍋剛煮沸的雞湯裡，以表示他相信的態度。

雖然倭良諾自認與四位朋友的情誼相同，甚至認爲是同一個個體，不過他與嘉柏瑞爾比較接近。有一天晚上，他無意中提及邦迪亞上校，只有嘉柏瑞爾認爲他不是瞎扯，他們的交情因此建立起來。老鴇平日不參加他們的談話，但是那一次，她以女人特有的怒火激辯說，她確實聽過邦迪亞上校這個人，實際上他是政府揑造出來的人物，用以作爲殘殺自由黨的藉口。相反地，嘉柏瑞爾不懷疑邦迪亞上校的存在，並說上校是他的高祖父馬魁茲上校的戰友，也是密友。他們談及屠殺工人的事，更證明記憶不可靠。倭良諾每次提及這件事，不僅是老鴇，就是比她更老的人也都說工人被困火車站與兩百節車廂載滿死屍的奇譚是不可靠的，他們甚至堅持法律文件和小學教科書上的說法，亦即不曾有過所謂的香蕉公司。於是，倭良諾和嘉柏瑞爾爲了這些不被人相信的事實有了默契，這也深深影響他們的生活，他們覺得舊世界的浪濤中一切都出了軌，而那個世界已經結束，只留下一些哀思。嘉柏瑞爾走到哪裡就睡在哪裡。倭良諾曾幾次留他在銀飾工作室過夜，但他睡不著，整夜都聽見死人在臥房中走來走去直到天亮。後來，倭良諾把他交給妮格蘿蔓塔，她帶他到她那許多人使用過的房間去過夜，把他的帳款記在倭良諾名下，倭良諾在她那兒的債務因此直線上升。

雖然他們都生活得不規律，可是這群人在卡達隆尼亞智者的慫恿下總想做點具有永恆意義的事。卡達隆尼亞智者曾是古典文學教授，雖然現在城鎮裡的人上了小學就不再對學問有追求的渴望，他卻利用他的教學經驗和滿屋子的奇書，叫他們整天探研本地第三十七劇場。

倭良諾因有了友誼而神魂顚倒，竟對小氣的卡碧娥不讓他接觸的外界迷人事物感到束手無策，剛看懂麥魁迪遺稿上用密碼寫成的預言詩句，就放棄了仔細硏讀的習慣。不過，後來他認爲不放棄去妓院，也一樣有時間去做別的各種事情，於是他又回到麥魁迪的房間，下定決心不找到最後祕訣絕不罷休。這時，賈斯登在等飛機，亞瑪倫塔很寂寞；有一天早晨，她竟然在倭良諾的房間出現。

「嗨，食人魔，」她對他說。「又回到你的洞穴來啦？」

她的迷人是無可抗拒的；她穿一襲自己設計的衣服，戴一串自製的鱈白魚脊骨項鍊。她相信丈夫對她忠實，不再用絲帶拴住他，這是她返鄉後第一次這般淸閒。倭良諾不必瞧一下就知道是她來了；她把手肘支撐在桌上，與他靠得很近，他無可奈何，聽到那串骨頭咔啦咔啦響，後來她對遺稿發生了興趣。他爲了克制內心的不安情緒，抓回自己失落的聲音，也收回漸漸飛離的生命和已經化爲水螅化石的記憶，便鎭定下來，跟她大談梵文的宿命論；也談人類可能從科學方法得以窺見未來，就像我們對著燈光看紙張背面的字一樣淸楚；又說有幾篇預言必須要解答出來，免得自行消逝；又談及諾斯屈達馬斯的《世紀書》；也談到聖米蘭納斯預言肯特布拉斯的毀滅。猝然，倭良諾被一種從小就潛伏在心中的衝動所驅使，中斷了話題，伸手來按住她的手，以爲這最後的決定必能澄淸他的疑慮。她像小時候一樣，天眞而親暱地握住他的食指，他繼續回答她的問題，她一直握住不放，他們就這樣以那隻不傳達任何情愫的食指互相連繫著，最後她由短暫的夢幻中醒來。「螞蟻！」她用手拍著額頭說。而後，她將遺稿遺忘，以舞蹈的步子走到門口，用指尖向倭良諾拋個飛吻，就像許多年前她父母送她去布魯塞爾念書的那個下午，她也曾以飛吻向她的父親告別。

「你以後再說給我聽吧，」她說。「我忘了今天是要在螞蟻巢上撒石灰的日子。」

她後來偶爾仍繼續去那個房間，每當她有事情要到家裡的這一帶去，而她的丈夫又常常要在那時凝視天空的時候，她便在他那兒待幾分鐘。倭良諾看到這種改變，頗受鼓舞，便時常在家裡吃飯；亞瑪倫塔回來的幾個月裡，他從未這樣。賈斯登很高興。飯後，他們通常要閒聊一個多鐘頭；他抱怨合夥人欺騙他，通知他說飛機要以某艘船載運，結果那艘船竟沒有來；船務代理商說那艘船不走加勒比海航線是不可能來的。而合夥人則堅稱未裝錯船，是賈斯登在信上說謊。兩方通訊都起了疑心，賈斯登決定不再寫信，認爲有必要趕往布魯塞爾一趟，以便把事情澄清，並把飛機載運過來。然而，亞瑪倫塔說，她寧願失去丈夫，也不願意離開馬康多，因此這個計畫頓時成空。起初，倭良諾與別人的看法相同，以爲賈斯登是騎摺疊式腳踏車的笨蛋，暗中同情他。後來，他在妓院中得到深一層的人性奧祕，覺得賈斯登的溫順是強烈的性慾所造成的。等到他進一步認識他後，發現他眞正的性格與他的溫順舉止恰恰相反，就懷疑他等候飛機也是一種表態。這時，他發現賈斯登不像表面那麼笨拙，相反地，他非常堅定沉著，是個能幹有耐力的男人，他永遠贊成妻子的意見，不予否決，以博得她的契合，來征服她，讓她陷入自己編織的網裡，使她有一天會嫌惡目前的幻象太無聊，而自願收拾行裝回歐洲去。倭良諾過去對他的同情，如今化爲強烈的嫌惡。他覺得賈斯登的那一套很差勁，卻也很有效，於是他去提醒亞瑪倫塔。她笑他多疑，卻沒有發覺他內心的情意既是疑慮，也是醋勁。她一直以爲她只勾引起倭良諾的手足之情；有一天，她開一罐桃子，割破了指頭，他趕緊過來吸吮掉她手上的鮮血，那種熱勁與深情使她脊骨發冷。

「倭良諾！」她不安地笑著說。「你太多疑，不是一個好的棒球打擊手。」

而後，倭良諾使出所有的傻勁來。他輕吻她受傷的手心，表露出心靈最深處的感情通道，掏出痛苦的柔情和被苦悶壓抑的獸性。他訴說他常半夜起來，對著晾在浴室裡的內衣褲寂寞且憤怒得痛哭。他傾訴他曾熱切要求妮格蘿蔓塔學她發出像貓兒那樣的嚎叫，對著他的耳朵哭道：「賈斯登，賈斯登，賈斯登！」他曾狡猾地偷取她的香水，用來灑在那些因飢餓而賣淫的小女孩脖子上，慢慢地品味。亞瑪倫塔見他熱情猝發，非常驚嚇，慢慢地收起指頭，像貝殼般把手闔起來，最後她那隻受傷的手不再覺得疼痛，不再值得同情了，像是已化爲一截翡翠或黃玉而毫無感覺的指骨。

「傻瓜！」她像吐痰那樣說。「我就乘最近的第一艘船去比利時。」

一天下午，亞爾伐洛到卡達隆尼亞智者的書店，大聲宣佈他新發現了一家動物娼館，館名叫「金童」，是個巨大的沙龍，有兩百隻鷺鷥在那裡任意走動，嘎嘎叫著報時，聲音很吵。在舞池四周的鐵絲網圍檻中有各種顏色的蒼鷺，還有肥胖如豬的鱷魚和十二個音響器官的蛇，另外還有一隻在小型人造海水中潛泳的金殼烏龜；這些動物分散在巨大的亞馬遜茶花之間。那兒還有一隻溫馴的大白狗，肯與馬兒交配以求塡飽肚子。那兒的氣氛看起來很天眞濃厚；

像是剛成立不久，美麗的黑白混血女郎躲在紅花裡和過時的唱片間，絕望地等著，她們知道世俗樂園中的男人早就遺忘了的調情方法。一群人前往幻象花房的第一個晚上，有個沉默的胖老太婆坐在柳條搖椅上監視門口，五個年輕小伙子進屋來，她看見其中一個骨瘦如柴，臉色發黃，顴骨有如韃靼人的，自遠古天地之初以來就永遠帶著那種孤獨病的徵兆，她覺得時光又回到最早的歲月了。

「天哪！天哪！」她嘆息著說。「是倭良諾①！」

她再度看到邦迪亞上校的面貌，想起戰前的情景，上校得志而孤寂，卻在失意而流亡之前的那個遙遠的早晨，在她的臥室裡頒下人生的第一道命令：要她給他愛情。這時候她又看見他在燈光下的樣子。這個老太婆就是透娜拉。幾年前她已年屆一百四十五歲，不再計算年齡了，繼續活在靜止不動的回憶時光裡；未來的一切早就確定了，她已不再理會陷阱重重和紙牌上算出來的命運。

那晚以後，倭良諾就在外公的祖母同情的愛憐與了解中獲得庇護。她坐在柳條搖椅上回憶往事，重溫家族的榮華與不幸，以及馬康多逝去的光彩。亞爾伐洛則在那兒笑鬧，想嚇嚇鱷魚；亞爾凡索則編些荒唐的故事，說上星期有四名客人行爲乖戾，被鷺鷥把他們的眼珠子啄食掉了；嘉柏瑞爾則待在黑白混血女郎的房間裡，她不收他的錢，只央求他寫信給她那位

① 倭良諾是邦迪亞上校的小名。

走私的男朋友，因爲奧林諾科邊界的哨兵逮到了他，叫他坐便盆，並在便盆裡的大便中發現了鑽石，所以他就在那邊被關入了牢獄中。有了充滿母愛的老太婆，這間眞正的娼館倒成了倭良諾在長久受感情之困期間的夢想世界。他覺得好舒坦，似乎接近了完美的友情；所以，當亞瑪倫塔粉碎他的夢幻的那個下午，只有這地方能容得下他。他本想把祕密說出來，讓旁人來解開他心中的鬱結，結果他在透娜拉的腿上流下舒暢溫暖且有益於身心的眼淚。她任他哭完後，用指尖刮他的腦袋；他雖然沒有說出他是爲愛情而痛哭，她卻立即認出這是人類史上最古老的哭泣。

「好啦，孩子，」她安慰他說。「現在告訴我對方是誰。」

當倭良諾告訴了她，透娜拉發出渾然一笑，笑得和當年一樣開朗，最後則像鴿子咕咕私語一般。她能透視邦家每一個人的心靈祕密，因爲百年的紙牌算命和閱歷告訴她，這家的歷史有如一架反覆旋轉的機器，一個旋轉的輪子，只要軸心不要轉得太迅速，不要磨損到無法修復的程度，它便會繼續向前去，直到永恆。

「別擔心，」她微笑著說。「不管她現在在什麼地方，她都在等著你。」

下午四點半，亞瑪倫塔從浴室出來。倭良諾看見她穿著一件柔軟的褶袍，頭上包著一條像頭巾似的毛巾，走過他的房間。他躡手躡腳跟著她，他已醉得東倒西歪，走進了他們夫妻的臥室，這時她正把袍子敞開，嚇得她趕緊收攏起來。他不出聲，對隔壁房間做了個手勢，那房間半開著門，倭良諾知道賈斯登正在那裡寫一封信。

「走開。」她說，把聲音壓低得幾乎聽不見。

倭良諾微笑著，雙手像捧海棠花似地攔腰把她抱起，將她放在床上。在她還來不及抗拒時，猛地一下扯下了她的睡袍，他穆然逼近一道新洗過的裸體深淵；那裸體的膚色、線條和隱祕的黑痣，他在別的房間暗處早就想像過了。亞瑪倫塔有著聰明女人的警覺心，眞誠地自衛，滑溜又香郁，具有彈性的胴體不住地閃躲，試著用膝蓋去撞他的腰，用指甲去抓他的臉，然而兩個人每一聲喘息，就像是一個人敞開窗口凝視四月落日時所發出來的呼吸聲。這是尖銳的打鬥，生死的戰役，但似乎一點也不猛烈；有時會打偏，有時會像鬼魅般閃躲，過程緩慢，小心而肅穆，所以在這件事情的進行過程中，牽牛花有時間開放，她的丈夫賈斯登也有時間在隔壁遺忘他飛行事業的夢想，他們像是兩個敵對的愛人，在水族箱底部和好。在這一陣形式化的野蠻打鬥中，亞瑪倫塔知道她若過分沉默未免顯得不合理，那比他們盡量避免的打鬥聲更容易引起隔壁她丈夫的疑心。於是，她閉起嘴來悶笑，繼續打鬥，假裝咬人自衛，胴體漸漸不閃躲了，最後他們心裡明白，他們旣是對手也是同謀；於是他們從爭鬥變成嘴上遊戲，從攻擊化爲愛撫。猝然，亞瑪倫塔放棄自衛，等她發現自己會因此鑄成大錯而嚇得重新防衛時，已經來不及了。一陣大的衝擊制住了她內心深處的地方，它在那兒生根了，她的抵抗意志完全瓦解，現在只想發現死亡彼岸的全壘打哨音和那隱形球的樣子。她趕緊伸手抓一條毛巾來塞嘴巴，免得體內因撕裂的痛苦而禁不住發出貓兒嚎叫的聲音。

20

一個歡筵的夜晚，透娜拉守著她的樂園入口處，坐在她那張柳條搖椅上面逝世了。人們按照她的遺囑，不將她裝棺下葬，而讓她坐在搖椅上入土，由八個男士用繩索將搖椅放入她在樂園的舞池中央所挖掘的那個大坑洞裡。黑白混血的女郎穿著黑衣服，哭得臉色發白，她們發明一些不屬於人世間的儀式，取下耳環、別針、戒指，扔到坑洞裡去，用無名無姓也無日期的石板將洞口封起，外面蓋上一堆亞馬遜茶花。她們把園內動物毒死，用磚頭和泥灰封閉門窗，提著她們的木箱子分散到世界各地去；木箱子裡裝的是聖徒像、雜誌圖片、昔日情人的照片；她們昔日的男友都在遠方，他們都是些怪裡怪氣的男人，有的會在糞便中拉出鑽石來，有的能把食人魔吃下，有的在海上被封爲紙牌老K。

一切都過去了。在透娜拉的墓中，在聖歌與妓女的廉價假珠寶中，過去的遺跡都將腐朽；卡達隆尼亞智者拍賣了書店，回到他出生的地中海小村莊去，只剩下他那探索永恆春光的思念。沒有人預先看出卡達隆尼亞智者的決定。他爲了逃避戰禍，在香蕉公司的鼎盛時期來到馬康多，認爲最實際的做法就是開一家書店，賣古書和各種語言的初版書；有人在他的書店對面的那些房子裡等著解夢，他們也會偶爾不經意地來翻翻那些書籍，把它們視爲報廢的舊書。他在店面後部度過半輩子，撕下學校用的筆記簿紙張，以工整的字跡，蘸著紫墨水寫字，沒有人知道他在寫些什麼。倭良諾剛認識他的時候，他已有兩箱這種雜色字紙了，使人不禁想起麥魁迪的遺稿。從那時到他離去，他又寫滿了第三箱。因此，他在馬康多期間大概沒有做過別的事。與他保持關係的人只有那四個朋友；當他們在念小學的時候，他常用書本跟他們交換陀螺和風箏，並教他們讀羅馬散文家西尼卡和詩人奧維德的作品。他熟稔古典作家，就像曾與他們同室而居，而且他知道許多難得知道的事，例如聖奧古斯丁習慣穿一件羊毛襖，十四年都不曾脫下來過；巫神維拉諾伐的阿諾多在小時候被蠍子咬過，以後便成了性無能。他對於文字，既懷著嚴肅的敬意，也抱持謗以閒話的不敬態度；連他自己的手稿也遭到這種雙重標準的待遇。亞爾凡索為了翻譯那些手稿，特意學了卡達隆尼亞文字；他曾把其中一卷裝在口袋裡，而他的口袋也經常放滿了剪報和古怪行業的手冊，有個晚上，他到那些因飢餓而賣淫的小姑娘住的地方去，那東西竟弄丟了。當聰明的老頭兒卡達隆尼亞智者知道後，不但不怒斥他，反而笑得死去活來，說文學的命運本來就是如此。相反地，在他返鄉的時候，大家勸他不要隨身攜帶那三箱紙頭，他硬是不聽，鐵路督察想叫他以海運方式運走，被他用迦太基咒語痛罵了一頓，最後只得准許他坐客車隨身攜帶運走。「人坐頭等客車，而文學當作貨物來載運，這世界必定亂得不成體統啦。」他說。這是大家最後一次聽到他說的話。他為了他的旅行度過了黯淡的一個禮拜，做周詳的準備，結果行期近了，他的精神也崩潰了；放在這兒的東西會在那兒出現，這情形大概與卡碧娥當年遇到小妖精作怪的困惱境況相彷彿。

「臭東西！」他曾咒罵道。「我操他媽的倫敦宗教會議第二十七條教規是什麼東西。」

吉曼和倭良諾照顧他上車，把他當小孩子扶持著，以安全別針將車票、船票和移民證件別在他的口袋裡，詳細列出他離開馬康多到在巴塞隆納下船時該做的每一件事，然而他扔掉一條藏有他半數積蓄的褲子，卻渾然不知。在遠行的前夕，他把木箱釘好，把衣物放進他來時所攜帶的那只手提箱內，瞇起他那雙平靜的眼睛，指著他流亡期間每天面對的亂書堆，以一種冒冒失失的祝福口吻對他的朋友說：

「所有這些狗屎廢物都留給你們啦！」

三個月後他們收到一個大信封，裡面裝著他在海上閒空的時光中寫下的二十九封信和五十多張照片。雖然他沒有寫日期，寫信的順序卻似乎很明顯。頭幾封信裡可以看出他與平日一樣興致很好，談論渡海的困難；說管貨務的高級船員不肯讓他把三箱稿件擺在船艙裡，他恨不得將那個人推下海去；說一位女士像白癡，她見到十三號就害怕，不是因為迷信，而是覺得這個號碼沒有止盡；說他上船吃了一頓大餐，在飲水中吃出魔泉拉里達產的夜甜菜味兒來，與人打賭，結果贏了。然而，日子一天天過去，船上的現實生活對他來說愈來愈不重要，他愈來愈懷念遙遠而細微的事，因為船隻航行得愈遠，他的回憶就愈感傷。從照片上也顯然可以看出他懷舊的過程。前幾張他看起來很愉快，穿著的運動衫就像是醫院的外套，他白髮如霜；十月的加勒比海白浪滔滔。後面的幾張照片上，他穿著黑外套，戴著一條絲巾，臉色蒼白，心不在焉地呆立在那艘夢幻般航行在秋天海面上的感傷之船的甲板上。吉曼和嘉柏瑞爾給他寫了回信。前幾個月他的來信很多，他們覺得比跟他住在馬康多時更親近了，對他的離去不再覺得遺憾。起先他說他出生的舊宅第什麼也沒有改變，屋裡依舊有粉紅的蝸牛；乾青魚夾麵包依舊是那種風味；村裡的瀑布日落時分依舊一片郁香。他寄來仍是從筆記簿上撕下的紙張，滿紙都是紫色的草體字，爲每個友人各寫上一段話。可是，他似乎自己沒有注意到，這種有補償作用和激勵性質的信慢慢地變成了醒世的牧師函。一個冬天裡，爐子上燉著湯，他想念店鋪後面的暑氣；想念蒸發水汽嗤嗤發響的太陽照射著銀杏樹上的塵埃；想念午休時間沉沉欲睡時火車發出的汽笛聲；就像當年在馬康多一樣，他想念冬天爐子上的熱湯；想念咖啡小販的吆喝；想念春天成群的百靈鳥。面對兩種鄉愁，就像面對兩面鏡子，使他失去神奇的虛幻感，最後乾脆勸他們全都離開馬康多；要他們把世道人心的箴言全都遺忘；要他們唾棄那個羅馬箴言家荷雷斯；告訴他們，不論到什麼地方去，都要記住往事是謊言，回憶中的事情永不復返，每個逝去的春天都不可能再來，再狂熱再堅貞的愛情，終究是短暫的。

亞爾伐洛是第一個先接受忠告離開馬康多的人。他把什麼都賣掉，連那頭放在他家院子裡常逗過路人發笑的馴良的美洲虎也不例外；他買了一張永久車票，坐上一列從不停息的火車。他從途中的車站寄來明信片，以狂呼怪叫的口吻描述他從窗口看到的瞬間景象，就像把一篇有虛幻美感的長詩撕裂，投入遺忘的深淵；他的詩中記述：路易斯安納州的棉花田裡有虛幻的黑人，肯塔基州的草原上有飛馬，亞利桑納州火紅的夕陽下有一對希臘情人，密西根的大湖邊有穿紅毛衣的少女在畫水彩畫，她以畫筆向他揮揮手，不是道別，而是傳來希望，因爲她並不知道她所看見的是一列永遠往前駛去而不回轉的火車。而後，亞爾凡索和吉曼也在一個星期六離開了馬康多這個城鎭，打算星期一回來，可是他們一走，就杳無音訊。卡達隆尼亞智者離開一年後，只剩嘉柏瑞爾留在馬康多。他四處飄蕩，偶爾去找妮格蘿蔓塔，解答一本法國雜誌上的競賽問題；解答得頭獎的話，可以招待遊一趟巴黎。雜誌是倭良諾買來的，他幫嘉柏瑞爾塡答案，有時候在家裡塡，而大部分時間則到馬康多僅存的一家藥店去，面對著陶罐和草藥的氣味塡寫，因爲嘉柏瑞爾的密友梅西蒂絲在那兒。這是往事的最後遺留痕跡，而過去的一切並未完全消失，只是繼續從內心慢慢地抹去而滅跡，正走向終點，卻未能完全終結。馬康多這個小城鎭已呆滯到了極限，無所寄望了。後來嘉柏瑞爾贏得了競賽，帶著兩套換洗衣物、一雙皮鞋和法國諷刺文學家《拉比萊全集》前往巴黎；他向火車司機招手，車才停下來載他。當時古老的土耳其街已成荒涼的一角，最後幾個阿拉伯人仍舊坐在門口，慢慢等待死亡，他們已多年沒有賣出一碼斜紋布了，店棚下灰濛濛的展示架上只剩下不再使用的人體模特兒。這個香蕉公司的城鎭已化爲野草平原。也許在令人難以消受的夜晚，布朗先生的千金派翠西亞會在阿拉巴馬州的普拉特維爾鎭，一邊吃醃蘿蔔，一邊對孫子孫女侃侃而談這個地方。有位老神父接替安琪爾神父的職位，沒有人想去查知他的姓名，他患有風濕症和疑慮性失眠症，隨時都躺在吊床上等候上帝的慈悲召喚，任由蜥蜴和老鼠爭奪附近教堂的繼承權。在這個連鳥兒都要把它遺忘的馬康多小城鎭裡，塵埃與暑氣濃得叫人無法呼吸，倭良諾和他的阿姨亞瑪倫塔幽居在一個紅蟻吵得幾乎無法入眠的地方，獨享他們的孤寂與愛情，也獨享他們情愛的孤寂，而成爲地球表面唯一快樂且是最快樂的人。

亞瑪倫塔的丈夫賈斯登回布魯塞爾去了。他等飛機等厭了；有一天，他將最必要的用品裝入一個手提箱，帶著通訊文件離去，計畫開飛機回來，再將這兒的飛行特許權讓給一群向省府當局提出更積極計畫的德國籍飛行員。自從那個下午第一次偷情後，倭良諾和亞瑪倫塔繼續利用她丈夫不留意的時刻約會媾合，不出聲地狂熱做愛，卻常因他意外返家而中斷。但是，只要他們看到屋裡只有他們兩個人，立刻就會愛得死去活來，以彌補失去的光陰。這瘋狂的激情，使得她母親在墳墓中的屍骨都會恐懼得顫抖起來，他們自己則永遠保持無比的興奮。不管是下午兩點在餐桌上，或凌晨兩點在食品室，亞瑪倫塔都會尖聲大叫，唱起極端苦悶或極端歡欣的歌曲。「我最傷心的是，」她笑著說。「我們虛度了那麼多光陰。」她迷惘在熱情中，眼見螞蟻破壞花園，蛀蝕屋樑；眼見熔岩侵入走廊，她都不理，只有在螞蟻侵入臥室的時候，才和牠們戰鬥。倭良諾則放棄了那些舊文稿，不再走出家門，卡達隆尼亞智者來信，他也只是漫不經心地回信。他們失去現實感，沒有時間觀念，不再守日常習俗的規範。他們重新關上門窗，以免浪費了脫衣服的時間，整天像美女瑞米迪娥當年所熱望的一樣，赤裸著身子走來走去，常在院子的泥淖中打滾；有一天下午，他們在貯水槽中做愛，差一點溺斃。在這些短暫的時日裡，他們所造成的損害比螞蟻還要嚴重；他們弄壞客廳裡的家具；瘋狂起來竟然把當年邦迪亞上校跟姘婦在一起睡過的吊床撕成碎片；床墊挖空，把裡面的棉花鋪在地面上，做愛時兩人常被棉絮窒息得無法喘息。雖然倭良諾熱戀時跟情敵一樣兇猛，但主宰這災難樂園的卻是具有瘋狂天性與詩一般慾念的亞瑪倫塔，她彷彿把高祖母易家蘭用來做糖果動物上的充沛活力全投注在愛情上了。亞瑪倫塔爲自己新發明的做愛方式樂得高歌起來，笑得死去活來，但是倭良諾則愈來愈沉默，愈來愈入神；他的熱情是以自我爲中心，且會自我焚燒。然而，他們都能達到極高的藝術境界，等他們激情過後，精疲力竭時，他們還會利用疲乏狀態來取樂。他們懂得悉心欣賞對方的胴體，發現在愛情的休息時段中，仍有未發掘的可能隱密，比慾念飢渴時更富有樂趣。他當以蛋白揉搓亞瑪倫塔那挺起的乳房，用椰子油按摩她那極有彈性的大腿和桃子般的腹部；她則把倭良諾的驚人的陽具當玩偶來撫弄戲耍，用唇膏在上面畫小丑的眼睛，用眉筆塗上土耳其人的鬍子，爲它戴上薄棉紗蝴蝶結和小錫箔紙做的帽子。有個晚上，他們渾身上下，從頭到腳塗滿桃子醬，像野狗互舔身體，在走廊的地板上瘋狂地做愛，後來有一群兇殘的螞蟻過來，差一點把他們吃掉，他們才醒過來。

在昏頭昏腦迷戀的空檔中，亞瑪倫塔給她的丈夫賈斯登回信。她覺得他人遠在他方，又忙碌得很，似乎不可能回來。起初他在信中說合夥人確實寄來了飛機，只是布魯塞爾的一家船務公司把它誤寄到坦康伊卡，而被馬康多散居部族的土人弄走了。這樣的錯誤帶來許多困擾，單是辦理取回飛機這件事就得花費兩年的時間。於是，亞瑪倫塔再也不去擔心他會不期然而返。至於倭良諾，除了卡達隆尼亞智者寫信給他，嘉柏瑞爾經由沉默的藥劑師梅西蒂絲傳來一點消息外，他與別人沒有什麼聯繫。起初他與嘉柏瑞爾也曾直接通訊。嘉柏瑞爾後來丟掉回程的機票，打算留在巴黎不走了，他的謀生方式是撿拾海豚街一家旅店中女侍丟棄出來的舊報紙和空酒瓶去賣。倭良諾想像他穿的那件高領毛衣，要等蒙特巴奈塞區路邊咖啡座坐滿了春天的情人，他才脫下來；他定是白天睡覺，晚上寫信，以便在充滿煮花菜氣味的房間裡，讓飢腸假飽一番，而在那個房間裡曾有一位名叫洛卡瑪多的哲人餓死過。他的消息愈來愈含糊，而卡達隆尼亞智者的信也愈來愈稀少，且語氣愈來愈憂傷；倭良諾對他們的印象，與亞瑪倫塔對她丈夫的印象漸漸地相近，兩個人都浮在一個虛空的宇宙中，日常與永恆的唯一現實就是愛情。

賈斯登即將回來的消息，就像一個驚逃者突然闖進一個快樂無知的世界裡。倭良諾和亞瑪倫塔圓睜著眼睛，各自探索著內心，手按著胸口看信，他們知道彼此已親密到寧死也不願分開的地步。於是，她寫了一封自相矛盾的信給丈夫，信中重複強調她的愛情，說她很想見他，卻又承認沒有倭良諾的話，她已經活不下去，並說這是命運的安排。與意料正相反的是，賈斯登寄回一封平靜得近乎慈祥的信，長達兩整頁，主要在警告他們熱情的變化無常，最後一段明白地給予他們祝福，願他們如他短暫的婚姻經驗一樣幸福快樂。這種未曾料到的態度使亞瑪倫塔感到屈辱，認爲反而給了丈夫早想拋棄她的一個藉口。六個月後，賈斯登又從里奧波德維爾寄信來，說他在那裡終於把飛機修好了，只請求他們把他的運動腳踏車寄給他，因爲他留在馬康多的東西就只有這件還有一點感情價值。倭良諾忍受亞瑪倫塔的怨尤，努力做給她看，不論在順境或逆境他都會是一個好丈夫。當賈斯登留下的錢花光後，日子窮困了，但他們卻能契合一心，這種情操雖然不如激情那般醉人，那般令人目眩眼花，卻也仍如往日喧鬧縱慾的時候一樣常常快快樂樂地做愛。透娜拉去世時，他們已經懷了孩子。

亞瑪倫塔懷孕期間行動不便，她嘗試做魚骨項鍊生意。但除了梅西蒂絲買了一打外，她再也沒有找到別的顧客。倭良諾第一次發現他的語言天分、他的百科全書知識、他的少見的記憶力，都像他妻子的那盒珠寶一樣派不上用場。這些首飾價值很高，大概與馬康多最後一批居民所有湊在一起的錢相當。他們像奇蹟般活下去。雖然亞瑪倫塔尚未失去原有的好脾氣和調情的天分，但她吃完午餐後，已漸漸地習慣坐在走廊上思考。倭良諾便常陪伴著她。有時他們坐在那兒挨到天黑，面對面凝視著對方的眼睛，像偷情時期一樣相愛著。將來不定，他們的心靈轉向過去。他們回憶當年洪水期的往事：兩人在院子裡玩水，殺蜥蜴，把蜥蜴掛在易家蘭的身上，假裝活埋她。他們回憶這些事，用以證明他們從有記憶開始就相互喜歡共聚。亞瑪倫塔再往深遠的記憶探索，她記起某個下午，她進入工作室，母親告訴她小倭良諾是擱放在一個籃子裡漂來的棄兒，被他們家撿到了。雖然他們覺得這個說法不可靠，卻也沒有別的資料可供查出實情。他們研究各種可能性，也只能確定一點：倭良諾的母親絕對不是亞瑪倫塔的母親卡碧娥。亞瑪倫塔聽過柯蒂絲的醜聞，認爲倭良諾是她的孩子，爲了這個假設，他們心裡產生了恐懼的刺痛。

確定自己與妻子是姊弟關係後，倭良諾非常痛苦，他跑到教區神父家去查看那些發霉生蟲的檔案文件，想找出自己身世的線索。他發現最早的一張施洗證件是屬於亞瑪倫塔的，那時她已進入青春期，也就是雷納神父用巧克力證明上帝是存在的那段時期，亞瑪倫塔的施洗者就是雷納神父。他懷疑自己可能是邦迪亞上校的十七個私生子之一。於是，他查遍四冊記錄，找尋他們的出生證明，然而施洗的日期跟他的年齡相差太遠了。患風濕病的老神父躺在吊床上觀察他，見他找親戚找得入神，又因疑慮而發抖，於是以同情的口氣詢問他的名字。

「倭良諾・邦迪亞。」他說。

「那麼，你別再找了，」神父以堅信的口吻大聲說。「許多年前有一條街就叫這個名字，當時大家習慣以街名來爲子女取名。」

倭良諾氣得發抖。

「原來是這樣呀！」他說。「連你也不相信。」

「相信什麼呀？」

「邦迪亞上校打過三十二次內戰，全都失敗了，」倭良諾回答說。「軍隊把三千名工人圍起來用機槍掃射殺死，屍體用兩百節火車載去扔進海裡。」

神父以憐憫的目光揣度他。

「嗯，孩子，」他嘆口氣說。「只要確定你我這時還存在就夠了。」

因此，倭良諾和亞瑪倫塔接受籃子裝棄嬰的說法，倒不是眞的相信它，而是這樣能減輕他們的恐懼。隨著懷孕月份的增加，他們兩個的心漸漸合而爲一；這幢房子已經經不起一陣風，他們在這寂寞的房裡愈來愈緊密結合。他們的活動範圍以卡碧娥原來的臥室爲起點，由那兒可以見到靜態中愛情的魅力；以走廊的那一端爲終點，那兒是亞瑪倫塔常縫製新生兒的小鞋子和小帽子的地方，倭良諾則在那兒回卡達隆尼亞智者的來信。房子的其他部分在掙扎中步向毀滅。銀飾工作室、麥魁迪的房間、匹達黛那原始又沉默的一隅，都化爲無人敢越過的家庭叢林。大自然兇殘地環伺四周；倭良諾和亞瑪倫塔繼續用生石灰來保護種有梔子花和秋海棠的那片世界，在人蟻戰爭的悠久歷程中建立最後的陣地。亞瑪倫塔已疏於照料她的長髮了，臉上開始長汚斑，兩腿浮腫，從前她那鼬鼠般適於歡愛的胴體已經變得很難看，她不再是當年攜帶一籠金絲雀返鄉的青春玉女了，但她的心靈依然非常活潑。「眞是狗屎，」她笑著說。「誰會料到我們眞的過起食人魔的日子來了！」懷孕六個月了，他們收到一封信，那顯然不是卡達隆尼亞智者寄來的，同時他們和世俗世界聯繫的最後表徵從此斷絕。發信地點是巴塞隆納，信封上的字是正楷的藍墨水公文字體，帶著報導噩耗時特有的那種眞摯不動情的肅穆感，亞瑪倫塔正要拆閱，倭良諾從她手裡一把抓過來。

「不要看這信，」他對她說。「我不想知道信上說什麼。」

他的預感沒有錯，從此以後卡達隆尼亞智者就不再來信了。那封陌生的信沒有人閱讀，一直擱在卡碧娥有一次遺落戒指的雜物架上，任它生蟲，將它裡邊所報導的壞消息慢慢蝕毀了。這一對戀人則在人生最後航程的浪濤上迎向前去，試圖漂向淸醒與遺忘的荒漠，卻不能如願，他們虛擲了許多無所悔恨的苦難時光。倭良諾和亞瑪倫塔已經覺察到這個危機，最後幾個月，一直手牽手，對他們私通懷下的胎兒更加疼愛了。夜裡，他們在床上擁抱，面對地上一群群的螞蟻和蠹蟲的蛀蝕聲，以及鄰室野草不斷長高的咻咻聲，一點也不害怕。他們多次被幽靈的活動吵醒，聽見易家蘭在抗拒造物的法則，以維持家系的生存；老邦迪亞在探索大發明的神祕眞相；卡碧娥在祈禱；邦迪亞上校對戰爭失望後在默默地打造小金魚飾物；席甘多寂寞而死，仍沉迷酒色；他們明白強烈的執著可以戰勝死神，確信將來昆蟲搶走人類的樂園，別種未來的動物又從昆蟲手中搶過去以後，他們倆早已成爲幽靈，但依舊會繼續相愛；一想到這一點，他們又快樂起來了。

一個星期日下午六點鐘，亞瑪倫塔開始產前陣痛。那群因飢餓而賣春的小姑娘的女主人，叫大家把她抬到餐廳的大桌面上，跨騎在她的肚子上，一陣一陣猛折磨她，最後她的叫聲被一個龐大男嬰的哭聲淹沒了。亞瑪倫塔含著眼淚發現他確實是邦家的人，與叫亞克迪奧的人同樣強壯而有韌性，眼睛則與叫倭良諾的一樣睜得大大的，是特殊的千里眼。他是百年來邦家眞正的愛情結晶，他可能會重建這個家族，而祛除傳統的惡習與孤寂的天性。

「他眞的是食人魔，」她說。「我們給他取名洛德瑞哥。」

「不，」她的丈夫反對說。「我們叫他奧良奴，他將會打勝三十二次戰爭。」

接生婆剪斷臍帶，用一塊布擦掉他全身的藍色油汚，由倭良諾提著燈照明。等他們將他的身體翻過來，才發現他比普通人多了一樣東西，細看之下，原來是一條豬尾巴。

他們並不驚惶。倭良諾和亞瑪倫塔不知道家族中有這樣的先例，也不記得易家蘭那些嚇人的諍言，不過接生婆說孩子換牙後，可以把那條豬尾巴切掉，這樣他們就放心了。他們沒有時間去多想那個問題，因爲亞瑪倫塔流血不止；他們爲她敷蜘蛛網和火灰丸，設法救她，但一切卻無異於空手擋泉水，沒有什麼大用。前幾個鐘頭，她盡量保持平靜的心情。倭良諾卻嚇慌了，他牽著她的手，叫她別擔心；說她這樣的人不想死的時候決不會死，又笑接生婆用這種殘忍的方法來救她。然而，倭良諾放棄了希望，因爲照射在她身上的光漸次減弱，她的形影漸次模糊，最後她昏昏沉沉睡去。星期一破曉時分，他們找來一個女人，在她床邊朗誦人獸相通的麻醉止血祈禱文，可惜亞瑪倫塔的血對於不是來自愛情的任何方法都無感應而止不住。他們盡力試了二十四小時，下午沒採任何措施，血卻自行止住了。這時她的面龐輪廓轉爲尖削，臉上斑痕消失，變得雪白光滑，而且泛出一絲笑意，大家都知道她死了。

倭良諾直到這個時候，才知道他是多麼喜歡朋友，多麼想念他們，眞恨不得跟他們在一塊。他把嬰兒放入他的母親爲他準備的籃子，而後用毯子把屍體齊臉蓋好，獨自到城鎭上各處亂逛，想找一個可以回溯到過去的入口處。他敲敲最近沒去的藥店門，發現那兒竟是一間木匠舖。手上提著燈開門的老婦人同情他神智不清，堅稱那兒從來不是藥店，她也不認識一個脖子細長又睡眼癡迷名叫梅西蒂絲的女子。他把前額貼在以前卡達隆尼亞智者的書店門板上痛哭，自己心裡明白剛才不肯爲死者落淚，是害怕打破愛情的魔咒，現在才哭出來作個補償。他以拳頭猛搥「金童」娼館的水泥牆，呼喚透娜拉；有幾個橘色的飛盤掠過天際，以前的假日他常站在庭院裡看這情景看得著迷，現在卻木然無所感。傾倒的紅燈妓院區，只剩一間沙龍在營業，有個手風琴樂團正在那兒演奏主教的姪兒的傳人拉斐爾的歌曲〈男子漢富蘭西斯科〉。那個酒保以前因爲出手冒犯過自己的母親，所以一隻手臂萎縮了。他請倭良諾喝一瓶甘蔗酒，倭良諾也買一瓶回請他。酒保與他談起手臂的災禍。倭良諾則與對方談心靈的災禍，說他是冒犯姐姐，心靈才會萎縮或扭曲。最後他們相對痛哭，倭良諾的痛苦暫時得以解除。然而，翌日他孤獨地面對馬康多最後一個黎明，他在廣場中央敞開雙臂，想喚醒全世界，使勁大聲叫喊道：

「朋友是一群狗養的雜種！」

妮格蘿蔓塔把他從嘔吐的穢物與淚水中救回來，將他帶到她的房裡，為他洗淨身子，餵他喝一碗湯。她拿起一塊煤炭，塗銷他無數次與她交媾的欠帳，以為這樣能安慰他，又自動說出自己最孤獨的悲戚，免得他獨自流淚。倭良諾睡了一會兒，醒來後感覺頭很痛。他睜開眼睛，想起了孩子。

他找不到籃子。起先他非常高興，以為亞瑪倫塔復活了，醒過來後在照顧孩子。但是，她的屍體在毯子底下像一堆石頭。倭良諾想起他回來的時候，臥室的門正開著，就越過梔子花飄香的走廊到餐廳去瞧瞧；那兒還擺著她生產時的遺物，有鍋子、血跡斑斑的床單和火灰罐，捲曲的臍帶攤開在嬰兒尿布上，與大剪刀和釣魚線並排放在桌上。他以為是接生婆半夜來把孩子抱走了，便安下心來停留一會兒，靜靜地思考著。他坐在莉比卡繡花、亞瑪蘭塔陪馬魁茲上校下象棋，後來亞瑪倫塔縫製嬰兒小衣物坐過的搖椅上，神智突然清醒起來，明白自己實在受不了這麼多往事的壓力。他被自己和別人的思念所刺傷，因而佩服玫瑰枯枝上的蜘蛛網不屈不撓地存在；稗子堅毅地生長；燦爛的二月的清晨空氣那麼耐人尋味。這時他看到了孩子。孩子全身只剩一個浮腫的乾皮囊，數不淸的螞蟻正抬著他沿花園的石徑走向蟻巢的洞口。倭良諾在那兒一動也不動；不是嚇得痲痹了，而是頃刻之間他想通了麥魁迪遺稿的最後關鍵，遺稿按照人類時空完美地安排有如下的銘文：「這一家系的第一個祖先被綁在樹上；最後一個子孫被螞蟻吃掉。」

倭良諾一生從來沒有這樣淸醒過，他把妻子之死和失去孩子的痛苦拋到腦後，以卡碧娥原有的交叉木條釘死門窗，以免世俗的誘惑干擾他，因爲他知道自己的命運已寫在遺稿上。他走進那個房間，發現史前植物、熱騰騰的小水潭和透明的昆蟲已將人類的一切遺跡破壞殆盡，那些遺稿卻仍然完好無損。他很激動，未及把遺稿拿到光線較亮的地方，就站在原地大聲譯出內容，一點困難都沒有，就像那是用西班牙文寫的，並且就像是在光亮的陽光下閱讀一樣。那是麥魁迪提前一百年寫的家族史，連最小的細節都沒有遺漏。原稿是用梵文寫的，偶數的句子已譯成奧古斯都大帝的私用暗號字碼，奇數的句子則譯成斯巴達軍用密碼。以前，倭良諾剛看出遺稿的最後一道防禦措施，就被亞瑪倫塔的愛情搞糊塗了。那防禦措施是這樣的：麥魁迪並非按照傳統的時間記事，而是將百年的事件濃縮在一起，使之在瞬間同時存在。倭良諾發現這一點後，心神蕩漾，不想放過任何一頁；他首先發現麥魁迪親口念給阿克迪亞聽的，實際上就是他被處決的預言；他又找到後來身體和靈魂一起升天的天下第一美女出生的預告；他也找到了雙生子遺腹子的身世，他們曾翻譯遺稿，但因爲無能和缺乏毅力，也由於時機未成熟，終於半途而廢。讀到這裡，倭良諾急於想知道自己的身世，就超前翻幾頁。

這時一陣風緩緩吹起，是新起的風，很暖和，充滿了往日的音籟、古天竺葵的呢喃、比鄉愁更濃重的幻滅嘆息。他沒有注意到那陣風，因爲他正在找尋自己存在的第一個預兆；他看見好色的外公席甘多跋涉虛幻的高原，去尋覓一個不能給他幸福的美女。倭良諾認出這寫的是誰之後，便追查這個人子孫的祕徑，發現某個黃昏在滿浴室的蠍子和黃蝴蝶之間，有個技工滿足了性慾，而那個女子是爲反叛而獻身，結果就懷下了他這個胎兒。他非常用心地看這一段；因此，當第二陣風呈圓柱狀吹來，吹鬆了門窗的鉸鏈，掀起了東面廂房的屋頂，弄垮了基地時，他卻渾然不知。這時他發現亞瑪倫塔不是他姐姐，而是他的阿姨；他也發覺法蘭西斯·蕨克爵士攻打里奧哈恰城，只不過是要他們在最複雜的血統迷宮中相互追尋，因而生出絕子絕孫的神話怪物。下面的事實倭良諾已經明白了，他不打算多浪費時間，便跳過十一頁遺稿，就像在照一面有聲鏡子似的；這時馬康多已經被聖經上的颶風化爲一渦一渦可怕的塵土與砂礫。於是他又跳過幾頁，想提早看到最後的預言，以便確知自己死亡的日期和情況。然而，他還沒看到最後一行，就明白他自己永遠也走不出這個房間了，因爲遺稿預言，當倭良諾看完遺稿的時候，這個鏡花水月的城鎮（或說是幻影城鎮吧）將會被風掃滅，並從人類的記憶中消失，而書上所寫的一切，從遠古到永遠，將不再重演，因爲這百年孤寂的家族被判定在地球上是不會有第二次機會的。

馬奎斯年譜

一九二八年　馬奎斯（Gabriel García Márquez）於這年三月六日誕生在哥倫比亞加勒比海岸亞拉卡塔卡（Aracataca）小鎮上。父親卡普里爾是一位電報員；母親伊奎蘭管理家務。馬奎斯八歲以前與外祖父母住在一起，所居住的小鎮巴倫基利亞距離馬康多（Macondo）香蕉園不遠。這個地方的特徵是酷熱多雨。

一九三六年　八歲　隨父母舉家遷往內陸熱帶的蘇克瑞鎮，但仍去巴倫基利亞上學。

一九四六年　一八歲　在波哥大（Bogota）國立波哥大大學主修法律。後來畢業於國立波哥大大學，是以獎學金完成學業的。

一九四七年　一九歲　在〈觀察報〉發表幾個短篇小說。

一九四八年　二〇歲　哥倫比亞爆發內戰，舉家遷往卡塔希那，繼續大學學業，並兼任〈世界報〉記者。

一九五〇年　二二歲　返回原居地巴倫基利亞，辭去〈世界報〉記者職務，結交文學界名流方梅約（Alfonso Fuenmayor）、沙姆迪奧（A. C. Samudio）、文葉茲（Ramon Vinyes）等人，開拓了他的文學視野。

一九五二年　二四歲　畢業於波哥大大學，並取得學位。擔任〈先鋒報〉主筆，全部時間投入寫作，完成第一本短篇小說集《沒有人寫信給上校》(*No One Writes to the Colonel*)，但延遲至一九六一年才印行。同時亦集成《枯枝落葉》(*Leaf Storm*)，亦遲至一九五五年始印行，因爲當時有名的出版家托列（Guillermo de Torre）認爲他無文學天分，不願出版他的小說。

一九五三年　二五歲　與梅西蒂絲（Mercedes Barcha）邂逅，感情甚篤。完成《大媽媽的葬禮》（*Big Mama's Funeral*）中篇小說。

一九五四年　二六歲　任〈觀察報〉影評人及記者。

一九五五年　二七歲　出版《枯枝落葉》。同時以《星期六後的一天》獲得波哥大文藝協會文學獎。爲〈觀察報〉赴義大利、瑞士等國採訪，擔任歐洲通訊員，但在巴黎因文字觸犯法律而告失業。失業期間，困居巴黎閣樓開始寫《邪惡時刻》（*In Evil Hour*）。

一九五六年　二八歲　將《沒有人寫信給上校》短篇，增添《邪惡時刻》中某些情節改寫成中篇小說。

一九五七年　二九歲　春天，在巴黎街頭見人群擁圍著海明威，由遠處大聲呼喊海明威爲「大師」（Master）。他心目中的另一位大師是福克納。同年，旅遊蘇俄及東歐各國。

一九五八年　三〇歲　與梅西蒂絲在巴倫基利亞結婚。任職〈委內瑞拉畫報〉。

一九五九年　三一歲　任職古巴〈拉丁美洲報〉。長子洛德里哥（Rodrigo）出生。

一九六一年　三三歲　出版《沒有人寫信給上校》小說集；赴紐約任〈拉丁美洲報〉紐約辦事處副主任，不久後辭去該職，前往紐奧爾良探訪福克納筆下有鄉土人情味的幾處地方。由於他的文字不爲哥倫比亞的現行政府所容忍，無法回祖國，只好改赴墨西哥，從事電影編劇。同時，以《邪惡時刻》獲得波哥大「埃索文學獎」。

一九六二年　三四歲　《邪惡時刻》與《大媽媽的葬禮》在墨西哥出版，次子甘沙樂(Gonzalo)出生。

一九六三年　三五歲　在墨西哥從事電影劇本寫作以謀生。

一九六四年　三六歲　草擬長篇小說《百年孤寂》（*One Hundred Years of Solitude*）的大綱。

一九六五年　三七歲　開始撰寫不朽名著《百年孤寂》，苦寫十八個月後初稿完成。

一九六六年　三八歲　《百年孤寂》在波哥大、巴黎、墨西哥城、利馬等地報章刊物連載。

一九六七年　三九歲　《百年孤寂》在阿根廷首都布宜諾斯艾利斯的南美洲出版社印行後，

數月之內即有十八種譯本同時印行。出席在委內瑞拉舉行的第十三屆國際拉丁美洲文學會議，獲頒贈「加利戈斯文學獎」。舉家遷往西班牙的巴塞隆納定居。出版《豪門紀事》(*The Broad Family Chronicle*)。

一九六八年　四〇歲　草擬《預知死亡紀事》(*A Chronicle of Death Foretold*) 大綱。

一九六九年　四一歲　獲義大利「精美文學獎」及法國「最佳外國作品獎」。

一九七〇年　四二歲　〈美國書評〉將《百年孤寂》選爲該年度十二本最佳作品之一。美國哥倫比亞大學授予榮譽文學博士學位。發表電影劇本《純潔的愛倫蒂拉與殘酷的祖母令人難以置信的悲慘故事》。

一九七一年　四三歲　榮獲「紐史達國際文學獎」。

一九七二年　四四歲　將電影劇本《純潔的愛倫蒂拉與殘酷的祖母令人難以置信的悲慘故事》改寫成小說，收入同名的短篇小說集中。

一九七三年　四五歲　在西班牙、法國、墨西哥等國各地旅遊。出版於〈觀察報〉發表的作品集《青狗的眼睛》。

一九七六年　四八歲　出版《獨裁者的秋天》(*The Autumn of the Patriarch*)。

一九七七年　四九歲　發表報導文學類的作品《卡爾羅塔戰役》。

一九八一年　五三歲　出版《預知死亡紀事》;發表《雪地上的血跡》;應法國總統密特朗之邀，出任法國西班牙語系文化交流委員會主席。又任坎城影展評審。

一九八二年　五四歲　十月二十四日獲瑞典皇家學院榮頒諾貝爾文學獎。墨西哥政府並頒予「亞茲特克鷹徽文學獎」，爲外國人獲得這項獎的最高榮譽之第一人。

同年完成電影劇本《綁架》。

一九八五年　五七歲　發表長篇小說《霍亂時代的愛》。

一九八六年　五八歲　出版以流亡的智利人爲主人公的非小說《潛入戒嚴下的智利紀事——一個電影導演的冒險》。

一九八七年　五九歲　在古巴開設的「第三世界電影學校」擔任講師。並且與故托里荷斯將軍、卡斯楚、密特朗等國家元首交往。

一九八八年起至今　身爲行動派作家，除了寫作也活躍於世界舞臺。近年因健康問題，久未有新作推出。

新潮文庫

⊙小說欣賞系列

編號	書名	作者
5	卡拉馬助夫兄弟們	杜思妥也夫斯基著
12	馬克吐溫名作選（12個短篇）	馬克吐溫著
16	美麗與悲哀	川端康成著
20	蛻　變（4個中篇）	卡夫卡著
21	沙特小說選（4個中篇）	沙　特著
23	美麗新世界（烏托邦小說）	赫胥黎著
26	羅生門・河童（9個短篇）	芥川龍之介著
27	地獄變（15個短篇）	芥川龍之介著
29	審　判	卡夫卡著
30	白　牙（動物文學）	傑克・倫敦著
32	瘟　疫（又名：黑死病）	卡　繆著
34	黑暗的心（海洋文學）	康拉德著
35	徬徨少年時	赫　塞著
42	悲愴的靈魂（集中營一日記）	索善尼津著
43	愛的饑渴	三島由紀夫著
44	金閣寺	三島由紀夫著
46	鄉　愁（回憶式的自傳體裁）	赫　塞著
52	車輪下（原名：心靈的歸宿）	赫　塞著
56	生命之歌（一個音樂家的故事）	赫　塞著
58	誘惑者的日記（日記體裁）	齊克果著
60	聖潔的靈魂（7個中短篇）	杜思妥也夫斯基著
64	美麗的青春（5個短篇）	赫　塞著
65	藝術家的命運（一個畫家的故事）	赫　塞著
66	白　夜（4個中篇）	杜思妥也夫斯基著
69	東方之旅（3個中短篇）	赫　塞著
70	漂泊的靈魂	赫　塞著
74	魂斷威尼斯	托瑪斯曼著
75	諾貝爾獎短篇小說集	泰戈爾等16位著
82	小丑眼中的世界	磐　爾著
88	菸草路	柯德威爾著
93	翻譯與創作（12個短篇）	顏元叔譯著
96	法國短篇小說選（44個短篇）	卡繆、左拉等著
99	屋頂間的哲學家（12個日記體裁）	梭維斯特著
101	冰島漁夫（海洋文學）	畢爾・羅逖著
102	侏　儒	拉格維斯特著
106	少女與吉卜賽人	勞倫斯著
108	荒野之狼	赫　塞著
120	少年維特的煩惱（附2個短篇）	歌　德著

新潮文庫

⊙名人、偉人傳記

⊙哲學、思想系列

⦿新潮世界名著全集(精裝本)

⊙新潮推理

新潮推理

⊙新潮世界推理

⊙新潮大學叢書

新潮文庫297
百年孤寂
原著者　馬奎斯
譯者　楊耐冬
初版　1984年2月
重排版　2004年10月
定價220元

發行人　張清吉
出版者　志文出版社
地址　台北市中山北路7段82巷10弄2號
郵政劃撥　0006163-8號
電話　28719141・28730622　傳眞　28719151
行政院新聞局登記證局版臺業字第0950號
印刷所　大誠印刷廠
法律顧問　蕭雄淋律師

ISBN　957-545-291-7